imaginist

想 象 另 一 种 可 能

理
想
国

imaginist

盲视

Blindsight

PETER WATTS

[加] 彼得 · 沃茨　著　　胡纾　译

北京日报出版社

北京出版外国图书合同登记号：01-2021-2477

图书在版编目 (CIP) 数据

盲视 / （加）彼得·沃茨著 ；胡纾译． -- 北京 ：
北京日报出版社，2021.6（2025.6 重印）
ISBN 978-7-5477-3979-2

Ⅰ．①盲… Ⅱ．①彼… ②胡… Ⅲ．①幻想小说－加
拿大－现代 Ⅳ．①I711.45

中国版本图书馆 CIP 数据核字（2021）第 081974 号

策划编辑：闫柳君
责任编辑：许庆元
封面设计：山川制本 workshop
排版制作：陈基胜

出版发行：北京日报出版社
地　　址：北京市东城区东单三条 8-16 号东方广场东配楼四层
邮　　编：100005
电　　话：发行部：（010）65255876
　　　　　总编室：（010）65252135
印　　刷：山东京沪印刷科技有限公司
经　　销：各地新华书店
版　　次：2021 年 6 月第 1 版
　　　　　2025 年 6 月第 5 次印刷
开　　本：880 毫米 ×1230 毫米　1/32
印　　张：14.5
字　　数：377 千字
定　　价：62.00 元

如发现印装质量问题，影响阅读，请与印刷厂联系调换：0533-8510898

“原本就是真实的东西，人类却需要去想象它，世间最令我着迷的现象莫过于此。

——菲力普 · 戈瑞威奇 [1]

“你会像狗一样死去，毫无价值可言。”

——欧内斯特 · 海明威 [2]

[1] Philip Gourevitch，美国著名作家、新闻工作者，热衷社会政治题材，如卢旺达种族大屠杀、美国罗德岛政治腐败丑闻及伊拉克阿布格莱布监狱虐囚丑闻等——本书正文注释均为译注。

[2] 这是海明威关于现代战争的名言。

如无苦痛，何谈生存。

目 录

序 章

“尝试碰触过去。尝试处理过去。

它并不真实。它只是一场梦。”

——泰德·邦迪[1]

事情的起点并不在这外头，不在于攀爬者或罗夏、大本或忒修斯或吸血鬼。大多数人会说事情始于萤火虫，但他们错了。这些只是事情的终结。

对我来说，它始于罗伯特·帕格里诺。

八岁时，他不仅是我最好的朋友，也是我唯一的朋友。我俩同样遭人排斥，两种不幸相辅相成，把我们紧紧联系在一起。我是生长发育问题，他则是基因：由于一组未加控制的基因，帕格饱受近视与粉刺困扰，此外（这是后来才发现的）还容易对药物上瘾。帕格的父母从未对他进行优化。他们是二十世纪残存的老古董，仍然相信上帝，相信人类不该改进他老人家的作品。因此尽管我俩都能修好，真正送修的却只有我一个。

---

[1] Ted Bundy（1946—1989），美国历史上臭名昭著的连环杀手。1989 年佛罗里达州将他送上电椅，在行刑前的一次采访中他说了上面的话：无论我过去做了什么……我都毫不感到困扰……它（过去）并不真实。它只是一场梦。

那天我来到操场，发现帕格被半打小孩团团围住。运气好的孩子站在前排，拳头直往他脑袋上招呼，剩下的还没轮到上场，姑且拿狗杂种、娘娘腔之类的羞辱打发时间。我望着他，见他抬起两只胳膊，几乎有些迟疑似的挡开最凶狠的几拳。我能看出他脑子里在琢磨什么，比看我自己的脑子更清楚：他在害怕，怕对方以为自己企图还击，怕揍他的人会把这当成反抗的表示，那样一来他难免还要多吃些苦头。我才八岁，而且刚刚切掉了半个脑袋，但我的观察力已经无人能及。

只不过我不知道该怎么办。

最近我很少见到帕格。我几乎可以肯定他有意躲着我。可即便如此，眼看着最好的朋友遇上麻烦，你自然要帮他一把，对吧？哪怕你明知道毫无胜算——一方是一起捏泥巴的玩伴，另一方是六个大孩子，谁也不会指望八岁小孩能挺身而出。但你至少可以去找人帮忙。去把大人叫来。随便什么都好。

而我只是站在原地。我甚至并不特别想帮他。

这很没道理。就算他不是我最好的朋友，我起码也该有点同病相怜之感吧。当然，赤裸裸的暴力我倒不像帕格经历的那么多；因为癫痫的缘故，其他孩子总躲着我，欺负我的同时他们自己也在害怕。但帕格经历的一切我也并不陌生：咒骂、羞辱；当你从A走到B时，不知哪里会伸出脚来绊你一跤。我知道这是什么感觉。

或者说我过去知道，曾经。

但那部分大脑已经被切掉了，连同带瑕疵的神经网络一道扔进了垃圾堆。要想把它找回来，我得先闹明白人与人交往的运算法则，而此时我还在不断地观察、学习。群居动物总会把团体中最弱小的那一个撕得粉碎，这道理每个孩子都本能地知道。也许我应该听之任之，也许我不该挑战大自然。可话说回来，帕格的爸妈就没有挑战大自然，结果又怎样？儿子蜷在泥巴里，一帮生物工程造就的超级男孩猛踢他的肋骨。

最后是新闻宣传发挥了同情心所没有的作用。那阵子我很少思考和推理，大部分时间只是观察、回忆——而我记起的是上千个故事，个个都对济弱锄强的人大唱赞歌。

于是我捡起一块拳头大小的石头，瞄准某人的后脑勺砸过去。我一口气解决了两个对手，对方这才发现有人参战。

第三个孩子转身面对新的威胁，只听得咔嚓一声，他脸上的骨头被碾成了好几块。我记得自己当时有些奇怪，为什么那声音没有带给我满足感？为什么我唯一的想法不过是，很好，又少了一个对手？

其他人发现我刺刀见红，赶忙逃之夭夭。其中一个胆子比较大，向我保证我死定了；在消失在街角之前，他还回头大吼了一声："该死的僵尸！"

三个十年。三个十年之后我才看出这话多么讽刺。

两个敌人在我脚下扭动身子。我猛踢其中一个的头部，直到它不再动弹，然后我转向另外那个。有什么东西抓住了我的胳膊，我头也没回就一拳挥过去；只听帕格惊叫一声，躲到了我够不着的地方。

"哦，"我说，"抱歉。"

地上有个东西一动不动。另一个呻吟着抱紧自己的脑袋，蜷成球形。

"哦见鬼。"帕格拼命喘气，鲜血从鼻子一路淌到衬衣上，可他浑不在意。他的脸颊上青一块紫一块。"哦见鬼哦见鬼哦见鬼……"

我沉吟半晌，总得找点话说："你还好吧？"

"哦见鬼，你——我是说——你从来……"他抹抹嘴巴，手背立刻染成了红色。"天哪，咱们麻烦大了。"

"他们先动手的。"

“没错，可你——我是说，看看他们！”

那个还能哼哼唧唧的东西正手脚并用往边上爬。我暗暗琢磨，不知它的援兵什么时候会来。我琢磨着是不是应该赶在那之前杀了它。

“过去你从没这么干过。”帕格说。

他指的是手术之前。

那一刻我竟真真切切地感觉到了什么——微弱、遥远，但的确是某种情绪。我感到愤怒。“他们先动手——”

帕格瞪大眼睛，他在后退。“你想干吗？你放下！”

原来我扬起了拳头。我完全没有意识到自己的这个动作。我努力放松，但这并不容易。我不得不盯着双手看了很长、很长时间。

石头落在地上，沾了血，闪闪发光。

“我只是想帮你。”我不懂，为什么他就是不明白？

“你、你跟过去不一样了，”帕格站在安全距离之外，“你根本不是席瑞。”

“我当然是席瑞。你发什么神经。”

“他们切掉了你的脑子！”

“只切了一半。因为癫——”

“我知道是因为癫痫！你以为我不知道吗？可你就在那一半里头——或者，就好像，你有一部分在那里头……”他拼命想说得更明白些，想表达语言背后的概念。“所以你变了。就好像、就好像你爸爸妈妈杀了你——”

“我爸爸妈妈救了我的命。”我的声音突然变得很安静。“否则我早死了。”

“我觉得你的确死了。”我最好的朋友、我唯一的朋友这样说道。“我觉得席瑞已经死了，他们把他铲起来、丢掉，你就是从剩下的东西里长出来的新孩子。你不一样了。从那时候起你就不一样了。”

帕格真的明白自己的话是什么意思吗？这我至今也不知道。也许过去的十八个钟头他一直联在游戏里，他妈妈刚刚才拔掉插头，逼他出门呼吸点新鲜空气。也许因为在游戏空间里打豆荚人的时间太长，他难免看谁都跟它们长得差不多。也许。

可他的话也并非全无道理。我的确记得海伦曾告诉我（告诉了一遍又一遍），她说想重新适应是非常非常困难的。就好像你有了一个新的人格，她说，为什么不呢？他们管这叫脑半球根除术并不是没有道理的：半边脑子跟昨天吃剩的晚餐一起扔进垃圾桶，剩下孤零零的半个脑袋被抓了壮丁、干双份的活儿。想想看，为了干好这活儿，神经系统得重组到什么地步？当然最后的结果还算不错。大脑这块肉很能变通，虽然确实得费些气力，但它还是适应了。我适应了。不过话说回来，在所有的修复工作完成之前，到底有多少东西给挤了出去，有多少地方被扭曲、变形？你硬要说我跟这具身体曾经的主人已经不一样，那也说得过去。

当然，最终大人还是出现了。赐予药物，唤来救护车。爹妈们的怒不可遏，唇枪舌剑激烈上演，然而虽然可怜的宝宝受了伤，想要激起邻里的义愤却并不容易。操场上装着摄像头，从三个不同角度记录下了小宝贝儿——以及他的五个兄弟——如何对一个残疾孩子拳脚相加。我母亲则把那套问题儿童、缺乏父爱的说辞回收再利用一番——那时父亲正好又跑到另一个半球去了。总之事情很快尘埃落定，我和帕格甚至恢复了朋友关系，当然是在一小段短暂的冬歇期之后。这段时间让我俩明白，被学校操场排挤的孩子只能团结友爱，否则是没有社交前景可言的。

就这样我熬过了童年的种种。我长大了，学会了与人相处，学会了融入社会。我观察、记录，利用我的社交运算法则推导出各种结论，尽量模仿合宜的举止，尽管这些举止大部分都并非……并非发自内心。同其他人一样，我有朋友也有敌人。通过多年的观察我积累了一张清单，上面罗列出各种行为和情形，我就靠它区分敌友。

或许我的确变得越来越冷漠，但同时我也越发客观了，而这都要感谢罗伯特·帕格里诺。他的言论深深影响了我，一切都从这里开始。它将我领向综合观察，让我注定要与攀爬者有一场灾难性的相遇，同时也使我免于地球那更加凄惨的命运。也可能是更加美好的命运，我猜，这完全取决于你看问题的角度。视角是很重要的：现在，当我眼前一片漆黑、口中自言自语、困在一口棺材里从太阳系边缘下落，这时候视角的重要性显得尤为清晰。而我第一次认识到这点正是在童年的战场上，那天我的朋友被揍得血流满脸，并且说服我抛弃了自己的视角。

也许他错了。也许我错了。但那种挥之不去的疏离感——那种在自己的同胞中也好似外星人一般的感觉——它其实并不完全是坏事。

当真正的外星人来敲门时，它尤其显得方便。

忒修斯

“血在喧嚣。” ——苏珊娜 · 维加[1]

想象你是席瑞 · 基顿：

你在重生的剧痛中醒来，你刚刚经历了一次破纪录的漫长睡眠，呼吸中止，整整一百四十天。在待命好几个月之后，血管已经萎缩得不成样子，你能感觉到自己的血液在拼命往前挤，黏黏糊糊，血里满是多巴酚丁胺和脑啡肽。你的身体痛苦地生长，逐渐膨胀：血管开始扩张；粘连的血肉一点点剥落；肋骨突然噼啪一声，弯曲成全新的角度。你的关节久未使用，早已卡住。你好似木头人，冻结在某种违反常理的活尸僵状态中。

你本想尖叫，只可惜喘不上气来。

对吸血鬼这不过是家常便饭，你记起来。对于他们这稀松平常，这是他们节约资源的独特方式。他们很可以教教人类什么叫克制，可惜因为那荒唐的直角排斥反应，吸血鬼在人类文明初期就已经悉数灭绝。但也许这一课还没有完全泡汤，毕竟他们又回来了——人类找到吸血鬼的非编码基因，再把他们石化的骨髓浸泡在反社会人

[1] Susanne Vega，美国女歌手，《血在喧嚣》是她的一首歌。

格和高功能自闭症患者的鲜血中，一通缝缝补补之后，古遗传学的巫术就让他们走出了坟墓。这次任务的指挥官正好就是吸血鬼。他的几个基因也活在你自己体内，好让你也可以在星系的边缘死而复生。想要越过木星，你非得变成半个吸血鬼不可。

疼痛略微消退，只一点点。你唤醒嵌入设备，查看各项生命指标：还要好几分钟的漫长等待，你的身体才能充分回应神经指令，疼痛则会再持续几个钟头之久。疼痛是无法避免的副作用。你把吸血鬼的子程序嵌进人类的代码里，结果就会这样。你当然想讨点止痛片，可惜任何封闭神经的药物都会推迟新陈代谢的再启动。忍着吧，大兵。

你琢磨着切尔西是不是也曾有过类似的体验，在她去世之前。但这念头激起了一种全新的痛苦，于是你把它挡在外面，全神贯注地体会生命挤回四肢的感觉。你默默地忍受，同时调出飞行日志，查看最新的遥测数据。

你想：肯定是搞错了。

因为如果数据没错，那就意味着你的宇宙之行跑错了地方。你本该来到柯伊伯带，可此刻却在黄道之上老远，深入奥尔特云；从这里进入太阳系的那些彗星，其轨道周期之长，每百万年左右才露一次脸。你跑到了星际空间里，也就是说（你唤出系统时钟）你睡了一千八百天。

你睡过了头，多睡了将近五年。

你的棺材盖滑开。对面的隔离壁上映出你死尸一般的身体，仿佛一条干瘪的肺鱼，等待雨水的滋润。一袋袋等压盐水附着在肢体上，涨鼓鼓的，就像寄生虫，就像血吸虫，只不过跟血吸虫正好相反。你还记得针头是何时插入身体的：就在你关机之前，那时候你的血管还很正常，而不是现在这种牛肉干一样干瘪、扭曲的细线。

在紧挨你右手边的冬眠箱的隔离壁上，斯宾德的影子也瞪大了眼睛。他的脸同你自己的一样，毫无血色，瘦得皮包骨头。斯宾德的双眼深深凹陷，在眼窝里微微颤动，说明他正在重新获取链接。他的感应界面十分可观，相形之下，你自己的嵌入设备不过是皮影戏一般的玩具罢了。

你听到不远处有人在咳嗽、挪动肢体；就在你的视界边缘，隔离壁上隐约照出其他人的动静。

“怎么——”你的声音不过是嘶哑的低语，“——回事？”

斯宾德活动活动下巴。骨头嘎吱作响。

“——搞搞搞砸了。”他哑声说。

你还没见到外星人，却已经让对方摆了一道。

就这样，我们把自己从阴间拉回人世：五具准尸体，浑身赤裸，形容憔悴，即便在零重力下也举步维艰。我们从棺材里探出身子，活像尚未完全成熟的飞蛾，从茧里挣扎而出，半边身体仍是蛆虫。我们孤立无援，偏离了轨道，而且毫无办法；我们只能努力提醒自己，我们的存在至关重要，否则他们也不会拿我们的生命来冒险。

“早安，政委。”艾萨克·斯宾德抬起一只毫无生气的手，颤巍巍地伸向冬眠箱底部的信息反馈手套。在他的另一侧，苏珊·詹姆斯像胎儿般微微蜷起身子，嘴里嘟嘟囔囔地自言自语。只有阿曼达·贝茨勉强能动弹：她已经穿好衣服，正反复做着一套肌力均衡体操，骨头一路嘎吱作响。时不时她会往墙上丢个皮球，但哪怕是她也无力把弹回来的皮球接在手里。

经过这趟旅行，我们每个人仿佛都是用同一个模子浇出来的。詹姆斯圆圆的脸颊和屁股、斯宾德高高的额头和凹凸不平的干瘦身子——甚至贝茨那具以强化碳铂砖搭成的臭皮囊——所有这些都缩成了一堆长长短短的骨头。奇怪，就连我们的毛发似乎也有些褪色，尽管我知道这是不可能的——多半只是因为头发底下的皮肤过于苍白罢了。但无论如何，死前的詹姆斯有一头暗金色头发，斯宾德的发色则非常之深，几近黑色——然而此时此刻，漂在他俩头皮上的东西看上去同是一团黯淡的棕色。贝茨平时习惯剃光头，可她的眉毛也不再是我记忆中的锈红色。

很快我们就能恢复原样，只要补水就成。但眼下那句诋毁吸血鬼的老话仍然可以用在我们身上：不死族看起来确实都一个样，除非你知道该怎么看。

当然，前提就是你得知道该怎么看——假如你能忘记外表，转而关注动作；忘记肉身，转而关注*拓扑形态*——你就绝不会把任何人弄混。面部的每一次抽搐都是一个数据点，交谈时的每一处停顿都比语言本身更有分量。我能从詹姆斯睫毛的颤动看出她人格的分分合合，从斯宾德微笑的嘴角听出他对阿曼达·贝茨的疑虑。基因表现型的每一丝抽动都是一声高喊，只要你能听懂它们的语言。

“他哪儿去了——”詹姆斯的声音粗哑难听。她咳嗽两声，挥动细弱的胳膊指指尽头萨拉斯第的空棺材。

斯宾德嘴唇扭曲，露出一个吓人的微笑：“回了制造车间，呃？好让飞船造点烂泥给他当床躺？”

“多半在跟船长交流。”贝茨的音量还赶不上她的吐气声，每一个字都只是在干燥的气管里沙沙作响。她的气管还在重新理解呼吸的概念。

詹姆斯：“在这儿不也一样可以？”

“在这儿你还能大便哩，”斯宾德哑着嗓子说，“可有些事儿你总喜欢独个儿干，呃？”

还有些事儿你永远不想让别人*知道*。大多数基准人类都不喜欢直视吸血鬼的眼睛，而萨拉斯第又总是那么客气，老早就习惯了避免眼神交流。然而他的拓扑形态并不只有眼睛这一面，而它们也同哺乳动物的拓扑形态一样容易解读。如果他是有意避开众人的视线，或许就是因为我的缘故。或许他有什么秘密不愿让人知道。

毕竟，这艘飞船忒修斯它肯定是有秘密的。

它载着我们朝目标前进了整整十五个天文单位，之后仿佛受了什么惊吓，离开了既定的轨道。它像只受惊的小猫，一路向北侧滑，并且开始爬升：开动引擎，以三个 G 的速度拼命往黄道上方爬，一千三百吨的动量，好对抗牛顿第一定律。它榨干了自己的燃料箱，耗尽了基材，一百四十天的燃料在几个钟头之内挥霍一空。接下来就是在深渊中的漫长滑行，无数年小心翼翼的计算，每使用一粒反质子推动飞船前进都要反复权衡：这粒反质子能产生多少推力，从虚空中把它筛出来的拉力又是多少。物质传送并非魔法：伊卡洛斯反物质流并不能把自己制造的反物质直接传给我们，我们得到的是量子规格。忒修斯必须自己从太空过滤出这些原始材料，每次一个离子。许多年里，它在黑暗的太空中只能纯靠惯性前进，囤积自己吞下的每一粒原子。然后动作突变，电离激光向前方的太空扫射；一个急刹车，冲压采集斗完全打开。几兆兆质子的重量拖慢它的速度，填满它的腹腔，再次将我们压扁。忒修斯的推进系统持续工作，几乎一直到我们复活之前的片刻。

回溯我们的脚步并不难；我们的行进线路就在感控中心里，谁都能看见。然而飞船为什么会划出那样的轨迹？毫无疑问，等到复活后的简报会一切就会水落石出。毕竟我们并不是头一艘带着密封指令上路的飞船，假如有什么需要了解的紧急情况，肯定早就有人告诉我们了。不过我还是忍不住猜测，究竟是谁锁上了公共日志。任务管控中心？也许。或者是萨拉斯第。也说不定就是忒修斯自己。我们很容易忘记飞船内核的量子人工智能。它总是静静地待在背景里，载我们飞翔、哺育我们，像一位低调的上帝，悄无声息地渗入我们的生命；但同时它也像上帝一样，从不接听你的来电。

萨拉斯第是官方的中间人。如果飞船有话要讲，它也只对他说——而萨拉斯第称它为船长。

我们其他人也这么称呼它。

它给了我们四个钟头的恢复时间。单单走出墓穴就花了我三小时。此时我的大脑已经点燃了绝大部分突触，不过身体仍然像饥渴的海绵般不断吸水，而且一动就疼。我取下吸干的水袋，换上装满电解水的新袋子，然后往船尾走去。

十五分钟后旋转舱将开始转动。五十分钟后开始复活后的简报会。对于情愿在重力环境下睡觉的人，刚够他们把私人物品拖进旋转舱，并在地板上划出一块属于自己的空间——飞船上的每个人都可以占据 4.4 个平方米。

对于重力——或者任何一种精确模拟的向心力——我都毫无兴趣。我选的营地在零重力区域，而且尽量靠近船尾、紧挨着右舷穿梭机通道的前壁。营帐开始膨胀，仿佛忒修斯脊柱上的脓肿，一个小气泡，一个温度可调的大气环境，立在飞船外壳底下那巨大而幽暗的真空中。我自己的东西再少没有了，只三十秒钟就全贴到墙上，之后我又花了三十秒设定营帐内的环境。

一切就绪后我出门散步。整整五年了，我需要锻炼。

这里离船尾最近，所以我把它当成起点：船脊尾端那面隔断负荷区与推进装置的护盾。一扇密闭的舱门从船尾隔离壁的正中央鼓出来。在紧闭的舱门背后，一条工作隧洞蜿蜒于人类之手不可触碰的机械中间。这里有星际冲压发动机圆环那肥壮的超导环面；而在它背后，扇形天线已经展开，化作一个坚不可摧的肥皂泡，足以包裹整座城市。扇形天线面朝太阳，好接收伊卡洛斯反物质流那微弱的量子闪光。在那之后是更多的护盾，再然后是遥传物质反应堆，纯粹的氢原子与精炼的讯息在反应堆中召唤来火焰，比太阳还烫三百倍。我固然知道引发这一切的咒语——反物质的爆裂与解构、量子序列号的遥距传送——但在我眼中它仍然充满魔力。想想看，我们竟能在这样短的时间里飞越这样长的距离。任何人都难免视其为魔法。

或许只除了萨拉斯第。

在我周围也有相同的魔法，只不过温度更低，效果也不那么激烈：一大堆斜槽和吞吐口挤在四周的隔离壁上，其中几个开口之大，足可塞进我的拳头，有一两个甚至能把我整个人吞下去。忒修斯的制造车间可以造出任何东西，无论是刀叉还是驾驶室。只要有足够的物质储备，它甚至能一点一点地造出另一艘忒修斯，只不过时间当然会拖得很长。有人怀疑它甚至能造出另一批船员，不过我们得到的保证是这是不可能的。尽管这些机械代表了最前沿的技术，但它们的手指仍然不够精密，无法在人类头骨的狭小空间内重建好几兆的神经突触。至少现在还不行。

这话我信。因为如果真有更便宜的替代方案，他们绝不会让我们这样组装完好地上路。

我面朝前方，把后脑勺枕在那扇密闭的舱门上，这样一来我几乎能看到忒修斯的船头。我的视线一路畅通无阻，直看到三十米开外，尽头是仿佛飞镖盘红心的小小黑点。我就好像盯着一个环环相套的巨大靶子，包裹在隔离壁里的舱门是白色和灰色的同心圆，一个套一个，形成一条完美的直线。舱门全都开着，毫不理会过去几代人严防死守的安全规程。其实也可以把它们关起来，如果我们觉得关门能让自己更安心的话，但这样做的作用也仅止于此。实践早已证明，关闭舱门丝毫不会增加我们的生存几率。如果遇上麻烦，这些舱门会在瞬间关闭，而人类的感官还要多花好几毫秒才能明白警报的含义。这些门甚至并非电脑控制。忒修斯的身体里包含反射神经。

我手推船尾的装甲，借力往前飘，把制造车间抛在身后；拉力与肌腱的伸张疼得我一缩。前方就是通往两架穿梭机的舱门：斯库拉和卡律布狄斯[1]分别停靠在船脊两侧，把这一小段的通道也挤占了一部分。之后船脊再次变宽，成为一个表面有褶皱的圆柱体，这部分船脊直径约两米，可以伸缩，此时它的长度大约只有十五米左右。两架梯子横贴在船脊两侧上彼此相对，顺着船脊往前延伸；船脊两边的隔离壁上还点缀着探井盖大小的舷窗。它们大多数通向货舱，有两个作为通用的气闸舱使用，供想去外壳底下散步的人进出。其中一扇舷窗通向我的营帐。在它之后四米远处，另一扇舷窗背后是贝茨的营帐。

再往后还有第三扇舷窗，几乎紧靠朝前的隔离壁；朱卡·萨拉斯第从里头爬出来，活像只瘦长的白蜘蛛。

假使他是人类，我一眼就能看出自己面前是个什么样的家伙，我会从他的每一个拓扑形态中嗅到谋杀犯的气息。而且我绝对无法猜出死在他手上的人究竟有多少，因为他的情感特征中完全找不到悔恨的影子。即使杀死一百个人也不会在萨拉斯第的表征上留下多少痕迹——不会比拍死一只昆虫更多；遇上这样的家伙，内疚只会像落在石蜡上的水珠般悄然滑落。

可萨拉斯第不是人类。萨拉斯第是一种全然不同的生物，在他身上，嗜杀的反应只不过说明他是掠食者。他有这种倾向，生来就有；至于他是否按自己的天性采取行动，那就只有他自己和任务管控中心才知道了。

也许他们给了你特别优待，我没把这话说出口。也许这仅仅是做买卖的代价。毕竟你对这项任务至关重要。要我说你准是同他们

[1] 在希腊神话中，Scylla 与 Charybdis 是分处墨西拿海峡两侧的海妖，通过海峡的船只几乎肯定会被其中之一毁灭。

做了交易。你那么机灵，肯定知道我们需要你，否则根本不会把你带回人世间。从他们撬开棺材那天你就知道自己有讨价还价的本钱。

是这样吗，朱卡？你拯救世界，作为交换，那些牵着你绳子的人便同意睁一只眼闭一只眼？

小时候我读过好些丛林中掠食者的故事，据说它们能用目光把猎物钉在原地。认识朱卡·萨拉斯第之后我才真正明白那是一种怎样的感觉。但眼下他并没有看我。他正全神贯注地安装自己的营帐，而且就算他直视我的眼睛，我也只会看到全封闭的护目镜，这是他为那些喜欢一惊一乍的人类特别准备的。我抓住扶手，从他身旁挤过去，他并没有理会。

我几乎可以发誓，从他的呼吸中我嗅到了生肉的味道。

进入旋转舱（严格地说旋转舱有两个，靠后的生化 / 医疗舱可以独立转动）。我从这个直径十六米的圆柱体中央飘过。忒修斯的脊髓神经沿它的中轴分布，这些暴露在外的线路与管道同船脊两侧的横梯捆在一起。在它们后方的角落，斯宾德和詹姆斯的营帐刚刚支起来，两两相对。这时候斯宾德恰巧从我肩头飘过，除了手套仍旧一丝不挂，而我能从他手指的动作看出他最喜欢的颜色是绿色。他抓住一架楼梯井停下来。旋转舱四周排列着三架这样的楼梯井，并不通往任何地方：它们全都又陡又窄，从甲板往上竖起五米，直伸进空气中。

下一扇舱门张开在旋转舱靠船首方向那面墙的正中央；无数管道与线路插进它两侧的隔离壁里。我顺手抓住一截扶手好减慢前进速度——又是一阵疼痛，我咬牙忍住——然后飘进舱门。

丁字路口。船脊继续往前延伸，这里有一条较小的支囊通往舱外活动室和船首的气闸舱。我没有转弯，很快就回到了墓穴——不到两米深，镜子一样闪闪发亮。左手边是打开的空棺；几口闭合的冬眠箱则挤在右手边。我们是如此的不可替代，以至于必须带着替补上路。他们还在沉睡，对外界的一切无知无觉。训练时我曾跟其中三个人打过交道。希望我们不会太早重逢。

但右舷只有四口冬眠箱。萨拉斯第没有替补。

又是一扇舱门，比其他几扇稍小些；我挤过去，上了舰桥。此处光线昏暗，玻璃般光滑的深色表面上，无数字母、数字反复迭代，马赛克似的图标静静地变幻着。说是舰桥，这里其实更像驾驶室，而且即便作为驾驶室它也不算宽敞。进门之后我就站在了两张加速椅中间，每张椅子周围都环绕着一圈呈马蹄形排列的控制面板和读数屏。这个隔间其实并不准备给谁使用。忒修斯完全有能力自主航行，就算它出了什么岔子，我们也可以用自己的嵌入设备进行操作。如果没人这样做，那么我们几乎可以肯定已经断了气。尽管如此，他们还是为那一丁点微乎其微的可能性做好了准备：假使其余一切都失败了，也许仍然会有一两个无畏的幸存者可以靠手动驾驶把飞船开回家去。

在两位驾驶员之间的地板上，工程师塞进了最后一扇舱门、最后一条通道：忒修斯舰首的观象囊。我缩起肩膀（脚筋嘎吱嘎吱地抱怨起来）挤过去——

——挤进黑暗中。蚌壳样的防护罩遮挡在穹顶外部，仿佛两只紧紧闭合的眼睑。在我左手边的触摸板上，一个孤零零的图标释放出柔和的光线；几缕微弱的亮光从船脊尾随而至，轻轻拂过这个凹面的密闭空间。我的眼睛逐渐适应，穹顶也渐渐显露出蓝、灰的色泽。一股带霉味的气流拂动后方隔离壁上的几条安全带，让我喉咙里充满了油料和机械的味道。安全带的搭扣在微风中相互碰撞，活像有气无力的风铃。

我伸出手去，摸摸穹顶那水晶般的表面：那是两层外壳中靠内的一层，暖气注入两层之间，好隔绝冷空气。不过这办法并非百分之百奏效。转瞬间我的指尖已经冻得冰凉。

外面就是太空。

或许我们本来的确打算前往最初的目的地，可忒修斯在途中看见了什么，被吓得一路逃出了太阳系。也可能它并不是在逃跑，而是有了新目标，是我们死过去以后才有的新发现。第二种可能性似乎更大些。如果真是这样的话……

我回身碰碰触摸板。我几乎认定什么也不会发生：忒修斯的窗户也和它的公共日志一样，常常锁住。然而穹顶立刻向两侧分开，先是一条缝、再是一弯新月，最后防护罩完全退进船体内部，仿佛眼睛上的眼睑突然消失了一般。我的手指下意识地抓紧了安全带。突如其来的虚无向每个方向延伸，空空如也、冷酷无情。

满眼都是星星，不可胜数，我无论如何也无法理解，既然有这样多的星星，天空又怎会这样黑暗。星星，以及——

——虚无。

*你指望什么呢？*我责备自己。*你以为会在右舷看见外星人的母舰吗？*

可话说回来，这又有什么不可能呢？我们到这儿来总该有什么理由才对。

至少对于其他人来说是这样。无论我们被弄到了什么地方，他们都是不可或缺的。我意识到我自己的情形稍有不同。距离地球越远，我的重要性就越小。

而我们离家已经超过半光年了。

“当天空足够黑暗，你便能望见星辰。”

——爱默生

那些光点从天上坠落时我在哪儿？

我刚刚走出天堂的大门，正在为我的父亲哀悼——尽管在他自己看来他仍然活着。

那时海伦消失在面罩底下才不过两个月——对于我们来说是两个月，从她的角度看也许是一天或者十年。虚拟全能者对一切都自有主张，包括他们的主观时间。

她不会回来了。她倒是屈尊同意接见自己的丈夫，不过那样的相见实在无异于劈脸给他一巴掌。他并不抱怨。只要她允许，他就尽可能常去看她：先是一周两次，然后一次，再然后是两周一次。他们的婚姻仿佛放射性同位素，服从指数衰减规律，迅速走向腐败。然而他仍然去找她，仍然接受她开出的所有条件。

光点从天上坠落的那一天，我陪他一起去看望我的母亲。那是个特别的日子，往后我们再也不会见到她的肉体。过去的两个月里，她的身体一直躺在监护室中，同一个房间里还躺着另外五百个新飞升的人；每口棺材都敞开着，亲人可以来探望。当然了，这个界面并不真实，那具身体无法同我们交流。但至少它就在眼前，散发着人类肉体的热度，还盖着清洁、平整的被单。面罩遮住了海伦的眼睛和耳朵，但我们仍能看见半张脸。我们还可以碰触她，我父亲常这样做。也许她的某个部分仍然有感觉。

然而最终必须有人合上棺材，处理遗体。这个房间要腾给新人——所以我们才会来到母亲身边。吉姆最后一次握住她的手。在她的世界我们仍然可以联系她，只不过要遵循她开出的条件；她的身体则会被打包送往储存设施，那里的利用率太高，无法接待活生生的访客。人家向我们保证说她的身体会一直完好无损——有电流帮助运动肌肉，定期活动关节、喂食，假使天堂竟然遭遇某种灾难性的问题（当然这样的可能性微乎其微），肉身随时可以重新激活。一切都是可逆的。可是——可是飞升的人太多了，而就连最深的陵寝也不可能永无止境地延伸下去。我们听到了一些关于肢解的流言，据说根据某种最佳存储法则，无关紧要的部分会一步步被砍掉。也许明年这时候海伦就会变成光秃秃的躯干，再过一年除了脑袋她将一无所有。也许不等我们离开大楼，她的躯体就会被剥夺，只留下大脑，等待最后的技术突破——等待伟大的数字化上传时代降临地球。

但就像我说的，这只是流言。固然我个人还从没听说过有人在飞升之后重回人世的，可话说回来，谁又会愿意这么干呢？就算路西法不也是逼不得已才离开天堂的吗？

没准爸爸知道真相究竟如何——对于那些大多数人不该知道的事，爸爸比大多数人知道得都多些——可他的嘴巴一向很严。无论他知道什么，他显然认定说了也没用：海伦绝不会改变心意。对于他这理由已经足够了。

我们戴上头套，这东西相当于给未飞升的人准备的日间通行证，然后来到我母亲想象出的会客室里。这是一间斯巴达风格的房间，专为会客准备。房间里没有窗户，你一点也看不出屋外她为自己建造的乌托邦是什么样子。她甚至没有使用专为帮助访客减轻失谐效应而设计的那种预制环境。我们置身于一个米色的圆球中，直径五米，毫无特征。这里什么也没有，只除了她。

也许我想错了，也许这正是她心目中的乌托邦呢。

我父亲微微一笑："海伦。"

"吉姆。"她看上去比床上那东西年轻了二十岁，却仍然让我起了鸡皮疙瘩。"席瑞！你也来了！"

她从来都叫我名字。我不记得她有没有叫过我"儿子"。

我父亲问："你在这里仍然感到快乐吗？"

"美妙极了。真希望你们也能加入我们。"

吉姆微笑着回答道："总得有人留下看家。"

"嗯，你们知道这不是永别，"她说，"想来看我随时都可以。"

"那你得先把这儿的环境好好整一整。"这不是玩笑，这是谎言：只要她发出召唤，吉姆就一定会来，哪怕必须赤脚踏过满地的碎玻璃也在所不惜。

"还有切尔西，"海伦继续说道，"这么长时间了，要是你能带她来认识认识就太好了。"

"我跟切尔西已经完了，海伦。"我说。

"哦没错，但我知道你们一直保持着联系。我知道对你来说她非常特别。虽然你们已经分手了，但这并不意味着她不能——"

"你明明知道，她已经——"

一种令人震惊的可能性浮现在我脑中，害我没能把话说完：也许我真的还没有明确告诉他们实情。

"儿子，"吉姆静静地说，"也许你可以让我们单独待一会儿。"

我可以让他们单独待上他妈的一辈子。我下了线，回到监护室，我的视线从床上的尸体转向沙发上的父亲：他眼前一片漆黑，身体僵直，口中低声呢喃，向数据流中吐出毫无意义的甜言蜜语。随他们装腔作势好了。他们需要给自己那段所谓的关系做个了断。就这一次，也许他们可以坦诚相见，在那个一切都是谎言的世界里开诚布公。也许。

但无论他们如何选择，我都毫无兴趣替他们充当见证人。

不过我当然还得回去，在这出一成不变的家庭活剧中扮演自己的角色，参与那些毫无新意的谎言。我们一致同意今天之后事情不会有任何不同，所有人都忠于剧本，谁也没有指责对方是骗子。然后终于到了谢幕的时候，我俩同我母亲道别——大家全都小心翼翼，用“下次再见”代替“别了”。

我甚至控制住自己的呕吐反射，给了她一个拥抱。

走出黑暗，穿过前厅。吉姆拿出他的喷雾器，我多希望他能把这东西扔进垃圾箱，但我也知道这不大可能。他把它凑到嘴边，又喷了一剂后叶加压素到喉咙里，好确保自己永远远离诱惑。

装在喷雾器里的忠贞。“今后你不必再那么干了。”我说。

“也许吧，”他表示同意。

“反正也没用。你吸进再多激素也没用，对方都不在了，还怎么可能拿她当你的印记对象。这简直——”

吉姆没说话。我们从卫兵的枪口底下走过，这是防止现实主义阵营渗透的滤网。

“她已经走了。”我脱口而出。“她不在乎你会不会去找别人。你找别人她反而会高兴。”这样她就可以假装双方扯平了。

“她是我妻子。”他告诉我。

“婚姻已经失去了从前那种意义。它从来不是大家所想的那样。”

这话让他微露笑意：“这是我的人生，儿子。我愿意。”

“爸爸——”

“我不怪她，”他说，“你也不该怪她。”

他说这话倒是轻松，他甚至轻松接受了她长年强加给他的伤害。然而快乐的结局并不真的能弥补我父亲长久以来忍受的一切，那些永无休止的怨恨和埋怨。*你每次一走就是好几个月，你以为我容易吗？我不停地想象你跟谁在一起、你在什么地方、是不是还活着，你以为容易吗？独自抚养这样一个孩子，你以为容易吗？*

她把一切的一切都怪在他头上，而他总是默默忍受，因为他知道这些全都是谎言。他知道自己不过是她的借口。她之所以离开并非因为他总不在家，或者因为他对她不忠。她的离去同他毫无关系。问题在我。海伦离开这世界，只是因为她无法面对那个取代了自己儿子的东西。

我原本准备继续这个话题——准备再次努力，让我父亲明白一切的一切——然而此时我们正好走出天堂的大门，来到炼狱般的街道。只见周围的行人全都抬眼望天，嘴里呆呆地嘟囔着什么。我顺着他们的视线往上看，望见了高塔之间那一小截黄昏的天空，我倒吸一口气——

星星在坠落。

黄道带重新调整，化作一张精密的网格，眼前是无数亮点，个个拖着发光的尾巴。地球仿佛被一张收紧的聚网罩在中央，网上的每个结点都被圣艾尔摩之火[1]点亮。它是那样美丽，又那样让人胆寒。

我转开眼睛，好将视力调到远光状态，也给这不守规矩的幻觉一个悄然退场的机会。就在这时我看见了一个吸血鬼，一个女吸血鬼，她走在我们中间，活脱脱是只披着羊皮的狼。吸血鬼很少上街，

---

[1] 发生在雷雨中的一种自然现象。雷雨中存在强大的电场，造成场内空气离子化，使空气也能导电，并在导电过程中发出强光。

在此之前我从没遇到过他们。

她刚刚从对面的大楼走到街上。她直立时比我们所有人都高出一个头，眼里闪着黄光，比最最阴暗处的猫眼还要亮上许多。她四下看看，又瞥了眼天空——然后继续往前走，完全无视自己周围的牲口，无视那令它们呆若木鸡的诡异天象。世界刚刚天翻地覆，可她却毫不在意。

那天是 2082 年 2 月 13 日。格林尼治标准时 1035 时。

它们就像一个拳头般把世界攥在手心里；每一个都像黑洞的事件视界般漆黑，直到最后片刻才同时释放出融成一片的耀目光芒。熄灭时它们放声尖叫，从地球到地球同步轨道上的每台无线电都与它们一齐呻吟，有一小会儿工夫，每架红外线望远镜都只能看到一片雪花。那之后的几星期，大气被灰尘污染；在喷射气流带，每天日出时中气层云都会化作红热的铁锈。那些东西的主要成分似乎是铁。谁也不知道这到底是什么意思。

不等对方开口，全世界都已经明白了，这在人类历史上大概还是头一遭：只要你看过了天空，你就读到了今天的头条新闻。那些专职裁决新闻价值的人转瞬间便丧失了过滤现实的权力，如今他们只能满足于给现实贴贴标签。他们花了九十分钟才达成一致，同意将那些东西命名为*萤火虫*。又过了半个钟头，意识圈里发布了最早的一批傅里叶变换：不出大家所料，*萤火虫*并没有把最后一口气浪费在制造静电上。先前的那曲临终大合唱中嵌入了某种模式，一种隐秘的智慧，将地球上所有凡人的分析都挡在门外。专家们坚持实事求是，拒绝对此做出任何猜测：他们仅仅承认*萤火虫*确实说了些什么。至于内容，他们谁也不知道。

然而除了专家，剩下的每个人都知道答案。65536 个探测器，均衡地分布在一张经纬方格网上，几乎覆盖了每一平方米的地表，对此你还能作何解释？很显然，萤火虫给我们照了相。整个世界都被打了个措手不及，被冻结在一张合成的全景照里。我们被勘测了——可这样的前奏过后，接下来究竟是正式的自我介绍还是直接入侵？没人知道。

我父亲没准认识一个也许知道点什么的人。但他又消失了，每次遭遇全球性的危机，他总是不见踪影。无论他知道什么，不知道什么，他都留下我和其他所有人一起，自个儿寻找答案。

各式各样的看法倒挺不少。意识圈里人声鼎沸，从乌托邦到世界末日，五花八门的脚本充斥其间：萤火虫在喷射气流带种下了致命的病毒；萤火虫来地球是为了游猎；伊卡洛斯阵列已经重新设定，准备为一种对付外星人的致命武器提供能量；伊卡洛斯阵列已经被对方摧毁；我们还有好几十年时间准备，因为另一个星系来的东西也一样要遵循光速的速度限制；我们只能再活几天，生化战舰刚刚穿越小行星带，一个星期之内就会把地球蒸发。

我也和所有人一样，听过各种骇人听闻的猜想和电视谈话节目。我访问各种流言节点，将自己浸泡在其他人的意见里。这类事我倒是做惯的：我这辈子一直都像是外星来的行为学家，总在观察世界的行为举止，收集各种模式和惯例，学习各种规矩，好让自己可以渗透人类社会。过去我对这种安排一直很满意。然而不知为什么，当真正的外星人出现，这个等式的动态系统就发生了改变，单一的观察不再能令我满足。就好像新来的外人不顾我的意愿，强迫我回到了人类的进化枝里；我与人类世界的距离突然显得微不足道，而且还有些可笑。

然而我想破了头，却仍然不知该如何放弃一贯的坚持。

切尔西过去总说遥传显身技术剥夺了人类互动中的人性。“他们说这根本没有区别，”有一次她告诉我，“好像你的家人就在自己身边，你们相互依偎，你能看见他们、感觉他们，你甚至能闻到他们的味道。可事实并非如此。那只是洞穴墙上的倒影罢了。我意思是，没错，这些影子有3D的色彩，有力反馈的触感，足可以蒙骗被文明驯服的大脑。可你的心知道那些并不是真正的人，哪怕心并不明白自己是怎样知道的。总之你就是感觉到它们不真实。你明白我意思吗？”

我不明白。那时候我完全不知道她在说些什么东西。但现在我们通通变回了穴居人，在突出的岩石底下挤挤挨挨搂成一团，眼看着外头电闪雷鸣，隐约照出许多无形无状的巨大鬼怪；黑暗中只听它们喧闹、咆哮，仿佛无处不在。这时候孤独再也不能带给人慰藉，互动的影像无法安慰你。你需要真正的人，拥抱你，分享你的空间，分享你所有的恐惧、希望与疑虑。

我想象着有同伴在身边的感觉，那种你拔下插头也不会消失的同伴。然而切尔西已经走了，帕格也紧跟着离开了我。我能打电话联系的人不多，只有几个同事或者过去的顾客——有时我的演出分外逼真，竟能同某人建立起相当和谐的关系——然而他们似乎都不值得我这样费神。血肉与现实之间有种独特的关系：必不可少，却又并不足够。

我远远地观察这个世界，我终于意识到，自己完全理解切尔西那些反机械主义的絮叨是什么意思：无论是不饱和的人性还是模拟现实里苍白呆板的互动，我一直都明白。

只不过，我从没看出这跟现实生活究竟有什么区别。

想象你是一部机器。

没错，人就是机器，这我知道。不过想象你是另一种机器，全身金属与塑料，设计者亦非盲目、任性的自然选择，而是目标明确、坚定不移的工程师和天体物理学家。想象你的用途不是复制，甚至不是生存，而是搜集信息。

这一切我很容易就能想象出来。事实上，它比我通常需要扮演的角色简单多了。

我在海王星轨道较冷的一侧，缓缓滑过漆黑的深渊。对可见光谱上的观察者而言，大多数时候我仅仅作为一种缺失而存在：一个不断移动、遮蔽星辰的不对称轮廓。然而在那永无止境的缓慢旋转中，我偶尔也会反射一丝微弱的星光。假如你在这样的瞬间看见我，你也许能稍微推断出我的本来面目：一个与世隔绝的家伙，箔片做的肌肤，满身关节、圆盘，还有细长的天线。某些关节和接缝上粘着些许冰霜，或许是在木星遭遇的一缕冻结的气体。我身体的另外一些部位还携带着地球细菌的尸体，在太空站或者月球表面那种无害的地方，它们可以无忧无虑地繁衍——然而这一次，在离太阳距离还不到现在的一半时这些细菌就已经冻僵；此刻离绝对零度仅有咫尺之遥，哪怕一粒光子的碰触也会让它们粉身碎骨。

至少我的心脏挺暖和。一小堆核火在我胸中燃烧，让我可以对外界的寒冷无动于衷。除非遭遇某种灾难性的事故，火焰一千年都不会熄灭；这一千年间，我会聆听来自任务管控中心的微弱声音，遵从他们的每一条指示。到目前为止他们一直命令我研究彗星，那是我存在的意义，高于其他一切。我接到的每一项命令都是对这项指令的进一步说明，永远那么准确、那么明晰。

正因为如此，最近的几条指令才让我迷惑不解，因为它们简直没有道理。波段不对头。信号强度不对头。我甚至无法理解它们使用的握手协议。我要求管控中心澄清。

将近一千分钟之后我得到了回复，它是一种前所未有的大杂烩，夹杂着许多指令与提供信息的要求。我尽自己所能回答他们：是的，这就是信号强度最大的那个方向。不，这并非任务管控中心通常使用的方向。是的，我可以转发：就是它，又来了。是，我这就进入待机模式。

我等待进一步指示。指示在839分钟之后抵达，命令我立即停止研究彗星。

我要进行一次有计划的向前翻滚，使天线在全部三个轴上以5度递增的弧形扫过天空，整个过程持续94秒。假如再遇到任何类似的传输信号，我必须立即转到信号强度最大的方向，获取一系列参数值。同时我还要将信号转发给任务管控中心。

我遵命行事。很长时间里我什么也没听见，但我拥有无穷无尽的耐心，而且缺乏感受烦闷的能力。终于，一道转瞬即逝的熟悉信号拂动了我的接收矩阵。我重新找到它，追踪到它的源头。描述这东西我可谓驾轻就熟：一颗跨海王星的彗星，位于柯伊伯带，直径约两百公里。每隔4.57秒发射一束波长21厘米的窄波信号，扫射整个天空。这道波束并未在任何位置与任务管控中心的坐标相交。它似乎指向一个完全不同的目标。

这一次，任务管控中心的回应似乎比平时慢了许多。最后它命令我改变航线。它通知我说，从今以后我的新目的地将被称作本斯—考菲德。考虑到现有燃料情况以及惯性的限制，我至少需要三十九年才能抵达。

在此期间我的全部注意力都要指向它。

当时我受雇于库泽维尔研究所，为一个小组担当联络员。那一小伙人是最前沿的专家，坚信自己即将解决量子神经胶质悖论。这东西挡在人工智能面前已经好几十年，而专家们承诺一旦突破它，十八个月后就能完成第一例人格上传，距离在软件环境下仿制人类意识也不过两年而已。这将为肉体的历史画上休止符，全人类耐心等待了将近五十年的奇点终将来临。

天火坠落之后的两个月，研究所终止了我的合同。

事实上我本以为会更早些。一夕之间，地球的战略重点被全盘推翻，每个政府都兵行险招，以求夺回主动，而这一切都得花钱。要支撑如此极端的重心转移，即便是后匮乏时代那欣欣向荣的新经济也难免要滑向破产边缘。深空中的各种设施，因为距离遥远，所以一直被视为安全无忧，如今却因为同样的理由突然显得危险重重。拉格朗日点上的人类定居点必须武装起来，以抵御未知的敌人。火星环带的商船被征用，配备武器后重新指派任务：其中一些守卫火星的制高点，另一些驶向太阳，防卫伊卡洛斯阵列。

上述目标没有一个遭到萤火虫的攻击，但我们无论如何不能冒险。

当然，在这个问题上所有人都打着同样的主意：不惜一切代价，定要取得某种空中楼阁式的先手。国王和商业巨头在餐巾背面匆匆打下欠条，彼此保证等危机解除以后，一定好好跟对方把账算清楚。世界末日的善恶大决战从下周二开始倒计时，有可能会出现在两年之后的乌托邦自然只能靠边站。库泽维尔研究所也和其他人一样，突然有了别的事情要操心。

于是我回到自己的公寓，拆开一瓶格兰菲迪威士忌，然后动动脑子，把虚拟视窗排列成一圈雏菊花瓣的模样。人的肖像图标在我周围唇枪舌剑，炒的都是过期两周的剩饭：

全球防御可耻的垮台。

没有任何损失。

通信卫星公司遭到灭顶之灾。

上千人遇难。

随机碰撞。

意外死亡。

（这是谁发的？）

我们本来应该预见到它们的出现。

为什么没有——

太空深处。
平方反比。
自己算算。

它们在秘密行动！

（它们想干吗？）

我们被强暴了！

看在老天的份上。
它们只不过是照照相而已。

为什么毫无动静？

月球没事。
火星没事。

（它们在哪儿？）

为什么它们还没同我们联系？

奥尼尔太空岛屿安然无恙。

技术就意味着生性好战！

（它们还会回来吗？）

没有攻击也没有入侵。

目前为止还没有。

（可它们在哪儿？）

（它们还会回来吗？）

（有人知道吗？）

来自吉姆·摩尔的音频信号

已加密

是否接受？

文字视窗在我正前方绽放，覆盖在口水仗之上。我读了两遍，努力回忆上一次他在出外勤期间同我联系是什么时候。我记不起来。

我让其他窗口静音。“爸爸？”

“儿子，”片刻之后他回答道，“你还好吗？”

“跟其他人一样。在琢磨是该欢天喜地还是该尿裤子。”

他没有立刻回答。过了好一会儿他说：“这是个大问题，嗯。”

“我猜你也不能给点建议什么的？地面这儿他们什么也不告诉我们。”

那不过是个修辞性的问题。他完全没必要以沉默针锋相对。“我明白，”过了一会儿我接着说道，“抱歉。只不过，只不过他们说，伊卡洛斯阵列完蛋了，而且——”

“你知道我不能——喔，”我父亲停下来，“这话实在可笑。伊卡洛斯好得很。”

“当真？”

他在掂量应当如何回答。“萤火虫很可能压根没有留意到它的存在。只要它不是正在使用中就不会留下任何粒子尾迹，再说它会被掩埋在太阳的强光底下，除非你知道该往哪儿瞧。”

轮到我沉默不语。这次的对话突然显得像个错误。

因为每次我父亲出去执行任务，他都杳无音讯。他从不跟家人联系。

因为哪怕我父亲结束了工作，他也从不谈它。也许伊卡洛斯阵列完好无损，也许它已经被撕成了一千公里长的烂纸条丢向太阳，这都没有关系；哪个故事他都不会告诉我，除非已经有了官方的公告。保险起见，我刷新一个指示窗——没有公告。

虽然我父亲平素少言寡语，但说话时却从不瞻前顾后、犹豫不决——然而这一回，说每句话之前他都在迟疑，无一例外。

我小心翼翼地放出一句——“可他们派了船出去。”——然后开始计数。

一秒钟，两秒钟——

“不过是以防万一。再说本来就该派人去伊卡洛斯了。如果你有意更换整个车架，总要先去检查一下问题是不是出在新轮胎上。”

反应时间接近三秒。

“你在月球。”我说。

一个停顿。“差得不远。”

“你在做什——爸爸，为什么你要告诉我这些？不违反安全条例吗？”

“你很快会接到一个电话。”他告诉我。

“谁的电话？为什么？”

“他们在召集一支队伍。那种——就是你平时打交道的那种人。”我父亲太过理性，不会去质疑重构人和杂合人对整个人类的贡献。但他并不信任他们，这点他从来没法掩饰。

“他们需要一位综合家。”他说。

“而你家正好就有一个，多走运。”

无线电信号来来回回。“这不是裙带关系，席瑞。我原本非常希望他们选别人。”

“多谢你的信任——”

但他早料到我会这样讲，不等我的话跨越我们之间的距离，他已经先发制人：“你很清楚这不是在贬低你的能力。你是最胜任的，就这么简单，而这项工作又极其重要。”

“那为什么——”我停下来。如果只是去西半球的实验室搞理论研究，他肯定不会拦着。

“是什么样的工作，爸爸？”

“萤火虫。他们发现了些东西。”

“什么？”

“一个无线电信号。来自柯伊伯带。我们追踪到了那个方向。”

“它们在讲话？”

“不是对咱们讲，”他清清嗓子，“其实能截获信号纯属侥幸。”

“那它们在跟谁讲？”

“我们不知道。”

“是敌是友？”

“儿子，我们不知道。加密格式似乎差不多，但就连这一点我们也不能确定。我们手上就只有一个方位。”

“所以你们准备派一支小队过去。”你们准备派我过去。人类至今不曾涉足柯伊伯带。我们甚至等了几十年才送去了几个机器人。倒不是因为能力不足，只是懒得麻烦。我们需要的一切都在离家很近的地方，星际时代在小行星面前就已经止步不前了。

可如今我们却发现某种东西潜伏在自家后院最偏僻的角落，而且它正向虚空发出呼唤。也许它在同另外一个星系的谁交流。也许它说话的对象更近些，就在途中。

“事关全球安全，我们没法视而不见。”父亲道。

“为什么不用探测器？”

“当然要用。但我们不能干等它们发回报告。行动必须迅速，飞船上路以后，有新信息可以随时传过去。”

他给了我几秒钟来消化。我一直没吭声，于是他又说：“你必须理解。据我们所知，本斯—考菲德还不知道我们已经发现了它的踪迹，这是我们唯一的优势。这个优势也许能带给我们一线生机，我们必须尽量利用它。”

可本斯—考菲德故意躲着我们。如果有人硬要跑去自我介绍，它或许不会表示欢迎。

“要是我拒绝呢？”

如果根据这次滞后的时间判断距离，那他该是在火星才对。

“我了解你，儿子。你不会拒绝。”

“可如果我拒绝呢。如果我是最佳人选，如果这项工作真这么重要——”

他不必回答。我甚至不必问。赌注这样高，选择早已成为奢侈。屏住呼吸、拒绝参加游戏，这样孩子气的满足注定与我无缘——反抗的意志与呼吸的欲望一样，都是机械性的。只要有足够的神经化学知识，颠覆它们并不困难。

我突然明白过来：“是你们枪毙了我跟库泽维尔的合同。”

“我们所做的事情里，这是最微不足道的。”

我俩沉默片刻，任由横亘在我们中间的真空主导谈话。

“如果我可以回到过去，阻止——阻止让你成为你的那件事情，”过了一会儿爸爸说，“我会的。毫不犹豫。”

“嗯。”

“我得走了。我只想先知会你一声。”

“嗯。谢了。”

“我爱你，儿子。”

你在哪儿？你还会回来吗？

“谢谢，”我再次道谢，“听你这么说我很高兴。”

这就是我父亲无法阻止的事件。这就是我：

我是连接前沿与静点的桥梁。我站在爱丽丝仙境里的巫师与幕布背后的那个人之间。

我就是幕布。

我其实不算什么新物种。我的根可以一直追溯到黎明初期，不过那些先行者在功能上与我并不相同，他们的职责也不那么荣誉。有时他们为社会的稳定提供润滑，给令人不快的真相披上华美的外衣；有时他们也夸大想象中的妖魔，为政治行动争取支持。他们的作用说来也着实重要。哪怕是最最凶狠的极权国家，它也不可能随时随地对所有公民施以赤裸裸的暴力。意念管控要比暴力微妙多了；把现实扭曲到一个玫瑰色的角度，给出一些可怕的选项，制造飞快传染的恐慌。这些人自古就承担着掌控信息布局的任务，但在过去的历史中，他们从来都与增加信息的透明度毫无关系。

新千年改变了这一切。如今我们已经超越自己，开始探索人类理智无法理解的领域。有时候，即使在约定俗成的空间里，这领域的轮廓也过于繁复，以至于我们的大脑无力跟进；还有些时候它会延伸到别的维度，可人类的大脑却只适合在史前的草地上交配、打斗，根本无法想象那样的场景。自私自利的无情指令扎根于脑干中，在它面前，最利他、最讲求可持续发展的哲学都难免一败涂地。精密而优雅的方程可以预测量子世界的行为法则，但谁也无法对它加以解说。四千年过去了，人类甚至无法证明现实在主体之外独立存在。我们迫切地需要比自己更强大的智力。

可我们建造这种智力的手法却并不高明。我们强迫大脑与电子媾和，最终成功与失败的例子同样叫人叹为观止。我们的杂合人与学者综合征患者同样聪明，也同样自闭。我们在人类的身体上嫁接假体，让他们早已过载的运动神经去同时摆弄血肉和机械，结果发现他们说话开始结巴、手指抽搐不停。电脑也发展出自己的后代，它们无比智慧，无从理解，竟好似痴呆儿一般：在人类看来，它们的话缺乏重点，天马行空；人类被它们远远抛在身后，在它们面前，万物之灵几乎称不上智慧生命。

而当你创造出的超人找到了你所需要的答案，你又会发现自己无法理解他们的推理过程，无法验证他们的结论。你只能选择盲目相信他们——

——或者你也可以用信息理论把答案压扁，把对方给你的超立方体压成二维图形，把对方给你的克莱因瓶[1]弄成三维立体；总之就是把现实简化，然后向随便哪个活过了千禧年的神明祈祷，祈祷你对真相的这番手脚没有弄坏它的哪根承载电缆。为了做到这一点，你需要雇一个我这样的人；一个由特征分析员、数据验证员与信息理论家杂交而生的后代。

在正式场合你会称我综合家。在街上你管我叫叽里呱啦或者职业嘴炮，意思是我们这种人满嘴跑行话，外人听不懂。而如果你恰好是那种超前沿专家，眼看着自己呕心沥血的成果被我切切割割、变成四不像的杂种，好让那些有钱有势、脑满肠肥的家伙能听得明白，以便对方能替自己增加市场份额——这种情况下，你也许会管我叫阔佬的探子或者保姆。

如果你是艾萨克·斯宾德，你会称我政委。这是一种友好的嘲弄，但事实还不止于此。

我们的选择果真正确吗？在这一点上我从来没能完全说服自己。没错，即使在梦中我也能背出所有的理由，我可以把信息的循环拓扑和语义理解的无足轻重说上一整天。但在说完所有这些之后，我仍然没有把握，而且我也不知道究竟有没有人真能做到确信无疑。或许这只是一个征得所有人同意的骗局，受害者和骗子都站在同一立场。我们不肯承认自己的作品已经超越了自己：他们也许说着不同的语言，但我们的祭司能够读懂那些符号。诸神将自己的算法刻在山坡上，可我这么个毫不起眼的家伙却能把石板带下山来给大家

[1] Klein bottle，德国数学家克莱因所提出的概念，指一种没有内外之分的无定向性平面。

看，而且我对谁都没有威胁。

或许奇点在好几年前就已经过去了。我们只是不肯承认自己被抛在了后面。

“各种动物安居于此。偶尔还有几个恶魔。”

——伊恩·安德森[1]，《鲶鱼复活》

第三波，这是他们给我们取的名字。所有的一切都装在这一艘飞船里，我们从模拟器紧急毕业，进入漆黑细长的超前沿原型机内部，比原计划整整提前了十八个月。天幸地球的经济强健得可怕，否则这样去折腾时间表，准要害得四个国家、十五间跨国公司破产倒闭。

前两波走得更急。我对它们的情况一无所知，直到简报开始前三十分钟，萨拉斯第才将相关数据释放到感控中心里。然后我开始接收：各种经历涌入我的嵌入设备，漫过我的顶叶皮层，高密度的快进，无比壮丽。时至今日我仍能唤出这些数据，同它们被记录的那天同样清晰。我就在现场。

我就是它们。

我无人驾驶。我是个消耗品。效能提到最高，其他的一切全部

[1] Ian Anderson，英国歌手。《鲶鱼复活》是其担任主唱的乐队 Jethro Tull 的第十八张录音室专辑。

丢弃，我只是一台反物质传送驱动器，外加两部相机固定在前端，以好多个G的速度前进，足以将血肉之躯变成果冻。我全速奔跑，快乐地冲向黑暗，我的双胞胎兄弟就在我右舷两百公里处，两道介子尾气推动我们接近相对论的极限。此时此刻，可怜的老忒修斯还没爬过火星。

我们已经把整整六十亿公里抛在身后，这时任务管控中心关闭了龙头，让我们靠惯性滑行。那颗彗星仿佛一个冰冻的奥秘，在我们眼前越变越大，它像一座灯塔，信号如探照灯般扫向空中。我们唤出基本的感官，我们的目光在一千个波段上压向它。

我们的整个存在都是为了这一刻。

我们看见一种不规则的抖动，显示最近曾发生碰撞。我们看见了伤痕——曾经长满痤疮的表面被液化，之后又重新冻结，形成一大片平滑的冰面。它还很新，疑犯不可能是我们背后那轮虚弱的太阳。

我们看见了天文学上绝不可能出现的一幕：一颗彗星，却带着精铁的心脏。

我们从本斯—考菲德身侧滑过，它正唱着歌。不是对我们唱；它一直无视我们，我们接近和通过时都一样。它的歌声是为别人准备的。也许某一天我们会遇到它的观众。也许它们正在前方那凄凉的荒野中等待我们。任务管控中心将我们的身体翻转，好继续盯着目标，尽管再获取任何信息的可能性已经微乎其微。他们还在做最后的努力，也不管我们的信号在静电噪音中越来越微弱。我能察觉他们的沮丧，他们迟疑着不想放开我们；有一两次，他们甚至问我们能不能想想办法，把推力与引力混合，好在本斯—考菲德附近多停留片刻。

可是只有娘娘腔才会减速。我们正朝着星星飞去。

别了，亲爱的本斯—考菲德。别了，任务管控中心。别了，太阳系。

咱们热寂时再会。

我们小心翼翼地靠近目标。

我们第二波一共三个——比前任慢些，但仍然无限快过任何血肉之躯。我们的载荷拖慢了我们的脚步，同时也使我们几乎无所不能。我们看得见每一个波长，从无线电到宇宙弦。我们拥有独立自主的微型探测器，可以测量主人预见到的任何东西；即便遭遇他们没能预见到的情况，舰载小型装配线也能以原子为原料建造工具，对其进行评估。我们从身边搜刮原子，再混合身后的离子束：推力与物质在我们肚里堆积。

这些多余的质量拖慢了我们的速度，但这还比不上中途制动带来的损失。旅途的后半程我们需要不断对抗第一次制动的冲力。这样的旅行方式自然效率欠佳。如果时间不那么紧，我们可以很容易达到某种最佳速度，或许还会绕着某个适宜的行星飞行一圈，多争取一点点动力，那样一来就可以基本靠惯性滑行。然而时间紧迫，所以我们在两头都点燃了推进装置。我们必须抵达目的地；飞过头的代价我们付不起。我们绝不能像第一波那样，以神风特攻队的劲头一跃而过。它们仅仅瞥了眼大体布局，而我们却必须把每一粒尘埃都描绘清楚。

我们必须更有责任心。

现在我们开始朝轨道减速，我们看见了它们看见的一切，此外还有许多别的东西。我们看见了那些伤疤和那不可思议的铁核，我们听见了歌声。我们还在彗星那冰冻的表面底下看见了人造结构，看见了渗入地形的建筑。距离还是太远，我们没法眯起眼睛瞧个仔细；雷达也太老迈，辨不清细节。但我们很机灵，而且我们一共三个，在天空中隔得很开。三台雷达源发射的电波可以通过校准聚集到某个事先确定的汇合点——而这三重回声，这混合而成的全息图，足可以将解析度提高百分之二十七。

我们才刚刚将计划付诸实施，本斯—考菲德的歌声就戛然而止。下一个瞬间我瞎了眼睛。

这只是暂时的偏差，是过滤器反射性地增大了功率，以对超载做出补偿。几秒钟之后我的雷达阵列就重新上线，系统诊断一路绿灯。我联系了两个同伴，确认它们也经历了相同的断点和相同的恢复。我们的所有功能依然完全正常，只除了探测到周围离子密度突然增加，也不知这是否是感应器故障制造的某种假象。我们已经准备好继续调查本斯—考菲德。

唯一的问题在于，本斯—考菲德似乎消失了……

忒修斯并未搭载通常意义上的船员——没有驾驶员、没有工程师，也没人清洁甲板，这些任务机器人更在行，而且比我们更节省资源。如果某些尚未飞升的人类需要假装自己并非全无用处，如果他们想要当个多余的下级船员，那就让他们拖累别的船去，让他们去感染那些只为商业利益所驱动的飞船。我们来到这里只有一个原因：至今没人优化过与外星人进行第一次接触的软件。忒修斯搭载着世界的命运，驶向太阳系的边缘，它不会为自尊心浪费丝毫质量。

我们现在聚集在这里，补充过水分，拾掇得干干净净。艾萨克·斯宾德的任务是研究外星人。四合体——苏珊·詹姆斯以及她的三个次级人格——负责与它们交流。阿曼达·贝茨少校来作战——假使需要作战的话。朱卡·萨拉斯第则指挥我们所有人。眼前的形势仿佛一盘多维象棋，只有吸血鬼才能看得明白，而我们就是他手里的棋子。

他安排我们围坐在会议桌旁。沿公共区放置的会议桌微微弯曲翘起，与弧线形的甲板永远保持着些许距离。旋转舱内部布满凹面，如果大脑宿醉未醒，又不曾提高警惕，就很容易被它糊弄，以为自己正透过鱼眼镜看世界。考虑到我们这些新晋不死族的需要，目前的旋转仅仅制造五分之一个标准重力。不过这只是热身。六个钟头之后舱中的重力水平就将达到二分之一个 G。而且每二十四小时我们都必须在这里待上十八个钟头，直到飞船认定我们完全恢复为止。今后的几天里，自由落体运动会是十分珍贵稀罕的玩意儿。

光线汇成的雕塑出现在桌面上。萨拉斯第本可以直接把信息传输到我们的嵌入设备——整个简报都可以通过感控中心完成，根本不需要真的把所有人集中到一起——可如果你希望确保每个人都全神贯注，这样自然最好。

斯宾德凑过来，密谋似的跟我窃窃私语：“也没准这吸血怪物就喜欢看这么多生肉挤挤挨挨聚在一块儿，呃？”

不知萨拉斯第有没有听见，反正就连我也看不出他有任何反应。他把眼睛藏在黑色的玻璃眼镜背后，伸手指指图形中心那黑暗的心脏地带，“大朝型天体[1]。红外线发射体。甲烷级别。”

从模拟图像上看，它仿佛——仿佛虚空。我们的目的地是一个黑色的圆盘，一圈没有星星的地方。事实上它比木星重十倍还多，直径也大了百分之二十。它就在飞船的正前方：太小，无法发光；太远，不能反射远方的太阳光；太重，不可能是巨型气体行星；太轻，不可能是褐矮星。

“这东西是什么时候发现的？”贝茨捏紧一只手里的橡胶球，指关节开始泛白。

“X 射线峰值出现在 2076 年微波扫描期间，”比天火坠落早六年，“从未证实，也未再现。类似 L 型矮星制造的扭曲。但能制造如此效果的物体必然很大，理应可见，该方向的天空却漆黑一片。

[1] 以日本埼玉大学天文学教授大朝由美子（Yumiko Oasa）之名命名，目前尚未获得学界正式承认。这类天体发射红外线，比褐矮星更暗，质量是木星的三到十三倍。

国际天文学联合会称它为统计意义上的人造体。”

斯宾德的眉毛挤到一处，仿佛两只毛毛虫搭上了线。“为什么现在又对它感兴趣了？”

萨拉斯第闭着嘴微微一笑。“天火坠落后，元数据库变得——拥挤。所有人神经紧张，拼命寻找线索。本斯—考菲德爆炸后——”他从喉咙深处发出弹舌音，“发现那个峰值或许的确出自某种亚矮星，如果磁气圈的扭曲够大。”

贝茨：“被什么扭曲？”

“不知道。”

萨拉斯第为我们介绍背景情况，一层又一层统计数据在桌面上累积：尽管有确定的方位和半个世界的注意力，这东西仍然躲过了人类的侦查，只是靠了最最彻底的研究才终于发现了它。望远镜拍下一千张快照，层层相叠，再用上整整一打滤镜，这才从静电中发现点东西，正好位于三米波段之下、位于确定与否的边缘。在无比漫长的时间里，它甚至说不上真实存在：直到忒修斯靠近到足以使波形崩塌的距离之前，它都不过是概率曲线上的一个幽灵。

地球上的制图学家管它叫大本。忒修斯刚驶过土星的轨道，它就出现在余差里。换了别的任何飞船在旅途中发现它，都会拿它毫无办法：它们不可能有足够的燃料前去一探究竟，只能灰头土脸地回家去。然而忒修斯却能扭转乾坤，因为它那越往远处越纤细的燃料线一直伸回到太阳。我们在梦中改变航向，而伊卡洛斯反物质流则像一只追踪猎物的猫，一路跟上，以光速为我们提供食物。

现在我们到了这儿。

“真够运气的。”斯宾德咕哝道。

桌子对面的贝茨抖了抖手腕，皮球飞过我的头顶。我听见它撞上甲板弹开（不，不是甲板，我脑子里有什么东西纠正道：扶手）。贝茨问：“也就是说我们认为本斯—考菲德是为了转移我们的注意力？”

萨拉斯第点点头。皮球从头顶上方弹回我的视域之内，它在旋转舱微弱的重力场中画出几条诡异而违反常理的抛物线，接着暂时消失在船脊上的管线束背后。

“也就是说它们不希望被人打扰。”

萨拉斯第十指交叉，转身面对她：“这是你的建议？”

她倒是希望如此。“不，长官。我不过是说部署本斯—考菲德需要大量的资源和精力。无论它是谁的手笔，对方显然想隐姓埋名，而且拥有足够的技术来确保这一点。”

皮球最后一次反弹，然后摇摇晃晃地滚回公共区。贝茨从座椅里半跳起来（她在半空中飘了一小会儿），勉强在皮球经过时把它抓住。她的动作仿佛初生的小兽，很不协调，部分是因为自转偏向力，部分是因为身体仍然有些僵硬。但话说回来，才四个钟头，这已经很了不起了。其他几个人类才刚刚能走呢。

“说不定对它们来说这一点不麻烦，呃？”斯宾德自言自语道，“说不定只是举手之劳。”

“如果是这样，那它们或许并不那么仇外，但科技水平却远远超出我们之前的推测。我们不应当贸然行事。”

萨拉斯第的目光回到闪闪发光的图像上：“嗯？”

贝茨用指尖揉捏抓回的皮球：“奶酪总落进第二只老鼠嘴里。我们最先进的侦查设备浪费在了柯伊伯带，没错，可我们也没必要瞎着眼往里摸。我们可以派自己的机器人沿不同的轨道向它靠近。暂停行动，在附近守候，至少先弄清对方是敌是友。”

詹姆斯摇摇头：“如果它们是敌人，大可以给萤火虫装满反物质了事。或者拿个大家伙代替那六万个小东西，光撞击的冲力就能解决我们。”

“萤火虫只代表最基本的好奇心，”贝茨道，“谁知道它们是不是喜欢自己看到的东西？”

“要是这所谓的烟幕弹理论压根就是一团狗屎呢？”

我扭过头去，一时有些吃惊。这话出自苏珊·詹姆斯之口，但说话的人却是萨沙。

“你要真想藏起来，就不会拿该死的烟花把天点个透亮，”萨沙继续说道，“既然没人在找你，你就不需要烟幕弹，而且只要你别主动冒头也就不会有人来找你。真那么好奇，偷偷塞进一个间谍摄像头不是简单得多。”

“有被发现的危险。”吸血鬼委婉地说。

“你还不知道吗，朱卡，萤火虫好像也没躲过咱们的眼——”

萨拉斯第把嘴张开又闭上。两排尖牙一闪，啪地合到一起，声音清晰可闻。桌面上的图像映在他的护目镜上，一组翻滚、扭曲的彩色图画占据了眼睛的位置。

萨沙闭上嘴巴。

萨拉斯第继续往下讲：“它们为速度牺牲隐蔽性。等你明白过来，它们已经得到想要的东西。”他的声音很安静，饱含耐心，仿佛一个吃饱肚皮的掠食者正在向愚蠢的猎物介绍游戏规则：我搜索你的时间越长，你逃脱的希望就越大。

但萨沙早逃了。她的表征像一群惊慌失措的八哥一般散开；等苏珊·詹姆斯再次张开嘴巴，透过嘴巴说话的人又换回了苏珊·詹姆斯：“萨沙了解当前的范式，朱卡。只不过她担心这个范式可能不正确。”

“手头还有可供代替的范式吗？”斯宾德问，“更多选择？更长的保质期？”

“我不知道。”詹姆斯叹口气。“也许没有。只不过——只不过太奇怪了，它们为什么要主动误导我们？我本来希望它们只是——好吧。”她摊开双手。“多半没什么大不了的。只要自我介绍处理得当，我敢说它们还是愿意交流的。我们只是需要更小心一点，也许……”

萨拉斯第从椅子里站起来，高高耸立在我们头顶："我们过去。已知的情况不容继续拖延。"

贝茨皱起眉头，把皮球扔回之前的轨道。"长官，目前我们只知道前方是一个大朝发射体。我们甚至不知道那里有没有别的生物。"

"有，"萨拉斯第说，"它们等着我们。"

接下来的几秒钟谁也没说话。某人的关节在寂静中咔咔作响。

"呃……"斯宾德道。

萨拉斯第猛地伸出一只胳膊，看也没看，一把抓住了弹回来的皮球。"四小时四十分钟前，对方向忒修斯发射激光束。我们以相同的信号回应。对方无反应。我们苏醒前半小时探测器出发。我们并非两眼漆黑，但也不能再等。它们已经看见了我们。拖得越久，遭遇反制手段的危险越大。"

我看看桌上那毫无特征的黑色占位符：比木星还大，而我们竟看不见它。在那一大堆物质的阴影下，某种东西伸出手来，用一束激光碰了碰我们的鼻子，轻轻松松，却又精确无比。

这不会是一场势均力敌的较量。

斯宾德说出了所有人的心里话："这些你一直都知道？你现在才告诉我们？"

这一次微笑时，萨拉斯第张大了嘴巴，露出满口牙齿，仿佛在脸颊的下半部切开了一道口子。

或许这是掠食者的某种本能。他就是忍不住要玩弄自己的食物。

问题不在于他们的模样。过长的四肢、苍白的皮肤、尖利的牙齿、突出的下颚——这些都很打眼，甚至古怪，但却并不教人困扰、使人害怕。问题甚至不在于他们的眼睛。猫和狗的眼睛也一样会在黑暗中发光，我们见了却并不会瑟瑟发抖。

问题不在于他们的模样。问题在于他们的举止。

也许该怪条件反射。他们手脚活动时就像螳螂，长长的胳膊有着突出的关节，你心里很清楚，只要他愿意，随时可以从房间的另一头把你抓进手心里。当萨拉斯第看我的时候——真正的看，去掉护目镜，用他自己的眼睛——五十万年的历史在转瞬之间烟消云散。他已经绝种了，但这没有关系。我们人类已经走了这么远，我们已经强大到可以复活自己的噩梦为我所用，但这同样没有关系。基因拒绝任人糊弄。它们知道应该害怕什么。

当然，这一切你必须亲身体验才能明白。罗伯特·帕格里诺了解关于吸血鬼的全部理论，包括所有最琐碎的细节，然而虽然脑子里充满了各种技术参数，他却从来没能真正明白。

我们出发前他曾主动联系我，完全出乎我的意料之外。花名册公布后我们的手表就开始过滤来电，只有专门列在通讯录里的人才会接通。我把帕格给忘了。切尔西的事情之后我们再没有说过话。我已经放弃了，以为他不会再理我。

但他却出现了。“嗨，豆荚人。”他微微一笑，小心翼翼地示好。

我说：“见到你很高兴。”因为遇到类似的情形大家都是这么说的。

“嗯，好吧，我在意识圈的新闻里看到你的名字。你可算是出名了，对于一个基准人类来说。”

“没什么了不起。”

“放屁。你是人类的先锋。是我们对抗未知的最初、最终和唯一的希望。我说，你可算给了他们点颜色瞧瞧。”他举起拳头晃一晃，代我表示胜利。

给他们点颜色瞧瞧早已成了罗伯特·帕格里诺的人生目标，而且他干得还挺不赖。依靠改造、强化和纯粹的顽固，帕格战胜了自然生产带给自己的全部缺陷。如今的世界，冗余的人口数量之巨，前所未有，而我们俩却仍然保持着过去那个时代的身份：干活的专业人士。

“听说你们由吸血鬼指挥，”他说，“这才叫以毒攻毒呢。”

“我猜算是预演。为真家伙做准备。”

他哈哈大笑。我想不出这话有什么可乐的，不过还是报以微笑。看见他我确实挺高兴。

“那么，他们什么样？”帕格问。

“吸血鬼？我不知道。昨天才第一次见。”

“然后呢？”

“很难读懂。他有时候好像根本没有意识到周围的环境，似乎……生活在自己的世界里。”

“相信我，他心里清楚着呢。那些东西快得吓人。你知道吗？他脑子里能同时保持对内克尔立方体的两种看法呢。”

我对这个词儿有些印象，于是打开一个注解；眼前出现一张缩略图，是个熟悉的线框盒子：

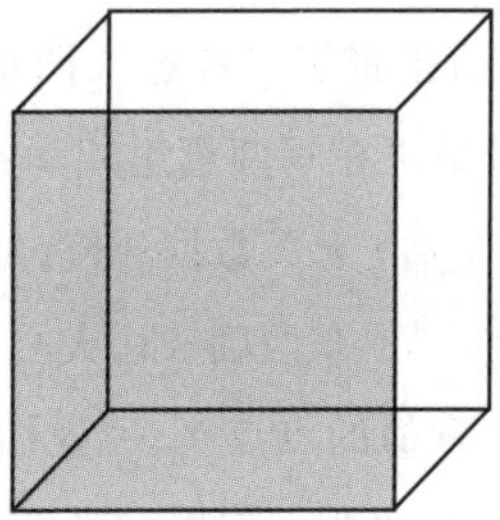

我想起来了：经典的模糊幻觉。有时阴影面仿佛在前方，有时仿佛在后方。你盯着它看时那感觉就会前前后后地改变。

“我和你，咱俩只能看出它是这样或者那样，”帕格继续道，“吸血鬼可以同时看出这两种情况。你能想象这给了他们多大的优势吗？”

“还不够大。”

“这我承认。不过嘿，不就是某些中性遗传特征固定在了一小群个体的基因里，这也不是他们的错。”

“十字架障碍也能算是中性遗传特征？”

“刚开始的时候确实是中性的。自然界里有几个相交的直角？”他轻蔑地挥挥手，“无论如何，这无关紧要。关键在于从神经学的角度看，有很多事情人类是不可能做到的，他们却可以。他们可以同时持有多种世界观，豆荚人。我们需要一步步推导的事儿，他们一眼就能看出来，想都不用想。你知道，有几个基准人类能随口说出一到十亿之间的所有素数？这种屁事，过去只有少数几个孤独症患者干得出来。”

“他说话时从来不用过去式。”我喃喃道。

“啊？哦，那个，”帕格点点头，“他们从来不曾经历到过去式。对于他们那只是另外一条线。他们并不回忆，只是把事情重新活一遍。”

“什么，就像受到创伤后大脑里的闪回吗？”

“伤得没那么厉害，”他做个鬼脸，“至少对他们来说不算什么。”

“看来这就是你目前关注的焦点了？吸血鬼？”

“豆荚人，任何简历里带了‘神经’两个字的人，吸血鬼都是焦点中的焦点。我不过是正在写两篇组织学的论文。模式匹配感受器、墨西哥帽波函数、奖赏 / 无关数据滤镜。简单地说，就是眼睛。”

“唔，”我有些迟疑，“那东西确实让人心烦意乱。”

“可不是，”帕格会意似的点点头，“他们那反光膜，那种光泽。够吓人的。”他摇摇头，再次为记忆中的影像而惊叹。

“你从来没遇见过吸血鬼吧。”我猜测道。

“什么，活生生的？我愿意拿我的左眼去换。怎么？”

“关键不在于光泽。关键在于——”我拼命搜索合适的字眼——“那种态度，也许是。”

“没错。”片刻之后他说。“我猜有时候你非得亲身经历才行，呃？所以我才嫉妒你，豆荚人。”

“没什么可嫉妒的。”

“胡说八道。哪怕你永远找不到送来萤火虫的家伙，单那什么——萨拉斯第对吧？——也是千载难逢的研究机会。”

“对我来说纯属浪费。我档案里只有一个‘神经’，就在既往病史底下。”

他放声大笑：“反正就像我说的，我在头版头条看见你的名字，然后我就想，嘿，这家伙过两个月就要走了，我多半不该再傻等着他主动来电话。”

已经两年多了。“我以为肯定打不通。以为你把我拉进黑名单了。”

“哪的话。永远不会。”不过他垂下了眼睛，变得沉默。

“可你总该打给她。”最后他说。

“我知道。”

“那时她都快死了。你该——”

“当时来不及。”

他任由这谎言横亘在我们中间。

“无论如何，”最后他说，“我只想祝你好运。”这也并不完全是真话。

“谢谢。我很高兴。”

“狠狠踢它们的外星屁股。如果外星人有屁股的话。”

“我们只有五个人，帕格。算上候补的话九个。军力实在不算强。”

“只不过是一种表达方式，我的哺乳类兄弟。化解干戈。收起鱼雷。安抚毒蛇。”

举起白旗，我暗想。

“你肯定很忙，”他说，“我还是——”

“听着，你想聚一聚吗？在真实空间？我已经好久没去量子比特了。”

“我倒是很愿意，豆荚人。可惜我在曼科亚。切切割割工作坊。”

“什么，你是说身体在那儿？”

“前沿研究。老派做法。”

“真可惜。”

“反正，你忙你的去吧。我只是想，你知道——”

“谢谢。”我再次道谢。

“那，嗯，你知道。拜拜。”罗伯特·帕格里诺说。真要说起来，这就是他打电话的原因。

他认定这是自己最后的机会。

帕格一直为切尔西的结局责怪我。这很公平。我也一直为事情的开始责怪他。

他选了神经经济学，至少有一部分是因为亲眼看见自己童年的伙伴变成了豆荚人。我最终成了综合家，原因基本差不多。我们分道扬镳，真正碰面的次数也不多；我为他把人揍得头破血流已经是二十年前的事了，但罗伯特·帕格里诺依旧是我最好的朋友，我唯一的朋友。

“你真得好好解解冻，”他告诉我，“而我正好认识一位女士，耐热手套玩得很转。”

“这多半是人类语言史上最糟糕的隐喻。”我说。

“说真的，豆荚人。她肯定对你有好处。一种、一种中和——把你稍稍带回群众的队伍里，明白？”

“不，帕格，我不明白。这人是谁？也是神经经济学家？”

“神经美学家。”他说。

“这种人现在还有市场？”我实在想象不出原因何在——爱人这种东西早就过时了，谁还会花钱请人调整自己跟爱人的适配度？

“市场很小，”帕格承认，“她基本算是赋闲在家。不过功夫还在，兄弟。触感至上主义。所有的关系都要两个人真正在一起，面对面。”

“我不知道，帕格。听着倒像是工作。”

“反正不像你的工作。她总比你那些该死的合成人要好相处些。她聪明又性感，而且很正常，只除了身体接触那一套。就连这也不算太变态，更像是一种可爱的盲目信仰。对于你说不定正好还有治疗作用。”

“如果我想要治疗，直接找治疗师就完了。”

“事实上那一套她也懂一点。”

“当真？”我忍不住问，“水平如何？”

他上上下下打量我一番。“谁的水平也没有那么高。关键不在这儿。我只是觉得你们俩应该会合得来。切尔西大概不会被你情感方面的毛病吓跑，这样的人可不多。”

“如今人人都有情感方面的毛病，你没发现吗？”他不可能没发现，过去几十年里，出生率一直在下降。

“我那是委婉的说法。我指的是你对与人接触的反感。”

“管你叫‘人’是委婉的说法？”

他咧嘴一笑：“那是另外一码事。咱俩老朋友了。”

“还是不必了，多谢。”

“太晚了。她已经出发，正往约定的地点去呢。”

“约定的——你这个大混蛋，帕格。”

“最大的。”

这就是为什么我会陷入一场冒昧的面对面交流。那是在贝丝与熊南面的一个真实空间会客厅，非直射的暗淡光线从桌边和座椅底下溢出，配色大胆，用了很多长波——至少那天下午如此。在这地方，基准人类尽可以装出一副能瞧见红外光的样子。

于是我也玩了一小会儿伪装的游戏，暗地里评估角落包厢里的女人：身材瘦长，十分美丽，半打不同的种族特征和谐共处，没有任何一种占据绝对的主导地位。她脸颊上有什么东西微微闪光，映衬在周围发生红移的光线里，就仿佛绿宝石色的断音符。一头乌木般的黑发肆意飘散，稍微靠近些便能看见发丝中有几缕静电发生器，正是它们制造出了轻盈飘逸的幻觉。她有着血红色的皮肤，不过在正常光线下它无疑会变回流行的奶油色，这是混血人种的骄傲。

她挺迷人，不过在这种光线底下谁都不会差；波长越长，柔焦效果就越强。交媾房从不安装荧光灯，这自有其道理。

别上当，我告诉自己。

“切尔西。”她说。她的小指停在桌面内置的药物触冲器上。“曾经的神经美学家，托了超前沿的基因与机械技术的福，如今已化身为依附主体经济的寄生虫。”

她脸颊上的光斑懒洋洋地拍打翅膀：那是个纹身，一只生物冷光蝴蝶。

“席瑞，”我说，“自由执业的综合家，服务于将你变成寄生虫的基因与机械技术。”

她朝空座挥挥手。我坐下来，迅速评估面前的系统，以求在礼貌允许的限度内尽快断开连接。她双肩的姿态说明她喜欢有光的空间，并且不好意思承认。蒙纳汉是她最欣赏的艺术家。她自认为是个崇尚自然的姑娘，因为这些年来她一直使用化学催情剂，尽管编辑神经突触要来得更容易些。她时常陶醉于自身的矛盾之处：她以编辑思维为生，却又认为电话会剥夺人性，因此对它充满怀疑；她生来多愁善感，却又惧怕单方面的感情，并且绝不肯让这两种倾向妨碍自己。

她挺喜欢自己眼中的我。同时对此也有些害怕。

切尔西指指我这边的桌面。几块触摸板闪着柔和的光芒，仿佛一组蔚蓝色的指纹，在血红色的灯光中显得有些突兀。“麻药还不错。环上多出十个羟基，好像是。”

批量生产的神经药物对我没什么效果；它们瞄准的是普通大众，

这些人脑子里的肉比我多得多。我碰碰其中一个触摸板，但也只是做做样子；我几乎没有感受到任何刺激。

“好吧。综合家。把无法理解的事情解释给漠不关心的人听，对吗？”

我配合地露出微笑：“更准确地说，是为取得突破的人与从中获益的人搭建桥梁。”

她还以微笑。“那么你是怎么做到的？那些人，那些经过优化的额叶和增加的附件——我是说，如果那些人根本无法理解，你又怎么理解他们？”

“因为在我眼中，其他人也同样难以理解，这点很有帮助，熟能生巧。”就是这个。这话应该能拉开一点距离。

我错了。她以为我在开玩笑。我能看出她准备追问更多的细节，关于工作的问题会引向关于我的问题，然后又会引向——

“告诉我，”我圆滑地说，“以重组人类大脑为生是什么样的？”

切尔西扮个鬼脸，随着这个动作，她脸颊上的蝴蝶神经质地拍打翅膀，双翼瞬间明亮起来。“老天，听你这么说，就好像我们把人变成僵尸似的。其实基本上是微调。改变对音乐或者饮食的喜好，你知道，优化配偶之间的兼容度。一切都是可逆的。”

“药物不能达到同样的效果吗？”

“恐怕不行。大脑的发展进程不同，变数太多；我们所瞄准的目标非常精细。但其实这也并不全是显微外科手术和电击突触。很多神经重构都可以采取非侵入性的方式，准能让你大吃一惊。有时你只需要以正确的顺序播放某些声音，或者调整一组图像的几何与情绪配比，只要处理得当，就能引发各种各样的连锁反应。”

“我猜这些都是新近才有的技术吧。”

“倒也不算很新。若论基本原理，韵律与音乐其实是一母同胞。我们只不过把艺术变成了科学。”

“没错，但具体是在什么时候？”不久之前，肯定是。多半就是过去的二十年间——

她的声音突然变得很安静：“罗伯特提到过你手术的事。某种病毒性的癫痫，对吧？在你还是个小不点的时候。”

我从没明确地要求他保守秘密。再说又有什么关系呢？我已经完全康复了。

再说了，帕格至今认定那次手术发生在另外一个人身上。

“我并不清楚具体细节，”切尔西柔声道，“不过就我听到的情况看，非侵入性技术不会有用。我敢说他们也是迫不得已。”

我努力压抑那个念头，可我做不到：我喜欢这女人。

就在那一刻，我感受到了某种东西，一种奇异的、陌生的情绪，它让我的椎骨放松下来。我背后的椅子突然舒服多了，那种感觉无法描述。

“反正，”见我总不作声，她有些慌乱，“自从市场掉了底就没怎么干过这活了。不过我喜欢跟人面对面倒的确是因为它，你明白我意思吧。”

“嗯。帕格提到过，你过性生活都是肉身相见。”

她点点头。“我是保守派。你没意见吗？”

我并不确定。在真实世界我还是处男，我跟文明社会广大群众的共同点不太多，而这就是其中之一。“原则上我猜没什么。只不过总觉得——总觉得付出与回报不成正比，你知道。”

“谁说不是呢。”她微微一笑。“真正的性伙伴可不是图层效果。对方总有那么多需要和要求，而你没法把它们编辑掉。既然有了更轻松的选择，大家自然对它敬谢不敏，你怎么好怪他们呢？有时候我不禁怀疑，为什么咱们的父母竟然没有分开？”

我怀疑的是为什么他们竟然能走到一起。我感到自己进一步陷进椅子里，并且再次为这奇异的新感受大惑不解。刚才切尔西说这里的多巴胺经过了微调。多半这就是原因。

她上身往前倾，并非故作姿态，也不是卖弄风情。在幽暗的长波中，她始终看着我的眼睛；在她的皮肤上，信息素与合成材料混合在一起，散发出柠檬般的气味。“但是，一旦你学会了，也有好处，”她说，“身体的记性非常之好。另外，你右手底下并没有触摸板，这你也知道吧席瑞？”

我低下头，发现自己的左臂微微往前伸，食指贴在一块触摸板上；趁我没留心，右手也模仿这个动作，食指徒劳地敲打着空空如也的桌面。

我把右手缩回去。“双向抽搐，”我坦白道，“一不注意，身体就会偷偷摆出对称的姿态。”

我等着她开个玩笑，或者至少扬起眉毛。可切尔西只是点点头，继续往下讲：“所以只要你愿意，我也愿意。过去我还从没跟综合家搅在一起过。”

“叫我职业嘴炮就行。我没那么要面子。”

“你似乎总知道该说什么，分寸刚刚好。”她朝我偏偏脑袋。“那么，你的名字。它有什么意义？”

放松。就是这个。我感到很放松。

“不知道。就是个名字。”

“唔，这可不行。要是今后咱们准备交换唾沫，你非得换个有意义的名字不可。”

我突然意识到我们的确准备这么干，我一不留神，切尔西已经做了决定。我可以立刻阻止她，告诉她这主意糟透了，并为我们之间的误会向她道歉。可这样一来我就要面对难过的眼神、受伤的感情还有自己的内疚，因为说到底，如果真没兴趣，那我他妈干吗还要来？

她这人似乎挺不错。我不想伤害她。

只一小会儿，我告诉自己。就当是一次体验好了。

“我想我要叫你天鹅。”切尔西道。

“那种水鸟？”我问。稍微有点矫揉造作，不过还不算太糟。

她摇摇头：“黑洞。天鹅座 X-1。”

我朝她皱起眉头。其实我完全明白她是什么意思：那种致密的黑色物体，吸收所有光子，摧毁行进路线上的一切。

“真他妈多谢了。为什么？”

“我也不大清楚。你身上有种黑暗的东西。”她耸耸肩，然后咧开嘴，露出满口牙齿，给我一个大大的笑容。“不过是挺有魅力的那种。再说只要你同意，我可以帮你来一两次微调，这点小问题立马就能解决。”

后来帕格也勉强承认，或许我该把这话看成一个警报信号。真是活到老学到老。

“所谓领袖其实就是空想家，不大懂得什么叫害怕，
对自己失败的几率毫无概念。”
——罗伯特·贾维克[1]

我们的探测器滑向轨道，它在监视大本；我们则落后几天的距离，监视着探测器。这就是我们的全部工作：坐在忒修斯的肚子里，让系统将遥测数据源源不断地传入嵌入设备。我们极其重要、无可替代，我们是任务成功的关键——只不过初次接近对方时，我们跟压舱物也没什么两样。

我们穿越了大本的瑞利极限[2]。忒修斯朝一段窄窄的发射光谱眯起眼睛，分辨出这是一圈逸出大犬座的光晕碎屑：一小点肢解的残余，来自一个早已失落的星系，不知多少亿年之前漂泊到太阳系中，倒毙在这里。我们正在接近某种银河之外的来客。

探测器划出一道弧线，开始下降；距离越来越近，已经可以进

[1] Robert Jarvik，美国科学家、实业家，与同事合作研发了第一代人造心脏，Jarvik-7。

[2] Rayleigh Limit，以英国物理学家约翰·威廉·斯图特（即瑞利男爵，1842—1919）命名，描述的是成像设备（如望远镜、显微镜、相机、眼睛等）分辨细节的能力。

行人工色彩强化。在钻石般冷硬的背景下，大本的表面明亮起来，无数高对比度的色带组合成一块沸腾的法式巴菲蛋糕。有什么东西在那边闪闪烁烁，仿佛无尽云层上的微弱火花。

“闪电？”詹姆斯狐疑道。

斯宾德摇摇头：“陨星。那边肯定有不少石块。”

“颜色不对。”萨拉斯第说。他的身体并没有同我们在一起——他待在自己的营帐，与船长进行有线连接——但感控中心让他可以出现在飞船的任何地方。

在我的嵌入设备中，各种形态特征滚动显示：质量、直径、平均密度。大本的一天持续七小时十二分钟。赤道上空环绕着一圈增生带，较为分散，但面积十分可观，与其说是圆环不如说是环面体，从云顶延伸出近五十万公里：也许是卫星的尸体，碾成齑粉，只剩下些许残余。

“陨星，”斯宾德咧嘴一笑，“早说了。”

他似乎说中了。随着距离不断缩短，那些微小的闪光点大多被涂抹成转瞬即逝的明亮连字符，擦着大气表面划过。在更靠近两极的地方，带状云中的电流断断续续地闪烁出暗淡的光彩。

弱无线电波在三十一米和四百米处达到峰值。外层大气中充满了甲烷和氨；锂、水与一氧化碳含量也十分丰富。硫化氢铵和碱卤化物在那些撕裂的旋涡状云中混合。靠上的几层含有中性的碱。此时就连远方的忒修斯也能分辨出这一切，探测器离得更近，已经能看清细部特征。探测器眼前不再是一个圆盘。它鸟瞰着一堵由一层层沸腾的红、棕色构成的凸起的黑墙，还能看见蒽和芘形成的浅色污痕。

那无数陨星中有一颗出现在我们正前方，它的尾迹烤焦了大本的脸，有一瞬间我几乎以为自己能看见它核心的那个小黑点。然而突如其来的静电干扰了我们的信号。贝茨轻声诅咒，图像变得模糊，随后又稳定下来。那是探测器在频谱上抬高了声音：既然无法盖过长波的喧哗，它干脆缩短了波长。

然而它的声音依然结结巴巴。虽然忒修斯与探测器之间的距离在百万公里上下波动，但想让两者保持在一条直线上本来不成问题：我们各自的轨迹均为已知的抛物线，在任何时间点，双方的相对位置都能得到无限精准的预测。可那颗陨星的尾迹却在我们的信号源上蹦蹦跳跳，就好像探测器与忒修斯的相对位置总有些极微小的偏差，无法保持在一条直线上。再加上耀眼的气体模糊了它的细节，我怀疑哪怕图像稳如泰山，人类的眼睛仍然不可能捕捉到任何清晰的轮廓。但不知怎的，那位于褪色的亮光核心的小黑点，它总让我觉得有点儿不对劲。在我心中，某个原始的部分发出了质疑：那样的东西绝不可能出于自然——

图像再次剧烈颠簸，然后闪成黑色，再没有出现。

"探测器烧毁，"贝茨报告说，"最后有个峰值。就好像是撞上了帕克螺旋[1]，只不过是绕得特别紧的那种。"

我不需要唤出注解。她的面部表情、她眉间突然出现的皱纹都明白无误地告诉我：她说的是一种磁场。

"它——"她正要说话，感控中心中蹦出一个数据：11.2 特斯拉[2]。

"见他妈的鬼，"斯宾德喃喃道，"我没看错吧？"

身处飞船后部的萨拉斯第从自己的喉咙后部发出一个弹舌音。片刻之后他调出即时回放，最后几秒的遥测信号被放大、消除颗粒，并从可见光一直到远红外全部进行了对比度增强。仍然是那块头部

[1] Parker Spiral，由于太阳自转而使其磁场所带的螺旋形状，以预言其存在的美国天文学家 Eugene Parker 的名字命名。

[2] Tesla，磁感应强度单位，以美籍塞尔维亚物理学家 Nikola Tesla（1856—1943）命名。

包裹在火焰中的深色碎片，燃烧的尾迹拖在它身后。此时画面突然变暗，这是因为那东西再次升高，跳出了下方较为稠密的大气。片刻工夫热轨迹完全消失。之前在中心燃烧的那个物体重新升入太空，仿佛一点渐渐熄灭的余烬。那物体的前端是一个巨大的圆锥体，仿佛一张血盆大口；它卵形的腹部有数个粗短的鳍状物，破坏了腹部的线条。

大本猛地一冲，再次消失。

"陨星。"贝茨干巴巴地说。

我完全闹不清比例。它既可以是只昆虫也可以是个小行星。"大小呢？"我喃喃道。不到一秒钟答案就出现在我的嵌入设备里。

长轴四百米。

大本再次出现在我们眼前，一个模模糊糊的深色圆盘，远远地落在忒修斯前端取景器的正中央。但我没有忘记之前看到的近景：一个闪烁的球体，由许许多多有着黑色核心的火焰编织而成；一张伤痕累累、布满痘印的脸，不停地受伤，不停地痊愈。

那东西有好几千。

忒修斯哆嗦了一下，颤动从船首一路传过船身。只是减速产生的脉冲罢了；但在那个瞬间，在我的想象中，我觉得自己很明白它的感受。

我们往里走，做好两手准备。

忒修斯点火九十八秒，然后断奶。这次点火将我们逐渐带入一条巨大的弧线，只要稍加调整就可以进入一个绕大本飞行的轨道——或者，假如发现这儿的居民过于野蛮，也可以改成一次迅速而隐蔽的飞越行动。肉眼不可见的伊卡洛斯反物质流落到了我们左舷方向，它那取之不尽的能量丝毫不受时空影响。我们那城市一样大、分子一样厚的太阳伞已经收起，等下次飞船口渴时才会重新出山。反物质储备立即开始下降，这一次我们已经活过来，得以亲眼目睹这一景象。储备下降的幅度接近无限小，然而显示器上突然出现的减号依旧让人心绪不宁。

我们本来可以保留控缆，留一个较小的浮标在反物质传送流里，在我们身后将能量反射到储备井中。苏珊·詹姆斯不明白我们为什么不这样做。

“太冒险。”萨拉斯第并没有进一步解释。

斯宾德倾身凑到詹姆斯跟前：“反正有咱们在，干吗还给它们别的靶子，呃？”

我们派出更多探测器，忒修斯用力把它们飞快地吐出去。它们的燃料十分有限，除了飞越与自毁再无别的可能。探测器的视线牢牢盯在那些绕大本摆荡的机器陨星上，忒修斯也一眨不眨地睁大了眼睛，距离更远，却更加精确。也许这些在太空中玩高空跳水的家伙已经发现了我们，但无论如何，它们选择了彻底无视。我们慢慢靠近，一路追踪它们的身影，目送它们沿着百万条抛物线，以百万个不同的角度俯冲、爬升。我们至今不曾发现任何碰撞事故——它们既不会撞上彼此也不会撞上那些在大本赤道周围翻滚涌动的石头。每到近地点它们就落入大气层，短时间内燃烧、减速，随后加速回到太空，前端的采集斗因余热而闪闪发光。

贝茨从感控中心里抓出一幅图，将那物体的前端高亮显示，并得出结论：“超音速冲压喷射飞行器。”

在不到两天的时间里，我们追踪到将近四十万个这类物体。在此之后新发现急剧减少，增长曲线压扁成一条理论上的渐近线。它们的轨道大多贴近大本，但萨拉斯第制作了一张频数分布图，显示某些个体的轨迹几乎延伸到冥王星。哪怕我们在这里待上好几年，仍然可能发现新的铲鲨完成虚空突击任务，回到大本身边。

“比较快的那些，急转时速度可以超过五十个G。”斯宾德指出。

“血肉之躯可受不了这个。要我说它们全都无人驾驶。”

“血肉之躯可以强化。”萨拉斯第道。

“要是真给血肉里搭上那么多脚手架，那你也别再抠字眼了，直接管它叫机器完事。”

它们表面的形态特征完全相同。整整四十万高空跳水员，一模一样。假如那里头有个管事的头头，光看外表我们绝对分辨不出。

某天晚上——尽管在飞船上这种计时方式并没有太大意义——电子微弱的尖叫声将我引到观象囊。我发现斯宾德正飘在观象囊里望着那几十万飞掠艇。他关上了蚌壳，过滤掉所有的星星，以一张分析网取而代之。各种图表、窗口散落在穹顶内，就好像斯宾德大脑里的虚拟空间已经容不下它们。战术图从四面八方将他点亮，他的身体仿佛是由各种不断闪烁的纹身拼接而成。

纹身人[1]。“介意我进来吗？”我问。

他哼了一声：介意，但不至于坚持。

“大本的磁气圈，”他头也没回，“挺不赖，呃？”

综合家在工作期间从来没有自己的看法，这样才能把观察者效应降到最低。这一次我允许自己稍微违反规定：“静电是挺不赖。如果没有那种尖啸声就更好了。”

“你开玩笑吧？这是天空的音乐，政委。美极了。就像古老的爵士乐。”

“爵士什么的我也从没弄明白过。”

他耸耸肩，关闭高音区，只留下雨点的滴答。他的眼珠不断颤抖、注视着某个隐秘的图像。“想往你的笔记里添点儿独家内容吗？”

“当然。”

[1] *The Illustrated Man* 是美国著名作家 Ray Bradbury（《华氏 451》的作者）于 1951 年出版的一本科幻短篇小说集，主线是冰冷的科技与人类心理之间的冲突。

“就在那儿。”他抬手一指，光线折射在信息反馈手套上，像蜻蜓的翅膀变幻出彩虹的斑斓：一个吸收频谱，一个循环的时间序列。在一个十五秒的时间段里，明亮的峰值升起又回落，升起又回落。

我查找注解，却只找到波长是多少埃[1]。“那是什么？”

“跳水员放的屁。那些混蛋在往大气里倾泄复杂的有机物。”

“有多复杂？”

“目前还很难说。只是些微弱的痕迹，很快就那么着消失了。但至少包括糖和氨基酸，没准还有蛋白质。没准还有别的。”

“生命？微生物？”外星人的环境塑造工程……

“这要看你如何定义生命，呃？”斯宾德道。“在那底下，哪怕耐辐射奇球菌也坚持不了多久。大气层的规模非常大，如果它们想靠直接接种的办法从头搞起，短时间里别想见效。”

而如果它们确实是想从头搞起，采用自我复制的有机体会快得多。“听起来挺像生命。”

“要说像的话，倒更像农用喷雾器。那些混蛋想把那该死的气态球整个变成比木星还大的一块稻田。”他朝我咧开嘴，露出的怕人的微笑。“胃口可真不小，呃？叫你难免怀疑，力量对比是不是太悬殊了些。”

接下来的那次碰头会，斯宾德的发现成了中心议题。

辅助视图在桌面舞动，吸血鬼为我们做总结：“冯·诺依曼式自我复制的r策略者[2]。种子发芽，长出飞掠艇，飞掠艇从增生带搜

---

[1] Angstroms，等于一亿分之一厘米，多用于度量波长以及原子间的距离。

[2] 生态学中的r选择和k选择是两种不同的生存策略。r（rate，即速率）选择策略出生率高、寿命短，缺乏保护后代的机制，子代死亡率高，但有较强的扩散能力，适应于多变的栖息生境，通常是新生境的开拓者。与之相对的是k(kapazitätsgrenze，即容量限制）选择，出生率低、寿命长、个体大多具有较完善的保护后代的机制，子代死亡率低，但多不具较强的扩散能力，适应稳定的栖息生境。

集原材料。其飞行轨道有微小波动；增生带仍不稳定。”

“那个飞掠艇种群，我们还没见其中哪个生出小的来，”斯宾德评论道，“发现有工厂的痕迹了吗？”

萨拉斯第摇头：“也许废弃了。解体。或者种群在最佳的N点停止繁育。”

“这些只是搞前期开发的推土机，”贝茨指出，“以后会有居民的。”

“许许多多的居民，呃？”说完斯宾德又添上一句：“比咱们多出无数倍。”

詹姆斯：“不过它们很可能好几个世纪之内都不会出现。”

萨拉斯第弹弹舌头：“是飞掠艇造的萤火虫？本斯—考菲德呢？”

只是修辞性的反问，但斯宾德还是回答了：“看起来不大可能。”

“那就是别的。某种当地已有的东西。”

有一会儿工夫谁也没说话。詹姆斯的拓扑形态发生改变，经过沉默的换位之后，她再次开口，这回位于表面的人格比詹姆斯似乎年轻许多。

“如果它们在这里建造家园，说明它们的栖息地与我们的完全不同。这就大有希望。”

是蜜雪儿。联觉者。

“蛋白质。”萨拉斯第的眼睛藏在护目镜背后，完全无法解读。相似的生物化学。它们或许会把我们当成食物。

“无论这些生物是什么，它们甚至并不生活在阳光下。领地不重叠，资源不重叠，没有冲突的基础。我们完全可能和平共处。”

“从另一方面讲，”斯宾德道，“技术就意味着好战。”

蜜雪儿轻轻哼了一声：“没错，根据一小撮理论历史学家的判断，的确如此。一群从未见过外星生命的理论历史学家。也许现在我们可以证明他们错了。”下一秒她突然消失，她的情感特征仿佛沙尘暴中的树叶般四散飘落，苏珊·詹姆斯回到了驾驶席。

“为什么我们不干脆问问它们？”

贝茨不解道：“问？”

“外头有四十万台机器。我们怎么知道它们不会说话？”

“如果它们会，我们早该听见了，”斯宾德道，“它们是无人驾驶的飞行器。”

“发个请求信号能有什么害处？万一呢？”

“就算它们有智慧，它们也没有任何理由说话。哪怕在地球上，语言和智力也并不总是彼此相——”

詹姆斯翻个白眼。“试试看又怎么了？我们就是为了这个才来的。我就是为了这个来的。就发个该死的信号好吧。”

过了一会儿，贝茨接过话头：“苏，从博弈理论的角度看，这策略很糟。”

“博弈理论。”从詹姆斯嘴里说出来，这几个字仿佛诅咒。

“最佳的策略是见招拆招。它们朝我们发送了请求信号，我们也回发了请求信号过去。现在轮到它们行动了。如果我们再次发送信号，可能会泄露太多情况。”

“我明白那些规则，阿曼达。按照博弈理论，假如对方再也不采取主动，我们在整个任务期间都要无视它，因为博弈理论说千万不能显得过于急迫。”

“这些原则只在遭遇陌生的对手时才适用，”少校解释道，“一旦我们了解到更多情况，我们就会有更多选择。”

詹姆斯叹口气：“只不过——只不过你们一上来就预设对方怀有敌意。就好像发信号打个招呼也会招来攻击似的。”

贝茨耸耸肩：“小心谨慎才是明智的选择。我也许是个当兵的，但那东西在恒星之间蹦弹，靠改造巨型木星为生，我可不想惹毛它。我不需要提醒任何人，忒修斯不是战舰。”

她口里说着任何人，指的却是萨拉斯第。而萨拉斯第专注于自己的视野，并没有回答；至少没有出声回答。不过他的表征却说着一种完全不同的语言。

它们说：还不到时候。

顺便提一句，贝茨说得没错。忒修斯的正式用途是探索而非战斗。我们的主人无疑很希望在科学仪器之外再添上核弹和粒子炮，可惜即使反物质燃料补给线也无法改变惯性定律。如果选择建造武装原型机，建造时间必然延长；如果选择扩大飞船体积，配备重型武器，则需要更长时间才能完成加速。最终主人们做出决定：时间比军火更重要。反正只要时间充裕，制造车间可以满足我们的任何需求。要是我们想从零开始造一门粒子光束加农炮，那当然得费些功夫，或许还必须从当地的小行星搜刮原材料，但我们毕竟有这个能力。当然，前提是敌人愿意发扬风格，等我们完工再动手。

然而对方是一手导演了天火坠落的智慧生命，就算拿出最强的武器，我们战胜它们的几率又有多少？假使对手怀有敌意，无论我们怎么做多半都难逃一死。这个未知的对手在科技上十分先进——而按照某些人的逻辑，这就意味着它们必然心怀敌意。那些人的确是这么说的：科技就意味着好战。

这话如今已经失去了原先的意义，所以我猜我该稍做解释。经过了这么长时间，你很可能已经把来龙去脉给忘记了。

曾几何时，人类分为三个部落。乐观主义者以德雷克和萨根[1]为守护神，他们相信宇宙中挤满了温和的智慧生命——我们精神上的兄弟，比人类更广大、更智慧，一个太空大家庭，总有一天我们

[1] Frank Drake 与 Carl Sagan 都是对外星生命研究有突出贡献的美国科学家，前者提出了著名的德雷克公式，后者是 SETI（探索地外文明计划）的促成者之一。

也会成为其中的一员。这难道不是显而易见的吗？乐观主义者说，太空旅行就意味着智慧，因为它需要控制巨大的毁灭性力量。无论哪个种族，假使不能克服自己野蛮的天性，那么不等学会如何跨越星际间的鸿沟，它必定早已经自我毁灭了。

在乐观主义者的对立面坐着悲观主义者，他们匍匐在圣费米[1]以及一群较低级的小神仙脚下。悲观主义者描绘出一个孤独的宇宙，其中满是僵死的岩石与原核泥浆。可能性太低了，他们坚称。环境太恶劣，辐射太厉害，太多轨道上有太多异常。单单地球的存在已经是一个无与伦比的奇迹；期待许多个地球的存在无异于放弃理性、皈依宗教狂热。毕竟宇宙已有一百四十亿年历史：假如银河系中真有智慧生命存在，它早该上门拜访了不是吗？

第三方是历史学家，他们跟以上两个部落都同样保持距离。对于是否广泛存在遨游于太空的智慧生命他们毫无兴趣——但假如它们存在，历史学家如是说，那它们将不止是聪明，它们还会十分凶恶。

这一结论看来似乎不可辩驳，毕竟人类的历史不正是如此吗？先进文明将落后文明踩在脚下，碾得粉碎。同样的过程循环往复，永无止息。但这里的关键不仅仅在于人类的历史，也不在于工具带给任何一方的优势是多么不公平——只要能逮住半个机会，受压迫的一方也会欣然夺取先进武器，化身为压迫者。不，真正的问题在于那些工具一开始是怎么来的。真正的问题在于工具的用途。

在历史学家看来，工具的存在只有一个理由：迫使宇宙转变为非自然的形态。工具将自然当作敌人，它们本身就是对自然秩序的反叛。在温和的环境里技术总是发育不良的；在任何信仰自然和谐

[1] Enrico Fermi，意裔美籍物理学家，1938年诺贝尔物理学奖获得者。在1950年的一次谈话中，费米提出了著名的“费米悖论”——鉴于宇宙的大小与年龄，地外文明广泛存在的可能性很高，但人类至今未发现相关证据，这一悖论是否说明并不存在外星文明？

的文化中，技术都不可能欣欣向荣。假如你家气候宜人、食物充足，热核反应堆对你能有什么用处呢？假如你没有敌人，又哪会有必要修筑堡垒？既然世界对你毫无威胁，你又何必强迫它改变？

就在不久之前，人类文明还有许多分支。即便到了二十一世纪，一些孤立的小部落也才刚刚发展出石头工具。某些部落只要进入农业社会就心满意足，另外一些则非把自然彻底终结才能安心，还有一些更是硬要到太空建造城市不可。

不过最终我们全都会停下脚步。每一项新科技都把过去踩在脚下，再爬上某条自鸣得意的渐近线，前进的步子越来越慢——直到最终我母亲把自己当成蜂巢里的幼虫般收藏起来，被机械软化，被她内心的满足感剥夺了一切驱动力。

但历史从没说过其他生物也必然会在同样的地方止步。它仅仅暗示说，如果你停下脚步，那就意味着你停止了为生存而挣扎。可宇宙中或许还存在更加严酷的世界，人类最先进的技术对它也无计可施；环境永远都是敌人，要想活命，只能发明更尖利的工具，建立更强大的帝国，只能与环境殊死搏斗。那种环境中所包含的威胁绝不会简单。极端的气候与自然灾害要么杀了你要么拿你没办法，而一旦你征服它们——或者适应它们——你就不必再把它们放在心上。不，世上只有一种环境因素，其重要性永远不会降低，那就是某种懂得反击的因素。它们会不断以更新颖的战略对抗你的新战略，迫使你为了保命而不断进步。说到底，除了智慧的敌人，一切敌人都毫无意义。

假设最好的玩具最后的确会落到那些时刻牢记生命就是与聪明的敌人作战的生物手里，那么以这一条来推测，一个能制造机器在恒星间旅行的种族，你觉得会是什么样的？

论证十分简单明了。它甚至可能为历史学家赢得胜利——只可惜这类争论从不以逻辑定胜负，可惜那个空虚无聊的种族已经把大奖颁给了费米。在大多数人眼里，历史学家的范式太过丑陋、太过达尔文主义；再说这种事情反正也没人在乎了。就连《卡西迪观察》新近发表的重大发现也没能改变什么：大熊波江座有个泥巴球，大气中含氧，那又怎么样呢？它在四十三光年之外，而且沉默得很。假如你想要会飞的吊灯和外星弥赛亚，在*天堂*里，这种东西你爱造多少有多少。假如你喜欢睾丸激素和射击练习，大可以创建一个充满了外星怪物的来生——怪物的模样可以十分恐怖，而且准头奇差无比。假如单单*外星智慧*这个念头已经威胁到你的世界观，你还可以打造一个虚拟星系，到处是空荡荡的地产，静候虔诚的地球朝圣者大驾光临。

天堂里什么都有，而你离它只差十五分钟的小手术和一个颈部插口。真实的飞船空间狭小、气味难闻，受这份罪跑去土卫二看看绿藻，值得吗？

于是不可避免地出现了第四个部落——对一切都无所谓的*天堂*居民。*萤火虫*出现后，他们集体*手足无措*。

于是他们派我们出去，并且——为了对历史学家念叨不休的咒文表示一点点迟来的尊敬——还派了一个战士以防万一。我们面对的是一个拥有星际旅行技术的种族，假如对方抱有敌意，地球的孩子里有人能同它们一争高下吗？这是很可疑的。不过我看得出，贝茨的存在仍然带给大家安慰，至少对船上的人类成员如此。如果你必须赤手空拳对抗智商高达四位数的愤怒暴龙，身边有个受过训练的战斗专家总不会有什么害处。

最不济，她至少能用手边的树枝做根尖头的棍子。

“我发誓，如果最后咱们这伙人全让外星人给吃了，那准是博弈理论教的功劳。”萨沙道。

她来厨房拿一块蒸粗麦粉砖，我则是为了咖啡因。其他船员分散在拱顶与制造车间之间，我俩基本算是独处。

“语言学家不用博弈理论？”我知道情况并非完全如此。

“我们不用。”而其他语言学家都是无能之辈。“博弈理论的问题在于，它假定所有参与者都是理性的利己主义者。可人类根本不是理性的动物。”

“过去的博弈理论确是如此，”我承认，“但如今它还考虑到了社会神经学的因素。”

“人类的社会神经学，”她对着砖块的一个角咬下去，然后包着满嘴的小麦粉继续往下说，“博弈理论就这么点用处。理性的参与者，或者人类参与者。现在让我天马行空随便猜猜，猜猜这两条是不是也适用于那东西。”她挥挥手，指向藏在隔离壁背后的某个虚构的外星人原型。

“它的确有局限，”我承认，“但据我想，手头只有这个，你也只能凑合着用。”

萨沙冷哼一声：“也就是说，如果你不能搞到一张真正的蓝图，那就找本下流的打油诗，照着它来建造你梦中的房子。”

“也许你说得有理，”说完这话我又忍不住辩解道，“不过我发现它其实挺有用。在某些你意想不到的领域。”

“当真？举个例子来听听。”

“生日。”这话刚一出口，我立刻后悔不迭。

萨沙的嘴巴不嚼了。她眼睛后头有什么东西在明灭，几乎像是频闪，仿佛其他几个自我竖起了耳朵。

“接着说。”我能感到四合体全员都在倾听。

“没什么大不了，真的。只是举个例子。”

“那好。跟我们讲讲。”萨沙朝我偏偏詹姆斯的脑袋。

我耸耸肩，没必要小题大做。“好吧，按照博弈理论，你永远不该告诉别人自己的生日是什么时候。”

“我没听明白。”

“这是一种导致双输的主张。不存在获胜的策略。”

“你什么意思，策略？那是生日呀。”

我也曾试着跟切尔西解释这个问题，她的回答跟萨沙一模一样。听着，我说，如果你告诉人家自己的生日，结果当天谁也没有任何表示，那就等于是扇了自己一个耳光。

或者他们也可能会为你办个派对，切尔西回答道。

那样的话，你不会知道他们是出于真心，还是他们本来宁愿什么也不做，只不过是你们之前的交谈让他们觉得内疚，结果只好做点什么。可如果你谁也不告诉，然后没人为你庆祝，那你就没有理由难受，因为毕竟事先谁也不知道。而如果真有人请你喝一杯，你就知道对方是真心实意的，因为如果人家不是真心喜欢你，就不会大费周章地打听出你的生日，为你庆祝。

当然，这种东西四合体比切尔西更明白。我无需用语言加以解释：我只需要抓过感控中心，绘制出报偿矩阵，竖列上是告诉 / 不告诉，横行是庆祝 / 不庆祝，成本与收益的黑白逻辑就在方块之间，无可辩驳。这其中的数学无懈可击：想要获胜，唯一的策略就是隐瞒。只有傻瓜才会四处宣扬自己的生日。

萨沙看着我：“这东西你还给别人看过吗？”

“当然。我女朋友。”

她扬起眉毛：“你有过女朋友？真人？”

我点点头：“过去。”

“我是说在你给她看了这东西之后？”

“嗯，对。”

“嗯哼，”她的目光回到报偿矩阵上，“只是好奇，席瑞。她当时什么反应？”

“她没什么反应。刚开始没有。然后——唔，然后她哈哈大笑。”

“这女人着实比我强，”萨沙摇摇头，“换作是我，当场就甩了你。”

我每晚例行沿船脊往前散步健身：一趟令人愉悦、如梦如幻的单自由度行程。我飘过舱门与通道，张开双臂，在旋转舱柔和的气旋中打转。贝茨在我周围绕圈奔跑，将皮球扔向甲板与隔离壁，舒展身体拦截在模拟的扭矩重力场中沿曲线反弹的皮球。少校漏接了撞上一架楼梯井的玩具，她的咒骂声追在我身后，随我穿过从墓穴通向舰桥的针眼。

我在快走到穹顶时刹车，前方轻柔的交谈声让我停下了脚步。

“它们当然很美，”斯宾德嘟囔道，“它们是星星。”

“而我猜我不是你分享这景色的第一人选。”詹姆斯说。

“你以微弱差距排名第二。不过我跟蜜儿有个约会。”

“她没跟我提过。”

“她不会什么都告诉你。你可以问问她。”

“嘿，这具身体可是服了抗力比多药的。哪怕你的身体没有。”

“别这么龌龊，苏。性爱只是爱的一种，呃？古希腊人曾经确认了四种形式。”

“哈。”这回绝对不是苏珊，不再是了。“一群鸡奸犯，早料到你会把他们的话当圣旨。”

“妈的，萨沙。我只想在鞭子抽下来之前跟蜜儿单独待上几分钟而已……”

“这也是我的身体，艾克。你也许愿意把眼珠子从我胸上挪开？”

“我只想聊聊天，好吗？单独聊聊。过份吗？”

我听见萨沙吸了一口气。

我听见蜜雪儿把气呼出来。

“抱歉，小子。你知道四合体是什么样的。”

“谢天谢地。每次我想碰个面都要熬过一场集体审核。”

"那么幸好她们都喜欢你。"

"我还是觉得你该搞个政变。"

"或者你可以搬进来跟我们一起住。"

我听见身体轻微碰触的窸窣声。"你过得怎么样？"斯宾德问，"还好吗？"

"挺不错。重新活过来，过了这么长时间，我想我终于适应了。你呢？"

"我嘛，不管死多久，我还是原来那个笨蛋。"

"你还不算太糟。"

"怎么，多谢。尽力而为罢了。"

短暂的沉默。忒修斯静静地哼着歌。

"妈妈说得没错，"蜜雪儿道，"它们的确很美。"

"你看到的它们是什么样子？"说完斯宾德觉得有些不妥："我是说——"

"它们——它们有很多刺，"蜜雪儿告诉他，"当我转过头，就好像一片很细很细的针，波浪般滚过我的皮肤。不过一点都不疼。只稍微有些刺痛。几乎像是过电的感觉。非常美妙。"

"真希望我也能体验一次。"

"你的界面完全可以做到。只需要绕开视觉皮层，接一台照相机到顶叶就成。"

"那只能告诉我机器对图像的感觉，仍然无法体验你的感觉。"

"艾萨克·斯宾德，你真是个浪漫主义者。"

"哪儿的话。"

"你并不想知道。你希望它保持神秘。"

"这地方已经有太多神秘了，你还没发觉吗？"

"嗯，但对它们我们无能为力。"

"情况很快就会改变。用不了多久大家都会累趴下。"

“你这样想？”

“毫无疑问，”斯宾德道，“到目前为止我们都只是从远处偷看，对吗？等我们靠近些，拿棍子稍微一戳，保证各种乐子都会冒出来。”

“对你来说也许如此。那么多有机体，中间肯定能找着些生物学的东西。”

“一点不错。我给它们检查身体的时候，你就跟它们聊天。”

“这可说不准。我是说，你关于语言的看法其实有些道理，尽管再过一百万年妈妈也不会承认。说到底，语言其实是一种迂回。就好像用烟雾信号来描述梦境。这很高尚，或许是身体所能进行的最高尚的行为，但如果你想把日落转化为一连串的哼哼呀呀，这个过程中肯定会失去些什么。它有局限性。有可能它们根本就不使用语言。”

“不过我敢打赌它们肯定用的。”

“当真？一直批评语言效率低下的不就是你吗？”

“只在我故意惹你动怒的时候。至于想让你动情的时候——完全是另外一码事。”他为自己的幽默哈哈笑。“说真的，要不然它们能用什么交流呢？心灵感应吗？要我说，过不了多久你就会被象形文字淹到头顶，而且你还会用创纪录的速度破解它们。”

“你真贴心，不过我拿不准。大部分时间我连朱卡都破解不了。”蜜雪儿沉默片刻。“有时候他真教我困惑。”

“不止是你，还有另外七十亿地球人。”

“没错。我知道这很傻，可每次他不在跟前，我都忍不住琢磨他究竟藏在什么地方。然后每次他出现在我跟前，我又觉得我该找个地方藏起来。”

“他让我们毛骨悚然也不是他的错。”

“我知道。但这对士气可没什么帮助。找个吸血鬼来坐镇，这是哪个天才想出的主意？”

“那你想给他安排个什么职务，呃？你愿意对他发号施令吗？”

“不止是他的举止。还有他说话的方式。完全不对头。”

“你知道他——”

“我指的不是永远使用现在式，也不是指那些个喉塞音。他——你知道他怎么说话的。太简短了。”

“很有效率。”

“很有人为的痕迹，艾萨克。他比我们所有人加起来还聪明，可有时候他说起话来，就好像只懂得五十个单词似的，”蜜雪儿轻哼一声，“时不时说个副词什么的难道会要他的命吗？”

“啊。不过你身为语言学家才会这样说，你总是无法理解，为什么有人竟不愿沉醉于纯粹的语言之美，”斯宾德夸张地哼哼几声，“我嘛，我是个生物学家，所以觉得这一切都很正常。”

“当真？那么切割青蛙的伟大智者啊，烦你解释给我听听。”

“很简单。这些吸血怪物是过境型，而不是定居型。”

“这话到底——哦，都是虎鲸，对吧？用口哨声交流。”

“我说了，忘掉语言。想想生活方式。定居型虎鲸吃鱼，对吗？它们喜欢一大堆群居在一起，也不怎么挪窝，总在讲话。”我听到一丝动静，想象斯宾德往前凑了一步，一只手搭上蜜雪儿的胳膊。我想象他手套里的传感器正向他报告，告诉他对方有什么感觉。“至于过境型——它们吃哺乳动物。海豹、海狮，都是些聪明的猎物。非常聪明，一旦听到鲸鱼尾巴拍水的声音或者相互交流的咔嗒声，它们就会躲起来。所以过境型的虎鲸全都鬼鬼祟祟的，懂吗？一小群一起狩猎，四处游弋，闭紧嘴巴，免得被猎物察觉自己的踪迹。”

“而朱卡就属于过境型。”

“那家伙的本能告诉他，在猎物周围要保持安静。每次他开口说话，每次他让我们看见他，他都在跟自己的脑干搏斗。也许他的确不是世上最有煽动力的演说家，不过我们也不该为这个苛责那老家伙，呃？”

“每次做简报的时候，他都在压抑吃掉我们的冲动？这可真让人安心。”

斯宾德轻声笑了。“多半没有那么糟。我猜即使虎鲸也有放松警惕的时候，比方说进食以后。肚子饱饱的还有什么必要偷偷摸摸，呃？”

“那么说他并不是在跟脑干搏斗，只不过是肚子还没饿。”

“很可能二者都有。脑干永远不会完全退场，你知道。不过让我告诉你一件事，”斯宾德语调中的玩笑之意略微减退，“如果萨拉斯第偶尔想在自己的营帐里主持简报会，我对此绝不会有任何意见。可如果哪天我们完全不知道他在什么地方，那时候你就该小心提防了。”

现在回想起来，我终于可以承认：我嫉妒斯宾德同女性打交道的手腕。他被切成碎片，还移植了假体，他只不过是一大团又高又瘦的物质，总在抽搐，总在颤抖，他几乎感觉不到自己的皮肤，然而不知怎的，他竟能显得——

富有魅力。就是这个。魅力。

作为社交生活的必需品，魅力这东西早已过时，它同双人非模拟的性配对一样，逐渐淹没在了历史的故纸堆里。但就连我也尝试过非模拟的性。而假如当时我拥有斯宾德那种自嘲的技能，那可就太好了。

特别是在跟切尔西的关系开始分崩离析的时候。

当然，我也有属于自己的风格，也会试着以自己独特的方式施展魅力。我和切尔西经常为诚实和情感操纵这种事吵架；有一次吵架后我突然想到，也许一点点异想天开的幽默感能有所帮助。我渐渐怀疑切尔西压根不理解性政治。没错，她曾经以编辑大脑为生，但没准她只是把那些线路死记硬背下来，完全没有思考过它们最初是如何产生的，也没有思考过塑造它们的终极原理——自然选择。或许她真的不知道我们是进化道路上的敌人，不知道一切男女关系都注定要失败。假如我能把这些真知灼见悄悄塞进她脑子里——假如我能靠魅力绕开她的防御——也许我们就能继续走下去。

于是我开始思考，并且想出了一个完美的点子来帮她提升。我为她写了一篇睡前故事，混合了诙谐与温情，足以消除她的敌意，我给它起名叫：

卵子发生福音

太初有配子。然虽有性，啊，却无性别，生命平衡。

上帝说："要有精子。"于是某些种子便缩小体型，造价转廉，充斥了市场。

上帝说："要有卵子。"于是另一些种子便受到精子带来的折磨。并且，啊，它们极少能结出果实，因精子并不予合子食物，唯体积最大的卵子能弥补食物之短缺。于是随时间流逝，它们越长越大。

上帝将卵子置于一子宫中，命曰："在此等候：汝之体型使汝难于驾驭，精子须至汝房中寻汝。自今日起汝将在内部受精。"事便这样成了。

上帝对配子道："汝结合之果实可居于一切地、取一切形态。它可呼吸空气与水与海底热泉之硫磺。但自时间之始，吾仅有一条诫命，汝万勿忘记：播撒汝之基因。"

于是精子与卵子进入世间。精子道："我既众且廉，假使我多多播种，必能实现上帝之计划。我将不断搜寻新的配偶，并在其孕后将其抛弃，因世上子宫甚多，时间却甚少。"

然卵子道："啊，生育之负担着实沉重。我腹中之肉仅一半属我，我却须孕育它、喂养它，即便它已离开我腹中之屋。”（因彼时卵子的许多后代已内流热血，外披毛皮。）“我仅能孕育少量子女，须全情奉献，护佑他们始终。我要让精子相助，因原是他害我陷于此等境地。即便他时时挣扎，我亦不能许他走失，更不许他与我的对手同榻而眠。”

精子为此十分不乐。

上帝但笑不语，因他的诫命使精子与卵子彼此为敌，直至其本身已无用之日，仍将如此。

一个周二傍晚，天色幽暗，灯光完美，我带了花给她，并向她指出这项古老的浪漫传统有多么荒谬——切下另一个物种的生殖器，作为交配前的贿赂赠予情人——然后在我们准备上床之前，我为她背诵了自己撰写的小故事。

我至今也不知道问题究竟出在哪里。

“无形的障碍就在你体内。无形的障碍就是你的良心。”

——雅克布·霍茨布林克，《我们星球的钥匙》[1]

我们离开地球之前曾听到一些传闻，一些关于第四波的谣言：据说有支大无畏的深空舰队静静跟在我们身后，以备前方的炮灰撞上什么过于凶狠的东西。如果发现外星人很友好，就换上一艘满载政治家和 CEO 的护卫舰，时刻准备好挤开其他人，抢上最前排。当时地球上并没有什么深空无畏舰队或者使团护卫舰，但这并不说明什么；天火坠落之前忒修斯不也一样不存在。没人跟我们提过任何后备方案，但这也很正常：你总不会把大局解释给前线的大兵听。他们越是无知，能泄露给敌人的东西就越少。

我仍然不知道第四波是否存在。我从未发现过它存在的迹象，虽然这并不能说明任何问题。也许我们把它们留在了本斯—考菲德那边苦苦挣扎。又或者它们一路追随我们到了大本这里，偷偷摸摸地从远处监视我们，等发现形势急转直下，就赶紧夹起尾巴溜了。

[1] 《我们星球的钥匙》及后文引用的许多名言，都是作者所谓“今后半个世纪里名人们会说的话”。

我不知道事实是否果真如此。我不知道他们有没有平安到家。

现在回想起来，我但愿他们没有。

一朵巨大的棉花糖踢中忒修斯的肋骨。“下方”这个方位像钟摆般左右摇摆。旋转舱对面，斯宾德发出短促的尖叫，就像给什么东西烫伤了似的；我当时正在厨房，撕开一个热咖啡食泡，我才是真的差点烫伤。

就是这个，我暗想。我们靠得太拢。它们开始反击了。

“这他妈是——”

通用线路一闪，贝茨从舰桥链接过来：“主引擎刚刚点火，我们正在改变航线。”

“朝谁去？去哪儿？谁下的命令？”

“我。”说话间萨拉斯第出现在我们上方。

谁也没开口。某种声音从靠船尾一侧的舱门飘进旋转舱：碾磨的声音。我向忒修斯的资源分配堆栈发送了一个请求信号。原来制造车间正在更换工具，准备大批量生产某种掺了杂质的陶瓷。

防辐射涂层。实实在在的玩意儿，粗笨、原始，与我们平时依仗的磁场控制系统全然不同。

四合体睡眼惺忪地走出营帐，萨沙嘟囔道：“这他妈是怎么回事？”

“看好。”萨拉斯第接管感控中心，开始演示。

那不是简报，而是一场暴风雪：重力井与轨道轨迹；氨气与氢气构成的雷暴云砧，以及它们内部的剪应力模拟；立体的行星图像，淹没在从伽马射线到无线电波的各种滤镜下。我看见了断裂点、鞍点与不稳定的平衡。我看见了描绘在五个维度中的折叠型突变。我的强化附件奋力轮转这些信息，另外半边属于人类的肉脑则挣扎着想要理解这一切的含义。

那下头藏了什么东西，就藏在我们眼皮底下。

大本的增生带仍然不安生。它的过失并不明显；在寻找模式的时候，萨拉斯第并没有当真描绘出每块鹅卵石、每座大山以及每颗小行星，不过也差不多了。无论他自己还是他与船长共享的联合智力都无法把这些轨迹简单解释为过去的扰动留下的余波。云顶上有某种东西，它伸出手去，把碎片从轨道拽到地上；漫天的残骸不是简单的尘埃落定，它们更像是跟随着那东西的节拍，大踏步地朝地面进发。

并非所有碎片都落地了。大本的赤道区时常因陨石的撞击而闪烁不停——这类陨石比飞掠艇明亮的尾焰要黯淡许多，并且眨眼间就消失了踪影——但频数分布并不能解释落下的所有石块。简直就好像时不时会有一块坠落的碎石不知所踪，掉进了某个平行宇宙一般。

抑或是被这个宇宙中的某种东西阻截。某种每四十个小时左右环绕大本赤道一周的东西，飞得很低，几乎擦过大本的大气层。某种无论可见光、红外线或者雷达都捕捉不到的东西。如果一个飞掠艇没有在它背后的大气中划出一道白热的尾迹，如果忒修斯不是恰巧睁大了眼睛，它或许永远只会是纯粹的假设。

萨拉斯第将那幅图置于正中央：一道明亮的尾迹斜斜地划过大本永恒的黑夜，中途往左偏移了一两度，在从我们视线中消失前又移回了最初的方向。画面定格，一束光波被冻结在画面上，中段有一小截凸显出来，与其他部分的轨迹偏离了一根头发丝粗细的距离。

九公里长的一小截。

萨沙感叹道："它隐身了。"

"技术可不怎么高明，"贝茨从船首方向的舱门进入旋转舱，顺着旋转的方向飘移，"显然是某种耐高温的人造物体。"她抓住甲板中部的楼梯井，利用扭矩将身体翻正，双脚落在梯子上。"之前怎么没发现？"

斯宾德提供思路："缺少背光。"

“不仅仅是尾迹。看那些云。”没错，大本的云雾背景里显示出相同的细微错位。贝茨踏上甲板，朝会议桌走过来：“我们早该发现的。”

“其他探测器看不见任何人造物体，”萨拉斯第道，“这个探测器接近的角度更大。二十七度。”

“相对于什么的角度更大？”萨沙问。

“那条线，”贝茨喃喃道，“我们同它们之间的那条连线。”

一切都清清楚楚地显示在战术中心：忒修斯沿着一条明显的抛物线向大本靠拢，而我们派出的探测器全都懒得采用霍曼变轨飞行[1]：它们启动推进装置直接往里飞，航线几乎没有弯折。相对于大本与忒修斯之间那条理论上的连线，它们的航线仅有几度之差。

只除了这一个。这一个进入时的角度很开，于是看穿了对方的花招。

“越远离我们的航向，断续越明显，”萨拉斯第道，“若与之垂直，想必一目了然。”

“这么说我们处在一个盲点上？如果改变航线我们就能看见它？”

贝茨摇摇头：“盲点在移动，萨沙。它在——”

“在追踪我们，”萨沙咬紧牙关吸了一口气，“狗娘养的。”

斯宾德抽搐了一下：“那么它是什么？飞掠艇的制造厂吗？”

定格画面的像素开始爬行。从大本大气层骚动的气旋和螺纹中，某种东西显露出来，呈颗粒状，模糊不清。有曲线，有尖端，缺乏平滑的边缘；我无法判断哪部分是真实的图像，哪些又是由于背景里云层干扰所产生的不规则碎片。但那东西的总体轮廓是一个环面，或者也可能是一堆参差不齐的小物体，堆砌成一个大体类似圆环的形状。而且它很大。尾迹错位的九千米仅仅是与它的边缘擦肩而过，

---

[1] Hohmann transfers，以德国工程师 Walter Hohmann 的名字命名，指的是在两个倾角相同、高度相异的轨道间转移卫星的一种方式。采用此种方法消耗的能量最少，但必须牺牲一定的时间。

切过一道四五十度的弧线。那东西藏在十个木星的阴影下，从一侧到另一侧差不多有三十公里。

萨拉斯第继续他的综述报告，这期间的某个时候，飞船停止了加速。下方又回到了过去的位置。但我们却没有归位。我们曾经犹犹豫豫，首鼠两端，但这套方案已经成为过去：现在我们朝着目标勇往直前，就算有鱼雷什么的我们也不在乎！

“唔，那东西三十公里宽，”萨沙指出，“而且还能隐身。难道我们现在不该更谨慎些吗？”

斯宾德耸耸肩：“如果我们有能力质疑吸血鬼，那还要吸血鬼来干吗，呃？”

又一个平面在信号中绽放。频率直方图与谐波谱突然爆发，从平直的线条化作不断起伏的山峦，奏出一曲可见光的大合唱。

“经调制的激光。”贝茨报告说。

斯宾德抬起眼睛：“从那儿来？”

贝茨点点头：“就在咱们拆穿它的伪装之后。时机的选择相当有趣。”

“相当吓人，”斯宾德道，“它是怎么知道的？”

“我们改变了航线，正笔直朝它飞过去。”

波谱上的曲线继续舞动，敲打我们的窗玻璃。

“无论它是什么，”贝茨道，“它正在跟咱们说话。”

“好吧，”一个声音欣然道。“那就让我们务必打个招呼。”

苏珊·詹姆斯回到了驾驶席。

只我一个人是纯粹的看客。

他们都在尽其所能履行职责。斯宾德设置一连串的滤镜，把从萨拉斯第处得来的粗略轮廓过了一遍，希望能从各种工程细节中榨出一点点生命的影子。贝茨把那隐身人造物与飞掠艇对比，比较二者的形态特征。萨拉斯第从头顶俯瞰我们所有人，脑子里充满吸血鬼的思想，任何人类都别指望达到那样的深度。当然这一切都只是表面功夫。站在舞台中央的是四合体，由苏珊·詹姆斯坐镇指挥。

她抓住身旁的一把椅子，坐下，抬起双手，仿佛在示意乐队准备开始演奏。她的手指在空中轻颤，按下虚拟的按钮；她的嘴唇和下巴抽动，发出默读的指令。我切进她的信号源，只见外星信号周围粘附了一篇文本：

罗夏呼叫正在接近地平经度116° 赤纬23° 的飞船。你好，忒修斯。罗夏呼叫正在接近地平经度116° 赤纬23° 的飞船。你好，忒修斯。罗夏呼叫正在接近……

她竟然已经把那鬼东西解码。她甚至已经开始回应：

忒修斯呼叫罗夏。你好，罗夏。

你好，忒修斯。欢迎来到这一地区。

她只有不到三分钟时间。或者说他们只有不到三分钟：四个具备完整自我意识的中心人格，再加上几打无意识的症状性组件，各自平行工作，全都是用同一块脑灰质精雕细琢而来。这当然是故意对心智进行的暴力侵犯，不过如果真能借此获得如此的能力，那我几乎可以理解为什么会有人这样选择。

在这之前我一直没能完全说服自己；对于我来说，就连生存似乎也不能构成足够的理由。

请求允许靠近。四合体再次发送信息。简单、直接：只包含事实和数据，没错，尽量减少产生歧义和误解的可能性。诸如“我们是和平的使者”之类的漂亮话大可以留到以后。握手的时候可没工夫搞什么文化交流。

你们不应该靠近。真的。这地方很危险。

这话引起了大家的注意。贝茨和斯宾德都迟疑片刻，把注意力从自己的内在空间转向了詹姆斯的内在空间。

请求关于危险的信息。四合体的回应依旧十分具体。

靠太近对你们危险。低层轨道问题。

请求关于低层轨道问题的信息。

致命的环境。岩石和辐射。欢迎你们。我能受得住，但我们本来就这样。

我们已经知道低层轨道有岩石。我们的装备足以应对辐射。请求关于其他风险的信息。

我从文本底下翻出信息的传入频道。根据颜色编码，忒修斯已经把接收到的部分波束转化成了声波。也就是说那是语音交流。它们在说话。在那个按键背后是一种外星语言未加修饰的声音。

我自然无法抵挡这样的诱惑。

“朋友之间自然没什么，对吧？你们是来参加庆祝的吗？”

英语。人类的声音，男性。老年男性。

“我们是来探索。”四合体回答道。他们说话时则完全是忒修斯的声音："有物体被派往近日空间，请求与派遣者交谈。"

"第一次接触。听上去值得庆祝。"

我再次确认来源。没错，这不是翻译；信号并没有经过处理，直接来自——*罗夏*，它是这样称呼自己的。至少一部分信号如此，同时波束里还编码了其他元素，一些非音频元素。

我快速浏览这些编码：标准的船对船握手协议。与此同时詹姆斯继续道："请求关于你们的庆祝的信息。"

"你对此很感兴趣。"那声音变得更强壮、更年轻了。

"是的。"

"当真？"

"是的。"四合体耐心地重复道。

"当真？"

短暂的迟疑："这里是忒修斯。"

"这我知道，基准人类，"现在用的是中文，"你是谁？"

从声学角度看并没有显著的改变。但不知怎的，那声音似乎显得有些锐利。

"这里是苏珊·詹姆斯。我是——"

"你在这儿不会开心的，苏珊。涉及盲目的偶像崇拜。有危险的仪轨。"

詹姆斯咬咬嘴唇。

"请求澄清。这些仪轨会给我们带来危险吗？"

"完全有可能。"

"请求澄清。危险的是仪轨吗，还是低层轨道环境？"

"是带干扰的环境。你该专心，苏珊。漫不经心意味着缺乏兴趣。"罗夏道。

过了片刻它又补充说："以及敬意。"

在信号被大本阻断前我们总共有四个小时。四小时不间断的持续交流，比任何人预想的都要容易许多。毕竟它能讲我们的语言。它不断彬彬有礼地重复着对我们安全的担忧，然而尽管它使用起人类语言来驾轻就熟，却并没有提供多少有用的信息。在这四个钟头里，它成功地回避了我们的问题，没有给出任何直截了当的答案，只强调近距离接触是极不明智的。直到它再次被大本挡在身后，我们仍然不知道原因何在。

谈话进行到一半时，萨拉斯第落到甲板上，双脚一次也没有接触梯子。着地时他伸手抓住一根横杆，帮助自己稳定身体，而且落地后只稍微踉跄了片刻。换了我准会沿甲板一路弹开，活像混凝土搅拌机里的鹅卵石。

对谈剩下的时间里他一直站在甲板上，双眼隐藏在缟玛瑙护目镜背后，脸上毫无表情，岩石般纹丝不动。信号终于消失了，罗夏的最后一句话拦腰断开。这时朱卡一挥手，把我们集中到公共区的桌边。

他说："它能讲话。"

詹姆斯点点头："说得不多，只是要我们保持距离。到目前为止声音显示为成年男性，尽管年龄曾几次变换。"

这些他都听到了。"结构？"

"无懈可击的船对船协议。它的词汇量很丰富，不可能仅仅来自几艘飞船之间标准的航程中交流，由此可以断定它们监听了我们所有的内系统通讯——要我说至少好几年。从另一方面讲，如果说它们曾经监听多媒体娱乐节目，那么它的词汇水平又不该如此之低，因此它们多半是在地球脱离广播时代之后才抵达的。"

"所掌握词汇的使用程度？"

"它们使用了短语结构文法，长距离依存关系。狭义语言机能递归，至少有四层，而且如果继续接触，它们的递归能力应该还会进一步加强。它们不是鹦鹉，朱卡。它们懂得规则。比方说那个名字——"

"罗夏。"贝茨喃喃道。她捏紧皮球，指关节咔嗒作响："有趣的选择。"

"我查过登记名册。在火星环带有艘离子压缩反物质核聚变的货船，名字就叫罗夏。无论跟我们说话的是谁，它们一定觉得自己的平台相当于我们的飞船，所以就从我们飞船的名字里挑了一个来用。"

斯宾德一屁股坐进我身旁的椅子里，他刚刚从厨房回来，手里的咖啡泡闪着凝胶般的光泽："内太阳系那么多船，怎么偏偏挑了罗夏[1]？太富于象征意义，不大可能是随机选择。"

"我并不认为这是随机选择。特殊的船名会招来议论，当罗夏的驾驶员与另一艘飞船进行船对船通话，对方会说*哦老天爷，你这名字真够特别的*，于是罗夏的驾驶员便即兴发挥，讲讲这命名的由来，所有这些对话都会随电磁波发射出去。如果有谁监听这些通话，它很快就能弄清这是谁的名字，还能根据上下文猜出它的含义。咱们的外星朋友多半偷听了登记名册里一半的飞船，并且得出结论，用罗夏来命名某种陌生的东西非常合适，至少比*杰米·马修斯号*之类要强。"

"富有领地意识，*而且*还很聪明，"斯宾德扮个鬼脸，变戏法似的从椅子底下掏出一个咖啡杯，"妙极了。"

贝茨耸耸肩："领地意识，也许。但并不一定好斗。事实上，即使它们想要伤害我们，我也怀疑它们究竟有没有这个能力。"

"我可不怀疑，"斯宾德道，"那些飞掠艇——"

少校不屑一顾地挥挥手："船越大转身越慢。如果它们想给咱

---

[1] Rorschach，瑞士精神分析学家赫曼·罗夏是罗夏墨迹测试法的发明人。这是一种投射法，即通过一定的媒介让测试者展开自由联想，从回答中分析其精神、心理状态及性格特征。

们设埋伏，我们老早就能发现。”她的目光扫过会议桌。“我说，难道只有我一个人觉得这事儿透着古怪吗？一个具有星际航行技术的物种，有本事重新装修超级木星，能让流星像游行的大象一样列队前进，可它们却想躲起来？想避开我们？”

“除非这里还有别的什么人。”詹姆斯不安地猜测道。

贝茨摇摇头：“它们的障眼法是有方向性的。它指向我们，没别人。”

“而且就连我们也识破了它。”斯宾德补充道。

“正是。于是它们就启动B计划，就目前看来不过是空洞的威胁和含糊的警告。我意思是，看它们行事，不像什么了不起的家伙。罗夏给我的感觉像是——像是在即兴发挥。我觉得它们没料到我们会出现。”

“当然没有。本斯—考菲德——”

“我意思是说，它们应该没料到我们会这么快就出现。”

“唔。”斯宾德努力消化这句话。

少校抬手摸摸自己的光头：“它们怎么会指望咱们在发现中计之后直接放弃？这怎么可能？我们当然会往别处搜索。换了我是它们，抛出本斯—考菲德只可能是为了拖延时间，它们知道我们最终一定会找过来。不过我认为它们算错了什么。我们出现的时间比它们预计的提前了，刚好把它们逮个正着。”

斯宾德撕开咖啡泡，把咖啡倒进杯子里。“这么个聪明的家伙却算错了这么多，也太离谱了点，呃？”接触到热气腾腾的液体，一幅全息图绽放开，化作对加沙玻璃地的闪光纪念。塑化咖啡的气味在整个公共区弥漫。他补充道：“别忘了，它们对我们的监视可是精确到了平方米。”

“可它们又看到了什么？使用离子压缩反物质核聚变的飞船。太阳风帆。飞船技术水平低下，飞到柯伊伯带也要花上好几年，而且一旦抵达，燃料储备再也不够去任何地方。至于反物质传送，当时只存在于波音公司的模拟器和半打原型机，很容易错过。它们肯定以为只需要一个假目标就能为自己争取足够的时间。”

“用来做什么的时间？”詹姆斯琢磨道。

“无论是做什么，”贝茨说，“咱们都在最前排。”

斯宾德伸出虚弱无力的胳膊，端起杯子抿了一口。咖啡在自己的牢笼中颤抖；旋转舱的半吊子重力场让液体表面摇晃起伏。詹姆斯抿着嘴唇，有些不以为然。严格说来，在重力可变的环境中绝对禁止使用敞口容器盛放液体，更别说是斯宾德这么手脚不灵便的人。

最后斯宾德道：“也就是说它们在虚张声势。”

贝茨点点头：“我猜也是。罗夏尚未建成。我们面对的可能是某种自动化系统。”

“也就是说我们可以无视严禁践踏草地的警示牌，呃？径直往里走。”

“我们也可以选择等待时机。我们可以不必步步紧逼。”

“啊。也就是说，即便我们现在也许有能力对付它，你还是想等到它从韬光养晦变得刀枪不入再说。”斯宾德打个哆嗦，赶紧放下手中的杯子。“你上回说你是在哪儿接受军事训练的来着？公平竞争学院吗？”

贝茨没有理会对方的挖苦：“正因为罗夏仍然在成长，我们才应该考虑暂时不去打扰它。我们完全无法预料这一人造物——唔，成熟后的形态如何。没错，它企图躲开我们的注意。但许多动物都会躲避掠食者，在成年之前尤其如此，这并不能证明它们自己也是掠食者。没错，它含糊其辞，没有提供我们想要的答案。可也许它自己也不知道答案是什么，你们考虑过这一点吗？面对一个人类胚胎你能问出什么来？成年之后则可能会是一种与成年前完全不同的动物。”

“成年之后它也可能会把咱们的屁股塞进绞肉机里。”

“胚胎没准也有这本事，这点我们很难确定。”贝茨翻个白眼。“老天爷，艾萨克，你可是生物学家。原本胆怯腼腆、离群索居的小动物，如果走投无路一样可能奋起反击，这用不着我来提醒你。豪猪并不喜欢惹是生非，可如果你不理会它的警告，它一样会扎你个满脸开花。”

斯宾德没吭声。他沿着桌面下凹的弧线把咖啡杯推出去，让它尽可能往前滑，几乎脱离他的掌控范围。液体安坐在杯子里，深色的液面始终与杯口平行，只略微朝我们倾斜。我甚至觉得自己能看出它表面的凸起，尽管幅度几乎难以察觉。

斯宾德望着那效果，嘴角微露笑意。

詹姆斯清清嗓子：“我并不是低估你的顾虑，艾萨克，但我们还远远没有耗尽所有的外交手段呢。而且至少它愿意交谈，尽管并不像我们所希望的那样直率。”

“它倒是说话来着，”斯宾德的目光仍然停留在倾斜的杯子上，“但跟咱们不一样。”

“这个吗，没错。它——”

“它不仅仅是滑头，有时候根本就好像患了诵读困难症，你们注意到了吗？而且它还混用代词。”

“考虑到它学习语言的手段只有被动偷听这一种，已经算是难得的流利了。事实上，据我观察，它处理语言的效率比我们更高。”

“要想含糊其辞到这种程度，效率不高怎么行，呃？”

“如果它们是人类，我没准会同意你的看法，”詹姆斯回答道，“但在我们看来属于含糊其辞和诡诈的部分，其成因也许仅仅是由于它们所依赖的概念单元比较小。”

“概念单元？”贝茨问。我渐渐意识到，贝茨这人，除非万不得已，否则绝不肯亲自调出注解。

詹姆斯点点头："就好像在处理一句话时，你不是把它作为一个整体去理解，而是一个字一个字地去处理它。划分的单元越小，你就越能快速将它们重新排列组合；这可以让你拥有非常迅速的语义反应能力。缺点则在于很难保持同样水平的逻辑一致性，因为在较大的结构中，各种模式被调动的可能性更大。"

"哇。"斯宾德坐直了身子，把液体和向心力统统抛到了九霄云外。

"我只是想说，我们面对的并不一定是有意的欺骗。习惯于在某个特定层次分析信息的主体并不一定知道自己在另一个层次上会显得缺乏一致性；或许它甚至没有意识到另一个层次的存在。"

"你想说的可不止这个。"

"艾萨克，你不能以人类的标准去——"

"当时我就觉得奇怪，你打的到底是什么主意。"斯宾德一头扎进文字稿里。片刻之后他挖出一个片段：

请求关于你们认为致命的环境的信息。请求你们关于即将暴露于致命环境的可能性的回答。

乐意效劳。但你们的致命同我们是不同的。情况在不断变化。

"你在测试它！"斯宾德发出一声欢呼。他咂咂嘴唇，下巴一阵抽搐："你在寻找情绪反应！"

"我只是想试试看。这并不能说明任何问题。"

"有差别吗？在反应时间上？"

詹姆斯略一迟疑，然后摇摇头："可这主意本来就挺蠢。变量太多了，我们完全不知道它们是如何——我是说，它们是外星生物……"

"典型的病理学特征。"

“什么病理学？”我问。

“这只能说明它们不同于地球的基准人类，此外不能说明任何问题，”詹姆斯固执己见，“而在这一点上，在座的各位都没资格对它们嗤之以鼻。”

我再次努力：“什么病理学？”

詹姆斯摇摇头。斯宾德为我解答：“有种病症你大概也听说过，呃？语速极快，没有良心，时常误用近音词，自相矛盾，缺乏情感特征。”

“我们这里讨论的并非人类。”詹姆斯柔声重复道。

“但如果我们讨论的是人类，”斯宾德替她补全，“我们就可以管罗夏叫临床上的反社会人格。”

这期间萨拉斯第一言未发。现在，当这个字眼终于浮出水面，我注意到其他人都不肯看他。

当然，我们都知道朱卡·萨拉斯第是反社会人格。只不过出于礼貌，大多数人都不会提起这点。

斯宾德从来没这么礼貌。又或者这只是因为他似乎能够理解萨拉斯第；他可以透过那个怪物看到背后的有机体，看到无论它在漫长的岁月中吞噬了多少人类，它仍然是自然选择的产物。这种观点似乎能带给斯宾德心灵的平和。如果发现萨拉斯第正注视着自己，他不会畏缩。

“那可怜的混蛋，我为他难过。”我们一起受训时他曾这样说过。

有些人或许会觉得荒唐。这个人被植入了各种机械界面，他自己的运动神经缺乏适当的护理与使用，已经开始退化；这个人耳朵里听到的是X光，眼睛里看到的是各种色调的超声波，他被无数附件腐蚀，想靠自己感受自己指尖的存在都有困难——这样一个人竟然会觉得别人可怜，更不必说这个别人还是拥有红外线视觉的掠食者，为杀戮而生，永远不会感到半点悔意。

“与反社会人格产生共情，这可不常见。”我评论道。

“也许应该更常见些。我们——”他挥动胳膊；在模拟器上，一组远程连接的传感器条件反射似的呼呼扭动——“我们至少是自己选择了附件，吸血鬼却只能成为反社会分子。他们与自己的猎物太过相似——你知道吗，许多分类学家甚至并不把他们看作人类的一个亚种。他们偏离主干不够远，从未达成彻底的生殖隔离。因此说他们是一个种族还不如说他们是一种症状。他们只不过是拥有一组固定畸形的专性食人族。”

“这也不能成为他们——”

“如果你唯一的食物只能是自己的同类，共情就是必须首先抛弃的东西。在这种情况下，心理变态就不再是精神紊乱了。它只是一种生存策略。但他们仍然让我们毛骨悚然，于是我们就——就把他们锁起来。”

“你觉得我们应该修复他们的十字架障碍？”谁都知道我们为什么没有那样做。只有笨蛋才会在缺乏安全保障的情况下复活一个怪物。这是吸血鬼与生俱来的缺陷：如果没有抗欧几里得药，萨拉斯第只要略瞅一眼四边形的窗框就会大发癫痫。

但斯宾德摇摇头。“我们没法修复它。或者说我们可以，”他纠正道，“可十字架障碍存在于视觉皮层，呃？与他们的超智力相连。修好它，你就报销了他们的模式匹配能力，那样一来把他们唤回人间还有什么意义？”

“我一直不知道是这么回事。”

“嗯，官方的说法就是这样，”他沉默半晌，然后歪着嘴巴露齿一笑，“可话说回来，我们不是很容易就解决了他们的原钙粘蛋白通路问题吗，对我们自己有好处嘛。”

我唤出注解。感控中心联系上下文，提供给我一个词条：原钙

粘蛋白 γ-Y：一种神奇的人类脑蛋白，吸血鬼一直无法合成。正因为它，吸血鬼才不能在无法捕获人类猎物时以斑马或疣猪之类替代；也是因为它，在我们发现他们无法抵御直角形状的可怕秘密后，他们才注定了毁灭的命运。

“反正，我只是觉得他——与同类隔绝，”斯宾德的嘴角神经质地抽搐起来，“独狼，被迫与羊为伍。换了你不会觉得孤单吗？”

“他们喜欢独处。”我提醒他。你不会把同一性别的吸血鬼放在一起，除非你想打个赌，看接下来会不会发生大屠杀。他们是孤独的掠食者，领地意识非常强。要想存活，掠食者和猎物的比例至少要达到一比十——而在更新世，人类猎物又是那样分散——吸血鬼生存的最大威胁就是同类间的竞争。自然选择从未教会他们和平相处。

但这一切丝毫不能影响斯宾德的看法。“并不意味着他不会觉得孤独，”他坚持说，“只说明他对此无能为力。”

“他们知道调子，却不记得歌词。”

——亥尔[1]，《灭绝良知》

我们用的是圆镜，弧线形的大家伙，每一面都有三人来高，薄到不可思议。忒修斯把它们卷起来，从飞船日益减少的库存中取出珍贵的反物质做成鞭炮，与镜子捆在一起。我们有十二个钟头的时间来完成布置，忒修斯沿着精确的弹道轨迹将它们发射出去，等它们飘到安全距离以外再点燃鞭炮。于是镜子就像庆典上的彩色纸屑般朝各个方向旋转，身后拖着伽马射线，直到暗物质完全燃尽为止。接下来它们便开始滑行，展开薄薄的水银翅膀，穿越虚空。

在更远的地方，四十万外星机器正在绕圈、燃烧，它们似乎并没有留意到什么。

罗夏无休无止地环绕大本飞行，距离大本的大气层只有区区一千五百公里。它的速度很快，不到四十小时就能绕大本一周。不等它回到我们的视线中，所有镜片都已经出了盲区。大本赤道边缘

[1] Robert Hare 是《灭绝良知》（*Without Conscience*）一书的作者，他在书中重点研究了精神变态与反社会人格的区别。

的特写镜头飘浮在感控中心里。在它周围闪烁着无数镜子图标，就像一幅爆炸的电路图，又像是巨大的复眼里所有互不相连的小眼面。镜子全都没有刹车。无论这些镜子此刻占据了怎样的制高点，它们都会很快失去它。

“那儿。”贝茨说。

舞台左侧有某种幻象一闪而逝，只是一小块旋转的混沌，大概相当于伸直胳膊后你眼中的半块指甲。它没有告诉我们任何有用的信息，纯粹只是热流闪烁而已。然而光线从远方的好几打中继点折回来，尽管每一个中继点传回的画面都不比我们最后的那个探测器丰满多少——一块黑云，被某种看不见的棱镜反射，微微有些歪曲——每幅画面折射的角度却各不相同。船长从空中搜集这些闪光，用它们缝出一幅完整的图像。

细节逐渐显露。

首先是某个阴影的黯淡碎片，一个浅浅的小凹陷，几乎被赤道上空沸腾的带状云淹没。它转动到我们的视界内，只从圆盘边缘冒出来一点点——也许是溪流中的一块石头，又像是一根隐形的手指插入云层，引得涡流与剪应力撕扯两侧的边界层。

斯宾德眯细眼睛：“谱斑效应。”注解显示他指的是某种太阳黑子，大本磁场里的一个结。

“上面。”詹姆斯道。

有某种东西漂浮在云里的那个小凹陷上方，仿佛引起翼地效应的巨型客轮，漂浮于自己在水中形成的下压力之上。我把它放大：与一颗质量相当于十个木星的大朝型亚矮星站在一起，罗夏显得很渺小。

同忒修斯相比，它却是个巨人。

我们看到的不仅仅是一个环面，那是一团乱麻，由玻璃纤维、圆环、连接体和纤细的尖刺构成的混沌，有城市一般大小。当然，表面的质地完全是人造物；感控中心只是用反射的背景图案把这团谜包裹起来，呈现在我们眼前。但尽管它阴暗又骇人，却仍然带着某种美感。仿佛一窝黑曜石做成的蛇，一堆茶晶的刺毛。

“它又开始说话了。”詹姆斯报告说。

“回答。”说完这话，萨拉斯第便抛下了我们。

她遵令行事。而当四合体与那个人造物体说话时，其他人就趁机偷偷观察。随着时间的推移，他们的视线逐渐模糊——镜子沿着各自的航线越飘越远，每过一秒钟视野都在恶化——不过感控中心里已经充满了在此期间取得的信息。罗夏的重量为 1.8×10^{10} 千克，体积 2.3×10^{8} 立方米。从无线电的啸声和谱斑效应判断，它的磁场要比太阳强上一千倍。令人惊奇的是，合成图像的某些部分十分清晰，我们甚至能看清盘绕在它表面的巨大螺旋沟槽。（“斐波纳契序列，”说这话时，斯宾德用一只微微颤动的眼睛瞄了我一眼，“至少它们还不是彻头彻尾的‘外星’。”）罗夏上似乎有无数山脊，其中至少三处从尖端冒出了球状突起；在这些区域，沟槽之间的间距更大，像受了感染的皮肤一样绷紧、肿胀。有一片镜子位置极佳，飘远之前正好捕捉到另一处山脊：它在三分之一处断开，某种物质从裂口溢出，软绵绵、无精打采地飘荡在真空中。

“拜托，”贝茨柔声道，“谁来告诉我是我看花了眼。”

斯宾德咧嘴一笑：“芽孢囊？种荚？为什么不呢？”

罗夏是否正在繁殖或许还有待商榷，但它在成长却是毋庸置疑的。大本的增生带上不断有碎片飘起，这就是罗夏的食物。从我们现在的位置已经能清楚地看到这个过程：岩石、大山、鹅卵石，全都像排水时旋涡里的沉淀物一般落下。任何与罗夏相撞的颗粒都再也别想脱身；罗夏不断吞噬猎物，仿佛某种巨大的转移性阿米巴原虫。到手的物质似乎是在内部进行处理，再送到顶端的生长区。根据它生长速率的微末变化，我们断定它是从枝丫的顶端开始生长。

这个进程一直没有停止。罗夏似乎永无餍足。

在恒星间的深渊中，这是个夺人眼球的奇特景观。石块下落的路径是彻底的混沌，同时又精确无比，就仿佛有一个开普勒式的黑带高手，把整个系统做成了天文级别的发条玩具，等一切都动起来以后再交给惯性接管。

“从没想过竟然能做到这一步。”贝茨道。

斯宾德耸耸肩：“嘿，要说确定性，混沌的轨迹同其他任何类型的轨迹都是一样确定的。”

“这并不意味着你能对它们做出预判，更别说制造出这样的效果。”少校的光头反射着情报的闪光。“你必须知道百万个变量的初始状态，一直到小数点后十位。半点也不夸张。”

“正是。”

“哪怕吸血鬼也做不到。哪怕量子计算机也做不到。”

斯宾德耸耸肩，动作活像提线木偶。

与此同时，四合体不断变换角色，与那个看不见的对手周旋——然而尽管他们竭尽全力，对方的回答仍旧是“你们真的不会喜欢这里”，只不过把词序变了又变。对于任何问题它都报之以问题——但不知怎的，它总能让人觉得它的确给出了答案。

“萤火虫是你们派来的吗？”萨沙问。

“我们派了许多东西去许多地方，”罗夏回答道，“它们的详细特征显示出什么信息？”

“我们不知道它们的详细特征。萤火虫在地球上空烧毁了。”

“那么你们难道不应该在那边寻找答案吗？我们的孩子飞走以后，它们就独立了。”

萨沙关闭通话频道：“知道我们在跟谁说话吗？他妈的拿撒勒人耶稣，没错。”

斯宾德看眼贝茨。贝茨耸耸肩，摊开双手。

“你们还不明白？”萨沙摇摇头，“最后那段对话，从情报学的角度讲，就等于我们该不该给恺撒缴纳丁税。半点不差。”

斯宾德大为不满：“多谢你让我们扮演法利塞人。”[1]

“嘿，如果你看起来像犹太人、闻起来像犹太人……”

斯宾德翻了个白眼。

就在这时，我注意到萨沙的拓扑形态上有块微小的瑕疵：一丝疑虑沾染了她的一个拓扑面。“我们在原地打转，”她说，“还是试试旁门左道。”她一闪就消失了，蜜雪儿重新开启呼叫输出：“忒修斯呼叫罗夏。接受你们对于信息的请求。”

“文化交流，”罗夏道，“我看不错。”

贝茨皱起眉头：“这明智吗？”

“如果它不愿意提供信息，也许它更愿意获取。而我们可以从它的问题里了解很多东西。”

“可是——”

“跟我们讲讲老家。”罗夏道。

萨沙冒出头来插进一句：“放轻松，少校。谁也没说咱们必须告诉它们正确答案。”

蜜雪儿重新接管主导权，四合体拓扑形态上的污渍闪烁了一下，但并没有消失，随着谈话的进行还更大了些。蜜雪儿小心翼翼地描绘着假想中的故乡，完全没有提到任何直径小于一米的物体。（感控

---

[1] 耶稣生于拿撒勒，常被称为拿撒勒的耶稣。彼时巴勒斯坦处于罗马帝国统治之下，犹太人必须向其纳税；但犹太民族与罗马帝国在民族与宗教问题上有着激烈冲突，尤其是犹太教的一神论信仰与罗马帝国的多神信仰之间矛盾无法调和。部分犹太人不愿归顺罗马，并拒绝向其纳税。法利塞人为了陷害耶稣，便问他：“给恺撒纳丁税，可不可以？我们该不该纳？”对此耶稣的回答是：“恺撒的归恺撒，上帝的归上帝。”意指俗世生活与灵性生命应有所区分，同时相互结合。后人将法利塞人作为伪善、虚伪的代名词。

中心证实了我的猜想：根据我们的推测，这就是萤火虫视力的极限。）这时出现了一个极其稀罕的情况：克朗切出来掌舵了。

“并非我们所有人都有父母或者表亲。有些从来没有。有些是从大缸里来的。”

“原来如此。真可悲。大缸听起来是那么的不人性。”

——那块污渍颜色愈发深了，它像浮油般漫过他的拓扑面。

“太过轻信。”片刻之后苏珊道。

四合体轮完一圈，蜜雪儿再次让位给萨沙；此时那污渍已经不止是犹疑不决那么简单，它比疑心更强烈；它变成了一种领悟，一粒黑色的小因子，轮流感染那具身体里的每一个心灵。四合体捕捉到了某种东西，但他们还不大确定那究竟是什么。

我却已经知道了。

罗夏发来信息：“再跟我讲讲你们的表亲。”

“我们的表亲躺在家族树上，”萨沙回答道，“有侄女有外甥还有穴居人。我们不喜欢烦人的表亲。”

“我们很愿意了解这个树。”

萨沙关闭通话线路，用眼神问我们，*还不够明白吗？*“它不可能分析出那句话。其中包含着三个语言学上的模糊点。它直接把它们忽略了。”

贝茨指出：“唔，它不是要求你进一步说明吗？”

“它跟进了之前的问题。完全是两码事。”

贝茨还没摸着头脑，不过斯宾德已经有些明白了。

某种轻微的动静吸引了我的视线。萨拉斯第回到我们中间，他飘浮在桌面上方明亮的地形图上。每当他移动头部，光线就会在护目镜上来回扭动。我能感觉到护目镜背后的眼睛。

以及别的什么东西，在他背后。

我不知道那是什么。我说不出哪里有问题，只模模糊糊地感到背景里有某种不谐之处。在旋转舱的远端有什么东西不大对劲。不，不对；还要更近一点，在旋转舱中轴线上的某个地方。可那里什么也没有，至少我什么也没发现——只除了船脊上的管道与线路，穿过空空如也的空间，并且——

突然之间，一切又恢复了正常。正是这瞬间的恢复最终锁定了我的注意力：某种异常凭空蒸发了，从异常回归正常的过程抓住了我的眼睛。发生改变的地方就在管线上，我能看见它的确切位置。现在那里已经没有任何不协调了——但之前是有的。它就在我的大脑里，刚刚沉进潜意识一点点，距离表面如此之近，我确信自己能将它带回意识里，我只需要集中精神。

萨沙正同激光另一头的外星物体交谈。她滔滔不绝，从进化和日常生活两方面讲解家庭关系：穴居人、克鲁马努人、与母亲隔两代的表亲。她已经说了几个钟头，还会再继续说上几个钟头，但现在她的喋喋不休分散了我的注意力。我努力把她挡在外面，努力专注于记忆中那幅模糊的画面。片刻之前我曾经看见了什么。其中一条管道——没错，某根管子上多出了许多接口。原本应该笔直、光滑的东西却有了关节。但不是其中一根管子，我记起来了：是多出了一根管子，至少是多了点什么，不是管子，某种——

有骨节的东西。

这太疯狂了。那里什么也没有。我们离家半光年，正跟看不见的外星人聊着家庭聚会，而我的眼睛还在跟我耍把戏。

如果再发生这种事儿，我一定得跟斯宾德谈谈不可。

背景里的喋喋不休停止了，这让我回过神来。萨沙闭上了嘴巴。她的拓扑面全部黯淡下来，仿佛笼罩她全身的雷雨云。我调出她发送的最后一句话："我们经常发现我们的侄子跟望远镜一起。他们硬得就跟霍比奈特一样。"

更多精心设计的模棱两可。而且霍比奈特根本就不是一个词。

她的眼中反射出迫在眉睫的抉择。萨沙正悬在峭壁边缘，她在估量底下幽黑的湖水究竟有多深。

“你一点也没提到你父亲。”罗夏道。

“没错，罗夏。”萨沙柔声说。她深吸一口气——

并且往前迈了一大步。

“所以说你干吗不好好舔舔我毛茸茸的大鸡巴？”

旋转舱里瞬间安静下来。贝茨和斯宾德瞠目结舌。萨沙关闭通讯频道，转身面对我们；她的嘴咧得那样开，我真怕她的头盖骨会落下来。

“萨沙，”贝茨低声问，“你疯了吗？”

“疯了又怎样？对那东西反正毫无影响。我的话它压根不明白。”

“什么？”

“它连它自己的回话也完全摸不着头脑。”萨沙补充道。

“等等，你说过——苏珊说过，它们不是鹦鹉。它们懂规则。”

说话间苏珊出现了，她融入前台：“我的确这么说过，它们也确实懂得规则。但模式匹配并不等于理解。”

贝茨摇摇头：“你是说，跟我们对话的那个东西——它根本就没有智力？”

“哦，它也许有智力，没错。但我们与它的交谈并没有任何意义。”

“那它到底是什么？语音信箱？”

“事实上，”斯宾德缓缓说道，“我认为他们管那叫中文屋……”

我暗想：见鬼，你们总算明白过来了。

对于中文屋我再熟悉不过。我自己就是一个。我甚至没把这当成秘密。任何人，只要他开口问，我都会告诉他。

现在回想起来，有时候这么做可能不大明智。

“如果你自己都不明白，你又怎么可能告诉别人那些超前沿人士搞的是什么名堂？”切尔西曾这样问过我。当时我俩的关系还很融洽。那是在她了解我之前。

我耸耸肩：“我的职责不是理解他们。如果连我都能理解，那他们也算不上什么超前沿了。我只是一个，你知道，一个管道。”

“好吧，可如果你都不理解，你又怎么能翻译它呢？”

外行人的普遍问题。模式拥有自己的智力，完全独立于附着在它们表面的语义学内容，这一点大多数人就是没法接受。只要能以正确的方式操纵拓扑形态，内容就会自动跟上。

我问：“你听说过中文屋吗？”

她摇摇头：“只模模糊糊知道一点。非常古老，对吧？”

“至少好几百年历史。事实上它是一个谬误，大多数人以为能用它证伪图灵测试。你把某人关进一间屋子里，从墙上的一条缝塞进画着奇怪线条的纸。他手头有一个庞大的线条数据库，还有一堆规则来指导他线条应当怎样组合。”

“语法，”切尔西道，“句法规则。”

我点点头：“不过关键在于，他完全不知道那些线条是什么东西，也不知道它们包含着哪些信息。他只知道遇到线条 δ 的时候，就应该从 θ 文件夹里抽出五号和六号线条，把它们跟 γ 里的某个线条放在一起。就这样他建起了自己的答案串，把它写在纸上，从缝里塞回去，然后打会儿瞌睡，直到下一张纸出现。就照这模式不断地重复。”

“也就是说他在对话，”切尔西道，“说的是中文，我猜，否则他们就该管它叫西班牙宗教法庭了。”

“正是。关键在于你可以利用基本的模式匹配法则参与对话，哪怕你完全不理解自己所说的是什么意思。只要你掌握的规则够完备，你就能通过图灵测试。你可以用一门自己不懂的语言讲故事，同时还能显得又风趣又幽默。”

“这就是综合家？”

“仅仅是涉及简化符号学协议的那部分，而且只是原则上如此。另外事实上我接收的输入是广东话，回答则是用德语，因为我更像是管道，而不是对话的参与者。不过大概就是这么个意思。”

“你怎么能记得那么多的规则和协议？肯定有好几百万。”

“这跟别的事情没有任何区别。一旦学会规则，你就可以下意识地完成工作。就好像骑自行车，或者朝意识圈发个请求信号。你根本不会有意识地想起那些协议，你只是——只是想象目标的行为方式。”

“唔，”一丝狡黠的笑意在她嘴角跳跃，“这么说来——我的观点其实也没错，嗯？我完全正确：你确实不懂广东话和德语。”

“但系统明白。拥有屋子所有部分的那一整间屋子明白。写写画画的那个家伙只是其中一个组件。你总不会指望大脑里的一个神经元能理解英语吧，不是吗？”

“有时候我也只挤得出一个神经元。”切尔西摇摇头。她并不准备就此罢休。我看得出她正按照重要性给许多问题排出先后顺序，我看得出它们会越来越多地——涉及隐私——

“回到我们眼前的问题上来，”我先发制人，“你刚才不是说要教我怎么用手指来——”

一个淘气的笑容抹去了所有的问题：“噢噢噢，没错——”

与他人发展关系，这有风险。太混乱。一旦你与自己所观察的系统纠缠不清，库房里的每一件工具都会变钝、生锈。

不过必要时还是一样能用就是了。

“现在它隐藏，”萨拉斯第说，“现在它脆弱。”

“我们现在下去。”

这不算新闻，更像是回顾温习：过去几天里，我们本来就一直在笔直朝大本驶去。不过关于中文屋的假设也许更加坚定了他的决心。无论如何，等罗夏再次转到大本背后，我们也准备好要把侵扰行动提升到一个新高度。

忒修斯总是处在妊娠期；加工车间里总有一个通用探测器，其生长中止在分娩前的一瞬间，以满足计划外的任务需要。在两次简报会之间的某个时候，船长让它完成分娩，并按照近距离接触与地面行动的需求进行了改造。离罗夏预定的出场时间还有足足十个小时，探测器以很高的重力加速度飞下重力井，插入漫天飞舞的石块中间，然后它就开始休眠。假如我们的计算无误，它应该不会被某块迷途的碎片砸死在睡梦中。如果一切顺利，那个精确指挥着数百万演员的智力将不会留意到台上多了一位舞者。假使我们撞上大运，当时正巧能看见我们小动作的那些高空跳水员说不定也没有编制告密程序。

这些都是可接受的风险。要是连这也无法接受，那还不如干脆待在家里别出来。

于是我们开始等待。我们中间有四个经过优化的杂合人，早已越过某条界线，不再是单纯的人类；还有一个是已经灭绝的狩猎者，选择了做我们的指挥官，而不是把我们生吞活剥。我们等着罗夏再次从大本背后现身。探测器平顺地落入绕重力井飞行的轨道，它是我们的大使，尽管对方并不愿意同我们扯上关系——当然，如果四合体的猜想是正确的，那它或许只是个奉命破门闯空屋的盗窃高手罢了。斯宾德给它取名杰克匣子，这是地球上的某种古老玩具，就连感控中心里都找不到关于它的注解。我们跟在杰克身后，几乎是沿弹道飞行，动量与惯性都在事前经过了周密计算，让我们可以平安穿过大本增生带上那片混沌的雷区。

不过这一切也不能单靠开普勒；忒修斯不时咕哝两声，姿态控制器间歇点火，柔和的震颤顺着船脊一路朝前方传导。那是船长在调整航向，引导我们下到那个巨大的旋涡之中。

我想起一句话：一旦与敌接触，任何计划都难免夭折。[1] 但我记不得这话出自哪里。

“来了。”贝茨道。大本边缘出现了一个小点；镜头立即给出特写。“接近，点火。”

忒修斯仍然看不见罗夏的身影，尽管我们已经离它很近，且仍在不断接近中。幸好因为视差角的关系，蒙在探测器眼睛上的黑幕倒是被剥去了一部分；它醒过来，烟熏玻璃般的尖刺和螺旋在它眼前闪烁：跃入它眼帘，旋即又消失了踪影。透过这层半透明的遮挡，大本平坦的地平线若隐若现，一眼望不到边。画面颤抖起来，波形漫过感控中心。

“好厉害的磁场。”斯宾德道。

“减速中。”贝茨报告说。杰克逆转方向，点燃引擎，动作一气呵成。在战术中心上，轨道转换标量摆向红色。

这一轮该萨沙当班。“收到信号，”她报告说，“同样的格式。”

萨拉斯第发出弹舌音：“播放。”

“罗夏呼叫忒修斯。又见面了，忒修斯。”这次的声音是女性，中年女性。

萨沙咧开嘴：“瞧见了？她一点也不生气，毛茸茸的大鸡巴根本不算啥。”

萨拉斯第道：“别回答。”

“点火航行完成。”贝茨报告说。

杰克开始滑行，然后它打了个喷嚏。无数银箔射进虚空，朝目

[1] 语出 Helmuth Karl Bernhard Graf von Moltke，毛奇生于丹麦，自二十一岁起在普鲁士军中供职，被视为十九世纪后期最杰出的战略家之一。

标飞去：数百万闪亮的罗盘针，反射性极佳。它们的前进速度飞快，转瞬间便消失了踪影；相形之下，忒修斯显得老态龙钟。探测器目送它们逃离，激光眼睛扫过弧线的每个角度，每秒两次扫描天空，把银针反射出的每一点光芒都仔细记录在案。这些银针的轨迹只在最开始时接近直线，很快它们就被卷进无数洛仑兹[1]螺旋里，扭曲成各种弧线与螺旋。它们开始沿新线路飞驰，这些新线路错综复杂，近乎相对论运动轨迹。罗夏磁场的轮廓逐渐显现在感控中心里，第一眼看去仿佛玻璃洋葱的一层层鳞片。

“嗖嗖——”斯宾德道。

再仔细一看，洋葱好像长了虫子。囊腔显露出来；在每一个层面上都有弯弯曲曲的能量隧道在以分形的形态扩张。

“罗夏呼叫忒修斯。你好，忒修斯。你在吗？”

主画面旁边嵌入一幅全息图，描绘出一个不断变动的三角形：忒修斯在顶端，罗夏和杰克构成狭窄的底边。

“罗夏呼叫忒修斯。我可看——见你了……”

“这女的，她的情感特征比那个男的可随意多了。”萨沙抬头瞥了萨拉斯第一眼，但并没有再添上那句“你有把握吗？”不过她内心确实产生了疑惑。如今箭在弦上不得不发，她却开始琢磨如果判断错误会有什么后果。作为冷静的反思它来得太迟了，力度也太小，但对萨沙来说这无疑是进步。

再说了，本来也是萨拉斯第做的主。

罗夏的磁气圈中呈现出一个个巨大的圆环，肉眼是看不见的，即便在战术中心上，它们的轮廓也只是若隐若现；银针在空中散得太开，连船长也需要做大量的猜测。新的宏观结构悬浮在磁气圈中，

[1] 以荷兰物理学家 Hendrik Antoon Lorentz 命名的洛仑兹力描述的是带电粒子在磁场中运动时的受力情况。此时带电粒子的大致轨迹是围绕一个中心做速度较快的圆周运动，同时此中心以较慢的速度发生飘移。

仿佛一个幽灵陀螺仪上的平衡环。

“我看见你们没有改变航向，”罗夏道，“我们真的不建议你们继续靠近。不开玩笑。为了你们自己的安全着想。”

斯宾德摇摇头：“嘿，曼迪，罗夏跟杰克说过话吗？”

“反正我是没看见。没有入射光，没有任何一种定向电磁波，”贝茨怕人地笑笑，“看来是躲过雷达溜进去了。还有，别叫我曼迪。”

忒修斯呻吟着扭动身体。我在模拟的低重力环境下站立不稳，忙伸出手想扶住点什么。“航线修正，”贝茨报告说，“遭遇未经标记的石块。”

“罗夏呼叫忒修斯。请回答。你们目前的方向是不可接受的，重复，你们目前的方向是不可接受的。强烈建议你们改变航线。”

这时候，探测器已经滑行到距离罗夏最近的边缘区区几公里的位置。距离这样近，它传回来的就远不止磁场了：它用明亮的彩色战术编码描绘出了罗夏的形象。感控中心里，不可见的曲线与峰值被填上了彩虹般的颜色，各种填色方案任君选择：重力、折射率、黑体辐射。荆棘顶端喷出的巨大雷电被涂成了柔和的柠檬黄。友好的绘图界面把罗夏变成了一幅漫画。

“罗夏呼叫忒修斯。请回答。”

忒修斯一个鲤鱼摆尾，呻吟声响彻全船。战术中心显示又一块刚刚绘出的碎片从左舷飞过，离我们才不过六千米。

“罗夏呼叫忒修斯。如果你们无法回答，请——见他妈的鬼！”

漫画一闪，消失了。

不过最后一瞬的景象已经落入我眼中：杰克从一个巨大的幽灵圆环旁经过，一股能量猛地伸出舌头，动作像青蛙一般敏捷；然后信号中断。

“现在我明白你们打的什么主意了，你们这些狗杂种。你们以为我们这儿下头全是瞎子吗？”

萨沙咬紧牙关："我们——"

"不。"萨拉斯第道。

"可它显——"

从萨拉斯第喉咙后部的某个地方发出了嘶嘶声。我从没听过哺乳动物发出这样的声音。萨沙立刻沉默了。

贝茨还在摆弄她的控制按钮："我还能收到——稍等——"

"你们他妈的马上把那东西弄回去，你们听见没有？就他妈现在。"

"好了，"信号恢复的瞬间贝茨咬了咬牙，"只不过需要重新获取激光信号。"探测器挨了一掌，大大偏离了航线——就好像某个涉水过河的人，突然被暗流卷走扔下了瀑布——但它仍然在讲话，也仍然在移动。

贝茨拼命保持航线。杰克跌跌撞撞地穿过罗夏致密的磁气圈，一路上不停晃动，完全停不下来。罗夏在它眼中越变越大。信号不住闪烁。

萨拉斯第冷静地说："继续接近。"

"乐意之极，"贝茨从牙缝里吐出字来，"正在努力。"

忒修斯身子一扭，再次侧滑。我敢发誓我听到了旋转舱轴承的嘎吱声，虽然只有一瞬间。战术中心显示又一块石头与我们擦肩而过。

斯宾德抱怨道："我还以为这些东西都已经标记出来了。"

"你们想挑起战争吗，忒修斯？你们打的是这个主意？你们觉得自己能应付得来？"

萨拉斯第说："它没攻击。"

"也许它已经攻击了。"贝茨没有抬高嗓门，我看得出这花了她很大力气。"如果刚才那几块石头的轨道是罗夏控制的——"

"正态分布。微不足道的修正。"他的意思肯定是说从统计学的角度讲这无关宏旨；因为在其他人眼里，船体的扭转和呻吟可不是什么微不足道的小事。

“哦，原来如此，”罗夏突然说，“现在我们明白了。你们以为这儿根本没人，对吧？你们有个天价顾问告诉你们说没什么可担心的。”

杰克已经深入密林之中。由于传输速率降低，我们失去了战术中心上的大部分叠加图形。在昏暗的可见光里，罗夏那些山脊般的巨大突起个个都有摩天大楼大小，在每一个方向上都堆砌出噩梦般的景象。信号时断时续，贝茨努力让忒修斯与探测器保持在同一条直线上。感控中心将晦涩的遥测数据投向墙面和空中。我完全不知道那些东西是什么意思。

罗夏冷笑道：“你们觉得我们不过是中文屋。”

杰克磕磕绊绊，眼看就要撞上，它拼命想要抓住点什么。

“你们犯了大错，忒修斯。”

杰克撞上了什么。它没再起来。

突然之间罗夏闪现在我们眼前——不是难懂的合成图，不是剖面图，也不是填色的模拟画面。它终于出现了，用肉眼都能看见。

想象一顶黑色的荆棘王冠，通体扭曲，无法反射任何光线；荆棘生长得无比茂密，相互缠绕，永远不可能戴在人类的头上。让它围绕一颗寂灭的恒星公转，恒星反射的光芒极其微弱，只够照出自己卫星那一个个幽暗的轮廓。时不时它的裂缝中会蹿出血红色的闪光，仿佛黯淡的余烬，唯一的作用只是凸显了别处的黑暗。

想象一种物体，它就仿佛“痛苦”二字的化身，它是那样扭曲那样丑陋，哪怕相隔无数光年，哪怕你们在生理与外形上有着难以想象的巨大差别，你仍然不禁觉得这个构造体本身正在遭受巨大的折磨。

现在把它放大到一座城市大小。

它在我们眼前闪烁。千米长的山脊反向弯折，闪电从山脊中射出。感控中心给我们展现出一片不断明暗的地狱，巨大、黑暗、扭曲。合成图骗了我们。它半点也不美。

“现在一切都晚了，”声音来自罗夏深处，“现在你们每个人都死定了。哦，苏珊？你在吗，苏珊？”

“第一个就是你。”

“生命太短，无暇对弈。”

——拜伦[1]

走进观象囊之后，他们从来不会关上身后的舱门。在那个圆顶下的每条轴线上，赤裸裸的太空都在一百八十度角上无尽延伸，在这里人类太容易迷失自我。他们需要如此多的虚无，同时也需要在虚无中找到一根锚：从后方透进来的柔和光线、从旋转舱吹来的微风、周围人和机器的声响。两者他们都需要。

我等着。他们的举止里透露出整整一打线索，一目了然；不等他们经过，我早已躲进了船首的气闸舱。我给了他们几分钟，然后蹑手蹑脚走向漆黑的舰桥。

“它们当然会提到她的名字，”只听斯宾德道，“它们只知道那一个名字。她告诉它们的，记得吗？”

“对。”蜜雪儿似乎并没有放心。

“嘿，当初说它们是中文屋的就是你们。你意思是你们弄错了？”

---

[1] Henry James Byron (1835—1884)，英国剧作家。引文出自他最著名的戏剧 *Our Boys*。

“我们——不。当然没有。”

“那它就不是真的在威胁苏珊，对吧？它没有威胁我们任何人。它根本不知道自己说的是什么意思。”

“这是以规则为基础的，艾萨克。它观察人类语言的使用，根据经验制作出一张流程图。结果不知怎么的，那些规则指示它用暴力威胁作答。”

“可如果它压根不明白自己说的是什么意思——”

“它的确不明白。它不可能明白。我们用了十九种不同的方式分析措辞，我们试过了不同长度的概念单元……”蜜雪儿深吸一口气，“但它攻击了我们的探测器，艾萨克。”

“杰克只不过是靠那些个电极什么的太近了，没别的。不过是划了条弧线。”

“这么说你觉得罗夏没有敌意？”

漫长的沉默——我几乎怀疑自己是不是暴露了。

“敌对，”最后斯宾德道，“友好。我们学这些词都是为了应付地球上的生活，呃？在这地方我都不知道它们还有没有意义。”他轻轻咂嘴。“不过我觉得它也许类似于抱有敌意。”

蜜雪儿叹口气：“艾萨克，它根本没有理由——我是说，这完全讲不通。我们不可能拥有它想要的任何东西。”

“它说过它想要我们走开，”斯宾德道，“即便它并不知道这是什么意思。”

他们飘在空中沉默了好一会儿，就在隔离壁背后。

“至少防辐射涂层坚持住了，”最后斯宾德道，“这总是个好消息。”他指的不仅仅是杰克，现在忒修斯身上也涂满了相同的东西。它害我们培养基的存量下降了三分之二，可对方要弄起电磁波频谱来这样熟练，谁也不愿把希望寄托在飞船平时使用的磁场上。

“如果它们发动攻击，我们怎么办？”蜜雪儿问。

“在能学习的时候尽量了解它们。在能反击的时候尽量反击。”

“如果我们还有能力的话。看看这外头，艾萨克。我不管那东西是不是胚胎，你敢说我们不是力量悬殊、毫无胜算吗？”

“力量悬殊，当然。毫无胜算，永远不会。”

“你之前可不是这么说的。”

“无论如何，任何战斗都能找到取胜的法子。”

“如果这话由我说出来，你会管它叫一厢情愿。”

“如果由你说出来，它的确就是一厢情愿。但现在是我在说，所以它就是博弈理论。”

“又是博弈理论。老天，艾萨克。”

“别急，听我说。你总是把外星人想象成某种哺乳动物，某种有关切之情的东西，会关心自己的投资。”

“你怎么知道它们不是？”

“因为如果你的孩子离你好多光年，你就不可能保护它们。它们得自己照顾自己，而宇宙又大又冷又危险，所以它们中的大多数都不可能熬过来，呃？所以你只能一口气拉他几百万个孩子，反正从概率上讲，总会有几个运气好的能撑过去，你就靠这个聊以自慰。这不是哺乳动物的思维模式，蜜儿。如果你想用地球上的东西跟它们相比，那么蒲公英更合适。或者，或者鲱鱼。”

一声柔和的叹息。“好吧，它们是星际鲱鱼。但这并不意味着它们不能把我们压扁。”

“但它们并不了解我们，我是说在遇上我们之前。在发芽之前，蒲公英种子不可能知道自己会遇上什么情况。也许一切都顺顺当当。也许它会遇上某种疯长的杂草。也许那东西会一脚把它踹到麦哲伦星系。它不知道究竟会怎么样，而世上的生存策略从来没有适用于一切情况的均码。任何一种策略，用在这个对手身上是杀招，对另一个却可能适得其反。所以最佳方案只能是按照概率混合多种策略。

这是粒灌了水银的骰子，整体说来能带给你最高的平均收益，但总会有那么几回你手气太糟，选错了策略。这是参加游戏的代价。而这就意味着——这就意味着——不但存在着以弱胜强的可能性，从统计学的角度看它还必然会出现。”

蜜雪儿哼了一声：“这就是你的博弈理论？统计学的石头剪子布？”

也许斯宾德不知道石头剪子布是什么意思。他好一会儿没说话，时间足够他唤出注解；随后他像马一样咴咴叫起来：“石头剪子布！没错！”

蜜雪儿琢磨了半晌：“谢谢你的安慰，可除非对方盲目地赌概率，否则你所描述的情况不会出现。一旦提前知道对手是什么样，它们就根本不需要赌博。而对于我们，亲爱的，它们实在是太了解了……”

它们威胁了苏珊。指名道姓。

“它们并非无所不知，”斯宾德犟道，“而且只要信息不完整，我所说的原则都有效，它不仅仅适用于彻底无知的情况。”

“但在其他情形下，它的作用会减弱。”

“但至少还有些作用，而这就给了我们机会。牌技高超只能确保你整体的胜率，对于特定的某一局却不会有用，呃？拿到好牌的概率对谁都是一样的。”

“哦，原来我们玩的是这个，扑克。”

“只要不是象棋就该谢天谢地了。玩象棋我们是半点机会都没有的。”

“嘿，我们俩里头不是该由我扮演乐观的一方吗。”

“是你没错。我不过是欣然接受宿命的安排。我们都是半路插进这故事里来的，我们都会尽力往前赶，而且在一切结束之前我们都要送掉小命。”

“这才是我的艾萨克。最擅长勾勒注定失败的前景。”

“你也有可能会赢。把大势猜得最准的家伙就是赢家。”

“那么说这些的确只是你的猜测。”

“没错。缺乏数据就只好瞎猜，呃？而我们很可能是最先知道人类命运的人。要我说这已经等于进了半决赛，容易得很。”

蜜雪儿沉默了很长时间。她再次开口时，我完全听不清她说了什么。

斯宾德也一样：“抱歉？”

“从韬光养晦到刀枪不入，这是你说的。还记得吗？”

“唔唔。罗夏的毕业典礼。”

“还有多久，依你看？”

“谁知道。不过我觉得这种事儿肯定逃不过我们的眼睛。所以我才认定之前并不是主动攻击。”

她一定是露出了疑惑的表情。

“因为等它真正发动攻击的时候，肯定不会似是而非地像个娘们儿一样扇咱们一耳光了事，”他告诉她，“那混蛋真动起手来，咱们会知道的。”

身后突然有某种动静。我在狭窄的通道中猛一转身，好容易才把尖叫声吞回肚里：某种东西刚刚扭动着消失在拐角，某种长着好些胳膊的东西，只一晃，转瞬间便无影无踪。

从来没有出现过。不可能出现。绝不可能。

“你听见了吗？”只听斯宾德问。不等蜜雪儿回答，我早已向船尾方向逃去。

我们已经降得很低，肉眼看见的不再是一个圆盘，连曲度都只能勉强觉察。我们正朝着一堵墙下落，沸腾的黑色雷雨云朝每一个方向延伸，直至那无限遥远的地平线。大本填满了半个宇宙。

而我们仍在坠落。

在下方很远之外，杰克伸出表面粗糙的壁虎式附着垫，抓紧了罗夏隆起的表面，设好营地。它向地下发射X光与超声波，手指轻叩提出问题，再倾听回音的解答；它还埋下了微型炸药，测量爆炸后的共振。它像播撒花粉般排出种子：数千个小型探测器与传感器，自带动力，全是些近视、蠢笨的消耗品。绝大多数都作为祭品献给了盲目的运气；一百个里只有一个能活得久一点，传回可用的遥测数据。

我们的前哨侦察兵在测量当地的环境，忒修斯则从空中航拍大比例尺地图。它也吐出数千个一次性探测器，让它们在空中散开，从上千个视角同时搜集立体数据。

在旋转舱中，情况一点点拼凑出来。罗夏的皮肤是百分之六十的超导碳纳米管，肚子基本中空，中空处至少有一部分包含大气，不过地球上的任何生命形态都不可能在那里坚持半秒钟。复杂多变的辐射和电磁力形态沸腾在整个构造体内外；如果没有护盾，某些地方的超强辐射能在瞬间把血肉之躯化为灰烬，而在相同的时间里，辐射较弱的地方则只会要你的命。到处都有带电粒子奔跑在无形的跑道上，速度达到相对论水平；它们从参差不齐的缺口喷涌而出，沿中子星强度的磁力曲线运动，在开阔地划出一道道圆弧，接着再次跳回黑暗中。偶尔某个隆包会肿胀、破裂，释放出大片大片的微粒子，在辐射带撒下孢子般的种子。关于罗夏，最贴切的比喻或许是一窝半裸的回旋加速器，一个个相互纠缠在一起。

除了那些吐纳带电粒子、无法通行的裂缝，罗夏表面再也找不到别的入口，无论下方的杰克还是上方的忒修斯都一无所获。距离不断接近，但我们仍然没有发现气窗、舱门或观察孔的影子。它们曾通过激光光束发出威胁，这意味着某种光学天线或窄波阵列，可我们连这也没找着。

冯·诺依曼式机械最主要的标志就是自我复制。罗夏是否符合这条标准？——它会不会在跨越某个临界点后发芽、分裂或生育？又或者这一步已经完成？答案仍然成谜。

同样需要解答的问题还有成百上千。最后——在所有的测量、推理、演绎和纯粹的瞎猜之后——我们进入了轨道，手头有百万条细节，却没有一个答案。在关键问题上，我们拿得准的只有一件事。

到目前为止，罗夏还没有开火。

我说：“我听着倒觉得它好像知道自己在说什么。”

“我猜这正是它想要的效果。”贝茨说。她并不同任何人交心，也不参与任何可能被偷听的私人对话。对她，我选择单刀直入。

忒修斯正在生一窝小崽子，每次两个。这些东西相貌丑陋，浑身装甲，体形类似压扁的鸡蛋，有人类躯干的两倍大小，而且装配了各种园艺工具：天线、光学端口、可收缩的线锯。武器孔。

贝茨正召集她的军队。这里是船脊底部，我们飘浮在主制造车间的舱门前。其实加工设备也可以直接把机器步兵吐到船甲下方的货舱里——反正投入使用前它们都会被存放在那里——但贝茨却硬要用肉眼挨个检查，然后才让它们从前方几米外的气闸舱进入货舱。大概是种仪式吧。军队的传统。如果某项缺陷能被肉眼发觉，那么它肯定连最低级的诊断程序也糊弄不过，这是毫无疑问的。

“没问题吗？”我问，“不通过你的界面操作它们？”

“它们自己就能把自己操作得挺好。指令不用在网络里来回传递，反应时间还能缩短些呢。我更像是预防性的安全措施。”

忒修斯低声咆哮，再次冲我们发起脾气。然后规避动作完成，船壳的颤抖一路传向船尾。我们计划进入一个赤道轨道，仅仅比罗夏高出几千米；最疯狂的是，切入轨道时，忒修斯将从增生带中央穿过。

其他人并不为此担惊受怕。“这就好像在高速车道上行驶，”萨沙对我的担忧不屑一顾，“想偷偷穿过马路对面你就死定了。你只能加快速度，随车流一起走。”可这车流也太汹涌了些；自从罗夏闭嘴，我们不到五分钟就得修正一次航线。

“那么，你信吗？”我问贝茨，“模式匹配？空洞的威胁？没什么可担心的？”

“到目前为止还没人朝我们开火。”她说。翻译过来就是：半点也不信。

“对于苏珊的观点你怎么看？生存环境不同，缺少冲突的理由？”

“有道理，我猜。”纯属胡说八道。

“它们的需求跟我们完全不同，攻击我们对它们能有什么好处？”

“这很难讲，”她说，“也许彼此间的差异对它们来说已经足够了。”

她的拓扑形态反映出童年操场上的战斗。我想起了自己童年的经历，谁知道呢，或许世上所有的战争本质上都没什么不同。

可话又说回来，这正好证明了那个观点：人类其实并不真的为肤色和意识形态而战；这些都只是在进行亲缘选择时顺手拿来用用而已。说到底，战争的起因永远都是嗜血和资源有限。

“我觉得艾萨克肯定会说这不一样。”我说。

“也许。”一个机器步兵通过了贝茨的检查，嗡嗡地往货舱走去；又有两个机器步兵列队出现，装甲反射着船脊里的亮光。

“说起来，这东西你到底准备造多少？”

“我们这是入室盗窃，席瑞。总得先守好自己的房子，否则就太不明智了。”

她在检查它们的表征，我则在检查她的。疑虑与愤懑就在表面下一点点，一触即发。

“你的处境很艰难。”我说。

“我们都一样。”

“但你的责任是保护我们，而对手的情况我们却一无所知——

一切都只是猜测——”

“萨拉斯第从来不猜，”贝茨说，“所以才让他指挥。质疑他的命令有什么意义呢？就算他愿意解释给我们听，我们的智商也缺了一百点，没法理解他的答案。”

“另一方面，他还有身为狩猎者的一面，这事咱们谁也不提，”我说，“对他来说肯定很难，如此高超的智力与如此强烈的攻击本能共存，他得确保这二者之中胜出的是正确的一方。”

有一瞬间她想到萨拉斯第也许在监听我们的谈话，但下一秒钟她又决定这无关紧要：萨拉斯第干吗要在意牲口有什么想法？只要它们听他号令不就行了。

她只说了句：“我还以为你们职业嘴炮不应该对事情有看法。”

“那并不是我的看法。”

贝茨愣了一下，然后继续检查。

“你知道我是做什么的。”我说。

“嗯哼。”这组机器步兵中的第一个顺利过关，沿着船脊嗡嗡地走远。贝茨转向第二个。“你把事情简化。这样老家的人就能明白专家们在搞些什么名堂。”

“有一部分是这样。”

“我不需要翻译，席瑞。如果事情顺利，我就只是个顾问。不顺利的话，保镖。”

“你是军官，是军事专家。要我说，你完全有资格对罗夏的潜在威胁做出评估。”

“我是干体力活的。你该去简化朱卡或者艾萨克才对，不是吗？”

“我现在所做的就是这个。”

她抬头看着我。

“你们相互作用，”我说，“系统中的每一个组件都会互相影响。在处理萨拉斯第时必须把你的因素也计算在内，否则就好像无视质量却想算出加速度。”

她的注意力回到自己的孩子身上。又一个机器人通过了检查。

她并不恨我。她恨的是我所代表的意义。

他们不信任我们自己说出的话，这就是贝茨没有说出口的内容。无论我们多胜任自己的工作，无论我们比大多数人类强多少。或者原因其实正是这个。我们被污染了。我们太主观。于是他们派席瑞·基顿来向他们报告我们的真实想法。

过了一会儿我说：“我理解。”

“当真？”

“跟信任无关，少校。问题在于位置。身处系统内部的人永远不可能看清系统的本来面目。无论他是谁，他的视野都会被扭曲。”

“而你的不会。”

“我在系统之外。”

“你现在就在跟我互动。”

“只是作为旁观者。完美是不可能达到的境界，但却可以无限接近，你明白吗？我并不参加决策和研究。只要是我奉命研究的部分，我都不加干涉。但我当然要提问。掌握的信息越多，我的分析就越准确。”

“我还以为你根本不用问。我以为你们这些家伙只需要，唔，解读各种迹象什么的。”

“每一小点都有帮助。一切都会融入最后的综合。”

“你现在就在干这个？综合？”

我点点头。

“而你在综合的时候根本不具备任何专业知识。”

“我跟你一样是专家。我的专业领域是处理情报拓扑形态。”

“但却不理解它们的内容。”

“理解它们的形态已经够了。”

贝茨似乎在这个战斗机器人身上发现了一点点瑕疵，她用指尖刮刮它的外壳。“软件就做不到吗？如果没有你帮忙的话？”

“软件能做很多事，但其中一部分我们选择自己动手，”我朝机器步兵一点头，“你的肉眼检查，比方说。”

她嘴角微露笑意，承认我说得有理。

“所以说我鼓励你畅所欲言。你知道我是宣过誓要保密的。”

“谢了。”她说。意思是：这艘船上压根儿就没有保密这种东西。

忒修斯播放铃声。接着是萨拉斯第的声音：“十五分钟后插入轨道。五分钟后全员到旋转舱。”

“好吧。”贝茨送走最后一个机器步兵。“来了。”她伸手一推，借力飘向旋转舱方向。

刚刚出生的杀人机器朝我咔嗒作响。它们闻起来就像新车。

“顺便说一句，”贝茨扭头喊道，“你忽略了最明显的那个。”

“抱歉？”

她在通道尽头转过一百八十度，像杂技演员似的落在通向旋转舱的舱门旁。“发动攻击的理由。既然我们没有对方想要的东西，为什么对方还要攻击我们。”

我从她身上读出了答案：“也许它根本不是在攻击。也许它只是在保护自己。”

“刚才你问到萨拉斯第。聪明的家伙，强有力的领导者。也许可以跟自己的手下多接触接触。”

吸血鬼不尊重他的部下。刚愎自用。一半时间都藏在不知什么地方。

我想起了过境型虎鲸。“也许他这是为我们考虑。”他知道他让我们紧张。

“我敢说就是因为这个。”

吸血鬼不放心他自己。

不止是萨拉斯第，他们全都躲着我们，哪怕在他们力量占优的时候。他们永远隐身于神话的另一侧。

事情的开端全都差不多，吸血鬼并非最早认识到需要节约能量的物种。鼩鼱和蜂鸟之流，迷你身体搭配上超频的新陈代谢引擎，若不在每天日落之后进入冬眠状态，一夜之间就会饿死。潜伏在海底的海狮，呼吸暂停，几近昏迷，只在有猎物经过或乳酸水平超标时才清醒过来。冬天缺少食物的几个月里，花鼠和熊靠睡觉减少消耗，而肺鱼——泥盆纪的夏眠黑带选手——可以蜷起身子沉睡好多年，直到下雨为止。

吸血鬼的情况稍有不同。问题不在于呼吸不畅或者新陈代谢超速，也不是因为每年冬天都有大雪封住储藏室的大门。问题不在于缺少食物，而是缺少与食物的区别；吸血鬼才刚刚与古代基准人类分道扬镳，生殖率都还没有改变。这里不存在猞猁—野兔式的动态系统，猎物与掠食者的比例远远达不到一百比一。吸血鬼食物的繁殖速度比他们自己简直不快多少。如果他们没学会管住自己的嘴，用不了多久食物就会告罄。

到灭绝之前他们已经学会了很多把戏，他们可以一次沉睡好几十年。

降低代谢水平有两个好处。首先猎物有了喘息之机，经过繁殖后会重新达到可供收割的水平；此外，这还让我们有时间忘记自己曾经是猎物。到更新世时我们已经聪明得紧，聪明到了什么都不相信的地步：如果你在大草原住了一辈子，从没见过出没于黑夜的恶魔，那你还有什么理由要相信你母亲的母亲在篝火旁传下来的傻故事？

这是对我们祖先的背叛，尽管五万年之后，当我们离开太阳系时，敌人的这些基因已经被人类采用，帮了大忙。但有时我还是会想，也许萨拉斯第体内还有别的基因在叫嚣，也许一代代的自然选择让他不愿意长时间暴露在人类的视线中。也许每次同我们在一起时他都要抗拒自己大脑中的声音，那声音催他藏起来、藏起来、让他们忘记。也许当那声音太过强烈时他就会离开，也许我们也能让他不安，就像他让我们不安一样。这念头几乎让我觉得——觉得鼓舞吧，我猜是。

做做梦总是可以的。

我们最后的轨道是谨慎与勇气的理想结合。

罗夏在距离大本重心 87900 公里处描绘出一个完美的赤道圆。萨拉斯第不愿让它离开自己的视线——我们顶着充满辐射的暴风雪前进，穿行于石头与机械中间，你不需要吸血鬼的智力也能明白，中继卫星是靠不住的。这样一来，最显而易见的选择就是与它实现轨道同步。

另一方面，我们也不再争论诸如罗夏的威胁有没有实质意义、它究竟理不理解自己发出的威胁这类问题。无论答案是什么，遭遇反入侵手段的可能性都真实存在，而持续贴近罗夏只会加大这危险。于是萨拉斯第拿出了一套最佳折中方案：我们的轨道略微倾斜，在近地点几乎与罗夏擦肩而过，但其余时间都可以保持相对安全的距离。这条轨道比罗夏的要长，而且也更高——为了保持同步，处于下降弧线时我们还必须发动引擎——但它的优点在于可以时刻监视罗夏，而且只在抵达最低点前后的各三个钟头处于攻击范围之内。

我们的攻击范围，当然是。罗夏的火力如何谁也不知道，没准它完全可以在忒修斯离开太阳系之前就把我们一掌拍飞。

萨拉斯第从自己的营帐下达指令，感控中心把他的声音传到旋转舱；与此同时，忒修斯正飘向远地点：“行动。”

杰克已经为自己支起一顶帐篷，这个囊泡紧紧粘在罗夏的身体上，内部充了最少量的一点点氮气，让帐篷在真空中略微绷紧。现在杰克掏出激光开始挖掘；如果我们对震动情况的理解无误，它脚下的地面厚度只有三十四厘米。尽管杰克那添加了杂质的防辐射涂层足有六毫米厚，切割时波束仍然不住哆嗦。

“狗娘养的，”斯宾德喃喃道，“竟然成功了。”

我们烧穿了纤维状的坚硬表皮。我们烧穿了绝缘的血管，那可能是某种可编程的石棉。我们烧穿了一层层超导材料，每层之间都有压碎的碳将它们隔开。

我们一路往下烧。

激光突然关闭。几秒钟之内，罗夏内部的气体就吹胀了帐篷的表皮。大气突然变得稠密，含碳的黑烟在其中翻转、起舞。

没有任何东西朝我们开火。没有任何东西做出反应。感控中心显示局部压力正不断累积：甲烷、氨、氢。此外还有许多水蒸气，刚记录在案就给冻住了。

斯宾德咕哝道：“还原性大气。雪球期之前。[1]”他听上去有些失望。

“也许最终形态尚未完成，”詹姆斯猜测道，“就像这个构造体本身。”

“也许。”

杰克伸出舌头，那是个巨大的机械精子，长着一条光学尾巴。它的脑袋呈菱形，皮很厚，横截面上至少有一半区域覆盖着防辐射涂层；它核心处负载的传感器挺原始，但胜在小巧，组装完毕后仍然可以钻进刚刚用激光切开的那道小口子。它释放缆绳下到洞中，沿着罗夏的新伤口往里走。

---

[1] 还原性大气是指大气中缺乏氧气以及其他氧化气体与水蒸气，以至无法发生氧化反应。雪球期指原生代中期地球被冰封的那段时间。

詹姆斯在观察：“底下够黑的。”

贝茨：“但还算暖和。”开氏温度281度。冰点以上。

我们的内窥镜伸进黑暗中。红外光照出一幅颗粒状的灰白图像，那好像是——好像是条通道，充满雾气与古怪的岩层。墙壁有着蜂窝般的曲线，又好像石化的肠子内部。从通道中延伸出无数死胡同和岔路，基本的材质似乎是某种密度很大的碳素纤维片。各层之间的空隙厚薄不一，有的不比指甲盖更厚，有的却能塞进几具尸体。

“女士们先生们，”斯宾德柔声道，“请看，恶魔的千层酥。”

我敢发誓我看见有什么东西动了。我敢发誓它看起来有些眼熟。

视频信号消失了。

罗夏

“母亲比父亲更爱自己的孩子，因为她们更清楚那究竟是不是自己的骨肉。”

——亚里士多德

我没能跟父亲道别。我甚至不知道当时他在哪儿。

我不愿意去跟海伦道别。我不愿意再回到那个地方。可问题在于我不是非得去那儿才能跟她道别。在世界上的任何地方，山都可以站起来，走过去俯就穆罕默德，小菜一碟。天堂不过是地球村的一个郊区，而地球村的狭小剥夺了我所有的借口。

我从自己的公寓连接进去。新的植入设备，专为这次太空行动准备的，上星期才刚刚插进我脑袋里。我与人类意识圈握手，敲响珍珠大门，一个驯服的神灵打开门——比圣彼得更可信，却同圣彼得一样虚无缥缈——听过我的口信它便消失了[1]。

就这样我进入了她的世界。

这里没有前厅，没有会客室。天堂不是为偶尔来访的客人准备

[1] 珍珠大门是基督教对天堂之门的称谓；《圣经》中耶稣将开启天堂之门的钥匙交给了圣彼得，因此圣彼得被视为天堂的守门人。

的地方，被肉体束缚的人在这里不可能觉得舒服，否则那些与身体分离的居民就会觉得单调乏味、难以忍受。当然了，访客和天堂居民并不需要共享同一个视角。如果我愿意，大可以从货架上挑一个常用的世界观，让眼前的世界变成自己所希望的任何风格。只有飞升者的形象我无力改变。这是飞升的福利之一：我们眼中飞升者的脸是什么样，全凭他们说了算。

然而我母亲已经变成了一个没有面孔的东西，而我绝不肯藏在假面具背后给她看。

“你好，海伦。”

“席瑞！真是惊喜！”

她是抽象中的抽象：好几打明亮的窗玻璃以不可思议的方式交叉，仿佛彩绘玻璃上的每一块镶片都被点亮、赋予了生命。同时她又像是鱼群，在我面前倏忽聚散。她的世界与她的身体相互呼应：光线和角度层层堆砌，仿佛埃舍尔笔下诡异的三维结构，又仿佛明亮的雷雨云砧。可不知为什么，我确信自己在任何地方都能认出她来。天堂是一场梦；只有醒来后你才会意识到，自己刚刚在天堂遇到的人与他们现实中的形象截然不同。

所有感官信号中只有一个熟悉的标志：我母亲的天堂带着肉桂的气味。

我望着她光彩照人的化身，想象她的身体躺在地下深处，浸泡在营养液中。“你好吗？”

“很好。很好。当然，大脑不再完全属于自己，这需要一点时间适应。”天堂不仅喂养居民的大脑，它还以它们为食。未经利用的神经元突触会产生多余的能量，正好供给天堂的基础设施。“你得搬进来，越早越好。你永远不会再想离开。”

“事实上我正要离开，”我说，“我们明天上船。”

“上船？”

“柯伊伯带。你知道，萤火虫。”

“哦没错。我记得仿佛听说了些什么。我们这里很少关注外界的消息，你知道。”

“反正我就是想着来道个别。”

“我很高兴你来了。我一直想跟你单独谈谈，你知道。”

“单独？”

“你知道的。平时总有你父亲在旁边听着。”

天啊，又来了。

“爸爸执行任务去了，海伦。行星间的危机。你也许听到些风声。”

“我的确听到了。你知道，你父亲的任务经常——延期，而我对此时常有些抱怨，但或许这其实是件好事。他在家的时间越少，能做的就越少。”

“做什么？”

“对你。”眼前的幻象静止片刻，装出迟疑的样子。“过去我从没告诉过你，可是——不。我不该这样。”

“不该怎样？”

“再提起，唔，过去的伤害。”

“过去的什么伤害？”配合得天衣无缝。我管不住自己，我所受的训练太彻底，听到命令总会汪汪叫。

“那个，”她说起来，“有时候你回到家——你还那么小——我看见你的表情那样僵硬、冷酷，我就会想，为什么你竟然如此愤怒，孩子？这样小的孩子能有什么理由如此愤怒？”

“海伦，你在说什么啊？从哪儿回家？”

“就是他领你去的那些地方，”某种类似震颤的东西淌过她的拓扑面，“那时候他还在。他还没变成什么大人物，只是个迷恋空手道的会计，成天说着什么司法鉴定、博弈理论和天文学，直到每个人都无聊得睡过去。”

我试着想象：我父亲，喋喋不休。“听起来可不像爸爸会做的事。”

“当然不像了。你还太小，不记得，但那时候他只是个小人物。其实现在也一样，无论他参加过多少什么绝密任务、什么保密简报。我一直不明白为什么大家都看不出来。但早在那时候他就喜欢——好吧，我猜这也不能怪他。他童年时日子很艰难，从来没有学会像成年人一样处理问题。他喜欢，唔，我猜你可以说是作威作福。当然嫁给他之前我并不知情。要早知道的话，我——但我已经做出了承诺，而且一直没有违背誓言。”

“什么，你是说你受了虐待吗？”从他带你去的那些地方回家。“你是说——你是说我受了虐待？”

“虐待有许多种，席瑞。有时候言语比子弹更能伤人。而抛弃自己的孩子——”

“他并没有抛弃我。”他留我跟你一起。

“他抛弃了我们俩，席瑞。有时一走就是好几个月，而我——而我们从来不知道他还会不会再回来。全都是他自己的选择，席瑞。他并不需要去干那个，明明有许多别的工作他也能做。那种好多年以前就被裁减掉的工作。”

我摇摇头，我觉得不可思议，但却没法说出口：她恨他，仅仅是因为他不肯变成无所事事的废物？

“行星间的安全工作一直很重要，这也不是爸爸的错。”我说。

她充耳不闻，只管继续往下讲：“过去大家是没办法，那时候我们这种年纪的人非得工作才能过活。但就算那时候大家也希望尽量多同家人待在一起，哪怕因为要挣钱糊口他们根本没什么时间。他呢，他却在没必要工作的时候选择工作，这简直——”她裂成碎片，又在我肩膀旁重新聚拢。“没错，席瑞。我相信这就是一种虐待。而且如果这些年来你父亲有我一半忠诚——”

我想起吉姆，想起最后一次见面时的场景：在机器哨兵的注视下吸入后叶加压素。“我并不觉得爸爸对你我不忠。”

海伦叹口气。“我并不真的指望你能理解。我还没有那么蠢，我知道事情最后变成了什么样子。这些年来一直是我抚养你长大。你父亲老是离家执行什么秘密任务，总是我在扮坏人的，你犯了错也只好由我来管教你。然后他赏光回家待上一两个星期，你就把他当成了大好人。这事我倒也不怪你，就好像我其实也不怪他。事到如今相互指责已经不能解决任何问题。我只是觉得——唔，其实，我只是觉得应该让你知道。哪怕知道了也无济于事。”

过去的记忆突然冒出头来：九岁时，被海伦叫到床边，她伸手抚摸我的疤痕，她的呼吸甜甜地、闷闷地吹在我脸颊上。现在你就是家里唯一的男人了，席瑞。我们再也不能指望你父亲。现在只剩下你和我……

我沉默了半晌，最后问：“一点用都没有吗？”

“你指什么？”

我瞥眼周围，这是海伦为自己量身定做的抽象环境：内反馈、一个清醒的梦。“在这里你无所不能。任何欲望、任何想象：全都可以实现。我原以为这会给你带来更大的变化。”

七彩的镶片舞动起来，它们挤出一点笑声：“你觉得这样的改变还不够大吗？”

还差得远。

因为天堂也非十全十美。无论海伦在这里制造多少概念、多少化身，无论有多少空洞的形体赞美她、为她打抱不平，到头来她也只是在自说自话。世上仍然存在着她无力控制的现实，存在着无视她的规则的人——假如他们有工夫想起海伦，他们爱怎么想她她都管不着。

她下半辈子再也不必见任何人，但她知道他们就在外头，而这念头叫她发疯。离开天堂时我突然想到，不管我母亲在自己的世界中多么神通广大，要想让她过得幸福，其实只有一个法子。

其他的一切都必须通通消失。

“这事儿不该一再发生，”贝茨道，“防辐射涂层明明没问题。”

四合体待在旋转舱另一头自己的营帐里，正整理着什么东西。萨拉斯第躲在幕后，从自己的房间监控飞船上的工作。公共区里就只剩下了贝茨、斯宾德和我。

“也许够应付直接的电磁波，”斯宾德伸个懒腰，抬手掩住哈欠，“有时候超声波也会激发磁场穿透防辐射涂层，至少对活体组织是这样。也许你的电子设备也遇到了同样的问题？”

贝茨两手一摊：“谁知道？下头的情况我们一无所知。没准是黑魔法和精灵呢。”

“唔，也不是一无所获。凭我们手头现有的情况，总能猜个七七八八嘛，呃？”

“比如？”

斯宾德伸出一根手指。“地下那一层一层的东西不可能来自任何新陈代谢作用，至少不是我所了解的新陈代谢。所以从生物学的角度讲，它算不上‘活’体。当然，如今活不活已经不能说明什么问题了。”他扫一眼四周：我们自己也正坐在怪兽肚子里呢。

“这是大结构，那它内部的生命呢？”

“大气缺氧。多半可以排除复杂的多细胞生物。微生物，也许，不过假如真有微生物，拜托它们一定要出现在取样里。但具有思考能力的生物结构总是很复杂的，能修出这东西的生物就更不必说了——”他朝显示在感控中心里的画面摆摆手——“它肯定需要高能量的新陈代谢，而这就意味着氧气。”

“也就是说你认为那里头是空的？”

“我这么说了吗，没有吧？我知道外星人的心思本来就该捉摸不透才正常，可说真的，谁会为厌氧菌造一个城市规模的野生动物保护区？”

“它肯定是为某种东西准备的栖息地。因为如果它只是改造环境的机器，那完全可以一点大气也不要，不是吗？”

斯宾德指指四合体的营帐。“就像苏珊说的，大气层仍在建造中。咱们可以不劳而获，直到主人出现为止。”

“不劳？”

“不太劳。而且我知道我们只看到了它内部很小很小的一部分。但是很显然，有个什么东西看见了我们，我记得它还冲我们嚷嚷过。如果它们真这么聪明，又对我们抱有敌意，为什么还不开火？”

“也许它们正在开火。”

“如果真有东西藏在大厅里搞破坏，它对机器人的伤害也并不比单纯的地面基准环境更大。”

“你所说的地面基准环境或许正是一种主动的反侵入手段。否则为什么要把栖息地弄得这样不适宜居住？”

斯宾德翻翻白眼：“好吧，我错了。要想猜个七七八八，我们手头现有的情况还不够用。”

当然我们一直在尝试。杰克的传感器探头被烤焦、再也无法修复后，我们便将它降级成地面挖掘工。它耐心地烧烤最初的那个窥视孔的边缘，每次只一丁点，逐渐将其扩大，最后得到的洞口直径几乎有一米宽。与此同时我们也在根据现场情况改造贝茨的步兵——给它们加上防辐射涂层，以对抗类似核反应堆和回旋加速器内部的地面环境。等飞船来到近地点，我们便将它们抛向罗夏，就好像往闹鬼的森林里扔石头。它们全都穿过了杰克挖出的大门，身后拖着细极了的光纤，好送情报穿过带电的大气。

它们传回的大多是片段，稍微能扩充我们手头的影像。我们看见罗夏的墙体在动，一波波缓慢而懒散的蠕动，涟漪般沿着它的肚子荡开。我们看见粘稠的内囊在生长，不停地收缩再收缩，估计最终会封闭一条通道。在某些区域我们的步兵通行无阻，在另一些地方则因为周围的磁场而失去平衡、踉踉跄跄。它们通过了一些古怪的咽喉要道，只见两侧布满剃刀般的牙齿，几千片三角形刀刃平行排列，扭曲成螺旋状。它们缓慢而谨慎地绕过大片薄雾，这些薄雾被雕刻成抽象的分形图案，变动不居，无穷递归，这些薄雾形成带电的水滴，挂在无数相互交叉的电磁力线上。

最后步兵们要么报废要么消失了踪影，无一例外。

“防辐射涂层还能再密实些吗？”我问。

斯宾德睨了我一眼。

“它们已经裹得密不透风，只露出传感器的探头，”贝茨解释说，“如果把探头也保护起来我们就看不见了。”

“不过可见光是没什么害处的。如果我们仅仅使用光学链——”

“我们用的就是光学链接，政委，”斯宾德好不耐烦，“你也许已经注意到了，那些狗屎一样能穿透进去。”

“可难道我们就没有——”我拼命回忆那个字眼——“带通滤波器吗？只允许可见光通过，把频谱两侧有害的东西全部切断？”

他冷哼一声。“当然。它的名字就叫作大气层，而假设我们随身带了那玩意儿——并且它的密度比地球大气的密度再高上五十倍——那也许能把底下的东西隔断一星半点。当然，地球上不止有大气层，磁场也帮了不少忙，不过如果我们在那底下安装什么电磁设备，我可不肯把自己的性命交到它手上。”

“别老撞上脉冲喷发的峰值就好了，”贝茨道，“最麻烦的就是那个。”

“是随机出现的吗？”我问。

斯宾德耸肩的动作几乎像是哆嗦。“依我看，那地方的事儿没一样是随机的。可谁知道呢？我们需要更多数据。”

“可惜却不大可能把它们搞到手，”詹姆斯从天花板上绕到我们中间，“如果我们的探测器继续短路的话。”

说“如果”纯粹只是走形式。我们试过赌运气，牺牲一个又一个探测器，希望总有一个能撞上大运；然而离开营地之后，它们的存活率就成指数下降，直到归零。我们试着给光纤加上防辐射涂层，好减少透过缝隙漏磁的几率；结果光纤变得过于僵硬、太难控制，跟手拿棍子、把传感器粘在另一头也没什么区别。我们试着完全切断光纤，让探测器自己去探险，任它们窥探充满辐射的暴风雪，把资料储存起来，过后再上传给我们。但最后没有一个活着返回。我们什么都试过了。

“我们可以自己下去。”詹姆斯说。

几乎什么都试过了。

“没错。”斯宾德的语气非常明白，他的意思只可能是大错特错。

“要想获得有用的信息，这是唯一的办法。”

“对，信息，比方说大脑变成同步加速器里的糨糊究竟需要几秒钟。”

“我们可以给太空服加上防辐射涂层。”

“哦，你是说就像曼迪的探测器一样？”

“我真的希望你别叫我曼迪。”贝茨抗议道。

“关键在于，无论你是生肉还是机器，罗夏都一样会把你烤熟。”

“我认为关键在于烤肉和烤机器的方式有所不同，”詹姆斯回答道，“烤肉花的时间更长。”

斯宾德摇摇头：“五十分钟你就死定了。哪怕有防辐射涂层。哪怕在所谓的低辐射区。”

“但三小时之内都不会出现任何症状，甚至可能更久。而且那之后也要好几天才会真的死掉，而那时我们早回来了，飞船可以把我们修好，不费吹灰之力。这些我们都知道，艾萨克，相关信息就在感控中心里。而如果我们知道，你也知道。所以这场争论从一开始就不该发生。”

“这就是你的方案？每三十个小时把自己弄得辐射饱和，然后让我来切掉肿瘤，把大家的细胞缝回去？”

“冬眠箱是自动的。你连手指尖都不必动一下。”

“更不必说那些磁场能对你的大脑干出什么来。一旦进入罗夏的磁场，我们立刻就会产生幻觉——”

“给太空服加法拉第屏蔽[1]。”

“啊，也就是说把咱们变得又聋又瞎。好主意。”

“我们可以放光波通过。红外——”

“那儿全是电磁波，苏。哪怕把头盔完全封闭，用摄像头代替眼睛，线路通过的地方一样会有泄漏。”

“会有一点，没错。但不会那么糟——”

“老天，”斯宾德打个哆嗦，唾沫顺着他嘴角飘出来，“让我跟蜜雪儿谈——”

“我们四个之间已经商量过了，艾萨克。我们一致同意。”

“一致同意？你们并不拥有多数票，苏。你的大脑虽然切成了许多块，但这并不意味着每一块都有表决权。”

“为什么？我们每一个都具有知觉，至少都不比你差。”

“他们全都是你。只不过是分割过了。”

“但你却把蜜雪儿当成一个独立的个体。”

“蜜雪儿是——我是说，没错，你们每一个都是截然不同的拓扑面，但原版只有一个。他们是你的替代人格——”

“别叫我们替代人格！”萨沙的声音突然爆发，液态氧一般寒

[1] 由英国物理学家 Michael Faraday（1791—1867）发明，其基本原理是利用导电材料形成密闭空间，阻隔外部静电场甚至电磁辐射，因此有时亦称为静电屏蔽。

气逼人。“永远不要。”

斯宾德想缩回去：“我不是那个意思——你知道我不是想——”

但萨沙已经离开了。“那你是什么意思？”一个更柔和的声音取代了萨沙。“你觉得我就是妈妈，只是妈妈在演戏？你觉得我俩在一起时你其实是在跟她独处？”

“蜜雪儿，”斯宾德可怜巴巴地说，“不。我不是——”

“不重要，”萨拉斯第说，“我们这里不投票。”

他在旋转舱中央，飘在我们头顶，护目镜下的眼睛完全无法解读。我们谁也不知道他是什么时候来的。他原地转动，把所有人都看在眼里，我们也随着旋转舱绕他旋转。

“斯库拉准备中。阿曼达需要两个不系光纤绳的步兵，配武器备用。摄像头波长一至一百万埃，鼓膜加防辐射涂层，取消自主性电路。13：50前所有人注射血小板增强剂、抗组胺药和碘化钾。”

“所有人？”贝茨问。

萨拉斯第点点头：“窗口打开四小时二十三分钟。”他转身准备离开。

“除了我。”我说。

萨拉斯第停下来。

“我不出外勤。”我提醒他。

“情况有变。”

“我是综合家。”这他知道。他当然知道，每个人都知道：要观察系统，你必须留在系统外。

“在地球你是综合家，”他说，“在柯伊伯带你是综合家。在这里你是物质。执行命令。”

他消失了。

“欢迎加入战局。”贝茨柔声道。

其他人也起身准备离开，我望着贝茨：“你知道我——”

“我们离家很远，席瑞。不可能等上十四个月，等你的老板拿主意，这你很清楚。”

她摆出站立式起跑的姿势，一跃而起，在全息图中间划出一道弧线，最后落到旋转舱中心的零重力区域。她停下来，仿佛因某个突如其来的洞见而分了心。她抓住船脊上的一根管道，借力回转身。

“你不该低估自己，”她说，“也不该低估萨拉斯第。你的工作是观察，对吧？我敢打赌底下会有很多值得观察的东西。”

“谢谢。”我说。但我已经想明白了，萨拉斯第之所以派我去罗夏，原因可不止是观察。

三个宝贵的成员身处险境。添进一个烟幕弹你就买到了四分之一的几率，四分之一的几率敌人会瞄准别处。

“耶和华的灵必大大感动你，你就舞蹈呐喊，你要变为新人。”

——《撒母耳记上》10:6[1]

大家刚刚彼此认识的时候，詹姆斯曾经对我说：“在进化过程中，我们大部分时间可能都是处于分裂状态。”她敲敲自己的太阳穴。“这里头空间大得很，现代人的大脑可以同时运行好几打有知觉核心意识，一点不会觉得挤。再说平行的多任务系统显然更具生存优势。”

我点点头：“十个脑袋总比一个强。”

“整合很可能是最近才发生的。有些专家认为，只要条件适宜，我们仍然可以回复到多重状态。”

“嗯，这当然。你就是活生生的例子。”

她摇摇他们的脑袋。“我指的不是物理上的分割。我们代表了最前沿的技术，这毫无疑问，但理论上讲手术并非必不可少。压力也能达到类似的效果，如果压力够大的话。如果它发生在幼年期。”

[1] 引自希伯来圣经，原文是“耶和华的灵必大大感动你，你就与他们一同受感说话，你要变为新人”。

“当真？”

“唔，理论上讲是这样。”詹姆斯承认，说完就换了萨沙出来：“理论个狗屁。记录在案的例子多的是，直到五十年前都有。”

“真的吗？”我克制住使用嵌入设备查找注解的冲动；散焦的眼睛会暴露我的所作所为。“我一直不知道。”

“哼，现在谁也不提这事了。过去对待多核心的态度真他妈野蛮得要命——管它叫人格分裂症，就好像它是个什么病。他们想出来的治疗方案就是留下其中一个核心，把其他的通通谋杀。当然他们并不管那叫谋杀。他们管那叫整合之类的狗屁名字。过去人类就是这么干的：创造出其他人格，让他们把所有的痛苦和虐待都承担下来，等不再需要这些人了，就把他们搞掉。”

那时我们正在参加所谓的破冰派对，这可不是大家喜闻乐见的调调。于是詹姆斯滑回驾驶席，对话渐渐回到了大众接受的方向。

但无论在当时还是那之后，我都从没听四合体用替代人格来形容彼此。斯宾德说话时似乎并无恶意，我不明白他们的反应怎么会如此剧烈——而现在我独自飘在自己的营帐里，离行动开始还有好几分钟，也没人会发现我的眼睛散了焦。

感控中心告诉我，替代人格几个字带着一个世纪的精神包袱。萨沙说得没错，多核心情结一度被称为多重人格分裂症，人们将其视为病症，而非情结，从来不会主动诱发它。当时的专家认为，多重人格是在面临难以想象的残酷虐待时自发产生的——分裂出的人格献出自己，承担所有的强暴和殴打，而背后的孩子则躲进大脑皮层某个无法探知的庇护所里。这既是生存策略也是仪式性的自我牺牲：无助而绝望的灵魂把自己切成碎片，将颤抖的血肉奉献给被称作妈妈或者爸爸的神祇，徒劳地期望这些恶毒的神祇终会有餍足的一天。

后来人们发现这些全是无稽之谈。或者至少从未得到证实。那时候的所谓专家不比巫医强，只会在自己随兴编造的仪式里手舞足蹈：花样百出、漫无边际的交谈，充满了诱导性的问题和非语言的暗示，反复咀嚼童年的经历，想从中挖出点宝贝。等发现自己的念珠和拨浪鼓不起作用，也许再附送一剂碳酸锂或者氟哌丁苯。彼时，描绘大脑的技术刚刚起步，编辑大脑的科技许多年之后才会出现。治疗师和精神病专家把自己的牺牲品戳来戳去，每遇到无法理解的情况就发明一个新名字，还争论着弗洛伊德、克莱因[1]和古老的占星术究竟哪个更正确。一句话，竭尽全力把自己伪装成科学家的模样。

不用说，最后科学把他们全部压死在马路上；即便在突触神经重构技术降临之前，“多重人格障碍症”也已是明日黄花。但替代人格是那个时代遗留下来的语言，它的回响一直没有消失。对于记得这则故事的人，替代人格无异于背叛与人性的代名词。替代人格就等于炮灰。

我想象着四合体的灵魂如何共存、呈现出怎样的拓扑形态，我明白了萨沙为什么会如此激烈，明白了苏珊为什么放任她。毕竟这个概念本身并没有什么不合理的地方，四合体的存在已经证明了这一点。然而当有人把你从一个业已存在的主体上剥离，从虚无中将你雕刻出来，你发现自己仅仅是一个人格的片段，一出生就已经成年，甚至没有一具时刻属于自己的身体——这时候如果你感到愤怒，这在很大程度上都是可以原谅的。没错，你们彼此平等，你们共同进退。没错，没有哪个人格比别的人格更强。但说到底，拥有姓氏的仍然只有苏珊。

最好还是把过去的恩怨当作出气筒，无论这恩怨是否真实存在；这样更简单些，总好过与共同分享身体的人闹矛盾。

---

[1] Melanie Klein (1882—1960)，奥地利精神分析学家，也是第一个研究儿童精神分析的专家。

脚下的怪兽仍在不断成长，无数图像、数据将我包围。此时我不但明白了萨沙为何反感那个字眼，还明白了艾萨克·斯宾德为什么偏偏选了它——尽管在他这显然只是一个无意识的举动。

对于地球来说，忒修斯上的每个人都是替代品。

萨拉斯第留在飞船上。他没有替补。

不过其他人都在——挤在穿梭机里，太空服的防辐射涂层十分厚实，乍一看活像上个世纪的深潜员。这是一种非常微妙的平衡：防辐射涂层过厚比完全没有防护更糟——原始粒子会被分割成次级粒子，同样致命，数量却多了一倍。有时候你必须忍受适当的辐射；否则就只能把自己当成虫子，嵌进铅块里了事。

离近地点六小时，穿梭机发射。斯库拉活像热切的孩子，一个劲往前冲，把父母抛在身后。不过我周围的系统中却找不到多少热情。只有一个例外：即使隔着面罩，四合体的脸似乎也在闪光。

“激动？”我问。

回答我的是萨沙：“真他妈说对了。外勤，基顿。第一次接触。”

“要是底下谁也没在呢？”要是有谁在，而它们不喜欢咱们呢？

“那更好。没有警察碍手碍脚，正好可以尽情摆弄它们的麦片盒子。”

我不知道这话是不是也代表其他三个成员的意见。我几乎可以肯定蜜雪儿并不这么想。

斯库拉的舷窗全部封死，我们看不见外头的情况，而里头也无甚可看，只除了机器人、人类以及头盔里平视显示系统中各种纠缠的轮廓。不过我能感觉到辐射切开了我们的盔甲，好像那不过是一张面巾纸。我能感觉到罗夏磁场的波峰与波谷，感觉到罗夏本身正不断靠近：那是外星丛林大火后留下的一片焦炭，比起人造物体来更像是自然环境。我想象它的枝条间有巨大的电流来回穿梭。我想象自己挡了它们的道。

什么样的生物会选择生活在这种地方？

“你真的觉得我们能和平共处。”我说。

詹姆斯耸肩的动作几乎完全消失在盔甲下。“也许刚开始的时候会有些麻烦。我们起步或许的确搞砸了，今后可能需要澄清各种误会。但最终我们一定会彼此了解的。”

她显然觉得自己已经回答了我的问题。

航天飞机喝醉酒似的摇摇晃晃，所有人都像保龄球一样撞到一起。三十秒的微调之后我们终于停稳。平视显示系统愉快地播出一段蓝绿两色的动画：飞船的对接密封舱缓缓插入罗夏的膈膜，把它变成我们进入罗夏充气前厅的入口。即使做成卡通的式样它看起来也透着色情的味道。

贝茨早已经在气闸旁整装待发。她拉开内侧舱门：“全体低头。”

这动作可不容易：我们被铁陶和生命维持系统裹得紧紧的，头盔往下倾斜时撞击声不时响起。之前机器步兵全都贴在天花板上，仿佛致命的大蟑螂，现在它们嗡嗡地醒来，离开天花板，从我们头顶狭窄的空间挤过去，偷偷摸摸地蹦到自己的女主人身边，然后走下舞台。

贝茨关闭内侧舱门。气闸盖转过一圈，再次打开后我们眼前出现了一间空屋。

数据显示一切正常。机器步兵耐心等在前厅里，到目前为止尚未遭到攻击。

贝茨跟着它们走出门外。

图像老等也不来。波特速率比涓涓细流还要细，语音交流倒是没什么问题，尽管贝茨的声音被扭曲成了单簧口琴似的颤音——“目前还没遇上什么惊喜。”可问题在于，任何图像都抵得上一万句话，而——

——来了：透过一个步兵的眼睛，我们看到了它前面的步兵，那是一张静止的、布满颗粒的黑白照片，一张来自过去的明信片：视觉转为听觉，甲烷厚重、黏稠的振动冲撞着它的身体。图像全都饱受静电干扰，要将它们接入平视显示系统，每次都得经过好几秒钟的漫长等待：步兵降到坑里，步兵进入罗夏的十二指肠，一个阴森怕人的洞穴有条不紊地一步步显露出来。在每幅图像的左下角都标出了时间戳和特斯拉值倒计时。

如果不信任电磁波谱，你就得放弃很多东西。

“看起来没问题，”贝茨报告说，“我进去了。”

在比较友好的宇宙里，机器会迅速、平稳地行驶在大街上，传回无比清晰的完美图像。斯宾德和四合体会坐在旋转舱里品咖啡，指挥步兵从这里取份样品，给那边一个特写。在比较友好的宇宙里，我根本不会下来。

贝茨出现在下一张明信片里，她正钻出一根瘘管。再下一张里她背对镜头，似乎在水平移动摄像头拍摄周围的景象。

再下一张里她正对着我们。

“唔……行了，”她说，“下……来吧……”

“先别急，”斯宾德道，“你感觉如何？”

“很好。有点……怪，不过……”

“怎么怪法？”辐射病的征兆就是恶心反胃，但除非我们的计算严重错误，这症状至少还要一两个钟头才会出现。等我们全被烤透、无可救药之后。

“轻微的定向障碍，”贝茨报告道，“这地方有点怕人，不过——肯定是格雷综合征。可以忍受。”

我看着四合体。四合体看着斯宾德。斯宾德耸耸肩。

“反正只会越来越糟，”远处的贝茨说，“时间……时间不等人，伙计们。下来吧。”

我们下去了。

它不是活物，远远算不上活物。

闹鬼的房子。

墙壁哪怕在静止时也仍然在动：一种偷偷摸摸的动静，总是出现在你眼角的余光里。在你心底老有种被人监视的感觉，你心惊肉跳，确信邪恶的外星观察者就躲在你视界的边缘。我不止一次转过身，以为能将那些幽灵暴露在光天化日之下。可每次我要么是跟双目圆睁、神经紧张的同伴面面相觑，要么就只能看见一个半瞎的步兵顺着通道往下飘。闪着光的黑色熔岩管上分明嵌着一百只眼睛，可它们总能赶在我转身之前的一刹那把眼闭上。我们带来的灯光将周围的黑暗推开二十来米，之后就是雾气与阴影的天下。还有声音——罗夏在我们周围嘎吱作响，仿佛一艘困在坚冰中的木船；电流也发出响尾蛇般的嘶嘶声。

你告诉自己说这些只是你的想象。你提醒自己说血肉与电磁挨得太近就会如此，这是有例可循的。高能场释放出你颞叶中的鬼影，从中脑翻出令人动弹不得的恐惧，渗透进你的意识里。它们搞乱你的运动神经，就连沉睡中的嵌入设备也会像脆弱的水晶一样叮叮作响。

它们只是能量体。仅此而已。你不断把这话重复给自己听，你重复又重复，直到它被剥去了理性的伪装，退化为死记硬背的咒语，一种逼退恶灵的魔咒。那些紧贴在你头盔外呢喃的低语，那些从你眼角一闪而过的生物，它们都不是真的。它们只是大脑的把戏，从古至今，人类的神经都在释放同样的烟幕弹，让人类相信自己被鬼魂纠缠、被外星人劫持、被——

——被吸血鬼猎杀——

——于是你不禁怀疑萨拉斯第是不是真的留在了飞船上，又或者他一直就在这儿，在这儿等着你……

"又一个脉冲峰值。"贝茨警告说。在我的平视显示系统里，特斯拉与希沃特[1]的数值都猛然升高。"当心。"

我正在安装法拉第潜水钟。正在尝试。这活应该不算难。我已经把主锚索从前厅牵到那松松垮垮飘浮在通道中央的袋子这里。现在我正在——对，在做跟倒缆有关的什么事儿。为了、为了让潜水钟始终保持中正。我头盔上的照明灯射在墙上，墙体仿佛潮湿的黏土，泛出光泽。邪恶的符文在我的想象中闪烁。

我把缆绳的底垫塞进墙里卡紧。我敢发誓墙体的基质缩了一下。我扣动助推手枪的扳机，退回到通道中央。

"它们就在这儿。"詹姆斯低声道。

的确有某种东西在这儿。我能感到无论我转向哪里，它都一直在我身后。我能感到巨大的黑暗咆哮着躲开了我的视线，它饥饿的大嘴与通道本身一样宽。现在它随时可能扑上来，它的速度会快如闪电，它会把我们全部吞噬。

"它们真美……"詹姆斯道。她的声音里完全没有恐惧。她听上去满怀敬意。

"什么？在哪儿？"贝茨不停地转身，想同时把三百六十度的空间全部收进眼底。由她控制的机器步兵分立在她两侧，不停晃动，仿佛两个全副武装的括号，分别指向通道的两头。"你看见什么了？"

"不是在外头。在这里面。无处不在。你看不见吗？"

"我什么也看不见。"斯宾德的声音在发抖。

"它就在电磁场里，"詹姆斯道，"它们就是这样交流的。整个构造体中充满语言，它——"

"我什么也看不见。"斯宾德重复道。线路里传来他的呼吸声，

[1] Sievert，剂量当量单位，用于衡量辐射的生物效应，以瑞典物理学家 Rolf Sievert（1896—1966）命名。

沉重而急促。“我瞎了。”

“见鬼，”贝茨猛地转向斯宾德，“这怎么可能——辐射不应该——”

“我、我觉得不是因为这个。”

9特斯拉，而鬼魂无处不在。我闻到了沥青和忍冬的气味。

“基顿！”贝茨喊道，“你还好吗？”

“唔——嗯。”好不到哪去。我已经回到钟旁，一手抓着开伞索，努力无视那个不停轻拍我肩膀的不知什么东西。

“别管那个了！把他弄出去！”

“不！”斯宾德在通道里无助地飘荡，助推手枪挂在手腕的绑索上荡来荡去。“不，扔个什么东西给我。”

“什么？”

这全是你的想象。这全是你的想——

“扔点什么给我！随便什么！”

贝茨迟疑道：“你说你瞎了——”

“快点！”

贝茨从腰带上扯下一块太空服的备用电池，轻轻朝他丢过去。斯宾德伸出手，但没有接稳。电池从他指尖滑开，撞上墙弹出去。

“我不会有事的，”他喘着粗气，“把我弄到帐篷里就行。”

我拉开伞索，潜水钟开始膨胀，仿佛巨大的铁灰色棉花糖。

“所有人都进去！”贝茨一手操作助推手枪，另一只手抓住了斯宾德。她把他交给我，拿出一个传感器往帐篷外皮上一拍。我揭开带防辐射涂层的门帘，感觉就像从伤口上揭下一片痂。门帘底下的物质只有一个分子，长度接近无限、一层又一层地折叠，它就像个闪亮的肥皂泡不住旋转。

“把他弄进去。詹姆斯！快过来！”

我把斯宾德推进薄膜里。它温柔地包裹他，不留半点空隙，紧紧拥抱每一个轮廓、每一条细小的纹路。

“詹姆斯！你——”

“把它弄下来！”声音嘶哑，听不出是男是女；它赤裸裸地暴露出恐惧，令人心生惧意。是克朗切在主控四合体。“把它弄下来！”

我回过头去。苏珊·詹姆斯的身体在通道中缓缓翻滚，它用双手抓住自己的右腿。

“詹姆斯！”贝茨朝她飘过去。“基顿！过来帮忙！”她抓起四合体的胳膊。“克朗切？怎么回事？”

“那东西！你瞎了吗？”我来到他们身边，这才意识到他不止是抓住自己的腿。他正在使劲拉。他想把腿扯下来。

有什么东西神经质地哈哈大笑，就在我的头盔里。

“抓住他那边胳膊。”贝茨吩咐我。她自己抓住克朗切的右手，想掰开紧紧扣在四合体右腿上的手指。“克朗切，松手。快！”

“把它弄下来！”

“那是你的腿，克朗切。”我们一面搏斗一面朝潜水钟进发。

“那不是我的腿！你仔细看看，它怎么可能——它是死的。它粘在我身上……”

就快到了。“克朗切，听着，”贝茨厉声道，“你在听吗——”

“把它弄下来！”

我们把四合体塞进帐篷里。贝茨闪到一旁，好让我跟着钻进去。真是不可思议，她竟能如此镇定自若。不知她是怎么办到的，压制心中的恶魔，像暴风雨中的边境牧羊犬，把我们赶进庇护所。她——

她没有跟进来。她甚至不在原地。我回头一看，她的身体飘浮在帐篷外，一只戴着手套的手抓着门帘边缘；然而即使隔了一层又一层的聚酰亚胺、镍铬合金和聚碳酸酯，即使我只能隔着她的面罩看见一个扭曲影子，我仍然知道有什么地方不对劲。她的所有表征都消失了。

这人不可能是阿曼达·贝茨。我眼前的这个东西，它显露的拓扑形态不比人体模型更多。

“阿曼达？”我背后的四合体含含糊糊地喊了一声，虽然歇斯底里，但动静不大。

斯宾德：“怎么回事？”

“我就留在外头。”贝茨说。她没有丝毫情感特征。“反正我已经死了。”

“什么——”斯宾德气急败坏。“如果你不进来，你就真的死——”

“你们别管我，”贝茨道，“这是命令。”

她把我们封在了帐篷里。

那并不是第一次，对于我来说不是。过去我的大脑也曾被无形的手指拨弄，搅起泥污，撕裂结痂的伤口。罗夏造成的影响要剧烈得多，但切尔西的手法更加——

——更加精准，我猜是。

她管这叫流苏编织：为神经胶质助跑，级联效应，将关键性的神经中枢分割、黏合。我的工作是解读人类的结构，而切尔西则改变它——找到关键的节点轻轻一推，在记忆的源头投下一粒石子，让涟漪在精神的下游制造出翻腾的瀑布。不等你做好三明治，她已经为你安装好幸福；利用吃午饭的一个钟头，她能让你同整个童年的不幸握手言和——最多三次午饭时间。

同人类发明的无数领域一样，她的位置也逐渐被取代了。人性可以在装配线上完成编辑，人类自己也从生产过程降级为产品。但无论如何，切尔西的技能仍然带给我一个全新的视角，它让我发现了那个古怪旧世界的另一面：对大脑的修修补补仅仅是为了个人自私的愿望，而非抽象的社会利益。

她说："让我带给你快乐。"

"我已经挺快乐了。"

"我会让你更快乐。来个TAT，我请客。"

"TAT？"

"短效心态微调。我在凿刀协会还有些特权。"

"我已经调得够多了。再改变一个突触没准就要变成另外一个人。"

"你很清楚这话有多可笑。照这逻辑，每一次经历都会把你变成另外一个人。"

我想了想："也许真是这样也说不定。"

但她不肯放弃，我祭出了反快乐论最强有力的论据，但仍然无法撼动切尔西。某天下午，她在柜子里翻了老半天，捞出一个发网，上头布满油腻腻的灰色垫片。这东西是个超导蜘蛛网，雾气一样轻薄，最细微的思维也能描绘得清清楚楚。制作垫片的材料是陶瓷磁体，它能把大脑浸在自己的磁场中。切尔西的嵌入设备与一个基站链接，基站负责操控大脑与磁体之间的干涉图形。

"过去光装下这些磁体就需要浴室大小的机器。"她让我躺在沙发上，把发网拉开，盖住我的头顶。"不过这种便携设备嘛，真正的妙处也就只是小巧而已。我们可以找到热区，我们甚至可以调整它们，但经颅磁刺激产生的效应会逐步消失。要想效果持久，非得上诊所不可。"

"那么我们到底是在找什么？压抑的记忆？"

"根本不存在这种东西，"她安慰似的露齿一笑，"我们只是选择了忽略它们，或者绕开它们，如果你明白我意思的话。"

"我还以为你说会让我快乐。为什么——"

她用指尖封住我的嘴唇。"也许你不相信，小鹅，有时候人类甚至会选择忽略美好的记忆。就好像，比方说如果他们觉得自己不应该从某件事上获得乐趣。或者——"她在我额头上印下一个吻——

“如果他们觉得自己不配得到幸福。”

“也就是说我们准备——”

“碰运气。下口之前你别想知道它究竟什么滋味。闭上眼睛。”

我的两只耳朵中间响起了柔和的嗡嗡声。切尔西的声音引导我穿过黑暗：“别忘了，记忆不是历史档案。它们更像是——即兴发挥。你想起某一件事时，或许会联想到很多东西，但这些东西不一定符合事实，无论你的记忆多么清晰。大脑有个奇怪的习惯，它喜欢把事情混合起来，在事件发生过后插进各种细节。但这并不代表你的记忆不真实，好吗？它们诚实地反映着你对世界的观感，同时又会影响你看待世界的方式。只不过它们不是照片，更像是印象主义的画作。唔？”

“嗯。”

“啊，”她说，“这儿有点东西。”

“是什么？”

“一个功能簇。在底层频繁使用，但又不至于被意识感知。让我们看看如果这样做——”

我十岁，回家比平时早些。我自己打开厨房的门进了屋子，空气中弥漫着烤黄油和大蒜的味道。爸爸和海伦正在隔壁房间吵架。厨房垃圾桶的盖子开着，有时光这一样就能让海伦火冒三丈。但他们吵的是另外一件事；海伦只是为我们大家好，但爸爸说一切都有个限度而这样做太过分了。海伦又说你不理解这是什么感觉你几乎从来没有花时间跟他一起，于是我便明白他们是为了我而争吵。不过这事本身倒也并不稀奇。

真正让我害怕的是，爸爸竟然在反击，这简直是闻所未闻。

“你不能把这种东西强加给别人，尤其是在他们不知情的情况下。”我父亲从不大喊大叫，他的声音同平时一样低沉、平稳，但又前所未有的冷硬，就像钢铁。

"胡说八道，"海伦道，"父母每时每刻都在为他们的孩子做决定，这是为了他们好，特别是涉及医疗问题——"

"这不是医疗问题，"这一次父亲终于抬高了嗓门，"这是——"

"不是医疗问题！你从来就只会否认问题，可这回也是创了新纪录了！让我提醒你，他们切掉了他半个脑袋！你以为他能靠自己恢复过来吗？这又是你父亲孩子惯不得那一套？干吗不连吃的喝的也别给他算了？"

"如果真需要母增剂，医生早就开给你了。"

我听着这个陌生的字眼，感到自己的脸皱成了一团。敞开的垃圾桶里有个白色的小东西在向我招手。

"吉姆，讲讲道理。他那么疏远，他几乎不跟我讲话。"

"他们说了这需要时间。"

"可已经两年了！我不过是助大自然一臂之力，没什么错处。这甚至不是黑市买来的，看在老天的份上，药店都有卖！"

"问题不在这儿。"

一个空药瓶。他们中的一个把它扔掉，然后忘了盖上盖子。我从厨余里把它抢救出来，在脑子里默念标签上的字。

"也许问题是在于你每年在家待不上三个月，却好意思对我怎么带孩子指手画脚。真要想在这件事上发言，那你该死的就先负起责任来。在那之前，你他妈最好滚得远远的。"

"从今往后，不准你喂我儿子吃这些狗屎。"我父亲说。

快速契合 TM 四号配方

μ- 类鸦片活性肽受体促进剂 / 母方反应刺激

自 2042 年起致力增进母子感情

"当真？那你准备怎么阻止我？你这个小丑？你连自己家里发

生了些什么都不知道——你没时间；你以为你能从该死的轨道空间控制我吗？你以为——”

起居室里突然安静下来，只有人类窒息时的微弱声响。我从拐角处探出头去。

我父亲掐住了海伦的喉咙。

“我认为，”他咆哮道，“如果有必要的话，我可以阻止你再对席瑞做任何事。而且我认为你对这一点心知肚明。”

这时她看见了我。接着他也看见了。我父亲松开了我母亲，他的脸上看不出任何情绪。

但我绝不会看错她脸上的得意。

我从沙发上跳起来，发网紧紧抓在手里。切尔西站在我跟前，瞪大了眼睛。她颧骨上的蝴蝶一动不动，状如死亡。

她拉住我的手：“哦，上帝。我很抱歉。”

“你——你看见了？”

“不，当然没有。这不是读心术。但很明显——那并不是什么愉快的回忆。”

“倒也没有那么糟。”

我感到一种剧烈的疼痛，脱离身体独立存在，就像白色桌布上的一点墨迹。片刻之后我找到了答案：牙齿咬住了嘴唇。

她的手抚上我的胳膊：“这真的带给你很大压力。你的生命指标完全——你还好吗？”

“啊，当然。没什么大不了，”嘴里有盐的味道，“不过我有点好奇。”

“只管问。”

“你为什么要这样对我？”

“因为我们可以除掉它，天鹅。这就是关键。无论它是什么，无论你为什么不喜欢它，现在我们都知道它在哪儿了。我们可以回去，我们可以抑制它，轻而易举。然后，如果你希望的话，我们有好几天时间可以把它除掉。再把头盔戴上吧——”

她拥抱我，把我拉近。她散发着沙粒与汗水的味道。我爱她的气息。同她一起时我总能体会到些许安全感，我可以忘记那种世界随时会天翻地覆的感觉，虽然只一小会儿。不知为什么，当我同切尔西在一起，我会觉得自己并非无足轻重。

我希望她就这样拥抱我，永远不要放开手。

“还是算了。”我说。

“算了？”她眨眨眼，抬头看着我。“为什么要算了？”

我耸耸肩。“那些不记得自己过去的人，你知道大家是怎么说的。”

“掠食者为食物而奔跑。猎物为的是生命。”

——古老的生态学谚语

我们身处敌人的地盘，挤在脆弱的气泡里，什么也看不见，什么也做不了。但至少耳边的低语终于安静下来，可怕的怪兽留在了帐篷外面。

而阿曼达·贝茨跟它们在一起。

“见他妈的鬼。”斯宾德低声道。

他的眼睛在面罩背后活动起来，四下搜索。我问:“你能看见了？”

他点点头：“贝茨是怎么回事？太空服破了？”

“我觉得不像。”

“那她为什么说她死了？她怎么——”

“她是说她真的死了，”我告诉他，“不是我跟死了没两样或者我死定了。她指的是当下里。就好像她是具会说话的尸体。”

“可你——”你怎么知道？愚蠢的问题。他的脸在面具里痉挛、抽搐。“太疯狂了，呃？”

“你对疯狂的定义是什么？”

四合体静静地飘在斯宾德身后，在这个狭窄的密闭空间中，所有人都脸贴脸紧挨在一起。帐篷刚一密封好，克朗切就不再对自己的腿纠缠不休。也可能他只是被制服了；从手指的抽动中我仿佛看出了苏珊的表征。

线路上传来斯宾德呼吸的回声："如果贝茨死了，我们也一样活不成。"

"不一定。等到峰值回落我们就出去。再说了，"我补充道，"她并没有死。她说她死了而已。"

"他妈的。"斯宾德伸出手去，用手套轻触帐篷的皮肤，来回摩挲。"有没有人记得放一个传感器——"

"八点钟方向，"我说，"大约一米。"斯宾德的手停在了传感器背面的位置。我的平视显示系统里立刻充满了二手数据，数据是顺着斯宾德的胳膊一路震颤着传进了我们的太空服里。

外头的磁感应强度仍然有 5 特斯拉，不过读数正在下降。帐篷在我们周围膨胀，仿佛吸进了一口气，下一秒钟里，某种转瞬即逝的低压锋面从旁经过，于是帐篷重新瘪下去。

"视力什么时候恢复的？"我问。

"一进来就好了。"

"还要更早。你看见了那块电池。"

"没接住，"他哼了一声，"可话说回来，我眼睛没瞎的时候也一样笨手笨脚，呃？贝茨！你在外头吗？"

"你朝它伸出手去，只差一点就接住了。那可不是瞎撞上的。"

"不是瞎撞。是盲视。阿曼达？请回答。"

"盲视？"

"接收器官完好无损，"他心不在焉地说，"大脑处理了图像，却无法使用它。于是由脑干接手。"

"你的脑干看得见，但你不行？"

"差不多。现在闭嘴，我要——阿曼达，能听见我声音吗？"

“……不……”

声音来自帐篷外。它同其他数据一起颤抖着通过斯宾德的胳膊，微弱极了。外面。

“曼迪少校！”斯宾德惊叫一声。“你还活着！”

“……不……”白噪音一般的低语。

“唔，你正跟我们说话，所以你他妈肯定还没死。”

“不……”

我和斯宾德对视一眼。“有什么问题，少校？”

沉默。四合体轻轻撞上了我们身后的墙壁，所有的表征都晦涩难解。

“贝茨少校？你听得见吗？”

“不。”那是个死气沉沉的声音——昏昏沉沉，仿佛困在玻璃鱼缸那样小小的空间里，它靠着肢体和铅传播，波特率仅仅三位数。但那确实是贝茨的声音。

“少校，你必须进来，”斯宾德道，“你能进来吗？”

“……不……”

“你受伤了吗？是不是被什么东西绊住了？”

“……没……不。”

再想想，或许不是她的声音也说不定。或许只是她的声带。

“听着，阿曼达。外头很危险，该死的辐射太强了，你明白吗？你——”

“我没在外头。”那声音说。

“那你在哪儿？”

“……不在任何地方。”

我看着斯宾德。斯宾德看着我。我们都没作声。

过了好长时间，终于有人说话了。是詹姆斯，她的声音很轻：“你是什么呢，阿曼达？”

没有回答。

“你是罗夏吗？”

在这里，在怪兽的肚子里，要相信这话是那么的容易。

“不……”

“那你是什么？”

“什么……什么也不是，”那声音平淡而机械，“我什么也不是。”

“你是说你不存在吗？”斯宾德缓缓问道。

“是的。”

帐篷在我们周围呼吸。

“那你怎么能说话呢？”苏珊问那个声音，“如果你不存在，我们这是在跟谁讲话？”

“别的……什么。”一声叹息。静电的呼吸。“不是我。”

“见鬼。”斯宾德喃喃道。他的表征突然亮起来，显示出突如其来的决心与领悟。他抽回按在墙上的手；我头盔里平视系统内的数据量骤然减少。“她的大脑被烤得厉害。我们必须把她弄进来。”他伸手去够门帘。

我也伸出手去：“可脉冲喷发——”

“顶点已经过去了，政委。最糟的部分已经过去了。”

“你是说现在安全了？”

“现在也一样致命。永远都是致命的，而她就在外面，她眼下这种状况，很可能会伤到自己——”

有什么东西从外头撞上了帐篷。有什么东西抓住外头的拉钩用力一扯。

我们的庇护所像眼睛一样睁开了。阿曼达·贝茨透过裸露的薄膜往里瞧。“我这儿的读数是3.8，”她说，“可以接受，对吧？”

没人动弹。

“快点，各位。开工了。”

“阿曼——”斯宾德瞪大眼睛，“你还好吗？”

“在这地方？不大可能。但咱们还有活要干。”

“你——你存在吗？”我问。

“这是什么傻问题？斯宾德，磁场强度是多少？不会有危险吧？”

“唔……”他使劲咽了口唾沫，“也许我们应该中止行动，少校。刚才的脉冲喷发——”

“从我这儿的数据看，喷发基本上已经结束了。现在我们只有不到两个钟头，要把设备安装好，弄好地面实况，然后离开这儿。我们还会产生幻觉吗？”

“依我看神经过敏是免不了的，”斯宾德承认，“但直到下次喷发，应该不用担心会有——极端的影响。”

“很好。”

“但下次脉冲喷发随时可能出现。”

“之前并不是幻觉。”詹姆斯静静地说。

“这个我们以后再讨论，”贝茨道。“现在——”

“有一个模式，”詹姆斯坚持道，“就在磁场里。在我的大脑里。罗夏在说话。也许不是对我们说，但它在说话。”

“很好，”贝茨伸手推开自己，给我们让出道来，“也许我们终于可以学学怎么回敬它几句了。”

“也许我们可以学学如何聆听。”詹姆斯道。

我们像吓坏了的孩子一样逃之夭夭，不过表面上还是硬充好汉。我们把营地留在了罗夏：杰克留在前厅，它仍能运转，简直是奇迹；一条隧道，通向闹鬼的大宅；磁力计也被留下等死，因为我们总想着万一它们能逃过一劫呢。除此之外还有原始的辐射强度计、热录像仪以及各种防辐射的老古董，它们靠金属片的伸缩来丈量这个世界，再把自己的发现蚀刻在一卷卷塑料上。最后就是拴在一起的许许多多光球、潜水钟和调节绳，我们把它们通通抛下，并保证三十六个钟头之后还会回来，如果我们能活到那时候的话。

在我们每个人体内，无限微小的创口正把细胞变成糨糊；质膜上涌现出数不清的裂缝，修复酶分身乏术，绝望地揪住被撕裂的基因，却只能略微推迟毁灭的命运。我身体的其他部分还没死，但肠道组织已等不及要开始剥落，免得撞上稍后的死亡高峰期。

等到与忒修斯对接时，我和蜜雪儿已经开始头晕恶心。（四合体的其他成员却毫无反应，叫我好不奇怪。）其他人将在几分钟内出现相同的症状。不加治疗的话，今后两天里我们会把内脏吐个干净；此后身体会假装开始恢复，接下来的一个星期我们不会感到疼痛，也不再有未来可言。我们可以走路、说话、行动，跟任何生物没有任何区别；或许我们还会自我欺骗，以为自己真的是不死之身。

然后我们终将崩溃，从里到外开始腐烂。血水会从眼睛、嘴巴和肛门流出；如果上帝大发慈悲，我们会很快死去，不必等到身体像水果般腐烂、开裂的那一天。

当然了，我们有忒修斯这个救世主，因此可以免于这种命运。我们排着队，从穿梭机走进一个巨大的气球里——这是萨拉斯第准备的，用来放置随身物品；我们脱下受到污染的太空服和内衣，赤身露体走进船脊，然后排成一行通过旋转舱，活像是一支飞人僵尸编队。朱卡·萨拉斯第站在旋转的地板上，与我们保持安全距离；等我们离开后他一跃而起，消失在船尾方向——他要把那些高度放射性的物品全都喂进分解机。

进入墓地。我们的棺材沿着后隔离壁排成一行，盖子敞开着。我们满心感激，默默地躺进它们怀里。盖子关上时，贝茨开始咳血。

船长让我下线，我的骨头嗡嗡作响；我变成死人，沉沉睡去。理论知识与机器同胞都向我做出了承诺，但我仍然不确定自己能否重生。

基顿，上前来。

我醒了，饥肠辘辘，只听旋转舱传来微弱的说话声。我在自己的棺材里飘了一会儿，闭着双眼品味这一刻：没有疼痛、没有眩晕。没有潜意识中身体一步步化为泥浆的感觉。虚弱，还有饥饿，但除此之外感觉良好。

我睁开眼。

某种类似胳膊的东西。灰色、闪着光，太过——太过细弱，不可能属于人类。尖端没有手掌，太多关节，一只折断了十几处的胳膊。它连在一具身体上，几乎完全被冬眠箱的盖子遮挡，我只隐约觉得应该还有深色的躯干和更多肢体。它一动不动地悬在我身前，仿佛正偷偷摸摸干着什么勾当，却冷不防被人逮了现行。

我想尖叫；然而不等我肺里充满空气，它早已缩回身去，消失了踪影。

我从冬眠箱中一跃而起，抬眼四处张望，却见墓穴中空空如也。光亮如镜的隔离壁照出一个赤身露体的综合家，在他两侧都摆放着空棺。我唤出感控中心：所有系统运行正常。

它没有镜像，我记起来。镜子里没有它的影子。

我朝船尾方向走去，太阳穴突突直跳。旋转舱向我敞开，斯宾德和四合体正在舱室后方低声交谈。斯宾德抬头瞟了一眼，扬起颤巍巍的手跟我打招呼。

“你得给我做个检查。”我喊道。我的声音远不像自己希望的那样平静。

“承认自己有问题是迈向痊愈的第一步，”斯宾德喊回来，“只不过别指望能有奇迹。”他的注意力转回四合体身上。主导人格是詹姆斯，她坐在诊断椅上，面向后隔离壁；各种测试图形在墙上不停闪烁。

我抓住一架楼梯井的顶端，把自己拉回甲板。科氏力[1]把我往旁边推，仿佛微风拂动旗帜。“要么是幻觉，要么就是船上有什么东西。”

“是幻觉。”

“我没开玩笑。”

“我也一样。拿个号。排队去。”

他的确没开玩笑。我强迫自己平静下来，开始解读各种迹象。我看出他甚至并不觉得吃惊。

“躺了这么老半天，你肯定筋疲力尽，肚子早饿了吧，呃？”斯宾德朝厨房挥挥手。“去吃点东西。再几分钟就好。”

我强迫自己一面进食一面构思最新的综合简报，但这只需要我一半的精力，另外一半仍然沉浸在战斗 / 逃跑反应的余波中。我想分散它的注意力，于是连进了生化 / 医疗舱的信号里。

“它是真的，”只听詹姆斯说，“我们都看见了。”

不。不可能。

斯宾德清清喉咙。“试试这一个。”

信号显示出她眼前的物体：白色背景上的黑色小三角。下一秒钟它碎成了一打完全相同的拷贝，接着每一个又都碎成了一打小三角。它不断繁殖、在屏幕中心轮转，仿佛原始几何人的国标舞，编队精确无比；每一个三角形的顶端都冒出更小的三角，分裂、旋转、进化，化身为一幅繁复的马赛克图像，无穷无尽……

我意识到这是一本素描簿，一个互动式目击证人再现系统，只是不需要语言。苏珊自己的模式匹配湿件对她所看到的东西起了反应——不，不止这么点儿；不，方向错了，对，就是这样，但还要

[1] 以法国科学家 Gustave Gaspard de Coriolis（1792—1843）的名字命名，指由于惯性作用，旋转体系中进行直线运动的质点相对于旋转体系产生的偏移。

更大些——而斯宾德的设备则直接从她大脑中提取这些反应，对画面进行实时修正。相对于不清不楚、拐弯抹角的所谓语言，这无疑是一大进步。某些天真的家伙甚至可能把它当作读心术。

但它不是。它只不过是反馈与互动，只不过是把一组图案转化为另一组图案，而且用不着通灵者帮忙。谢天谢地。

“就是它！就是它！”苏珊喊道。

三角形已经消失了踪迹。现在的画面上满是不对称的五角星形，互相锁在一起，仿佛鱼鳞织成的蛛网。

“别想告诉我们这只是随机的噪音。”她洋洋得意地说。

“不，”斯宾德道。“这是克鲁弗衡量[1]。”

“克——”

“一个幻觉，苏。”

“当然。但却是由某种东西灌输到我们大脑里的，不是吗？再说——”

“它一直存在于你的大脑里。你出生那天脑子里就有它。”

“不。”

“这是大脑深层结构的产物。就连天生失明的人有时也会看见它们。”

“我们过去从没见过。从来没有。”

“我相信你们。但那里头并不包含任何信息，呃？那不是罗夏在说话。它只是——干扰波。跟其他的一切没有两样。”

“可它那么鲜活！跟那些在眼角余光里一闪而逝的东西完全不同。它是实实在在的。比现实更真实。”

“所以我们才知道它不是真的。正因为你没有真正看见它，它

[1] Klüver constant，以其发现者德裔美籍心理学家 Heinrich Klüver（1897—1979）的名字命名，即通常所说的结构衡量，指在人类幻觉中反复出现的几种几何图形。

的分辨率才不会被眼珠子的光学能力所拖累。”

“哦。”詹姆斯道。然后她的声音低下去：“该死。”

“没错。抱歉。”然后：“你准备好就可以开始了。”

我抬起头，斯宾德正招手示意我过去。詹姆斯从椅子里站起来，但却是蜜雪儿闷闷不乐地捏了捏斯宾德的手；而同我擦肩而过、嘟嘟囔囔朝营帐走去的又换成了萨沙。

不等我走到他身边，斯宾德已经把长榻摊开，变成半张小床。“躺下。”

我依言躺下。“我说的不是在罗夏的时候，你知道。是在这儿。我刚刚看见了什么东西。刚醒来的时候。”

“左手抬起来，”他说，“只要左手就行。”

我放下右手，冲眼前的针头皱起眉。“这也太原始了。”

他瞧眼自己拇指与食指间的试管：一滴深红的泪珠在试管里颤颤巍巍，只有一块指甲盖大小。“某些情况下，湿试样仍然是最有效的。”

“冬眠箱不是应该无所不能才对吗？”

斯宾德点点头。“就当它是一次质量控制的测验吧，让飞船随时绷紧神经，不敢打马虎眼。”他把取样滴在手边的工作台上。泪珠被压扁、爆开，台面仿佛渴得要命，瞬间把它喝了下去。斯宾德咂咂嘴唇。“胆碱酯酶抑制剂浓度升高。味道不错。”

没准斯宾德真觉得我的血检结果味道不错，我不知道。斯宾德不止读取结果，他还感受它们。对他来说，每一项数据都仿佛舌尖上的柑橘汁，闻得着、看得见、体验得到。整个生化 / 医疗副舱都不过是斯宾德假肢的一部分：一具拥有几十种感觉器官的身体，被迫与仅仅理解五种感官的大脑交谈。

难怪他与蜜雪儿一拍即合。他自己几乎也算得上是联觉者。

“你待在那儿的时间比我们略长些。”他说。

“有影响吗？”

抽筋似的耸耸肩。“也许你的脏器被烤得更熟。也许你的体质原本就比较纤弱。如果真有什么紧急状况，冬眠箱肯定早发现了，所以我觉得——啊。”

“怎么？”

“头盖附近有些细胞过载了。膀胱和肾脏里的还更多。”

“肿瘤？”

“你以为呢？罗夏可不是恢复青春的水疗。”

“可冬眠箱——”

斯宾德扮个鬼脸，他自以为那是个让人安心的微笑。“能修复百分之九十九点九的损伤，没错。等到最后那百分之零点一，你就进入了收益递减。它们很小，政委。你自己的身体多半就能应付。再说反正我们已经知道它们住哪儿了。”

“我脑袋里那些，会不会是它们引起了——”

“绝不可能。”他咬着自己的下嘴唇沉吟半晌。“当然，那东西可不止是让我们得癌症而已。”

“我看到的那个东西。在墓地。它有好些多关节的胳膊，从躯干伸出来。大小跟人差不多，大概吧。”

斯宾德点点头：“习惯了就好了。”

“其他人也看见类似的东西了吗？”

“我估计没有。各人有各人的解读方式，就好像——”他脸上的抽搐表达的是我敢把这话说出口吗？“——就好像罗夏的墨迹。”

“我早料到在底下会有幻觉，”我承认，“可这上头也会有这种事？”

“经颅磁刺激效应，”——斯宾德捻个响指——“真够棘手的，呃？神经元挨上一脚，总得等段时间才能恢复。你这么个适应良好的小伙子，总不成从没搞过短效心态微调？”

“一两次，”我说，“也许。”

“原理一样。”

“也就是说我会继续看见这东西。”

“官方的说法是它们会渐渐消失。一两个星期之后你就恢复正常了。不过在这地方，有那东西在……”他耸耸肩，“变数太多。其中之一就是我们只怕还得回去好多次，直到萨拉斯第叫停为止。”

“但基本上它们只是磁效应。”

“很可能。不过跟那鬼东西沾上了关系，我可不敢把话说死。”

“会不会是别的什么引起的？”我问，“船上的什么？”

“比方说？”

“我不知道。忒修斯的磁力护盾发生泄漏之类的。”

“通常不大可能。当然，咱们脑袋里都植入了不少小网络，呃？而你还有整整半个大脑的附件，谁知道这些玩意儿会有什么副作用。怎么？有罗夏这么个理由你还嫌不够吗？”

我可以告诉他说，我过去见过它们。

然后斯宾德就会问，噢，什么时候？在哪儿？

然后也许我可以回答说在我偷窥你私生活的时候，再然后我就再别想搞什么非侵入式观察了。

“多半没什么要紧。我最近有点——神经过敏。以为自己在船脊的管线上看见过一个怪东西，在我们登陆罗夏之前。只一瞬间，你知道，等我定睛看时它就消失了。”

“一个躯干加上多关节的胳膊？”

“老天，不是。其实只是一闪。如果不是看花了眼，那多半就是看见了阿曼达的皮球。”

“有可能，”斯宾德好像被逗乐了似的，“不过检查一下护盾也没害处。以防万一嘛。有一个罗夏给咱们制造幻觉已经够了，呃？”

我想起那些噩梦，不禁摇摇头。“其他人怎么样？”

“四合体挺好，只不过有点失望。还没见到少校。”他耸耸肩。“也许她故意躲着我。”

“她受的打击不小。”

“其实并不比我们更糟。她可能根本就不记得。”

“她怎么——她怎么可能相信自己不存在？”

斯宾德摇摇头：“不是相信。她知道。她知道那是事实。”

“这怎么可能——”

“就像车上的电量测定仪，呃？有时候接头腐蚀了，读数冻在零上，于是你就以为没电了。你还能怎么想？你总不能钻进去数数还剩多少粒电子。”

“你意思是说大脑里也有某种存在测定仪？”

“大脑里的测定仪多了去了。可以让视力正常的人认定自己看不见，也能让瞎子认定自己眼睛没问题。没错，你可以认定自己不存在，哪怕你其实存在。这样的例子数也数不清，政委。科塔尔综合征、安东综合征、大马士革病。[1] 多得很。”

他没有提到盲视。

“那是什么感觉？”我问。

“什么？”其实他很清楚我指的是什么。

“你的胳膊——是自己动了吗？它去接电池的时候？”

“喔，不是。身体还是你做主。只不过——只不过你有种感觉，就这样。感觉到应该把手伸向哪儿。大脑的一部分跟另一部分玩猜

---

[1] Cotard’s Syndrome 以首位对此病症做出描述的法国神经病学家 Jules Cotard（1840—1889）的名字命名，指一种极端虚无妄想，妄想的内容包括自己已经死亡、不存在、身体正在腐烂、失去了血液或脏器等。安东综合征全称安东—巴宾斯基综合征，以奥地利神经病学家 Gabriel Anton（1858—1933）和法国神经病学家 Joseph Babinski（1857—1932）的名字命名，指由于一种发生在枕叶的罕见脑损伤，实际失去视觉机能的病人无视一切经验证据，坚称自己并没有失明。大马士革病疑似作者杜撰，或典出美国政府的叙利亚政策：自二十世纪七十年代以来，叙利亚政府的政策一直与美国的利益背道而驰，而美国政府却无视这个事实，总妄想培养出亲美的叙利亚政权。有专栏作家对此提出批评，并给这种“非理性冲动”取名大马士革病。

字游戏。”他朝长榻挥挥手。“下去。你那难看的肠子肚子我已经瞧够了。要是发现了贝茨藏在哪儿，叫她过来找我。多半是回制造车间加紧造军队去了。”

疑虑像阳光般从他身上向外反射。“你对她有些不满。”我说。

他想否认，但很快记起了自己在跟谁说话。“不是针对她。只不过——用人类的神经控制机械步兵，电子的反应速度受制于血肉的反应速度。你倒说说这是不是薄弱环节。”

“要我说，在罗夏的时候，每一个环都挺弱。”

“我说的不是罗夏，”斯宾德道，“连我们都能去那儿，有什么可以阻止它们上这儿来？”

“它们。”

“也许它们还没到，”他承认，“可我敢打赌，到时候咱们要对付的肯定不止厌氧菌。”见我没吭声，他压低了嗓门继续往下讲。“再说了，任务管控中心对罗夏连个屁也不知道。他们以为把咱们派来，脏活累活都可以交给机器人，但拍板做主的反正必须是他们，呃？绝不能承认小兵其实比将军更机灵。于是咱们的防御就活该让政治上的面子功夫拖累——当然这种事儿倒不算新鲜——而且我虽然不是什么大兵，可连我也看得出这策略糟糕透了。”

我想起阿曼达·贝茨，想起她给自己的军队接生的样子。

她是这么说的：*我更像是预防性的安全措施*……

“阿曼达——”

“我挺喜欢曼迪。挺不错的哺乳动物。但如果要开战，我可不希望防御网络被最弱的一环牵制。”

“如果你被一大群杀戮机器环绕，也许——”

“对，大家总这么说。不能信任机器。反机械自动化分子成天念叨的都是这些，什么电脑难免故障，什么正因为有人类最后拍板，我们才避免了多少意外的战争。不过有件事挺好笑，政委——正因为最后拍板的是人类，我们又发动了多少故意的战争？这事儿怎么就没人提起？对了，你还在写那些留给后世的明信片吗？”

我点点头，而且并没有在心底暗暗皱眉。斯宾德这人就这样。

“好吧，你可以把刚才的话加进去。当然，加了也不会有什么用处。”

想象你是一名战俘。

你得承认，你早料到会有这么一天。你毁坏高科技设施、四处播撒生物活素，迄今已经整整十八个月；任谁看来这也是很了不得的连胜纪录了。现实主义阵营的阴谋破坏活动从来长不了。最终所有人都会被逮住。

当然事情并非一直如此。曾几何时，你甚至可以指望自己能平平安安熬到退休。可后来他们从更新世复活了吸血鬼，真是要命，你算见识了什么叫打破力量平衡。那些鬼东西永远都领先你十步。这也很容易理解，毕竟吸血的妖怪本来就是专为狩猎人类进化的。

早先的一本教科书里有一句话，非常古老，没准甚至是二十世纪的东西。在从事你这个职业的人中间，它有点像咒语——或者说祷文更恰当些。*掠食者为食物而奔跑，猎物为的是生命*。其中的哲理似乎在于，大多数时候，猎物应该能够逃脱掠食者的追捕，因为它们更有动力。

如果问题仅仅在于谁跑得更快，这话或许没错。可一旦牵扯到战术预判和双重逆向心理战，它就站不住脚了。吸血鬼每次都能赢。

现在你被逮住了。设下陷阱的也许是吸血鬼，但扣动扳机的却是那些背叛了人类自身的基准人类。你被关进某个不为人知的地下监狱，你被锁在墙上，整整六个钟头，眼睁睁地看着所谓人类拿你的恋人和盟友取乐。那并不是你所熟悉的游戏。它们涉及老虎钳、炙热的电线，还有不该与身体分离的各种部件。你祈祷自己的男友已经死了，就好像牢房里的另外两个人，他们支离破碎的身体就散落在你脚边。但那些人不肯让他死。他们太享受这个游戏。

事情竟走到了这一步。这不是审讯，获取情报的法子有的是，大都不那么野蛮，得到的信息却更可靠。这不过是几个嗜虐的恶棍，利用自己的权力杀时间——同时也杀些别的东西。而你只能无助地哭泣，紧闭双眼发出野兽般的哀嚎，尽管他们还不曾碰你一根指头。你只能祈祷他们并不是想把你留到最后，因为你明白那意味着什么。

可突然间那些恶棍停下了手中的游戏，他们偏着脑袋，仿佛在倾听一个共同的声音。那声音似乎命令他们把你从墙上放下来，带到隔壁房间，让你在一张智能书桌旁坐下，因为他们就是这样做的——而且动作比你想象中要轻柔得多——接着他们就离开了房间。你还猜测下命令的那个人一定有很大的权力，并且心情不佳，因为转瞬之间，所有的傲慢和自大都从那些嗜虐狂脸上消失得干干净净。

你坐下来等着。桌面上柔柔地闪烁着神秘的符号；但哪怕你能理解它们，哪怕它们包含着吸血鬼的所有秘密，你也同样无动于衷。你心里有一小部分感到疑惑，不知道这样的发展是否说明有了希望；但其余的部分却不敢轻信。你恨自己，你的朋友和盟友，他们的残肢就在墙的另一侧，他们尸骨未寒，而你却在担心自己的安危。

一个矮壮的女人走进房间里，美洲印第安人血统，一身缺乏特征的军装。她的头发剃得很短，喉咙上隐约可见次波天线的脉络。在你的脑干看来她足有十米高，尽管固执的胶状组织坚持说她不过中等身材。

她左胸的名牌上写着贝茨。你没有看到军衔标识。

贝茨从大腿上的枪套里抽出了武器。你向后退缩，但她并没有瞄准你。她把它放在桌上，你一伸手就能够到。她在书桌对面坐下来。

一把微波手枪。上好了膛，保险已经打开。调到最低档它能把你晒伤，让你恶心想吐，在最高档它能把头盖骨里的大脑煮熟。在这两者之间，它能造成痛苦和伤害，强度随级数递增，各级之间的差异微妙到想象力的极致。

你的想象力变得无比敏锐，清晰地描绘出那逐步增长的痛苦。你盯着手枪，一脸木然，想要弄清对方要耍什么花招。

“你的朋友有两个已经死了。”贝茨道。就好像你并没有亲眼看着他们死去似的。“无可挽回。”

死得无可挽回。这话高明。

“我们可以把身体重新组装起来，但脑损伤……”贝茨清清喉咙，就好像不大自在，好像有些尴尬。对于一个魔鬼而言，这实在是非常具有人性的姿态。“我们正在抢救另外那个。结果还很难说。”

“我们需要信息。”她单刀直入。

当然。之前的一切都是心理战，用来软化你。贝茨唱的是红脸。

“我没什么可告诉你的。”你勉强答道。百分之十的挑衅，百分之九十的推理：他们已经知道了一切，否则根本不可能抓住你。

“那么我们需要一个方案，”贝茨道，“我们需要达成某种协议。”

她肯定是在说笑话。

你脸上一定流露出了怀疑。贝茨回应道：“我对你们的事业并非毫不同情。就我自己的直觉而言，我并不喜欢拿模拟替代现实那一套，至于主体经济拿来推销模拟的那句‘何谓真实’，我的直觉对它也一样没好感。也许我们确实有理由害怕，但这不是我的问题，也不属于我的职权范围，这只是我个人的看法，而我有可能想错了。关键在于，如果我们把彼此杀个精光，那就不会有人知道究竟谁对谁错。这很不合算。”

你看见朋友支离破碎的身体，你看见它们落在地板上，仍然微微颤动，而这个婊子竟然有脸说什么合不合算。

“事情不是我们挑起的。”你说。

“我不知道，也不在乎。就像我刚才说的，这不属于我的职权范围。”贝茨的拇指越过肩头，指了指她身后的那扇门，先前她肯定就是从那儿进来的。“杀害了你朋友的人就在里边，”她说，“他们已经被解除了武装。等你通过那扇门之后，那间屋子就会下线，六十秒钟之内没有任何监控手段。在这段时间里，无论发生什么都没人能要求你负责，除了你自己。”

这是个陷阱。肯定是。

“你有什么可损失的呢？”贝茨道，“我们原本就可以为所欲为，完全不需要你为我们制造借口。”

你犹犹豫豫地拿起手枪。贝茨没有阻止你。

你意识到她说得没错，你完全没有什么可失去的。你站起来，突然不再害怕，你用枪指着她的脸。“为什么要进去？我在这儿就可以杀了你。”

她耸耸肩：“你大可以试试。要我说是白费力气。”

“那么我进去，六十秒之内再出来，然后呢？”

“然后我们谈谈。”

“我们刚刚已经——”

“就把这当作是我的诚意，”她说，“甚至补偿。”

你走过去，门自动打开，又在你身后关上。而他们就在那儿，四个人一个不少，在墙上一字排开，每一个都仿佛十字架上的基督。现在他们眼里已经不再有得意的光芒，那里只有原始的恐惧，只有形势逆转的倒影。你直视他们的眼睛，有两个基督尿了裤子。

还剩多少时间？也许五十秒？

并不算多。时间要能再长些，你就能多干好多事。但这也够了，而你并不想太过叨扰那个叫作贝茨的女人。

因为你或许终于遇上了一个可以打交道的对手。

换了另一种情势，阿曼达·贝茨中尉会立刻受到军事审判，一个月之内就要执行死刑。尽管死掉的四个人犯下了数重强暴、刑讯和谋杀罪，这都没有关系，战争期间人就是这样。自古以来人就是这样。战争毫无礼貌可言，除了服从命令和党同伐异再没有别的荣誉准则。如果你觉得非做不可的话，你大可以处理草率的行为，可以惩罚犯了罪的士兵，哪怕只是为了面子上过得去。但看在上帝的份上先关好门再说。永远别让敌人听见你队伍里的不和谐音，展现给敌人的只能是冷硬的决心和无比的团结。我们中间或许有谋杀犯和强奸犯，但上帝作证，他们总归是咱们自己的谋杀犯和强奸犯。

你更不会把复仇的权力拱手送给一个恐怖分子，尤其她腰带上还挂着一百个友军的头皮。

可成效却又摆在大家眼前：与本半球第三大现实主义阵营达成停火协议，涉及地区的恐怖主义活动立即减少了四十六个百分点，数起正在进行中的地下活动无条件终止——它们不仅会严重破坏三所大型地下陵墓，还会完全摧毁德卢斯集结点。而这一切都是因为阿曼达·贝茨中尉，因为她在初次担任战地指挥官时听从自己的直觉，无视军事策略，把赌注下在了共情上。

这是谋反，这是通敌，这是对普通士兵的背叛。背信弃义一向是外交官和政客的活儿，轮不到军人越俎代庖。

可话又说回来，成效。

这些全都写在档案里：主动性，创造性，愿意不计任何代价、采取一切必要手段赢得胜利。也许应该对这些倾向施以严惩，也许它们只需要稍加约束。如果故事没有泄露的话，这场争论很可能永远不会有结果——但事与愿违，于是将军们手里突然多出了一位英雄。

在军事审判期间，贝茨的死刑变成了改造，唯一的问题在于改造地点——牢房还是军官学校？结果大家发现这两者利文沃斯[1]都不缺；它张开双臂接纳了她，狠狠地训练她，晋升几乎已经没有任何疑问，只要她别在训练结束前被它杀死。三年之后贝茨少校驶向星空，并在那里说了下面这句话：

我们这是入室盗窃，席瑞……

斯宾德并不是第一个表现出疑虑的。其他人也在怀疑，她的任命是源于超群的能力吗？抑或只是为了解决一个棘手的公关难题？当然，我对任何一种看法都没有倾向性，但我能理解为什么有人会把她看成一把双刃剑。

整个世界命悬一线，而此人职业生涯的决定性时刻却与通敌有关，你自然要当心些。

[1] Leavenworth 是堪萨斯东北部的一座小镇，镇上有几所监狱与多处军事设施。

“若你能看见它，它多半并不存在。”

——凯特·齐欧，《自杀的辩护》

飞船绕大本五圈，我们连续五次投身怪兽口中，任它用亿万颗微小的牙齿啃噬我们的身体，直到被忒修斯拉回船上，重新拼好、缝合。我们偷偷摸摸地行进在罗夏腹中，时走时停，尽量把注意力集中在手头的任务上；中脑里似乎总有鬼魂在挠痒痒，但我们努力无视这感觉。有时周围的墙壁会不易察觉地微微弯曲，有时这只是我们自己的想象。还有些时候我们躲进潜水钟，静候一圈圈电磁波慢吞吞地通过；这就好像被某个喜欢恶作剧的神仙吞进了肚里，眼看着一团团细胞外质滑下神仙的肠道。

有时我们来不及躲进潜水钟。于是四合体就会跟自己吵嘴，弄不清谁是哪个人格。有一次我觉得自己中了风，可头脑又完全清醒，只觉得无数外星人的手抓住了我，把我拽走；幸运的是别的手又把我带了回去。还有一些声音，它们声称自己是真实的，告诉我之前的一切都只是我的想象。阿曼达·贝茨两次找到了上帝，眼见着那混蛋站在自己面前，她确定无疑地知道造物主真的存在，还跟她讲话——就她一个人。我们把她弄进潜水钟之后她立刻就失去了信仰，两次都是，但在那之前的一段时间局势不可谓不危险：她的战斗机器人陶醉于自己的力量，但仍然接受视距内控制；那时它们全都跌跌撞撞地离开了自己的岗位，武器所指的方向太过惊险，教人难以心安。

步兵死得很快。有些勉强撑过一次突袭任务，有些几分钟就报销了。最长寿的要数那些反应最慢的家伙，半瞎子，蠢头蠢脑，只能靠贴着厚厚涂层的耳膜倾听高频声音，每一个命令、每一声回答都必须通过这道瓶颈。有时我们派出具有光学听说能力的步兵做它们的后盾——那些步兵速度更快，但不免有些神经质，而且脆弱得多。它们共同组成了我们的防线，抵御那个尚未现身的敌人。

它似乎根本没有现身的必要。敌人无需开火，我们的军队照样伤亡。

我们克服了这一切：癫痫、谵妄以及偶尔难以抑制的大笑。虽然磁力的触须时刻拉扯内耳，让人仿佛晕船般难受，我们还是尽量相互照应。有时我们会在头盔里呕吐，然后就只能咬牙坚持，惨白着一张脸，呼吸酸臭的空气，直到循环系统把一团团呕吐物清理出去。等面具不再黏糊，再次隔绝静电，我们会为这些小小的慈悲感谢老天。

我很快发现自己的意义不仅仅在于充当炮灰。我没有四合体的语言能力，也不像斯宾德是生物学专家，但这都无关紧要。我有两只手，而在这地方，随时随地都可能有人丧失工作能力，萨拉斯第派出的人越多，所有人同时出故障的可能性就越小，绝大多数时候总有某个人能勉强运转。但即便这样我们也几乎完成不了任何工作。每次入侵都是拿自己的生命开玩笑。

然而我们仍在继续。否则就只能打道回府。

工作进展无比缓慢，在每一条战线上都处于瘫痪状态。四合体没能找到可供破解的符号或语言，但罗夏大体的运转模式倒是十分清楚。有时它会把自己分成几截，长出突起的山脊缠绕自己的通道，就好像人体内的软骨环绕气管。几个钟头之内，其中一些山脊就可能发展成伸缩的虹膜或完整的膈膜，行动慵懒，仿佛温热的蜡油。整个构造体就在我们眼皮底下一小段、一小段地生长。罗夏的生长区域基本集中在荆棘的尖端，距离我们侵入的地点有好几百米；但很显然，我们周围也同样存在生长的进程。

但如果说这真是正常生长过程的一部分，与顶生区的中心地带相比，它至多只能算是一丝微弱的回音。我们身处罗夏内部，无法直接观察顶生区的情况。我们也曾尝试往上走，然而在距离荆棘一百米处辐射已经太强，就连不怕死的血肉之躯也无力承受。在我们环绕大本五周期间，罗夏已经长大了百分之八，它就像生长中的水晶一般，没头没脑地机械壮大着。

在这一切中间，我努力完成自己的工作。我收集了无数自己永远不可能理解的信息，不断地整理、修正。我尽可能地观察周围的系统，把每一点数据都纳入综合。我的大脑分成两半，一部分创造提要与总述，另一部分则目瞪口呆地观察着。哪一部分都不明白这些洞见究竟来自什么地方。

我的工作进行得极其艰难。萨拉斯第不许我回到系统外。我身处综合体中，所有的观察结果都受了污染。我尽力减小伤害。每当遇到关键性的决策，我从不提出任何建议。在现场我完全遵照命令行事，绝不多行一步。我试着把自己变成贝茨的步兵，变成一件单纯的工具，既没有主动性，也不影响团体的互动。大多数时候我自觉还算成功。

我那些非洞见的洞见按部就班地积累，它们堆放在忒修斯的信息传输堆栈里，只是并没有送出。当地的干扰太强，信号无法传达地球。

斯宾德说得没错：鬼魂跟着我们回到了忒修斯。我们开始幻听，船脊总有不属于萨拉斯第的声音在窃窃私语；哪怕身处旋转舱明亮的怀抱中，我们也会从眼角瞥到扭曲、摇晃的动静。我不止一次看见了无头的幽灵，瘦巴巴的，长了太多胳膊，就蹲在架子上。从眼角看去它们似乎相当结实，可一旦我把视线瞄准某个点，它们便褪化为影子，成了背景上一丝半透明的痕迹。这些鬼魂实在脆弱，单只观察就能在它们身体上凿出洞来。

斯宾德滔滔不绝地说着各种精神错乱症。我向感控中心寻求启迪，结果竟然发现了另外一个自我，就埋在大脑边缘系统，埋在后脑甚至小脑之下。它住在脑干里，比整个脊椎动物的历史还要年长。它自给自足，能听能看能感；相形之下，堆积在它上方的一层层脑组织更像是进化过程中添加的累赘，对它的功能没有丝毫影响。它唯一考虑的就是自己的生存。它没工夫计划，没工夫进行抽象的分析，它从不浪费时间，只进行最原始的感知处理。但它速度很快，而且极其专注，它转瞬间就能对威胁做出反应，此时它那些更聪颖的室友甚至还不曾意识到威胁的存在。

即便它被缚住了手脚——即便顽固不化的新皮层不肯让它自由活动——它仍然会努力把自己的所见所闻传递出去。正是由于这个原因，艾萨克·斯宾德才体验到了那种无法言喻的感觉，才会知道该把手伸向哪里。从某种意义上讲，他脑中有一个简化版的四合体。我们每个人都一样。

我继续探索，竟又在大脑的血肉中找到了上帝，找到了令贝茨狂喜、让蜜雪儿抽搐的静电。我在颞叶中寻找到了格雷综合征的源头，我听见了精神分裂症患者脑中的喧嚣，我还找到了让人类排斥自己肢体的皮层梗塞——当克朗切企图扯下自己的右腿时，肯定有磁场发挥了与它们相同的作用。而在一些几乎被人遗忘的二十世纪个案研究中——它们被归在“科塔尔综合征”底下——我找到了阿曼达·贝茨和她的同类：大脑被扭曲，直至否认自己的存在。“我曾经有一颗心脏，”档案里的那人无精打采地说，“现在，有个会跳动的东西取代了它的位置。”另一个要求别人埋葬他，因为他的尸体已经腐烂发臭了。

这还远不是全部，罗夏还有一整列功能障碍可以加诸我们身上。梦游症、失认症、偏侧空间忽略症。感控中心里的各种畸形仿佛一个大杂烩，足以让任何大脑为自身的脆弱胆战心惊：一个手边有水却活活渴死的女人，不是因为看不见水龙头，而是因为她认不出那是什么东西。一个男人，在他眼中宇宙的左半边并不存在，无论是他自己的身体、一间屋子还是一行字，他都无法感知或想象出它们的左边。对于他，“左”这个概念完全无法想象，半点也不夸张。

有时我们能设想某些东西的存在，同时又看不见它们，哪怕其实它们就在我们眼前。摩天大楼出现在半空中，或者稍一走神就发现自己谈话的对象变成了另外一个人。这不是魔法。这甚至算不上误导。他们管这叫*无意视盲*，在过去的一个多世纪里它已经广为人知：如果进化累积的经验断定某种东西不大可能出现，眼睛就干脆不去注意它。

我找到了与盲视相反的症状。斯宾德的眼睛毫无问题，他却相信自己失明了；而患这种病的人失明了，却坚称自己能看得见。这念头太过荒谬，几近疯狂，然而却真实存在。视网膜脱落，视神经完全萎缩，失明已经是物理上铁板钉钉的事实：他们撞上墙壁、被家具绊倒，却不断编造各种理由来解释自己笨拙的举止：有人突然关了灯；一只五颜六色的鸟从窗外飞过，所以我才没留意跟前的障碍物。我看得很清楚，多谢你。*我的*眼睛压根没问题。

大脑里的测定仪，斯宾德是这么说的。但大脑中还有别的东西。那里存在着世界的模型，而我们其实并不是往外瞧；我们的意识只关注自己脑中的这个模拟。它是对现实的诠释，其他感官时刻提供数据，将它不断更新。假如那些感官停止运转，而模型却由于某种创伤或肿瘤功能受损，无法将这条信息纳入更新，那时又会怎样？我们是不是会把同样的数据拿来循环、篡改，下意识地拒绝承认事实？我们会盯着那过时的图像看多久？我们需要多长时间才能明白，自己看到的世界已不再能反映自己身处的那个世界，才能明白我们已经失明？根据个案报告里的资料，这个过程可以是好几个月。对于某个可怜的女人，一年。

求助逻辑也无济于事。屋里根本没有窗户，你怎么可能看见窗外的鸟？如果没有另外一半作为参照，你凭什么判断自己看得见的那一半在哪里结束？假使你已经死了，你如何能嗅到自己的尸臭？如果你并不存在，阿曼达，现在跟我们讲话的又是个什么东西？

没用。一旦落入科塔尔综合征、偏侧空间忽略症的魔掌，任何论据都说不动你。你知道自己已经死了，知道现实止步于中线。这认知不容置疑、无法动摇，就好像普通人对自己手脚的位置一般确定。这是深埋于神经网络中的意识，无需任何证据。与如此强烈的信念相比，理性算什么？逻辑算什么？

理性，逻辑，罗夏腹中没有它们的位置。

环绕大本第六圈时，罗夏行动了。

“它在对我们讲话。”詹姆斯道。透过面罩，我能看出她睁圆了眼睛，但其中并没有疯狂的光芒。在我们眼角的余光里，罗夏的肚皮扭动着、渗出液体，要想无视这幻觉仍然不大容易。我努力把注意力集中在一小块墙面上，那里有一圈手指粗细的突出物，然而陌生的语言就如小动物一般在我脑干下方扒拉起来。

“它没说话，”站在那条主通道对面的斯宾德道，“你又产生幻觉了。”

贝茨没作声。两个步兵悬浮在我们中间，沿着三条轴线进行全方位扫描。

“这次不一样，”詹姆斯坚持道，“它的几何形状——不那么对称。几乎像是菲斯通圆盘[1]。”她缓缓转动身体，抬手指向通道内部：“我觉得那个方向感觉最强——”

“让蜜雪儿出来，”斯宾德建议，“也许她能说服你理智些。”

詹姆斯发出虚弱的笑声：“你这人永远不死心，是不是。”她扣动助推手枪的扳机，飘向更深的黑暗。“没错，这边的确更强些。这儿有内容，叠加在——”

只一眨眼工夫，罗夏已经把她和我们隔断。

我还从未见过这样的速度。我们习惯了罗夏的膈膜无精打采地生长、懒洋洋地收缩，然而这一次，转瞬之间虹膜已经完全封闭——哑光黑、带精细螺纹的虹膜突然出现在三米开外，将那条通道拦腰斩断。

而四合体在它的另一侧。

步兵立刻行动起来，激光在空中噼啪作响。贝茨一面高喊“到我身后来！贴着墙走！”一面像快镜头里的杂技演员般跃上空中，占据了某个战略制高点——至少在她看来那肯定是个要冲。我朝边缘挪动。炙热的等离子光束切割着空气，闪闪发光。我眼角的余光瞄到斯宾德紧紧抱着通道对面的墙壁。墙在蠕动。看得出激光起了作用，在它们的触碰下，膈膜向后剥开，仿佛着了火的纸张一般，油腻腻的黑色浓烟从它烧焦的边缘升起，然后——

突如其来的光亮，照亮了每一个角落。杂乱的光线淹没了整条通道，一千个不同的入射角，一千个不同的倒影，就仿佛被困在万花筒内，而万花筒正指向太阳。光——

——以及针刺般的疼痛，在我腰侧，在我左臂。血肉的焦臭。

---

[1] Phaistos disk，出土于克里特岛的石质圆盘，双面均印有许多圈象形文字。

一声尖叫，戛然而止。

哦，苏珊？你在吗，苏珊？

第一个就是你。

周围的光线黯淡下去；而在我体内，一大片光斑和早已被罗夏深植我脑中的幻象糅合起来。头盔里烦人的警报声不断响起——破损、破损、破损——直到太空服的智能材料软化、凝结、堵住裂缝。我的身体左侧痛得让人发疯。我觉得自己好像被烙铁烫了。

“基顿！看看斯宾德的情况！”贝茨已经下令停止使用激光，步兵改用近身肉搏，武器换成了自己强有力的吻部和镶钻石的爪子——膈膜那被烧穿的皮肤背后有某种棱镜样的东西正微微闪光。

纤维性反射体，我意识到。就是它击碎了激光，将它变成明亮的霰弹扔还给我们。真聪明。

尽管激光已经关闭，它的表面仍然亮着；一种弥散的光芒，上下左右晃个不住。步兵固执地啃着障碍物靠近我的这一侧，而那光则来自障碍物对面，被它过滤了一遍。片刻之后我突然明白过来：那是詹姆斯头盔上的探照灯。

“基顿！”

对了，斯宾德。

他的面罩完好无损。激光融化了锻压在水晶镜面上的法拉第屏蔽网，太空服正在修补那个微不足道的小洞。但它背后还有一个洞，穿透了他前额，这个洞没法修补。在它下方，斯宾德的一双怒目正望向宇宙深处。

“怎么样？”贝茨问。她很容易就能读取他的生命指标，但忒修斯可以进行死后重建。

前提是没有脑损伤。“没救了。”

钻头与粉碎机的呜咽戛然而止；光线变亮了。我的视线从斯宾德的尸体上移开。步兵们在膈膜的纤维底衬上凿开了一个洞。一个步兵钻到了对面。

一种新的声音响起，动物微弱的哀鸣，满载痛苦，刺耳难听。有一瞬间我以为那又是罗夏的低语，我周围的墙壁似乎在微微收缩。

“詹姆斯？”贝茨厉声喊道，“詹姆斯！”

那不是詹姆斯。一个成年女人的身体，包裹在太空服中，内在却是个惊恐万状的小姑娘。

那个步兵把蜷成一团的她轻轻推回我们身边。贝茨温柔地搂住它。“苏珊？回来，苏。你安全了。”

步兵们悬在空中，不辞辛劳地警戒着每一个方向，假装一切尽在掌握。贝茨瞥了我一眼——“带上艾萨克。”——然后注意力再次转回到詹姆斯身上。“苏珊？”

“不——不。”一个微弱的声音，一个小女孩的声音。

“蜜雪儿？是你吗？”

“那儿有个东西，”小女孩说，“它抓住我。它抓住了我的腿。”

“我们走。”贝茨拉着四合体向通道的入口前进。一个步兵断后，时刻监视着洞口，另一个在前面开路。

“它走了，”贝茨柔声道，“现在那儿什么也没有。你看看信号就知道了，好吗？”

“你看——看不见它，”蜜雪儿低声道，“它，它会隐——隐身……”

我们继续撤退，拐过一个弯，膈膜消失在视线之外。它中央的那个洞仿佛巨大的瞳孔，一眨不眨地目送我们离开。它终于消失在拐角处，消失之前一直空空如也，背后并没有窜出追兵。至少我们没瞧见。一个念头萦绕在我脑中，一句从偷听到的对话中偷来的蹩脚悼词，无论如何也挥之不去。

艾萨克·斯宾德最终还是没能进入半决赛。

返回忒修斯的路上，苏珊·詹姆斯回到了我们中间。艾萨克·斯宾德却没有。

我们走进防辐射气球，一言不发地脱下太空服。贝茨第一个脱完，她朝斯宾德伸出手去，但四合体拦住她，朝她摇摇头。他们为斯宾德除去衣物，一个个人格轮流出现。苏珊脱下了他的头盔、背包和胸甲。克朗切剥掉从衣领到脚趾的银色铅皮。萨沙脱下他的连身裤，让他苍白的肌肤赤裸裸地暴露在空气中。最后只剩下手套。他们留下了他的信息反馈手套；手套的指尖永远保有触觉，手套内的肌肉却再也无法感知。在前额的小洞底下，斯宾德的眼睛一眨不眨，空洞的目光投向遥远的类星体。

我以为蜜雪儿也会出现，我以为她会为他阖上双眼，但她没有。

“你们有眼，但你们不看。”[1]

——拿撒勒的耶稣

我不知道自己该有什么感觉，我暗暗思忖。他是个好人。生性正直，对我挺和善；他并不知道我在偷听，但一样不曾背着我恶言恶语。我认识他的时间不长——他算不上朋友——可无论如何，我应该怀念他。我应该感到悲痛。

我不该只顾为自己担惊受怕，怕下一个就会轮到我……

萨拉斯第没有浪费时间。我们刚走出气囊便遇上了斯宾德的替补，刚刚解冻，浑身散发着尼古丁的气息。他正在给肌肉补水——两边大腿上各一袋等压盐水——这人长得瘦骨嶙峋，水袋也无法完全掩去身体的棱角。走动时他的骨头咔嗒作响。

他的视线越过我，他走向尸体。“苏珊——蜜雪儿……我——”

四合体转身背对他。

他咳嗽几声，笨手笨脚地用裹尸套罩住尸体。“萨拉斯第要求

[1] 《马可福音》中耶稣曾责备自己的门徒说：“你们有眼睛，看不见吗？有耳朵，听不见吗？也不记得吗？”（《马可福音》8:18）。这句话本身引自希伯来圣经：“愚昧无知的百姓啊，你们有眼不看，有耳不听，现在当听这话。”（《耶利米书》5:21）。

所有人到旋转舱集合。”

“辐射。”贝茨道。尽管这次任务半途而废，我们累积的辐射剂量依然致命。我喉咙发痒，微微有些恶心。

“稍后再净化。”长长的拉链一拉，斯宾德便消失在涂着油层的灰色裹尸袋中。“你——”他转过身，抬手指指我连身裤上烧焦的小洞，“跟我来。”

罗伯特·坎宁汉。又一个样品。深色头发，脸颊凹陷，下巴直直的，完全可以当尺子用。他的前任斯宾德还会一惊一乍，坎宁汉却像蜡像般毫无表情——负责运行这些肌肉的湿件已被征调去了别处。他身体的其他部位倒还会颤动，但就连这也被尼古丁缓和了——每呼吸一次，他都要抽一口烟吞进肚子里。

此刻他手里并没有香烟。他手里只有那位倒霉的前任，心头则是对我这个随船综合家的厌恶——这厌恶刚刚解冻，不过一直都存在。他的手指在颤抖。

贝茨和四合体沿船脊默默往前走。我和坎宁汉跟在他们身后，引导着斯宾德的裹尸袋在我俩之间前进。经坎宁汉提醒，我的左边身子和腿又疼起来。不过他能做的也不多。光束穿过时就给肌肉消过毒了，同时显然不曾碰到任何要紧的脏器，否则我早该一命呜呼。

我们走到舱门前，改为单列前进：斯宾德在前，坎宁汉从后方推他的脚后跟。我进入旋转舱时，贝茨和四合体已经落下甲板，坐到了自己平时的位置上。萨拉斯第亲自出席，从会议桌的一头望着他们。

他的眼睛裸露在外。从这个角度看过去，旋转舱内柔和的全波谱光线洗去了它们的光芒。只要你别凑得太近、看得太久，你几乎可以说服自己相信那是人类的眼睛。

生化/医疗舱已经为我转下来。诊疗躺椅放置在一块静止不动的区域，此刻它就是我们的医务室。坎宁汉示意我躺下，我飘过去，用安全带把自己固定好。两米之外有一道齐腰高的护栏从甲板升起；

在它背后，旋转舱平滑地转动。贝茨、四合体和萨拉斯第就好像拴在绳索尽头的石块，被甩在空中一圈圈打转。

我接入感控中心。詹姆斯的声音十分安静，不带任何情绪。“我注意到结构衡量中出现了一种新模式，就在光栅里，看起来像是某种信号。我深入通道，发现信号随之增强，我跟上去，然后失去了意识。直到返航途中我才再次醒来，之前一片空白。蜜雪儿告诉了我这期间发生的情况，尽管她也并不完全清楚。我就只知道这么多。我很抱歉。”

一百度之外的失重区，坎宁汉将自己的前任放进了一口棺材。这口棺材的功能选单与前头那几口截然不同。也许在简报期间它就会开始尸体解剖。也许我们能听到切割的声响。

“萨沙。”萨拉斯第道。

“喏，”萨沙标志性的拖腔出现在说话声里，“我搭着妈妈。她一晕过去我就变成了聋子哑巴和见鬼的瞎子。我想接管身体，但被什么东西挡住了。是蜜雪儿，我猜。从没想到她还有这股狠劲儿。我连看都看不见。”

“但你没有失去意识。”

“我一直醒着，就我所知。只不过完全失去感知能力。”

“嗅觉？触觉？”

“我能感觉到蜜雪儿尿在了太空服里。但除此之外就没了。”

坎宁汉回到我身边。香烟不可避免地出现在他嘴角。

“没东西碰你，”吸血鬼推测道，“没东西抓你的腿。”

“没有。”萨沙道。她并不相信蜜雪儿所说的隐形怪物。我们都不信：干吗自找麻烦？反正幻觉很容易就能解释我们所有的体验。

“克朗切。”

“什么也不知道。”詹姆斯的喉咙发出男性的声音。这声音我到现在都还不习惯。克朗切是个工作狂，有其他人在场时很少浮上来。

“你在场，”萨拉斯第提醒他，“你必定记得某些——”

“妈妈给了我些模式让我分析。当时我正在分析它们——现在也还在分析，”他意有所指地添上这么一句，“我什么也没注意到。还有别的问题吗？”

我对他的解读一直不太成功。组成四合体的四个中心人格都具备自我意识，但有时候，克朗切似乎更像那些存在于詹姆斯大脑中的无意识模块。“你毫无感觉？”萨拉斯第逼问道。

“只有那些模式。”

“特别之处？”

“螺旋线和光栅，都属于标准的现象数学图形。不过我还没分析完。我可以走了吗？”

“可以。请叫蜜雪儿来。”

坎宁汉拿合成代谢剂戳我的伤口，嘴里自言自语。我俩中间升起了轻薄的蓝烟。“艾萨克发现了几个肿瘤。”他说。

我点点头，又咳嗽起来。我的喉咙很疼。恶心的感觉似乎越来越沉重，已经下沉到了胸腔与腹腔间的膈膜底下。

“蜜雪儿。”萨拉斯第又叫了一声。

“数量有所增加，”坎宁汉继续道，“沿头盖骨底部排开。不过只有几打细胞，还不值得大动干戈。”

“这儿，”哪怕通过感控中心，蜜雪儿的声音也微不可闻，但那至少是成年人的声音，“我在这儿。”

“你记得什么，请问？”

“我——我感到——本来我只是搭着妈妈走，然后她就不见了，然后谁也不见了，所以我只能——只能接管身体——”

“你看见膈膜封闭吗？”

“算不上看见。我感觉到它变暗了，但等我转过身去我们已经被困在里头。然后我感到背后有什么东西，它动静不大，也不刺眼，只是，就好像撞了我一下，然后它抓住我，然后——然后——”

“抱歉，”过了一会儿她说，“我有点——糊涂……”

萨拉斯第等着。

“艾萨克，”蜜雪儿低声道，“他……”

“是的，”一个停顿，“我们都很遗憾。”

“也许——能修得好吗？”

“不。大脑受损。”吸血鬼的声音里有种类似同情的东西，那是熟练的伪装，来自一个出色的模仿者。那里还有些别的，一种几乎难以察觉的饥饿感，一种微妙的调子，显示他正经受着诱惑。除我之外应该没人察觉。

我们病着，病情还在加重。虚弱受伤的猎物总会吸引掠食者。

蜜雪儿又陷入了沉默。等她再次开口时，声音只微微有些颤抖。“我也说不出什么具体情况。它抓住我。它把我放开。我崩溃了，这没法解释，唯一的理由就是那该死的地方就是能让你变成这样，而我——我很弱。对不起。没别的了。”

过了许久我才听到萨拉斯第的声音：“谢谢。”

“我可不可以——如果可以的话我想离开了。”

“可以。”萨拉斯第道。蜜雪儿沉下去，公共区刚巧旋转到另一侧，我没看见接替她的是谁。

“步兵什么也没看见，”贝茨道，“我们突破膈膜时，后方的通道已经空了。”

“时间充裕得很，妖怪早跑路了。”坎宁汉道。他双脚踏上甲板，抓住一个把手；生化/医疗副舱开始转动。我被安全带束缚，歪歪扭扭地飘着。

“这我同意，”贝茨道，“但如果说我们从那地方学到了什么，那就是不能相信自己的感官。”

“相信蜜雪儿的感官。”萨拉斯第道。我的身体越来越重，萨拉斯第打开了一个窗口：我们透过步兵的眼睛看见了一块明亮而模糊的光斑，在蜡纸般半透明的纤维性膈膜背后晃动。那是詹姆斯的头灯，来自膈膜背后的牢房。步兵经过一小方磁力异常的区域，脚步有些踉跄，图像随之晃动，然后是重放。晃动，重放。六秒钟的循环。

“四合体身边有东西。”

除了吸血鬼谁也没看见什么。萨拉斯第显然意识到了这点，于是将图像定格。“衍射图样与开放空间中的单一光源不一致。我看见较暗的元素，反光的元素。两个彼此接近的深色物体，大小相似，光线在这里——”光标出现在两个毫无特征的地方——“和这里散射。一个是四合体。另一个身份不明。”

“等等，”坎宁汉道，“如果你都能从图像上看出这东西，为什么苏——为什么蜜雪儿却什么也没看见？”

“联觉者，”萨拉斯第提醒他，“你看。她感*知*。”

生化 / 医疗舱微微一晃，与旋转舱实现同步；护栏缩回甲板里。在远处的某个角落蹲着个没眼睛的东西，它正看着我看它。

“见鬼，”贝茨低声道，“有人在家。”

顺便说一句，他们说话从来不是这样子。如果我以他们真正的声音讲话，你只会觉得不知所云——半打不同的语言，还各有各的习语，活像一座巴别塔。

我保留了部分较为简单的特征：萨沙那不带恶意的挑衅，萨拉斯第对过去式的反感，坎宁汉接受颞叶手术时出过点岔子，大多数时候不再区分人称代词的性别。但这仅仅是冰山一角。在飞船上，每两句话你就能听到英语、印地语和哈德扎语[1]的大杂烩；因为任

[1] Hadza，哈德扎人是居住在坦桑尼亚中北部的一个少数民族，总人数不足一千，其中很大一部分以打猎和采集为生。哈德扎语是一种孤立语言，与已知的任何语言都不存在亲缘关系。

何一种语言都有其概念性局限，真正的科学家绝不会任由它们限制自己的思想。有时他们的举止几乎像是综合家，以哼哼和手势交流，普通的基准人类别想理解个中含义。这并不完全是因为超前沿人士缺乏社交技能，关键是一旦超越了某个点，你就会觉得正式的语言实在慢得叫人发狂。

只除了苏珊·詹姆斯。这女人是个活生生的矛盾体。“借交流达成和谐”是她至高无上的信念，为了证明这一点，她不惜放弃自己大脑的和谐，将它切割成许多块。唯一在乎自己谈话对象的似乎只有她一个。其他人的交谈实际上只是自说自话。甚至詹姆斯的另外几个中心人格也一样，他们按自己的方式表达自己的意思，全不管人家能否理解。当然这也没有什么关系。忒修斯上的每个人都能读懂其他人。

但苏珊·詹姆斯并不理会这一点。她的每一个字都是为自己的受众量身定做的，她的信念就是与人方便。

我是条管道。我存在的意义就在于弥合，而如果我仅仅记录下他们说了些什么，那就根本没有弥合任何东西。所以我告诉你们的是他们想要表达的意义，你所能承受的所有意义。

只除了苏珊·詹姆斯，她是领头的，是语言学家，我可以放心让她用自己的声音说话。

距远地点还有十五分钟：如果罗夏决定反击，这是我们的最大安全距离。在我们下方，人造体的磁场插入大本的大气层，就像上帝的小指。深色的雷暴云砧在它背后交汇，月亮大小的花式尾迹在它身后沸腾、相撞。

距远地点还有十五分钟，而贝茨仍然指望萨拉斯第能改变主意。

从某种意义上讲这完全是她的错。如果她像往常一样，把这次行动当成不得不忍受的苦差事，事情也许多少可以照旧。我们甚至还能抱着一丝微弱的希望：我们现在不但被可怕的辐射与磁力袭击，被从本我中跑出来的怪兽围困，还新添了弹簧活板陷阱，萨拉斯第也许会改变主意，让我们咬着牙往前飞，过门不入。但贝茨非要把这事说道一番。在她看来，这次行动不仅仅是下水道里的另一坨屎：它会塞住整根管子。

单在那样的基准环境下求生已经让我们命悬一线了，如果它开始采取有意识的反制措施——我看不出我们怎么能冒这个险。

距远地点还有十四分钟，阿曼达·贝茨仍在为这话后悔不迭。

前几次远征期间我们一共标记出二十六处膈膜，各自处于不同的发育阶段。我们对它们用上了X光，用上了超声波。我们观察到它们如何懒洋洋地漫过通道，或者像退潮一样慢吞吞地缩回墙里。在四合体身后关闭的虹膜却与它们完全不同，它快得让人猝不及防。

再说，咱们头一次遇上个速度飞快的，它就正好带了能反制激光的棱镜，这几率有多大？那不是正常的生长过程。那东西是专为我们安排的。

而安排它的则是——

这是我们面对的另外那个问题：现在距远地点还有十三分钟，而贝茨在担心屋里的住户。

当然，从一开始我们就是非法闯入，这点并没有改变。只不过撬锁时我们以为洗劫的是避暑的度假小屋，尚未建成，空无一人，屋主什么的一时还不必管他。可万万没想到主人就在屋里，而且半夜起来撒尿，来了个人赃俱获。现在它再次消失在迷宫中，我们自然要犯嘀咕，不知道它枕头底下还藏着什么样的武器……

那些膈膜随时可能跳出来。它们一共有多少？它们是固定的还是便携式的？不知道这些情况我们没法继续……

萨拉斯第对此表示同意，贝茨见他是这反应，刚开始时不免又惊又喜。

距远地点还有十二分钟。我们的位置很高，远离静电干扰，忒修斯的目光穿过罗夏那扭曲、怕人的身体，一眨不眨地注视着我们在它身侧烧出的小伤口。帽贝似的帐篷像水泡般覆盖在伤口上；在帐篷内部，杰克提供了另一个信号源，让我们可以从第一人称视角看到试验的进展情况。

长官，我们已经知道罗夏并非无人居住。继续行动可能会进一步刺激它的居民，甚至可能会导致它们死亡，我们愿意冒这个险吗？

萨拉斯第没有正眼瞧她，也没有真的开口说话。如果他说话，那他多半会说：我不明白你这样的蠢肉是怎么活到成年期的。

距远地点还有十一分钟，阿曼达·贝茨正在哀叹，为什么任务不是由军方指挥——在她这已经不是头一回了。

我们在等待距离最远的那一刻，试验将在那时开始。罗夏有可能把这理解为敌对行为，在承认这种可能性时，萨拉斯第的声音里听不出丝毫嘲讽的意味。现在他站在我们身前，注视着感控中心投射在桌面的图像。他的眼睛裸露在外，眼中翻腾着无数倒影，但它们都没能完全遮蔽他双眼背后那些更深的影子。

距远地点还有十分钟。苏珊·詹姆斯希望坎宁汉能把那该死的烟给掐掉。在进入通风口之前它会一路散发臭气。再说它也并无必要。香烟只不过是一种过时的矫揉造作，一种博取他人注意力的工具；假如坎宁汉想平息身体的颤抖，尼古丁贴片也一样有效，而且还无烟无臭。

不过除此之外她还惦记着别的事。她在思索先前萨拉斯第为什么要在自己的营帐召见坎宁汉，后来坎宁汉又为什么用那样古怪的眼神看她。我自己也一样好奇。我很快翻了翻感控中心的时间戳，发现那期间有人查阅了她的医疗记录。我检查了数据，让各种形态在左右脑之间往返：部分大脑将“后叶催产素浓度升高”定为最可能的答案——萨拉斯第不满詹姆斯变得过于轻信，这一答案的正确概率为百分之八十二。

我也不明白自己是怎么知道的。从来不明白。

距远地点还有九分钟。

罗夏的大气层几乎没有因为我们而损失任何一个分子，但这一情况即将改变。营地的画面犹如细菌分裂般裂成了两部分：一个窗口聚焦帽贝帐篷，另一个窗口显示的是营帐周围的情况，画面是经过战术强化的广角镜头。

距远地点还有八分钟。萨拉斯第发出指令。

帐篷像踏在靴底的虫子般爆开，气体从伤口喷薄而出；带电的暴风雪在伤口边缘盘旋，描绘出蕾丝边一样复杂的曲线。大气涌入真空，变得稀薄，凝结成晶体。有片刻工夫，营地周围的空气闪闪发光。那景象几乎可算得美丽。

贝茨一点不觉得那有什么美。她望着流血的伤口，如坎宁汉般面无表情。但她的下颌咬得紧紧的，肌肉僵直。她的视线迅速往返于两幅图像之间：她正搜索在阴影中喘息的物体。

罗夏在抽搐。

巨大的神经与血管不住颤抖，地震的战栗沿着整个构造体向外辐射。震中开始扭曲，一块巨大的地表绕自己的中轴旋转，裂痕从中间将它贯穿。正在旋转的部分挤压着两侧静止的部分，交汇处出现了应力线；在那个位置上，构造体似乎变得柔软而富于韧性，就好像拉长的巨大气球，将自己扭曲成了一节节香肠。

萨拉斯第弹弹舌头。当猫咪发现窗外有鸟时，有时也会发出类似的声音。

世界相互挤压的响动让感控中心呻吟起来：现场的传感器耳朵贴地，传回了遥测数据。杰克的摄像头又不听使唤了。它传回的图像歪歪扭扭、质量欠佳。转播画面呆呆地锁定在洞口边缘，那是我们打入地下世界的入口。

呻吟转弱。水晶般的烟尘形成一朵朵蘑菇云，现在最后一朵也消逝在太空中；哪怕用上最强力的画质增强手段也很难再看清它的身影。

没有尸体。至少我们眼皮底下没有。

营地里突然有了动静。起先我以为那是杰克传输信号的问题，以为那是作用于高对比度图像线条上的静电干扰——但我错了，的确有东西在动，就在我们烧出的洞口。几乎可以称作蠕动。一千条菌丝从伤口的横截面冒出来，扭动身躯缓缓爬进黑暗中。“那是——唔，”贝茨道，“压力下降引起的，我猜。想封闭裂缝的话这法子倒也不错。”

我们制造那道伤口是在两周之前，现在罗夏开始自愈。

远地点已经被我们抛在身后，从这一刻起形势将急转直下，忒修斯要一步步落回到敌人的地盘。

“没用膈膜。”萨拉斯第道。

“我的基因哄了我的脑子
小畜生成天想的就是
他妈的自我复制
才故意把交媾搞得美妙无比
幸好我的脑子也不傻你瞧
得了甜头却不中计
老子现在就切掉输精管
今晚我的基因只好自己操自己。”

——r策略者，《修剪进化枝》

肉体性爱——或者按照切尔西的说法，真正的性爱——需要一点时间才能适应：粗重的呼吸，赤裸的碰撞，满是毛孔与瑕疵的肌肤，汗臭，多出整整一个人，带来一整套不同的好恶。兽性的吸引力是存在的，这点毫无疑问，毕竟百万年以来咱们一直都这么干。但是这东西，这种低档次的肉欲，它总是带着挣扎的色彩，带着不协调的对抗模式。这里没有融合，有的只是身体碰撞的韵律和对控制权的争夺，每个人都想迫使对方进入自己的节奏。

切尔西视它为爱情最纯粹的形式。我渐渐觉得它其实等于徒手肉搏。之前我干过我自己想象出的造物，也干过以其他人为模板制作的仿真壳，但无论如何，总是由我来挑选自己想要的对比度与分辨率、触感和态度。至于那些身体机能、那些由互不相容的欲望带来的抗拒，还有那些累得你舌头发麻、弄得你满脸黏糊糊亮晶晶的漫长前戏——如今它们都不过是怪癖，是为受虐狂准备的选项。

但跟切尔西一起你没得选。跟她一起时这些就是标准配置。

我纵容她。我猜我俩都尽力容忍对方的缺点，我忍受她的变态行为，她则忍受我在这类事情上的笨拙。不过努力是值得的。切尔西喜欢争辩，太阳底下的任何事都可以拿来争辩一番。她就像猫一样好奇，充满了辛辣的幽默感和洞察力，发动攻击之前毫无征兆。尽管她已经退休，与绝大多数人一样无所事事，但她仍然会为生命这样基本的事情感到快乐。她冲动又莽撞。她关心别人。帕格。我。她想要了解我。她想进入我的世界。

我渐渐发现这是一个问题。

“我们可以再试一次。”这次谈话发生时，我们才刚刚分泌过汗水和信息素。“然后你就能忘记自己烦恼的原因了。如果你愿意的话，你甚至不会记得自己曾经烦恼过。”

我微笑着看向别处；她面部的皮肤突然显得那么粗糙，让人反感。“咱们已经试过多少次了？八次？九次？”

“我只想让你幸福，小鹅。真正的幸福是件了不起的礼物，我想让你拥有它，只要你允许。”

“你不想要我幸福，”我和蔼地说，“你想调整我。”

她的嘴唇正贴在我颈窝里，喉咙中唔唔作响。然后：“什么？”

“你只想改变我，让我更加、更加符合你的要求。”

切尔西抬起头来：“看着我。”

我转过头去。她关闭了脸颊中的色素体，纹身移动位置，在她肩上拍打翅膀。

“看着我的眼睛。”切尔西道。

我看着她眼睛周围那不完美的肌肤，看着她眼白里蠕动的毛细血管。我隐约觉得有点儿好玩：这些器官充满缺陷，日渐衰败，却仍能不时让我着迷。

“我说，”切尔西道，“你那话是什么意思？”

我耸耸肩：“你总是假装我们之间是伙伴关系。但我们都清楚这其实是一场竞争。”

“竞争。”

“你想操控我，让我遵循你的游戏规则。”

“什么规则？”

“就是你希望这段关系如何进展。我并不怪你，切尔，一点也没有。人类从来如此，所有人都想操控对方，自从——见鬼，这甚至不仅仅是人性。它根本就属于哺乳动物。”

“简直难以置信，”她摇摇头，黏答答的卷发飘到脸上，“二十一世纪已经过去一半，你竟然还拿两性战争这种狗屁东西敷衍我？”

“我承认，你的微调是种挺激进的新版本。直捣黄龙，给你的配偶重新编程，把奴性调到最佳档位。”

“你真的以为我是在——在训练你？就好像训练小狗在固定的地方大小便？”

“你只是顺从自己的天性。”

“我真不敢相信自己会听到这种屁话。”

“我以为你一直主张人与人的关系需要诚实。”

“什么关系？按你的说法世上根本没有这种东西。那只不过是——只不过是相互强暴，或者诸如此类的东西。”

“男女之间的关系原本就是如此。”

“别拿那套屁话搪塞我。”她坐到床边，双脚着地，给我一个背影。“我知道自己的感受。哪怕别的我什么也不知道，我也知道自己的感受。而我只想让你幸福。”

“我知道你真心相信这点，”我柔声道，“我知道你觉得那不是策略。它埋在大脑深处，太深了，你觉得它自然而然、顺理成章。这是大自然的把戏。”

“这是某人的狗屁把戏。”

我坐到她身边，肩膀与她相触。她侧身躲开。

“我了解这种东西，”过了一会儿我说，“我了解人类是如何运转的。这是我的工作。”

说起来，这其实也是她的工作。靠编辑大脑为生的人不可能不清楚地下室最基本的线路布局。只不过切尔西选择了无视它们的存在；承认它们她便会失去义愤填膺的立场。

我猜我也可以向她指出这一点，但我同样清楚系统能够承受多少压力，而我还不准备把它逼向毁灭。我不想失去她。她让我感到安全，让我感到自己的生死并非无足轻重。我只想要她稍微退开些。我只是需要呼吸的空间。

“有时候你简直就是爬行动物。”她说。

目标达成。

初次接近时我们小心翼翼，满脑子都惦记着安全边际。这一次我们更像是突击队。

斯库拉开动引擎，以超过两个G的速度朝罗夏驶去；它的轨迹是一条可预测的平顺弧线，指向撕裂的营地。谁知道呢，没准它甚至会直接降落在那里；也许萨拉斯第打算一石二鸟，也许他已经设置好要让飞船独立采样。如果是这样，那么飞船是不会载着我们降落的。斯库拉在距离新滩头阵地大约五十公里处把我们啐进太空，我们暴露在外，唯一可依靠的只是某种金属网架似的玩意儿，搭载的反应材料刚够帮我们实现软着陆并迅速离开着陆点。事实上，就连着陆点也不受我们控制：成功的关键在于出其不意，所以连我们一起蒙在鼓里，还有什么比这更保险呢？

萨拉斯第的逻辑。吸血鬼的逻辑。其中一部分我们倒也能理解：封闭裂缝的是一块偌大的畸形，与困住四合体的那扇闸门相比，它的生长速度慢了许多，而且也更加昂贵。之前那种闸门没被用来封堵裂缝，说明布置它们需要时间——也许是重新分配所需的物质，或者给它的反应神经上好弹簧什么的。这就给了我们一个窗口。我们仍然可以深入虎穴，只要老虎没能预测出我们的目的地、提前布下陷阱。即便我们着陆后对方立即开始布置陷阱，只要我们速度够快，仍然可以赶在它完成之前撤离。

“三十七分钟。”萨拉斯第是这么说的。我们谁也想象不出他从哪里挖出了这么个数字。只有贝茨有胆量把话问出口，而他只朝她亮了亮牙：“你无法理解。”

吸血鬼的逻辑。从显而易见的前提跳到晦涩难解的结论。我们的身家性命全靠它了。

制动火箭启动，挑选轨道的算法已经预先编好：牛顿力学加掷骰子碰运气。我们的航线并非完全随机——排除了沟槽和生长区、忒修斯监视不到的区域、死胡同、缺少分枝的部分（萨拉斯第对这部分不屑一顾：“无趣。”）——可供选择的地带只剩下人造体总面积的十分之一左右。现在我们落向一大片荆棘中间，离最初的着陆地点八公里远。在最后这段路上，就连我们自己也无法预测撞击的准确位置。

如果罗夏竟能猜中这个，那它理应成为赢家。

我们继续下落。视线所及之处，凸起的尖刺和扭曲的肢体将天空割得支离破碎，遥远的星空与近处的超级木星被切成一幅马赛克，带着黑色的脉络，参差不齐。不远处——或许是三公里，也可能是三十——某个肿胀的肢端静静地爆炸，释放出带电的粒子，冰冷的大气被撕裂，形成一团薄雾。它逐渐消失，但我仍能看到一缕缕、一道道轻烟构成了复杂的螺旋：那是罗夏的磁场，它把这个人造体的呼吸塑造成了带核辐射的冻雨。

此前我从未用裸眼看过它。我感到自己像只虫子，在隆冬的星空下，坠入森林大火后的灰烬中。

我们的雪橇启动了刹车装置。我猛地往后倒，安全防护网带拉住我，但我还是撞上了旁边那具反弹起来的身体。*萨沙。只有萨沙*，我记起来。坎宁汉给其他三人注射了镇静剂，留下这一个核心人格独自占据团体的身体，孑然一身，无依无靠。我从不知道对多重人格还能这么干。她的眼睛从面罩背后回望着我，她的表征完全淹没在太空服底下，我无法从她眼中读出任何情绪。

最近这种情况越来越常见了。

坎宁汉没下来。萨拉斯第安排舱位时不曾提到他，谁也没问这是为什么。我们几个人彼此平等，如今却又分了高下。随船生物学家的替补已经上场，再也没有后备了。我们这支队伍中每个人都不可替代，而坎宁汉不可替代的程度排名第二。

这样一来我就更有价值了。我的筹码赔率提升了三分之一。

雪橇晃了一下，无声的震颤顺着雪橇框架传来。我再次把目光投向前方，视线穿过前排的贝茨，穿过锚定在她两侧的机器步兵。雪橇发动了攻击，投出预先造好的充气前厅。前厅底下挂着注射式爆炸集成装置，它能像渗入宿主细胞的病毒般穿透罗夏的皮肤。这个长着细长腿的古怪玩意儿越来越小，终于看不见了。片刻之后，前方乌黑的大地上突然冒出一轮钠太阳，仅针尖大小，转瞬间就从闪耀走向寂灭——反物质炸药，小到能数清原子的数量，直接射进罗夏的身体。第一次约会只是试探性的前戏，这回我们的动作粗暴了许多。

我们重重地着陆，前厅仍在充气。雪橇触地前的一刹那，机器步兵抢先跳下，喷嘴里喷出一小团一小团气体，围在我们身边形成一个防护圈。贝茨第二个跃起，摆脱安全带的束缚，径直飘向仍在继续膨胀的前厅。我和萨沙从雪橇上搬下一个缠满光纤的线轴——一个蛤壳般的东西，半米厚，一点五米宽——我俩把它拖在中间往前走，此时一个步兵已经穿过了前厅的膜状气闸。

“动起来，大家。”贝茨挂在充气前厅的一个充气把手上。“还有三十分钟——”

她的话只说了一半，我用不着询问原因：打头阵的步兵在刚刚炸开的入口站定，传回了第一张明信片：

下方有光。

你总以为这会让事情更容易些。我们这个种族历来畏惧黑暗。几百万年来，我们挤在山洞和地洞里，为了黑暗中那些看不见的东西担惊受怕——有时它们会发出呼吸和咆哮的声音，有时它们只是潜伏在黑暗背后，静静等待。你总以为无论多么微弱的光线都会有点好处，至少能掀开一点点阴影，照亮一点点夜色，省得我们用自己最恐怖的想象将它们填满。

不是吗？

我们跟在尖兵身后，走进好似血色凝乳一般阴暗潮湿的光线中。起初我们以为发光的是大气本身——一种明亮的雾气，将十米开外的一切化作一片模糊。结果那只是我们的错觉。我们进入的甬道约摸三米宽，发光的是一些凸起的长条——大小和总体形状都类似切断的人类手指——它们绕成松散的三螺旋排在墙上。我们过去也发现过类似的凸起，只是没有这么明显，而且跟发光发亮也毫不沾边。

“在近红外波段更强些。”贝茨一面通报情况一面将光谱图传到我们的平视显示系统中。如果这里有蝮蛇，空气对它们将是透明的。这空气对我们的声呐也的确是透明的：尖兵将声呐的声音串洒向雾气，结果发现甬道在十七米后变宽，形成某种房间似的结构。我眯着眼朝那边望去，勉强能透过雾气看到地下空间的轮廓，还有些长了满嘴牙的东西缩回到黑暗中。

“咱们走。”贝茨道。

我们与机器步兵连线，留下一个守住入口，然后每人带上一个，作为替自己打头阵的守护天使。机器步兵靠激光链接与我们的平视系统交流，它们彼此之间另有涂上防辐射涂层的光纤连接，缠在线轴上的那卷光纤经过加固，会一路拖在我们身后。在这里不存在最佳方案，只有效果最佳的折中。我们分别同各自的保镖系在一起，当我们独自探索、经过拐角或者深入死胡同时，就靠它们帮我们彼此保持联系。

没错。独自探索。要么将队伍打散，要么缩小范围，我们选择了前者。我们是来淘金的速记制图员，在这里的一切活动都是出于信仰：我们必须相信，靠了误打误撞时匆忙记下的数据，自己一定能推导出罗夏内部结构所遵循的统一原理；我们还必须相信罗夏的内部结构的确遵循着某些统一的原理。过去的人类崇拜喜怒无常的邪恶精灵，我们这一代人则相信宇宙自有其秩序。然而当你置身恶魔的千层酥里，你很容易疑心或许咱们的祖先更接近真相。

我们沿甬道前进。目的地逐渐变得清晰，肉眼也能看见了：不是房间，更像个交汇点，一打通往不同方向的甬道汇聚在一起，形成了一小块空间。许多瞬息万变的光点在好几个闪闪发亮的表面上形成不规则的网格；基质里冒出发光的突出物，仿佛霰弹枪射出的滚珠压进了湿软的黏土里。

我看看贝茨和萨沙：“控制面板？”

贝茨耸耸肩。她的机器步兵巡视着我们周围那些甬道的咽喉，向每条甬道发射声呐。我的平视显示系统记录下回音，用它们拼凑出 3D 模型——很像是将一片片涂料扔向看不见的墙壁。我们是置身于神经节附近的几个小点，仿佛一小堆寄生虫，侵入了某个空荡荡的巨大寄主。每条甬道都弯曲成和缓的螺旋形，方向也各不相同。声呐能稍微绕过拐角，从我们目力所及之处再向前推进几米。但无论是人眼还是声呐都找不到任何东西可以作为决策的依据。

贝茨指指其中一条通道——“基顿”——又指着另外一条——“萨沙”。随后她转过身，飘向第三条未知的小径。

我忧心忡忡地望着自己要去的通道：“有什么需要特别注意——”

“二十五分钟。”她说。

我转过身，开启助推装置，缓缓进入贝茨分配的通道。它朝顺时针方向弯曲，形成一条毫无特征的漫长螺旋；二十米过后它的弧度就会将入口处完全遮蔽——只不过不等我走到那里，入口多半已经消失在雾蒙蒙的大气中了。我的步兵行进在通道的对侧，它不断将声呐指向两侧的墙壁，发出的声音仿佛上千颗细小的牙齿在咔嗒咔嗒，它的系绳一路延伸到远方的交汇点——缠绕光纤的线轴就留在那里。

那条绳子让人安心。它很短。步兵只能离开九十米，多走一步也不成，而我们得到的命令是必须时刻待在步兵的羽翼之下。这条黑黢黢的怕人坑道也许一直通向地狱，但人家并不指望我走到它的尽头。我的胆怯得到了官方的祝福。

还剩五十米。再过五十米我就可以回转身去，夹着尾巴逃之夭夭。在此之前我只需要咬紧牙关，集中精神，做好记录：*你们看到的一切，萨拉斯第是这么说的。看不到的部分尽量。*当然我们还要祈祷，行动时间已经缩短，希望这点时间还不够让罗夏用脉冲喷发把我们变成胡说八道的疯子。

周围的墙体在抽搐、颤抖，就好像动物刚被杀死时的肌肉。有什么东西飞快地出现在我的视野中，又迅速消失了踪影，只留下一丝刺耳的笑声。

集中精神。做好记录。如果步兵没瞧见它，它就不是真的。

进入六十五米，其中一个鬼魂溜进了我的头盔。

我试着无视它。我试着转开眼睛。但这个幽灵不止是在视界边缘闪烁，它盘旋在面罩中央，飘浮在我和平视显示系统之间，就像一小块令人眩晕的旋涡。我咬紧牙关，试着让目光穿过它，投向前方血红色的雾气，把注意力集中在标着贝茨和詹姆斯的小窗口上，看她俩的行程记录一闪一闪地前进。她们那边并无异状。但在这里，罗夏最新的鬼把戏就飘在我眼前，它在声呐信号的正前方按下了一个模模糊糊的指印。

“新症状，”我通知她俩，“非边缘性幻觉，状态稳定，不过没什么形状可言。我的数据上并未显示有脉冲喷发——”

标注着贝茨的小窗口猛地一滑：“基顿——”

窗口和声音同时切断。

还不止是贝茨的窗口。同一时刻，萨沙的小窗口、机器步兵视角的声呐地形图也同时熄灭，我的平视显示系统被剥得精光，只剩下太空服内部的信号以及一行不断闪烁的红字：失去链接。我猛一转身，但步兵还在，就在我右肩后方三米。我能清楚地看到它胸甲上一块指甲大小的深红色，那是它的光学视窗。

它的射击口同样清晰可见。它们正指着我。

我僵在原地。步兵受到某种电磁感应现象的影响，身体打着哆嗦，就好像非常害怕似的。怕我，或者是——

怕我背后的……

我准备转身。我的头盔中突然充满静电干扰，还有别的什么，听起来有点像是——像是说话声：

“——他妈的原地，基——别——”

“贝茨？贝茨？”另一个符号取代了失去链接的位置。不知为什么，步兵竟用起了无线电——而且尽管我们挨得很近，几乎触手可及，信号依然难以分辨。

贝茨的话混在一起：“——在你的——就在正前方——”然后还有萨沙的声音，比贝茨的稍稍清楚些：“——道他看不见吗？……”

“看见什么？萨沙！谁来告诉我是什么——看见什么？”

“收到吗？基顿，你收到吗？”

贝茨设法加强了信号；静电噪音仿佛大海的咆哮般响亮，但至少我能听到它背后的话语。“收到！什么——”

“千万别动，你明白吗？一点也不要动。收到请回答。”

“收到。”步兵颤巍巍的目光一刻也没离开我，立体摄像头深色的虹膜不断抽搐，它睁大眼睛，哆哆嗦嗦地想要锁定目标。“到底——”

“你面前有个东西，基顿。就在你和步兵之间。你没看见吗？”

“没——没有。平视系统出了故障——”

萨沙插进来：“他怎么可能看不见它它就在——”

贝茨咆哮着压过萨沙的声音：“大约一人高，呈径向对称，八只，不，九只胳膊。就像触手，只不过——分节。有尖。”

“我什么也没看见。”我说。但这并非事实：我曾在忒修斯的冬眠舱里看见有东西向我伸出手来。我曾看见某种东西一动不动地缩在飞船的船脊上，望着我们商议最佳行动方案。

我曾看见联觉者蜜雪儿像胚胎般蜷起身子：你看不见它……它会隐——隐身……

“它在做什么？”我喊道。为什么我看不见它？为什么我看不见它？

“仅仅是——飘着。有点像挥舞手臂。哦，该死——基——”

步兵往侧面一滑，仿佛被一只巨手扇了一巴掌。它从墙上弹下来，突然之间激光链接恢复了正常，平视显示系统中重新充满情报：

贝茨和萨沙沿异星隧道奔跑的第一人称视角画面，一个机器步兵眼睛里的太空服，胸甲上压印了基顿二字，还有太空服旁边的某种东西，仿佛起伏的海星，只不过长了太多胳膊——

四合体冲过拐角，现在我几乎能用自己的肉眼看见些什么了。它就像热浪般不停闪烁，块头挺大，还在动，但不知怎的，每次我的眼睛试图瞄准它，视线都会滑开。它不是真的，我歇斯底里地松了一口气，安心的感觉让我头晕目眩，又一个幻觉罢了。可这时候贝茨也奔入我的视线范围内，于是我看见它就在那里，没有闪动、没有不确定性，仅仅是一堆崩塌的概率波，一堆结结实实、无法否认的物质。被戳穿之后，它抓住离自己最近的墙面，飞快地攀到我们头顶，分节的胳膊好似鞭子般四下抽动。我脑袋背后突然噼啪一声，那东西随之恢复到自由飘浮的状态，烧焦的身体冒出黑烟。

一声颤动的“咔嗒”，是机器步兵收起武器时的哼哼。三个步兵列队悬在通道中央。其中之一面对着外星人。我抬眼一瞥，正好瞄到某种致命的武器端口缩回鞘里。不等它闭上嘴巴，贝茨已将这个步兵关闭。

光学链接让三套肺叶发出的巨大喘息声充斥我的头盔。

下线的步兵飘浮在混浊的空气中。外星人的尸体撞上墙壁，轻轻弹回来：一条吸食人类勇气的水蛭，焦黑、消瘦。原来它同我在飞船上看到的幻象毕竟有所不同。

我想不通原因何在，但这几乎让我觉得安心。

仍处于活动状态的两个步兵来回扫视雾气，等待贝茨下达新的指令；然后其中之一转身抓起外星人的尸体，另一个扶住自己牺牲的同伴。贝茨抓住死掉的机器步兵，解下它的系绳。“撤退。慢慢走。我就在你们身后。”

我轻轻一按助推装置。萨沙略有些迟疑。一卷卷光纤好似脐带般飘荡在我们周围。

“动起来。”贝茨说着又将自己太空服上的一个信号源直接插进下线的步兵体内。

萨沙跟上我的步子。贝茨押后。我盯紧平视显示系统，时刻等待着大批怪兽蜂拥而至。

它们没有出现。但抱在步兵肚皮上的那东西却真实无虚。它不是幻觉，甚至不是恐惧与联觉的造物。罗夏有人居住。它的居民能隐身。

有时候可以。大概吧。

哦，对了，还有。我们刚刚杀死了其中之一。

我们一进真空，贝茨立刻将下线的步兵抛向空中。我们给自己绑上安全带，这期间它的同伴拿它当靶子，不停地开枪再开枪，直到空中只剩下渐渐冷却的蒸汽为止。只是一点点微弱的等离子体，但在它彻底消失前也同样被罗夏的旋转变成了繁复的细丝花纹。

在回忒修斯的路上，萨沙问少校：“你为什么——”

“不是我。”

“可是——它们能自己行动，对吧？独立自主。”

“在受控于人类的时候不行。”

“机械故障？电磁喷发？”

贝茨没有回答。

她提前通知了忒修斯。等我们回到飞船时，坎宁汉已经在船脊上培育出又一个小肿瘤——一间遥控手术室，布满了传感器和远程手术设备。我们刚开到飞船的外壳底下，一个活下来的步兵立刻抓住外星人尸体，趁穿梭机还在靠泊就完成了运送任务。

我们重生时，初步的验尸成果已经出炉。被肢解的外星人的全息鬼魂从感控中心升起，仿佛一顿剥皮剔骨的恐怖大餐。它展开的胳膊很像人类的脊柱。我们围坐在桌旁，大家都等着别人去吃第一口。

“你非得拿微波射它不可吗？”坎宁汉轻敲桌面，朝贝茨开炮。“你把这东西烤透了。没一个细胞幸免。”

贝茨摇头：“出了机械故障。”

他阴沉沉地瞅她一眼：“而这故障刚巧精确瞄准了移动目标？我听着怎么不像随机发生的故障。”

贝茨毫不退让地回望他：“某种东西把自动瞄准从关调到了开。就像抛硬币。随机。”

“随机的意思是——”

“得了，坎宁汉。我现在没心思听你啰唆。”

他的眼睛在平滑僵硬的面孔里翻个白眼，随后突然盯住了头顶的什么东西。我顺着他的目光看过去：萨拉斯第正在微弱的科氏力作用下缓缓飘动，他低头俯视我们，活像搜索田鼠的猫头鹰。

这次也没戴面罩。我知道他并没把面罩搞丢。

他的目光停留在坎宁汉身上：“你的发现。”

坎宁汉咽口唾沫，开始敲动手指。外星人的局部解剖结构闪现，并以各种色码分别高亮显示。“唔，好。恐怕在细胞水平上我没法提供太多信息。体膜内部没剩下多少东西。说起来体膜也没剩多少。就总体的形状学特征而言，正如你们所见，标本背腹扁平，径向对称。外骨骼含钙，外皮为含角蛋白的塑料。没什么特别的。”

贝茨表示怀疑：“塑料皮肤没什么特别？”

“考虑到当地的环境，我还以为会遇上山杜洛维契的离子态生命[1]呢。塑料不过是经过提炼的石油。有机碳。这东西是碳基的。

[1] 指 Mircea Sanduloviciu 的发现。2003 年山杜洛维契在实验室中用电火花制造出一种离子球，发现其在特定条件下符合传统上界定生物体的四个标准，即内环境同外环境相分离、拥有自我复制能力、生长能力、可进行信息交流。但由于这种离子球的产生需要很高的温度，也有科学家认为遗传物质不可能在这种温度下存在，因此它不能算作真正的生命。

甚至可以说是蛋白基，尽管它的蛋白质比咱们的要结实得多。从逃过你家步兵打击的部分判断，还有硫磺交联键作为横向支撑。”坎宁汉的目光越过了我们所有人；他的意识显然已经飘往船尾方向，附身于遥控的传感装置中。“组织中的磁铁含量达到饱和。在地球上，这种物质存在于海豚和候鸟的大脑，甚至在某些细菌里也能找到——所有靠磁场导航或判断方向的生物。上到宏观结构层面，我们看到一个可充气的内部骨架，据我判断它同时也充当肌肉系统。可收缩的组织将气体挤进一系列囊袋，可以使手臂上的每一段分别绷紧或放松。”

坎宁汉的眼睛恢复神采片刻；他注意到自己的香烟，于是把它凑到嘴边使劲吸了一口，然后重新放下。“注意每条手臂基底部的那些内陷。”模拟尸体上，那些松弛的气球变成了橙黄色。“你们可以管它叫*万用腔*：一切都通向这里，它们吃饭、呼吸、排泄全靠这个小隔间。除此之外没有大型孔洞。”

四合体做了个鬼脸，表示：*你居然碰上了这么恶心的东西，萨沙*。“难道——难道它们不会给塞住吗？效率好像不太高啊。”

“如果其中一个塞住，还有八扇门通向同一个系统。下次你给鸡骨头卡住喉咙的时候，你会巴不得自己的效率也有这么低才好呢。”

“它到底吃什么？”贝茨问。

“这可说不好。在万用腔周围我发现了类似鸟类砂囊的可伸缩器官，这表明它们会咀嚼某种东西，或者至少在进化历史上曾经依靠咀嚼进食。除此之外……”他摊开双手，香烟随之在空中留下模糊的线条。“顺便说一句，往这些伸缩囊里注入足够的气体就能得到一个密闭腔，再搭配上角质外皮，它就能在真空中存活一小段时间。而且我们已经知道它能忍受辐射，只是别问我它是怎么做到的。无论它拿什么做基因，那东西都比咱们的要坚韧得多。”

“也就是说它们能在太空里生存。”贝茨沉吟道。

“就跟海豚能活在水里差不多。时间有限。”

“多长？”

“无法确定。”

“中枢神经系统。”萨拉斯第道。

贝茨和四合体突然停止了一切动作，尽管这变化很难察觉。詹姆斯的情感特征渗过她的身体，取代了萨沙的表征。

缭绕的青烟从坎宁汉的嘴巴和鼻子里冒出来。“事实上，完全没有什么中枢可言。没有形成头部，甚至没有集中的感觉器官。身体上覆盖着某种物质，类似眼点或色素体，也可能二者都是。刚毛遍布全身。根据现在掌握的情况——假设这些被你的机械故障烧焦的细丝确实是神经，而不是某种完全不同的东西——它们每一根都是独立控制的。”

贝茨坐直了身子：“当真？”

他点点头：“这就像是独立控制你每根头发的活动，只不过这东西的毛发把它全身上下遮了个严实。眼睛的原理也差不多。几十万只眼睛，遍布角质外皮。每只眼睛都不比针孔摄像头强多少，但每一只都能独立聚焦，而且我猜所有这些图像信号会在上头某个地方整合起来。整个身体就像一片分散的视网膜。理论上讲这能带给它超乎寻常的视觉清晰度。”

“一个分布式望远镜阵列。”贝茨喃喃道。

“每只眼睛底下都有一个色素细胞——这个色素体是某种隐花色素，所以它大概同视觉有关。但它同样可以通过环境中的物质进行扩散或者收缩，这意味着动态的色素模式，就像乌贼和变色龙。”

“背景模式匹配？”贝茨问，“也许这就是为什么席瑞看不见它？”

坎宁汉打开一个新窗口，开始循环播放一组画质低劣的图像——席瑞·基顿与他的隐形舞伴。虽然我没能察觉那东西的存在，但它在摄像镜头前却真实得吓人：一个飘在空中的铁饼，比我自己的躯干宽一倍，胳膊从身体边缘伸出，活像打结的粗绳子。各种图形模式在它体表荡起涟漪，仿佛阳光与阴影在浅海的海床上嬉戏。

“正如你们所见，背景与它身体的图形模式并不匹配，”坎宁汉道，“应该说差得很远。”

“你能否解释席瑞看不见它的原因？”萨拉斯第问。

“不能，”坎宁汉承认，“这远非通常的隐蔽手段。但罗夏能让你看见各种各样不存在的东西。也许从本质上讲，看不见存在的东西也是相同的机制。”

“又是幻觉？”我问。

坎宁汉吸口烟，再次耸肩。“有很多方法可以愚弄人类的视觉系统。不过值得注意的是，当多个目击者同时在场时，它的伪装就失效了，这一点很有趣。但如果你想要了解确切的机制，这点样品是不够的。”他用手里的香烟指了指烧焦的遗骸。

“可是——”詹姆斯做个深呼吸，为自己打气，“我们这里谈到的是某种……精密的东西，至少是。非常复杂。拥有强大的处理能力。”

坎宁汉又点点头：“据我估计，神经组织在整个身体里能占到百分之三十左右。”

“也就是说它是智慧生命。”她的声音几不可闻。

“完全不是这么回事。”

“可是——百分之三十——”

“百分之三十的运动与感觉神经，”坎宁汉再抽一口香烟，“很像章鱼，神经细胞数量极大，但其中一半都花在维持运转上了。”

“根据我的理解，章鱼相当聪明。”詹姆斯道。

“按软体动物的标准，当然。可如果眼睛里的感光器散布全身，你必须额外铺设多少线路？对此你有没有哪怕半点概念？首先你需要大约三亿根延长线，长度从半毫米到两米不等。这就意味着你的信号必然会错列，无法实现同步，这又意味着你还需要添置几十万个逻辑闸来协调输入的数据。而这一切只能提供给你一张静态图像，没有过滤，没有诠释，完全没有时间序列的整合。”哆嗦，吸烟。“而让所有的眼点聚焦在同一个物体上，或者把所有的信息传回独立的色素体，你还需要许多额外的神经，把这个数字同先前的数字相乘，再加上单独控制这些色素细胞所需的处理能力，百分之三十也许刚好够用，但我非常怀疑你还能给哲学、科学剩下多少空间。”他朝货舱的大致方向挥挥手。“那个——那个——”

“攀爬者。”詹姆斯提议道。

坎宁汉把这个字眼默念一遍。“好吧。那攀爬者纯粹是进化工程学上的奇迹。它蠢得像根棍子。”

片刻的沉默。

“那它究竟是什么？”最后詹姆斯问，“宠物吗？”

“矿坑里的金丝雀。”贝茨猜测道。

“也许连金丝雀都算不上，”坎宁汉说，“也许仅仅是带遥控器的白血球细胞，负责进行维护的机器人。靠遥控操纵，或者照本能行动。但伙计们，我们忽略了更加重要的问题：厌氧生物怎么可能发展出复杂的多细胞结构？更奇怪的是，它的移动速度怎么可能如此迅速？这种程度的活动是需要消耗大量 ATP 的。”

“也许它们不依赖 ATP。”我还在查询注解，詹姆斯已经提出假设。三磷酸腺苷。细胞的能量源。

“它身体里塞满了 ATP，”坎宁汉告诉她，“单从我们手里的那点残渣也能看得出来。问题在于，你合成这东西的速度怎么可能跟得上消耗的速度。光靠厌氧的通道显然是不够的。”

没人发表任何见解。

“总之，”坎宁汉道，“今天的课到此为止。如果谁想来点血淋淋的细节，所有资料都在感控中心。”他空出来的那只手微微一扭，幽灵解剖图消失了。“我会继续研究，但如果你们想要得到真正的答案，我需要一个活体。”他在隔离壁上摁灭香烟，挑衅似的望着围坐在旋转舱中的人。

其他人几乎毫无反应；他们的拓扑形态仍然为了几分钟之前的信息闪烁不停。或许从大局的角度看，坎宁汉所烦恼的问题确实更加重要；也许在一个简化的宇宙里，我们永远应该把生物化学方面的基本要素置于与异星智慧打交道的小细节和种族间的礼节之上。但贝莰和四合体仍然滞留在过去，她们还在消化先前的信息。不止是消化：她们沉浸其中，紧紧抓住坎宁汉的发现不肯松手，就好像一个已经定罪的犯人，突然发觉自己或许可以因为一个技术上的细节重获自由。

那攀爬者死在了我们手里，这是毫无疑问的。但它并非外星人，算不上外星人。它没有智力。它只是带遥控器的血细胞。它蠢得像根棍子。

如果不是谋杀，如果只是损坏他人财物，你心里自然要好受得多。

“问题不可能在创造问题的意识层面得到解决。”

——爱因斯坦

把我和切尔西凑在一块儿的是罗伯特·帕格里诺，也许看到我俩的关系开始脱轨，他觉得自己负有责任。也可能是切尔西主动找他出面干预——她就是忍不住要修修补补。无论如何，那天我走进量子比特坐下，立刻发现他不止是想聚聚这么简单。

他点了杯加冰的亲神经剂鸡尾酒。我还是照旧：里卡德啤酒。

“你还那么老派。”帕格道。

“你还是喜欢先来点前戏。”我评论道。

“这么明显，呃？”他抿了口鸡尾酒。“我算是上了一课，永远别跟职业嘴炮耍花招。”

“跟这半点关系也没有，你连边境牧羊犬都糊弄不了。”说实话，帕格的拓扑形态从来不会告诉我多少我原本不知道的新信息，解读他我其实从来没什么优势。也许只是因为我俩彼此太过知根知底。

“那么，”他说，“从实招来。”

“没什么可招的。她必须明白真正的我是什么样子。”

“还真挺糟。”

“她跟你说了什么？”

“我？什么也没说。”

我从酒杯上方瞪他一眼。

他叹口气：“她知道你偷吃了。”

“我什么？”

“偷吃。跟那个仿真壳。”

“那是以她为原型制作的！”

“但那不是她。”

“不，当然不是。它不放屁不吵架，不会老拉你去见她家里人，被拒绝以后也不会又哭又闹。听着，我很爱那女人，但说真的，你上一次肉身交媾是什么时候？”

“七四年。”他说。

“说笑吧。”我还以为他从没试过。

“两份工作的间隙，到第三世界地区干了些医疗传教的活儿。得克萨斯人到今天还在床上摔跤呢。”帕格喝了一大口酒，把自己的比喻送下肚里。“事实上，我觉得还不赖。”

“新鲜劲是会消失的。”

“显而易见。”

“再说我又没干什么出格的事，帕格。有怪癖的是她。而且不止是在性方面。她老是问我——她老想了解我的事。”

“比方说？”

“无关紧要的东西。我小时候什么样，我的家人，跟谁都没半点狗屁关系的破事。”

“她不过是关心你。一般人不会把童年的回忆当禁区，你知道。”

“多谢你智慧的箴言。”就好像我从没被关心过似的。就好像海伦没有关心过我：翻我的抽屉、过滤我的邮件、跟在我身后从这间屋子走到那间屋子，跟窗帘和家具打听为什么我老那么孤僻、老那么闷闷不乐。她的关心如此深切，以至于在我跟她交心之前禁止我出门。十二岁时我还很愚蠢，竟希望得到她的怜悯：这是私事，妈妈。我不想谈。然后我会逃进浴室，而她则不停追问是不是网上的麻烦、学校里的麻烦，是不是因为某个女孩子，是不是因为——因为某个男孩子，到底是什么事？为什么我就是不肯信任我自己的母亲？难道我不知道无论什么话都可以告诉她吗？我在浴室里等着，持续的敲门声消失了，固执而忧心忡忡的问题消失了，最后，不情不愿的沉默也消失了。我等到自己完全确定她已经离开，我他妈等了五个钟头，然后我走出浴室，发现她就在我面前，双手抱胸，眼睛里写满了责备和失望。那天晚上她卸掉了浴室的锁，因为一家人永远不该把彼此关在门外。而这仍然是出于关心。

“席瑞。”帕格轻轻唤了一声。

我放慢呼吸速度，再一次试着跟他解释：“她不止想聊聊我的家庭。她想见他们。她老想拖我去见她的家人。我以为自己是跟切尔西凑成一对，你知道，没人告诉我说我还得跟她家里人分享真实空间……”

“你去过？”

“一次。”伸手，握手，假装接受，假装友好。“感觉棒极了，如果你喜欢这种事情的话：一堆装模作样的陌生人，照着古老的礼仪朝你伸出爪子；尽管他们看着你就讨厌，可又没有胆子承认。”

帕格耸耸肩，毫无同情的表示。“听着像是典型的老式家庭。你是个综合家，伙计。你处理的互动比这怪多了。”

“我处理其他人的信息。我不把自己的私生活呕吐出来供大众观赏。同我共事的那些杂合人和人造人，他们从不——”

——身体接触——

“问东问西。”我说。

“你一开始就知道切尔是个老派的姑娘。”

“没错，在她乐意的时候，”我吞一口麦芽酒，“可一拿起神经焊接器她就变成了最前沿的新新人类。当然她的策略还可以再打磨打磨。”

“策略。”

这不是策略，看在上帝的份上！难道你看不出我有多难过吗？我躺在该死的地板上，席瑞，我蜷成了一个球，因为我实在太难过了，而你却只管挑剔我的战术？我要怎么做你才能明白，在我那该死的手腕上割一刀吗？

我耸耸肩，转开视线。大自然的把戏。

“她老哭，”我说，“血乳酸浓度高，哭起来自然容易。只不过是生化反应，可她却把这看成我欠了她什么似的。”

帕格抿紧嘴唇：“那也并不意味着她是在演戏。”

“一切都是表演，一切都是策略，这你很清楚，”我哼了一声，“而我不过拿她当原型做了个仿真壳，她就恼火了？”

“我觉得问题不在于这张仿真壳，关键是你瞒着她。你知道她对彼此间的诚实是什么态度。”

“当然。她一点也不想跟它扯上关系。”

帕格望着我。

“别把我想得那么蠢，帕格。你觉得我该告诉她实话，说有时候她叫我起鸡皮疙瘩吗？”

名叫罗伯特·帕格里诺的系统默默地坐着，一面抿着自己的麻药，一面在心里整理自己要说的话。他深吸一口气。

他说：“我真不敢相信你他妈竟然真有这么蠢。”

“哦？请一定赐教。”

“她当然希望听你说你眼里只有她，你爱她的毛孔，爱她早晨的口气，为了她你愿意接受微调，一次不够就十次。但这并不表示她希望你撒谎，你这笨蛋。她希望所有这些都是真话。而且——好吧，为什么它们就不能是真话？”

"本来就不是。"我说。

"老天爷，席瑞。人类不是理性的动物。你不是理性的动物。我们不是会思考的机器，我们是——我们是感觉的机器，只不过碰巧有思想。"他又吸了一口气，再灌口酒。"而这些你早就明白，否则你也不可能干这一行。或者至少——"他做个鬼脸——"你的系统明白。"

"系统。"

我和我的协议，他指的是。我的中文屋。

我深吸一口气："它并不是对所有人都有效，你知道。"

"这我也注意到了。一旦你自己陷进系统里，你就没法解读它了，对吧？观察者效应。"

我耸耸肩。

"这样挺好，"他说，"要是你老待在你那屋里，我觉得自己肯定不会待见你。"

下面这句话冲口而出，我都来不及阻止："切尔说她宁愿要个真的。"

他扬起眉毛："真的什么？"

"中文屋。她说它的理解力会更强些。"

一时间我俩都没说话，周围只有量子比特里顾客们低声交谈和刀叉相碰的声响。

"我能理解她的心情，"最后帕格说，"不过你——你干得不错，豆荚人。"

"我可说不准。"

他用力点点头："你知道关于少有人走的路人家是怎么说的？好吧，你是自己闯出一条路来的。我也不知道为什么。这就好像学习用脚趾头写字，你知道？或者本体感受器的多发性神经病。能做得到已经很不可思议；而你竟然还很在行，这简直叫人哑口无言。"

我睨他一眼："本体——"

“过去曾经有些人，完全感觉不到——唔，自己的身体。他们对身体与空间的关系全无概念，也不知道自己的四肢是怎么排列的，甚至不知道自己有没有四肢。其中一些说觉得自己脊髓受损，脱离了肉体。他们给自己的手下达一条指令，然后只能单凭信念假设信号已经送达。于是他们就以视觉加以弥补；他们感觉不到手在哪里，于是就观察它的动作，用视觉代替你我习以为常的力反馈。他们也能走路，但眼睛必须时刻看着自己的腿，每走一步都要集中全部精力。他们可以走得很好。但哪怕经过多年的练习，如果你在他们迈步时分散他们的注意力，他们就会像缺了攀援架的豆茎一样跌个跟斗。”

“你意思是说我就像那样？”

“你的中文屋类似于他们的视觉。你重新发明了共情，而且几乎是从零开始；在某些方面——显然不是所有方面，不然也不必我来多费口舌——但在某些方面你的发明比原版还强。所以你才成了出色的综合家。”

我摇摇头：“我不过是观察，没别的。我研究别人的行为，然后想象是什么促使他们这样做。”

“我听着挺像共情。”

“不对。共情并不是想象对方的感觉。它更像是想象假如易地而处，你自己会有什么感觉，对吧？”

帕格皱起眉头：“所以呢？”

“所以，如果你不知道自己会有什么感觉怎么办？”

他看着我，拓扑形态十分严肃，而且完全透明：“你没那么糟，朋友。也许有时候你表现得不像那么回事，但——我了解你。之前我就了解你。”

“你了解的是另外一个人。我是豆荚人，你忘了吗？”

“没错，那是另外一个人，而且对于他，我的记忆也许比你的更清楚些。但让我告诉你一件事。”他身体略微前倾。“那一天，你们俩中的任何一个都会帮我。也许他出手会是因为老式的共情，而你却得临时拼凑一张流程图，但这只说明你的成就更了不起。这也是为什么我会继续跟你来往，老伙计。虽然你这人古板又无趣，简直叫人受不了。”

他向我举起酒杯。我尽职地跟他碰杯，喝酒。

过了一会儿我说：“我不记得他了。”

“什么，另外那个席瑞？豆荚人之前的席瑞？”

我点点头。

“完全不记得？”

我回想了一阵：“唔，老是因为癫痫抽搐，对吧？所以肯定一直很痛苦。我不记得曾经有疼痛的感觉。”我的酒杯快空了，于是小口小口地抿着，好让它多坚持一会儿。“不过，有时候我会——我会梦到他。梦到——变成他。”

“那梦是什么样的？”

“过去它总是——总是五颜六色。一切都更鲜明，你明白？声音、气味。比生活更饱满。”

“现在呢？”

我看着他。

“你说过去你的梦总是五颜六色。有什么改变了？”

“我不知道。也许并没有什么。只不过——现在我醒来以后不再记得那些梦了。”

“那你怎么知道自己还在继续做着那些梦？”帕格问。

管他妈的，我暗想，然后一口喝干了杯里剩下的麦芽酒。“我就是知道。”

“怎么知道的？”

我吃了一惊，不禁皱起眉头。我想了好半天才记起答案。

我说：“我醒来时在微笑。”

“大兵直视敌人的眼睛。大兵知道赌注有多高。大兵知道战略不当的代价。

将军们知道什么？层叠图和战术表而已。

指挥系统根本就是上下颠倒。”

——肯尼斯·路宾，《零和》

从突入罗夏的那一刻起就出了岔子。计划要求在新滩头造成精确的破坏，布置必须十分巧妙，好诱捕几个出来修补伤口的遥控血细胞。我们的任务是设下陷阱、退后等待，并且相信萨拉斯第的保证：我们不会等待太长时间。

结果我们根本一点时间也没有。刚一着陆，我们便发现沙尘的旋涡中有东西在蠕动，洞中那种迂回蛇行的动静立刻使得贝茨那著名的战场主动性高速运转起来。她的两个步兵冲进洞里，瞄准镜中照见一个攀爬者，正扒在通道的墙壁上直哆嗦。肯定是被我们降落时的冲击波震晕了，完美地诠释了什么叫“错误的时间、错误的地点”。贝茨花了半秒钟来评估这不可多得的机遇，然后整个计划就给轰到了九霄云外。

我还没来得及眨巴眼睛，一个步兵已经拿活体取样针管扎了那攀爬者一下。再过一秒钟我们就要把它整个打包带走，可罗夏的磁气圈偏挑了这时候发难。等步兵好容易恢复活动能力，猎物早已消失在了拐角处。贝茨与自己的部队之间用系绳相连，她下令追击，立马被它们扯进了通往未知的兔子洞里（“设好陷阱！”她回头朝萨沙大喊一声）。

我跟贝茨拴在一起，自然也被扯了过去；我才来得及跟萨沙交换一个惊慌的眼神，突然间就已经再次来到洞中。吃饱喝足的活体取样管从我的面罩上弹开，飞速后退，上面还连着几米废弃的纤维丝。希望我和贝茨打猎期间萨沙能把它捡回来，这样一来哪怕我和贝茨一去不返，任务也不算完全失败。

我们被步兵拖着走，活像是钩子上的诱饵。贝茨在我身前，飞行动作海豚般轻松优雅，她总能让身体处在洞中央，只偶尔需要稍微调整助推器。我紧随其后，歪歪扭扭地老往墙上撞；我努力保持平稳，企图表现出与贝茨相同的控制力。这是很重要的伪装。身为诱饵，关键就在于要让人家以为你是真家伙。他们甚至给了我一把枪，当然这完全是预防性措施，自我安慰的作用大于自我保护功能。它就装在我的前臂上，能发射不受感应场影响的塑料子弹。

只有我和贝茨。一个和平主义的大兵，外加抛硬币的概率。

像前几次一样，鸡皮疙瘩让我的皮肤有些刺痛，熟悉的鬼影不断抓挠我的理智。但这次的恐惧好像被消了音。很遥远。或许这只是时机的问题，或许我们在磁场中前进的速度太快，没有任何一个幽灵有机会把我们抓牢。当然也可能是因为别的什么原因。也许我对鬼魂的恐惧有所减轻，因为这回我们是来追踪怪兽。

那攀爬者似乎已经从我们抵达时受到的不知什么打击中恢复，此刻正沿着墙体全速前进；它的胳膊仿佛列队发动攻击的毒蛇，依次向前方伸出，将身体飞快地往前拉。机器步兵拼尽全力才没有把它跟丢。远远看去，它只是雾气中一个扭动翻滚的轮廓。突然它往旁边一跃，飞到通道的另一侧，跑下了一条旁支小径。步兵们跟着转向，它们撞上墙壁、踉跄着——

——停下脚步——

——贝茨猛地刹车，转身从我身边飞快地往回冲，而我还带着自己的手枪胡乱挥着胳膊。下一秒钟轮到机器步兵从我身旁跑过；我的系绳被绷紧、然后往回扯，使我完全静止在半空中。接下来的一两秒我身处最前线。在那一两秒钟里我就是前线，席瑞·基顿，记录员、内奸、什么都无法领悟的专家。我无助地飘着，呼吸声在头盔中咆哮；而几米之外，墙壁正在——

扭动……

就像肠道蠕动，起初我是这么想的。通常情况下，罗夏的通道只如涟漪般缓慢起伏，这次的动作却全然不同。于是我转念一想，原来是幻觉——然而就在这时，那些翻腾的墙壁伸出了无数石灰质的舌头，就像上千条鞭子，从每个方向抓住了我们的猎物，把它扯得粉碎……

有什么东西抓住了我，把我转了一百八十度。突然间我被牢牢按在一个步兵胸前，它背后的武器孔持续射击，掩护我们朝通道口全速撤退。贝茨被另一个步兵抱在怀里。先前的翻腾涌动被抛在身后，但那画面却黏在我的视网膜上，仿若幻觉，同时无比清晰：

攀爬者，铺天盖地。一大片汹涌横行的攀爬者在墙上蠕动着，将手伸向入侵者，跃入通道内发起反击。

目标并不是我们。它们攻击的是自己的同类。我亲眼看见它的三只胳膊被扯下来，转瞬间便消失在通道中央那团翻滚涌动的混乱中。

我们逃了。我转向贝茨，想问她你瞧见——，但又忍住没问。即使隔着两副面罩和三米充满沼气的空间，她脸上那种拼了命的专注神情依然清晰可见。从平视显示系统里的信息看，两个步兵都被她做了脑叶切除处理，完全绕开了那些妙不可言的自主决定电路；

它们变成了手动的提线木偶，由她亲自操控。

后方的声呐显示器上出现了颗粒状的回声波动。攀爬者已经解决掉自己的祭品，现在它们追上来了。我的步兵一个踉跄，猛撞上通道的侧墙。外星人室内装潢的粗糙碎片在我的面罩上划出平行的沟槽，还透过太空服的防护布料把我大腿撞出好几块瘀斑。我咬牙想压下那声尖叫，但它还是夺路而出。太空服里某个可笑的警报系统愤怒地啾啾起来，一秒钟之后，一打臭鸡蛋碎在了我的头盔里。我使劲咳嗽，臭气刺痛我的眼睛；我眼里盈满泪水，只勉强看见平视系统上希沃特指数瞬间闪成了红色。

贝茨一言不发，继续驱赶我们前进。

面罩开始自动修复，虽然没有完全恢复正常，但至少关闭了警报。头盔里的空气也开始净化。攀爬者不断逼近，等我又能看清楚时，它们离我们已经不过几米。萨沙出现在拐角处，孤立无援，其他几个人格都已经被关闭。这是萨拉斯第的命令，起初苏珊也抗议过——

“如果存在任何沟通的机会——”

“不会有。”他回答道。

——所以萨沙才会独自一人。根据某种我无法理解的判断标准，萨沙比其他几个人格更能抗拒罗夏的影响。而更能抗拒罗夏影响的萨沙现在正像胎儿般蜷成一团，手套紧紧捂着头盔，我只能向随便哪位尘封的神祇祈祷，祈祷她在被罗夏击倒前已经弄好了陷阱。攀爬者越来越近，贝茨一面高喊“萨沙！快他妈让开！”一面急刹车。太早了，成群的攀爬者像激流般扑向我们的脚后跟，贝茨又一声“萨沙！”萨沙终于动起来，她脚蹬离自己最近的墙，径直从我们炸出的洞口逃了出去。贝茨扳动她脑子里的某个游戏手柄，于是我们的武士轿车一个侧滑，吐出大片火星和子弹，然后跟在萨沙身后向外猛扑。

萨沙的陷阱就设在我们炸开的缺口往里一点点。贝茨在经过时伸出一只戴手套的手一拍，把它激活。剩下的活儿本该交给运动传感器——可敌人实在追得太紧，我们没有足够的空间给传感器表演。

我刚进入前厅它便启动了。炮网发射，在我身后炸出壮丽的圆锥曲线；它网住了什么，弹回兔子洞里，从背后撞上了我的步兵。反冲力把我们轰上了前厅顶部，力道太大了大，我以为准要把气囊撕裂。它挺住了，把我们扔回到网里那团蠕动的东西上。

到处是扭动的脊柱。带关节的胳膊好似骨头做成的鞭子，用力抽打。其中一只缠上我的腿，像石头巨蟒般把它绞紧。贝茨挥动双手，跳起疯狂的舞蹈，那只胳膊断成一节一节，散落到周围。

全乱套了。它们本该在网里，它们本该被牢牢缚住……

“萨沙！发射！”贝茨大吼一声。又一只胳膊脱离了身体，它被甩到墙上，不断地卷起、松开。

刚才我们一拽炮网，洞里就立刻充满了雾化泡沫芯。一只攀爬者晚了半秒钟，半边身体被冻结在泡沫里。它的中央躯块支棱在外，活像一个巨大的圆形肿瘤，还有恐怖的虫子在肿瘤表面扭动。

“萨沙！”

前厅的地板像捕兽夹般飞快地闭合，然后一切都向它撞了过去，步兵、人、完整的攀爬者和攀爬者碎片。我无法呼吸。每一丁点重量都有一百公斤那么沉。某种东西把我们扇向一侧，就像有只巨手在拍打昆虫。也许是修正航向。也许是碰撞。

十秒钟后我们重新进入失重状态，而且简易的飞行装置也完好无损。

我们就像飘在乒乓球里的螨虫，被乱七八糟的机械和扭曲的身体碎片环绕。空中并没有太多类似血液的东西。仅有的那么一点点也只是些明亮的小球，颤巍巍、静悄悄地飘着。炮网飘浮在我们中间，仿佛一颗包裹在弹性薄膜中的小行星。网里的那些东西用胳膊环抱着自己、环抱着同伴，蜷成一个颤抖的球体，对一切都毫无反应。压缩甲烷在它们周围嘶嘶作响，让它们在回家的漫漫旅途中可以保持新鲜。

“见他妈的鬼，”萨沙望着它们，嘴里低声念叨，“还真让那吸血怪物说中了。”

他也不是样样都说中的。比方说一群外星人会在我眼皮底下把自己的同伴撕成碎片，这事儿他就没料到。

至少没跟我们提起过。

我已经开始犯恶心。贝茨正小心翼翼地把两只手合到一起。过了两秒钟我才看清她手腕间那条绷紧的黑线。那东西叫畸丝。她的谨慎是很有道理的；那东西像一缕烟，却能割断外星人的肢体，对付人类也一样不在话下。一个机器步兵在她肩头清理自己的口器，把下颚上的血擦擦干净。

畸丝从我的视界中消失。事实上我的整个视界都开始变暗。在这个巨大的铅气球内部，灯光似乎正逐渐熄灭。我们在滑行，彻头彻尾的弹道运动。我们必须相信斯库拉，相信一旦与犯罪现场拉开足够的距离，它就会一个俯冲把我们抓在手里。我们必须相信萨拉斯第。

要做到这一点实在是越来越难了。但到目前为止他还没有犯过任何错误。基本上。

“你是怎么知道的？”他提出这个方案时贝茨曾经这样问他。萨拉斯第没有回答。或许他根本无法解释，无法对我们解释，这就好像要求基准人类对平面国的居民讲解膜理论。但贝茨想问的其实不是战术，不全是。也许她只是希望萨拉斯第能给自己一个理由：我们仍在入侵他人的领土，在捕猎、屠杀那里的居民，她需要一个理由让自己心安。

当然，在思维的某个层面上她早已明白为什么要这样做。我们全都明白。被动的反应是不够的，我们不能冒这个险，我们必须先发制人。萨拉斯第比我们更有智慧，对这个问题也看得更清楚。在内心深处，阿曼达·贝茨知道他是正确的——但也许她体会不到这种感觉。当我的视力一步步恶化时，我心里所想的是，也许她在要求萨拉斯第说服自己。

但这还不是全部。

想象你是阿曼达·贝茨。

你对自己的部队拥有绝对的控制力，这力量能让从前的将军们梦遗，同时也能让他们噩梦连连。你可以在转瞬间进入任何下属的感觉中枢，从无数个第一人称视角亲历战场。你的每一个手下都誓死效忠于你，从不质疑你的决定，欣然遵从你所有的命令。它们对你的忠诚血肉之躯根本无法想象。你不仅仅是遵从指挥链：你本身就是指挥体链。

你有些害怕自己的力量。你有些害怕自己用这力量所做的那些事情。

对于你来说，服从命令与下达命令都一样是你的天性。哦，有时你也会质疑某项政策，或者为了大局的缘故稍微越界。你在指挥中的主动性早已成为传奇，但对于上级的直接命令你从未违抗。上级征询你的意见时，你总是直言不讳，毫不遮掩——直到他们做出决定，下达命令。然后你就会依令行事，绝不质疑。哪怕真有疑问，你也不会问东问西浪费时间，除非你指望能得到一个有益于任务的答案。

那么，你为什么要求吸血鬼向你解说推理的细节？

不是为了获取信息。这就好像指望视力正常的人向天生失明的人解释什么是视觉。也不是为了进一步澄清情况：萨拉斯第的底线并无丝毫含混之处。你甚至不是为了帮席瑞·基顿一把，怕那个可怜的笨蛋错过了什么关键点，又不好意思自己举手提问。

不，你追问这些细节，原因只可能是一个：为了挑战。为了反抗，命令下达之后容许反抗的空间已经微乎其微，但你仍然想要将它充分地利用起来。

当萨拉斯第要求所有人各抒己见时，你采取了最强硬的态度，与他争论、向他呼吁。但他无视你的意见，他完全不肯尝试与对方沟通，反而命令先发制人，入侵外星人的领地。他早知道罗夏或许有生物居住，却仍然将它炸出一条口子，全不顾它们的死活。他杀死了无辜的平民。他也许激怒了一个巨人。你不知道。

你只知道自己做了他的帮凶。

过去你曾在自己的同胞中见识过同样的傲慢。吸血鬼比人类更聪明，你原指望他们会更有智慧。你曾眼看着这样傲慢的愚蠢伤害无助的人类，这已经够糟了；但如今事关地球的命运，这样的行为简直教人无法忍受。滥杀无辜还只是最微不足道的风险；你们在以世界的命运赌博，挑衅一个漫游于恒星间的技术文明，而对方唯一的错处就是未经许可拍了一张相片。

你的反对没有起到任何作用。所以你把它控制住，只偶尔提个毫无意义、不可能得到回答的问题。包含在这问题中的反抗隐藏得那样深，连你自己都不曾察觉。即便你察觉了，你也不会流露分毫——因为你绝不想提醒萨拉斯第你认为他错了。你不希望他想起这件事。你不希望他觉得你在打着什么算盘。

因为事实正是如此。哪怕你还没有准备好向自己承认。

阿曼达·贝茨正在考虑夺取指挥权。

太空服上的裂口给我惹了不小的麻烦。忒修斯花了整整三天才让我起死回生。但死亡不是进度落后的借口；复活时我满脑袋都是更新，连嵌入设备也给堵住了。

我下去旋转舱，路上顺便浏览更新。四合体坐在底下的厨房，盯着盘子里那些营养均衡的烂泥巴。坎宁汉飘在自己继承来的座位上，冲我哼了一声算作招呼，旋即回到自己的工作中，一只手无意识地连续敲打桌面。

我不在期间忒修斯拉宽了轨道，偏心度基本上已经削平。现在我们与目标的距离保持在三千公里左右，时刻将它置于自己的监视之下。我们的轨道周期比罗夏的长了一个钟头——对方爬行在较低的轨道上，永远领先我们一截——但我们仍然可以把它留在视线范围之内，只需要每两周多启动一次推进器就成。现在我们有了活体，我们会从手头的样品里榨出每一点有用的信息，在那之前没必要再冒险近距离接触。

我在坟墓中安睡期间，坎宁汉扩大了他的实验室。他在一个全新的加压舱里建起了围栏，两只攀爬者各有一间单人牢房，中间由一堵共用的墙隔开。被微波烤熟的那具尸体也丢进了加压舱，就好像去年生日的旧玩具；不过访问日志显示坎宁汉时不时仍会去探望它一番。

当然了，这并不是说他会亲自前往新客房的任何部分。这是不可能的，除非他穿上太空服，跳过货舱。新隔间完全脱离船脊，用系绳锚固在船脊与飞船的外壳之间：萨拉斯第的命令，尽可能降低污染风险。坎宁汉对此毫不介意。反正他也宁愿待在模拟重力环境里，再说这并不妨碍他的意识摆弄各种遥控装置和传感器——他的两个新玩具周围全是这些小东西。

忒修斯见我过来，从厨房的配送器中推出一个挤压食泡，里面装满含糖的电解质。我从四合体身边经过，他们连头也没抬；食指心不在焉地敲打太阳穴，嘟起的嘴唇微微抽搐，这是他们进入内部交流模式的典型症状。在这类时候我从来看不出顶层的人格是谁。

我一面吮着挤压食泡一面看了看围栏里的情况。两个隔间都弥漫着苍白的红光：一只攀爬者飘在舞台中央，胳膊仿佛柔波中的海藻般前后挥舞；第二个笼子里的住户缩在一个角落里，有四只胳膊展开、贴在相邻的两堵墙上，还有四只胳膊在空气中挥舞。长出这些胳膊的两副躯体都呈球状，只略有些扁，与上一个标本那种扁平的碟形有所区别。另外它们的胳膊分布在整个表面上，而非出自哪个单一的赤道带。

飘在空中的那只攀爬者身体完全舒展开，直径大约有两米。另外那只的大小似乎也差不多。除胳膊以外两只攀爬者都一动不动。在它们的体表上，深蓝色的马赛克图案泛起涟漪，仿佛风吹青草呈现的式样，在长波光线中这些图案几乎像是黑色。许多彼此重叠的图表显示围栏中的甲烷和氢气都符合罗夏的水平，温度与光亮也没有问题。代表空间中电磁强度的图标并没有亮起来。

我翻阅档案，观看两天前外星人抵达时的画面。两只攀爬者都缩成一团，磕磕碰碰地飘进围栏里；它们缓缓地在牢房中弹来弹去，胳膊紧紧抱住自己的躯干。*胎姿*，我暗想——但很快它们的胳膊就伸展开，像石灰质的花瓣一般绽放了。

“罗伯特说它们是罗夏生产出来的。”苏珊·詹姆斯的声音在我身后响起。

我转过头去。的确是詹姆斯，可不知怎的，看上去有些——压抑。她的餐点仍然没有动过，她的拓扑表面黯淡无光。

只除了眼睛。它们十分深邃，还有些空洞。

“生产？”我重复道。

“一堆一堆批量生产。它们全都有两个肚脐。”她费力地挤出一丝微笑，一只手碰碰自己的小腹，另一只放在后腰上。“一前一后。他觉得它们是从某种柱状物里长出来的，一个个堆在一起。等顶上的那个发展到一定程度，它就从堆里脱离，变成自主行动的个体。”

档案中的攀爬者开始探索自己的新环境，它们小心翼翼地沿着墙壁爬行，伸开胳膊抚摸墙体接合的部分。我看着它们肿胀的躯干，脑子里突然冒出一个念头："也就是说，之前扁扁的那个是……"

"青少年，"她表示同意，"刚刚才脱离出来。这两个更年长。在成熟的过程中它们会、会慢慢胀大。罗伯特是这么说的。"

我吸净食泡里的残渣："飞船自己生产船员。"

詹姆斯耸耸肩："假设那真是飞船，而它们真是船员的话。"

我观察它们的动作。围栏里没多少可探索的东西，墙壁几乎是光的，只有几个探头和排气孔。围栏里配备了许多触手和操作杆，以满足更富于侵略性的研究需要，不过初次见面时这些东西都藏得很严。然而两只攀爬者仍然把自己的领地摸了个遍，它们沿着看不见的平行线前后移动，无比精细。简直就像是在描绘横截面似的。

詹姆斯也注意到了："有条不紊，不是吗？"

"罗伯特怎么说？"

"他说蜜蜂和黄蜂的行为也同样复杂，完全是机械的神经反应。不是智力。"

"但蜜蜂也会彼此交流，不是吗？它们有种舞蹈，可以告诉蜂群花在哪里。"

她耸耸肩，表示承认我的观点。

"也就是说你仍然有可能跟它们讲话。"

"也许。按道理说是这样。"她用拇指和食指按摩自己的额头。"不过目前为止都没有丝毫进展。我们试过拷贝它们的色彩模式，调整以后再回放给它们，没用。它们似乎并不发声。罗伯特根据万用腔的构造合成了各种它们可能发出的声音——其实就是谐波放的屁——但同样没有效果。"

"也就是说我们仍然倾向于把它们看成带遥控器的血细胞。"

"差不多吧。不过你知道，它们没有进入死循环。按固有神经指令行事的动物会重复自己的动作。哪怕比较聪明的也会来回踱步、啃咬自己的皮毛。固定的行为模式。但这两个，它们仔仔细细地把所有东西都检查了一遍，然后就——就关机了。”

在感控中心的档案里，两只攀爬者仍在继续，滑过一面墙，然后是第二面、第三面，缓缓绘出螺纹，不放过哪怕一个平方厘米。

“回来之后它们还有什么别的动作吗？”我问。

她再次耸肩。“没什么特别的。被戳到时它们会扭动身体。前后挥动胳膊——挥胳膊的动作基本上没停过，但我们从中分析不出任何信息。它们没跟我们玩隐身什么的。我们也试过把隔在中间的墙变成透明，让它们能看见彼此，甚至还接通了声音和空气频道——罗伯特以为它们说不定会以某种信息素相互交流——但还是一无所获。它们甚至对彼此都没有任何反应。”

“你们试过，唔，激励机制吗？”

“用什么激励，席瑞？它们似乎并不在乎自己的同胞。我们不知道它们吃什么，所以也没法拿食物贿赂它们。再说罗伯特觉得它们不会立刻饿死。也许等肚子饿了它们会合作些。”

我关闭档案，转回实时信号。“也许它们吃——我不知道，辐射什么的。或者磁能。那些笼子能生成磁场，对吧？”

“试过了。”她深吸一口气，挺直了肩膀。“不过我猜这些事情是需要时间的。他才研究了两天。我自己昨天才离开墓地。我们会继续尝试。”

“负强化呢？”我思忖道。

她眨眨眼。“弄疼它们，你的意思是。”

“不一定要那么极端。再说如果它们根本就不具备自我意识……”

转瞬之间苏珊便消失了。“怎么，基顿，你竟然提了个建议。你那什么不干涉政策，就这么丢开手了？”

“你好，萨沙。不，当然不是。只不过——想列个清单，看看已经试过哪些方法。”

“很好，”她的声音透着冷意，“我们可不愿意看你犯错。现在我们要去休息休息，所以也许你可以去找坎宁汉聊会儿。没错，只管去。

“而且你那套吃辐射的外星人理论，千万别忘了告诉他。我敢打赌，他肯定愿意乐上一乐。”

他站在生化 / 医疗舱里，尽管椅子离他也就一米远。那支无处不在的香烟从指尖垂下，不断燃烧，将近熄灭。他的另一只手正自娱自乐，几根手指依次叩击拇指，从小指到食指，再从食指到小指。他面前开着好几个窗口，挤满了密密麻麻的情报，但他的注意力在别的地方。

我从背后靠近他。我观察着他的表征，听着他喉咙里冒出的柔和音节：

“Yit-barah v’yish-tabah v’yit-pa-ar v’yit-romam……”

不是他通常的那套仪式。甚至不是他通常使用的语言；那是希伯来语，感控中心告诉我。

听上去几乎像是祷告……

他肯定是听见了什么。他的拓扑形态变得单调、冷硬，几乎无法破解。近来要想准确解读其他人是越来越难了，但即使没有我自己的“拓扑白内障”干扰，坎宁汉也比绝大多数人更难读懂，向来如此。

“基顿。”他头也不回地打个招呼。

“你不是犹太人。”我说。

“它生前是。”过了两秒钟我才意识到他指的是斯宾德。坎宁汉的字典里没有区分性别的代词。

然而艾萨克 · 斯宾德生前是无神论者。我们都是。至少开始的时候如此。

“我还不知道你以前认识他。”我说。至少按规定这肯定是不应该的。

坎宁汉一眼也没瞧我，管自陷进椅子里。在我俩大脑中，标注着电泳疗法的框里打开了一个新窗口。

我没有放弃：“抱歉。我并不是想打探你的——”

“找我有什么事吗，席瑞？”

“本想请你跟我讲讲你的最新发现。”

一张外星元素周期表在屏幕上滚动，坎宁汉把它记下来，注意力随后转向另一个样本：“所有发现都有记录。全在感控中心里。”

我诉诸他的自尊：“我想知道你认为哪些发现比较重要。你对这些数据的理解很可能同数据本身一样关键。”

他盯着我看了一会儿。他嘴里嘟嘟囔囔，翻来覆去都是些不相干的话。

“重要的就是缺少的部分，”过了一阵他说，“我手头已经有了很好的样本，但还是找不到基因。蛋白质的合成几乎是普里昂[1]式的——以重构取代通常的录制途径——但这些砖块造好之后到底如何嵌进墙里？这我一直没弄明白。”

“能量那方面有什么进展吗？”我问。

“能量？”

“拿厌氧的预算搞有氧代谢，你忘了吗？你说它们的ATP太多了。”

“这我倒是解决了。”他吐出一口烟；船尾外，一点点外星组织被液化、变成了一层化学物质。“它们在冲刺。”

你不是厉害吗，倒是转译这个试试。

[1] 指普里昂蛋白（Prion），是目前已知结构最简单的病原体，没有核酸，仅由蛋白质构成，能引发疯牛病一类以中枢神经系统慢性海绵状退行性病变为特征的传染性、家族性疾病。

我还没那么厉害。“什么意思？”

他叹口气。“生物化学讲究公平交易。你合成 ATP 的速度越快，为每个分子付出的代价就越高。结果我发现在制造 ATP 这方面，攀爬者比我们更高效节能，只不过它们的速度慢到了极点。当然它们大多数时间都不怎么活跃，所以速度倒不是什么大问题。罗夏——无论罗夏刚开始的时候是个什么东西——它到这儿之前，很可能已经在太空里飘了一千年。这么长时间足够为现在的高频活动储备足够的能量了，而一旦打好基础，酵解的确能发挥爆炸性的作用。两千倍的推动力，而且不需要氧气。”

“从生到死，攀爬者都在冲刺。”

“它们很可能生来就塞满了 ATP，然后用一辈子时间把它们燃烧殆尽。”

“它们的一辈子是多长？”

“好问题，”他承认，“活得猛、死得快。如果它们规划好配给，把大多数时间用来休眠——谁知道？”

“唔。”空中那只攀爬者飘离了围栏中央。现在它伸出一只胳膊抵住墙壁，另外几只胳膊继续挥舞，那动作真能把人催眠。

我记起了另外一些胳膊，它们可没这么温柔。

“我和阿曼达追着一只攀爬者，它冲进了一堆攀爬者里。它——”

坎宁汉的注意力已经回到自己的样本上。“记录我看过了。”

“它们把它撕成了碎片。”

“唔哼。”

“它们为什么要那样做？”

他耸耸肩。“贝茨认为那底下可能在打内战什么的。”

“你怎么想？”

“我不知道。也许它猜得没错。又或者攀爬者有同类相食的习俗，也可能——它们是外星人，基顿。你叫我有什么办法？”

“可它们并不真是外星人。至少不是智慧生命。战争意味着智力。”

“蚂蚁总在打仗，这只说明它们活着，除此之外别无意义。”

“可攀爬者算得上是活物吗？”我问。

“这算什么问题？”

“你觉得它们是罗夏用某种组装线生产出来的。你找不到任何基因。也许它们只不过是生化机械。”

“所谓生命正是如此，基顿。你就是如此。”又一口尼古丁，又一片数字，又一个样本。“生命没有绝对。关键在于程度。”

“我的意思是，它们是自然的吗？它们有没有可能是一种人造物？”

“蚁丘是人造物吗？水獭的水坝呢？飞船呢？当然是了。它们是由自然进化的有机体、按照其自然本性建造的吗？没错。那么请你告诉我，在无限广袤的多元宇宙里，怎么可能有不自然的东西？”

我努力压下声音里的愠怒：“你知道我是什么意思。”

“这问题毫无意义。你该赶紧脱离二十世纪了。”

我放弃了。几秒钟之后，坎宁汉似乎注意到了我的沉默。他的意识从机械中退出来，用自己的眼睛四下看了看，就好像在寻找一只突然停止嗡嗡的蚊子。

“你对我到底有什么不满？”我问。愚蠢的问题，答案再明显不过了。如此的直截了当，简直有辱综合家的名头。

他的眼睛在僵死的面孔上闪烁。“不经理解，直接处理。这就是你的工作，对吧？”

“这概括简化得太过分。”

“唔，”坎宁汉点点头，“那么你为什么就不能理解，老是这样窥探我们、向我们的主人打小报告，这样做完全没有任何意义？”

“总得有人让地球了解情况。”

“往返各七个月。够难的。”

“还是得做。”

“在这儿我们只能靠自己，基顿。你只能靠自己。不等我们的主人知道游戏开始，它早已经结束了。”坎宁汉吸口烟。“当然，情况或许并非如此。也许你的报告不用走那么远，嗯？是这样吗？也许你在接受第四波的指挥？”

“根本没有第四波。至少没人跟我提过。”

“我猜也多半没有。他们永远不会拿自己的性命冒险，对吧？就算远远看着也嫌太危险些。所以他们才造了我们。”

“我们自己造就了自己。没人强迫你进行神经重构。”

“没错，没人强迫我选择神经重构。我大可以让他们切下我的脑袋，打包住进天堂，不是吗？这就是我们所有的选项。我们可以变成一无是处的废物，也可以想办法跟吸血鬼、人造人和人工智能竞争。也许你可以教教我，不把自己变成——变成彻头彻尾的怪物，我要怎样才能争得过它们？”

声音里包含了那么多情绪，脸上却空无一物。我没应声。

“明白我什么意思了？不经理解。”他勉强挤出一丝笑容。“所以我才会回答你的问题。所以我才耽搁自己的工作，领着你四处转悠，因为这是萨拉斯第的命令。因为它那高人一等的吸血鬼大脑觉得有理由纵容你无休无止的两面三刀，既然这里是它说了算，我就只管照做。但我实在没它那么聪明，所以如果我有点敷衍了事，一定请你见谅。”

“我只是——”

“你只是在做你的工作。我知道。但我不喜欢被人玩弄，基顿。而你的工作就是这个。”

还在地球时，罗伯特·坎宁汉也从不掩饰他对飞船政委的看法。哪怕你对拓扑形态是个睁眼瞎，他的态度也一目了然。

我一直很难想象身为他是什么感觉。问题不止在于他那张毫无表情的面孔，面孔背后那些更微妙的东西也很少出现在他的拓扑形态中。也许是他故意压抑住了，也许他对船员中间有个间谍感到愤怒。

这自然不是我第一次遇到类似的反应。每个人都对我心怀怨恨，程度不同而已。哦没错，他们其实挺喜欢我，或者至少他们以为自己喜欢我。他们容忍我、他们很合作，而且他们丝毫不知道自己无意中透露了多少东西。

尽管斯宾德给予我粗鲁的友情、尽管詹姆斯总是耐心为我解说，但在这一切背后却并没有真正的尊重。这些人怎么可能尊重我？他们是超前沿，是人类所有成就中最炙手可热的顶点。世界的命运就掌握在他们手中。而我不过是个搬弄是非的家伙，受雇于老家的那群蠢货。有时甚至连这也算不上——我们离家已经太远太远。多余的肉块。无法摆脱。犯不着为它浪费时间。

但无论如何，斯宾德口中的政委总带着玩笑的意味。坎宁汉却对这头衔深信不疑。过去我也曾遇到不少他这样的人，然而其他人只是试图躲避我的目光。能成功做到这一点的，坎宁汉是第一个。

训练期间我一直想要同他建立联系，想要找到那几片缺失的拼图。某天我看见他在操作模拟器的遥感器械，练习使用那些能将他扩散到墙体与线路中的新界面。计算机召唤出一个假想的外星人，好检测他的手术技巧。传感器和带关节的遥感手术刀就仿佛巨型蜘蛛蟹的腿，它们被坎宁汉附体，围绕着那似是而非的生物的全息图忙忙碌碌。坎宁汉自己的身体只稍微颤抖，嘴角还叼着支香烟。

我在一旁等待。终于他的肩膀不再紧张，他的代肢也放松下来。

“那么，”我敲敲自己的太阳穴，“你这样做的原因是什么？”

他没有回头。在解剖完毕的外星人上方，几个传感器转过头来，像脱离身体的眼柄般与我对视。此刻那里才是坎宁汉意识的中心，我面前的不过是一具沾满尼古丁的肉体。那些才是他的眼睛，他的舌头——又或者某种常人无从想象的感官，帮他分析机器传给他的一切。那簇传感器对准了我，对准了我们俩——而假如罗伯特·坎宁汉仍然拥有类似于视觉的那种东西，那么此刻他正用离自己脑袋两米之遥的眼睛注视着他自己。

“做什么的原因？”最后他问。“强化吗？”

强化。就好像他不过是买了几件新衣服，而不是挖掉自己全部的感官，然后在伤口中雕出一套替代品。

我点点头。

“必须与最前沿的技术保持同步，”他说，“不改装就不能接受再训练。不接受再训练的话，一个月之内你就过时了，然后你就成了废物，只能上天堂或者当个记录员。”

我没有理会他的挖苦。“不过这变化确实挺激进的。”

“如今也不算什么。”

“你不会被它改变吗？”

他的身体吸了口烟。不等烟雾飘到我跟前，标靶型通风系统已经把它抽得干干净净。“要的就是改变。”

“但它对你本身肯定也有影响吧。你肯定——”

“啊。”他点点头；在共用的运动神经另一端，遥感器械也感同身受般抖了一抖。“改变了看世界的眼睛，也就改变了看世界的主体？”

“差不多。”

现在他改用身体的眼睛看我，那些蛇一样的遥感器械和眼柄似的探测器转回身，继续对模拟尸体的工作，仿佛认定自己已经为毫无意义的事情浪费了太多时间。我琢磨着他现在究竟是在哪具身体里。

“你竟然还需要提问，真让我吃惊，”那堆血肉道，“难道我的肢体语言没有告诉你所有的一切？职业嘴炮不是都会读心术吗？”

当然了，他说得没错。我对坎宁汉的言词毫无兴趣，它们不过是载波。他听不见我们之间那场真正的交谈。他所有的表征与形态都在不停地说话，尽管它们的声音因为反馈噪音与失真而变得有些模糊，但我知道自己终将理解它们的含义。我只需要让他继续说下去。

可朱卡·萨拉斯第偏偏挑这时候从旁边经过，精准无比地搞砸了我最最周密的计划。

“席瑞是最棒的综合家，”朱卡道，“只要他自己别陷得太深。”

“人类并不向自己脚下的生物施予仁慈，

为何却指望自己祈求怜悯的声音能上达天听？”

——皮埃尔·图贝茨库伊[1]

“关键在于，”切尔西说，“这种面对面的真实关系需要你付出努力。你必须有足够的意愿去尝试，你明白吗？我为这段感情拼尽了全力，我费了那么多心思，可你好像根本不在乎……”

她以为她是在宣布自己的决定。她以为这事出乎我的意料，因为之前我什么也没提起。其实我多半比她更早知道。只是因为害怕我才什么也没说，我不愿为她提供开口的契机。

我感到肚子里翻江倒海。

“我在乎你。”我说。

“在你力所能及的范围以内，”她承认，“但你——我是说，有时候你还不错，天鹅，有时候跟你在一起感觉很棒。可每次事情稍不如意，你就会消失，留下这、这台战斗计算机来指挥你的身体，我实在是受不了了……”

[1] Pierre Troubetzkoy (1864—1936)，俄裔美国画家。

我盯着她手背上的蝴蝶。它的翅膀蜷曲着，懒洋洋地折叠在她手背上，彩虹般绚丽。我不知道这种纹身她究竟有多少；我总共在她身体的不同部位看见过五只，但每次它们都是单独出现。我本想问问她，可眼下似乎时机不对。

“有时候你是那么的——那么的无情，”她说，“我知道你不是故意的，可……我不知道。也许我就像你的压力阀，也许你工作时必须完全沉浸其中，然后一切都越积越多，然后你就必须有个出气筒什么的。也许这就是为什么你会说出那种话。”

她在等我说点什么。“我对你一直很诚实。”我说。

“没错。病态的诚实。你有过哪怕一个消极的念头不曾脱口而出吗？”她的声音在发抖，但这一次，这唯一的一次，她眼里没有泪水。“我猜我跟你一样有责任。甚至我的责任更大些。从第一次见面起我就知道你身上有种——有种疏离感。我猜下意识里我早知道我们会走到这一步。”

“那干吗还要尝试？如果你早知道我们会头破血流？”

“哦，天鹅，这些不都是你的观点吗？每个人最终都要头破血流，一切都不可能长久。”

妈妈和爸爸就挺长久。至少比这长。

我惊讶地皱起眉头——我震惊于自己竟允许这念头在脑中成形。切尔把我的沉默理解为感情受了伤害。“我猜——也许我是觉得自己能帮上忙，你知道吗？你总是那么——那么愤怒，我以为自己能修好那些把你变成这样子的东西。”

蝴蝶的颜色开始变淡。过去我还从没见过它这样。

“你明白我的意思吗？”她问。

“当然。喜欢修修补补的人总是对我上瘾。”

“席瑞，我主动提出要为你微调你都不肯。你生怕被人操纵，就连最基本的传续反应都不愿意尝试。你或许是唯一一个永远无法

2 0 8 2 - 2 1 0 1

B L I N D S I G H T

P E T E R   W A T T S

调整的人。我不知道。也许你该为此自豪。”

“这话不太公平。”

“不，”她噘起嘴唇，“不。我想说的其实不是这个意思。我猜……你其实不是故意说话伤人，应该说你根本不知道自己的话是什么意思。”

翅膀上的颜色完全消退，蝴蝶变成了脆弱的炭灰色，几乎全无生气。

“现在我愿意了，”我说，“我愿意接受微调。如果它对你这么重要的话。我现在就做。”

“太晚了，席瑞。我已经筋疲力尽了。”

也许她希望我叫住她。那么多以疑问结尾的句子，那么多意有所指的沉默。也许她想给我个机会为自己辩护，让我祈求她重新来过。也许她想要一个改变心意的理由。

我本来可以试一试。*请别这样*，我本可以说。*求你了。我从没想过要把你完全推开，我只想让你退后一点点，到一个安全的距离。求你。三十年了，只有同你一起时我才不觉得自己是个废物。*

然而等我再次抬起头来，她和蝴蝶都已经不见了踪影，一同消失的还有全部的创伤。她心底装着疑虑和内疚，她责备自己给了我虚假的希望。她相信我们合不来并非任何人的过错，她相信自己已经尽了全力，甚至相信我也尽力了，只是我感情上的包袱太过沉重。她离开了，也许她根本不怪我，而我甚至不知道最后的决定究竟是出自谁之手。

我是最棒的综合家。我有一身该死的好本事，哪怕我并没想施展也能发挥得淋漓尽致。

“上帝啊！你们听见没有！？”

苏珊·詹姆斯在旋转舱的半个标准重力里蹦来蹦去，活像只受惊的羚羊。我从九十度角之外都能看见她的眼白。“看信号源！看信号源！围栏！”

我看了眼围栏的实时信号。一只攀爬者飘在空中，另一只仍然缩在自己的角落里。

詹姆斯双脚着地，砰一声落到我身边，身子晃了一晃寻找平衡。“声音开大！”

空调的嘶嘶声。远处机器运转的回音，忒修斯肚子里与平日无异的隆隆声。就这些。

“好吧，它们现在没那个。”詹姆斯唤出一个回放的分镜窗口。她对音频信号进行过滤和强化，又把录像重播一遍：“喏。”

在窗口右侧，浮在空中的攀爬者飘到了两间牢房共用的隔离墙附近，它伸长了一只胳膊，尖端刚好拂过墙面。在左边，缩成一团的攀爬者仍然没有动静。

我觉得自己仿佛听到些什么。只一瞬间：像是昆虫的嗡嗡声，只不过离我们最近的昆虫也在五兆公里之外。

“再放一遍。慢放。”

确实是嗡嗡声。一种震动。

“还要慢得多。”

连续的咔嗒声，海豚前额喷出的声音。放屁的嘴唇。

“不，让我来。”詹姆斯挤进坎宁汉的内在空间，把滑块一路往左扳。

滴答滴答……滴答……滴答滴答滴答……滴答……滴答滴答滴答……

将波频降低，使其无限接近于零，这段声音持续了将近一分钟。真实时间则在半秒左右。

坎宁汉把分镜窗口放大。缩在角落的攀爬者仍旧没动弹，只外皮上有波纹滚动，没有抵住墙面的几只胳膊照旧挥舞。但之前我只数出八条胳膊——现在却发现第九条胳膊的关节从中央躯块背后探出头来。第九条胳膊，曾经卷起来不想让人发现，此刻却滴答不停，而它的同伴则若无其事地倚在墙的另一侧……

很快滴答声结束了。飘浮的攀爬者又漫不经心地飘回到自己的牢房中央。

詹姆斯眼中神采飞扬："我们需要检查所有——"

但忒修斯一直关注着我们，詹姆斯的提议它早已经想到了。检索已经完成，结果出现在我们眼前：两天之中有三次类似的交流，时长从十分之一秒到接近两秒钟不等。

"它们在交谈。"詹姆斯道。

坎宁汉耸耸肩，被遗忘的香烟在指间燃烧。"很多东西都会交谈。而且照这个速率看，它们说的肯定不是微积分。这点信息一只跳舞的蜜蜂也能搞出来。"

"你很清楚这是胡说八道，罗伯特。"

"我只知道——"

"蜜蜂交谈时不会故意隐藏。蜜蜂不会专门创造出全新的交流模式来对付观察者。这是适应性，罗伯特。这是智力。"

"就算是又怎么样，嗯？它们连大脑都没有，不过这麻烦事咱们暂且不必管它。我只是觉得你根本没有通盘考虑清楚。"

"我当然考虑清楚了。"

"真的？那你还高兴个什么劲儿？你不知道这意味着什么吗？"

我的后脖子上突然冒出鸡皮疙瘩。我转过头去往上一看。朱卡·萨拉斯第出现在旋转舱中央，眼里闪着光，露出满口牙齿，他在看着我们。

坎宁汉顺着我的目光看过去，然后点点头："我敢打赌它知道……"

我们不可能弄明白它们隔着墙说了什么悄悄话。找出音频记录并不难，我们还可以把它们之间的每一声滴和答都分析个底儿掉，但要想破解某种密码，你至少要对内容有点大致的概念。我们确实分解出一些声音模式，但它们可能代表任何意思。这些生物的语法和句法我们一窍不通，有可能根本无法理解——我们甚至不知道它们的交流方式中是否包含类似语法和句法的属性。它们很聪明，能交流，还知道隐藏自己的交流。无论我们多想学，它们显然都无意扮演老师。

除非——我当时是怎么说的来着？——除非借助负强化。

做出这个决定的是朱卡·萨拉斯第。我们这样做是他的命令，和其他的一切行动一样。但等命令下达之后，萨拉斯第消失在黑夜中，贝茨回到船尾方向，罗伯特·坎宁汉到旋转舱后部继续自己的研究。这时候只有我还在苏珊·詹姆斯身旁。是我第一个把这丑恶的念头宣之于口，我还是后世子孙的官方见证人。她看我一眼，然后转开了视线，她的拓扑表征冷硬而抗拒。

然后她着手工作。

要想打破沟通的樊篱，大体步骤是这样的：

你需要两个生物。人类也行，全凭你高兴，但这无关宏旨。关键在于它们要知道怎样彼此交流。

把它们分开。让它们能看见对方，让它们说话。也许在两个笼子之间装块玻璃。也许接通音频信号。让它们自己选择用何种方式实践谈话的艺术。

伤害它们。

你可能需要一段时间才能弄明白应该采取哪种手段。有些生物可能怕火，有些害怕有毒的气体或液体。某些生物也许对喷灯和手雷免疫，但超声波却能让它们惊恐万状。你必须不断尝试；然后，等你发现了正确的刺激方式，等你学会怎样在痛苦和伤害之间实现最完美的平衡，你就必须下手，而且要冷酷无情。

当然，你还要留一条逃生通道给它们。这是整个行动的关键：把结束痛苦的手段交给其中一个，同时把如何使用这一手段的信息交到另一个手中。比如你可以给其中一个看一个图形，再给另一个看一组图形。如果后者从选单中选中了搭档看见的那个图形，痛苦就会停止。现在游戏可以开始了。看你的试验品如何挣扎。如果它们成功地关闭开关，你至少能了解到它们交换的一部分信息；如果你记录下它们之间的全部互动，很快你就能弄清它们交换信息的方式大概是怎么样的。

等它们解开一个谜题，你就换上一个新的。增加些变化、调换它们的角色、看看它们对圆形和方形的反应有没有区别。把阶乘和斐波那契数列都给它们试试，直到你得到罗塞塔石碑似的效果。

当你遇上与你一样具有智慧的生命，这就是你同它沟通的方式：你伤害它，然后继续伤害它，直到自己能将语言和尖叫区分开。

苏珊·詹姆斯是天生的乐观主义者，无比虔诚地信仰语言是治愈心灵的圣器，她也是设计和实施这套方案的不二人选。此时此刻，攀爬者正因为她的命令而痛苦地翻滚。它们在自己的牢笼中画出一个又一个椭圆，绝望地搜寻能够逃脱刺激的角落。詹姆斯把实时信号连进了感控中心，尽管对于忒修斯的其他成员，见证这场审讯并没有任何实质作用。

“如果他们愿意，”她轻声说，“让他们从自己那头关掉它。”

坎宁汉一直不肯承认它们是拥有智力和自我意识的生命，但他却给我们的俘虏起了名字：小伸喜欢伸展肢体飘在空中，小缩则总是蜷缩在角落里。苏珊也参与了这场颠倒的角色对调：她管它们叫一号和二号。这并不是因为嫌坎宁汉的选择太平庸，也不是说她从原则上反对这种带有奴役性质的行为：这不过是刑讯手册上最古老的把戏，它让你结束工作后可以回到家里、陪儿女玩耍，让你能在夜间安然入睡：永远不要把自己的牺牲品当人看。

我们的对手是一群呼吸甲烷的水母，这条原则本来不大用得上。不过我猜一点一滴都有帮助。

生物遥测数据显示在外星人的侧上方，闪亮的读数在稀薄的空气中不断变化、微微颤抖。我对这些东西的正常读数范围毫无概念，但那些参差不齐的波峰波谷怎么看也不像是好消息。两只攀爬者的角质外皮上荡漾着流动的图案，仿佛蓝灰色的马赛克，精致而微妙。也许这只是对微波的本能反应，这甚至有可能是求偶信号，我们反正无从知道。

当然它更可能是尖叫。

詹姆斯中断微波。在左手边的牢房里，一个黄色的方块黯淡下来；右手边的牢房中有一大堆图标，不过一直没点亮，那个黄色方块也在其中。

攻击停止后，攀爬者色素的流动加快了，胳膊的动作减慢，但并未停止。它们前后扫动，仿佛浑身骨头、无精打采的鳗鱼。

"基准电流。五秒，二百五十瓦。"詹姆斯念出数据，将它记录在案。这仍是在故作姿态：忒修斯会自动记录下船上的每一次呼吸、每一丝电流，直到小数点后五位数。

"重复。"

图标亮起来。流动在外星人皮肤上的马赛克图案增加了。但这一次它们谁也没有动窝。它们的胳膊继续微微蠕动，与它们休息时的波动相比，这更像一种扭曲的颤抖。不过生命指标仍然波动得厉害。

它们对"无助"的意义倒是领会得很快，我暗想。

我瞟了苏珊一眼："你准备独自完成这项任务？"

她关掉电流，湿润的眼睛显得那么明亮。小缩笼子里的图标暗下去。小伸的图标仍在沉睡。

我清清嗓子："我是说——"

"不然还会有谁，席瑞？朱卡？还是你？"

"四合体的其他成员。萨沙可以——"

"萨沙？"她盯住我，"席瑞，我创造了他们。你以为这是为了方便我自己躲到他们背后吗？为了强迫他们干这种事？"她摇摇头，"我不会让他们出来。哪怕他们是我最痛恨的敌人我也不会这样待他们。"

她转身不再理我。我们有药，神经抑制剂，可以洗去内疚，让它在分子层面短路。萨拉斯第跟詹姆斯提过，就好像魔鬼诱惑独处于沙漠中的弥赛亚。詹姆斯拒绝了，而且不肯说明理由。

"重复。"她说。

电流接通，然后又切断。

"重复。"

攀爬者纹丝不动。

我伸手一指。"我看见了。"她说。

小缩伸出一只胳膊，尖端按在触摸板上。那图标亮起来，烛火般耀眼。

六分半钟之后，它们已经从黄色方块进步到带时滞效应的四维多面体。詹姆斯给出两个变幻的二十六面体——二十六个面中，只有一个面在其中一帧图像里有所区别——而它们辨识这两个二十六面体的时间并不比区分黄色方块和红色三角形的时间更长。这期间它们体表上始终流动着复杂的图形，无数片针尖大小的马赛克不断变幻，肉眼几乎无法跟上它们的速度。

"见鬼。"詹姆斯低声道。

"也许是零碎天赋。"坎宁汉也来到感控中心，尽管他的身体仍

然留在对面的生化 / 医疗舱。

“零碎天赋。”她迟钝地重复道。

“学者综合征[1]。在某种类型的计算上有超常表现，但这并不一定表示其具备智力。”

“我知道零碎天赋是什么意思，罗伯特。我只是觉得你想错了。”

“证明给我看。”

于是她放弃几何学，转而告诉攀爬者一加一等于二。这对它们显然不是什么新闻：十分钟之后它们已经能按要求预测十位的素数。

她给它们一序列相互关联的二维图形，结果它们能从一堆略有差异的选项中挑出下一个图案。她不给它们选项，教它们用手臂尖端在触摸界面上画画，然后又给它们一组全新的图案，结果它们精确地画出接下来应该出现的图形，每次都能让这个逻辑序列回到起始点。

“这些不是机器。”詹姆斯的话哽咽在喉咙里。

“信息处理罢了，”坎宁汉道，“电脑程序也能办到，哪怕是在休眠状态。”

“它们有智力，罗伯特。它们比我们更聪明。没准甚至胜过朱卡。而我们却——为什么你就是不肯承认？”

我轻而易举就能读出她没有说出口的那句话：换了艾萨克他一定会承认的。

“因为它们缺少必要的线路，”坎宁汉固执地说，“怎么可能——”

“我不知道怎么可能！”她喊道，“那是你的工作！我只知道我正在折磨一种比我们更有智慧的生物……”

“至少时间不会太长。一旦你弄明白它们的语言——”

---

[1] 零碎天赋与学者综合征多见于自闭症患者，意指有各种发育障碍或缺陷的人，在某些领域却显示出极高的天赋，但这些天赋通常是孤立的，不能与其生活的其他方面融合。

她摇摇头："罗伯特，对它们的语言我毫无头绪。我们已经进行了——好几个小时，对吧？四合体全都在，四千年的语言信息库，所有最先进的语言法则。而且我们完全知道它们对话的内容，我们监视着所有可能的对话途径，直到一个埃的波长。"

"就是嘛。所以我才说——"

"我毫无头绪。我知道它们通过各种颜色的马赛克交流，也许跟它们刚毛的运动有什么关系。但我找不出任何规律，我甚至不明白它们如何数数，更没法告诉它们……告诉它们我很……抱歉……"

有一会儿工夫谁也没说话。贝茨从天花板上的厨房望着我们，但并没有要加入进来的意思。感控中心里，得到缓刑的攀爬者飘浮在自己的牢房中，活像长了许多胳膊的殉道者。

"好吧，"最后坎宁汉说，"既然今天是坏消息扎堆的日子，那么我也来出点力。它们快死了。"

詹姆斯把脸埋进自己手里。

"跟你的审讯没关系，如果这能让你好过点的话。"生物学家继续往下说。"据我观察，有些代谢途径凭空消失了。"

"只不过是你还没找到罢了。"贝茨的声音从旋转舱对面传来。

"不对，"坎宁汉的声音缓慢而清晰，"有机体显然是失去了那些部分，因为它们在崩溃。打个比方，如果人类细胞质里所有的有丝分裂纺锤体突然集体失踪，情况就会是这样。据我观察，从离开罗夏的那一刻起它们就开始恶化了。"

苏珊抬起头来："你是说它们把一部分生化机能留在了罗夏？"

"某种不可或缺的营养物质？"贝茨猜测道，"它们什么也没吃——"

"语言学家正确。少校错误。"坎宁汉沉默半晌；我的目光飘向旋转舱对面，发现他正在吸烟。"我认为这些东西的细胞活动大部分都是在体外完成的。活体组织里之所以找不到基因，很可能是因为它们根本没有基因。”

“那它们用什么代替基因？”贝茨问。

“图灵成形素。”

茫然的表情，查找注解的表情。不过尽管大家都能自力更生，坎宁汉还是解释起来。“很多生物都不使用基因。向日葵之所以是那种形态，纯粹是由于物理上的屈曲应力。自然界里到处可见斐波那契数列和黄金分割，而且这些都不是由基因编码决定的，只不过是力学的交互作用。拿发育中的胚胎来说——什么时候开始生长、什么时候该停下，这些都是基因说了算，但指骨和椎骨的数量却是细胞相互碰撞的结果。我之前提到的那些有丝分裂纺锤体？它们对每一个真核细胞的复制都是绝对不可或缺的，但它们却像水晶一样增生，同基因完全无关。知道生命有多大一部分是这样的吗？能叫你们大吃一惊。”

“但你总还是需要基因的。”贝茨一面抗议一面走过来加入我们。

“基因的作用只在于确立起始状态，让这一过程成为可能。在那之后，结构的生长并不需要具体的指示。这是典型的自发性成型现象。一个多世纪之前我们就已经知道它了。”又一口烟。“甚至更早。十九世纪时达尔文就拿蜂巢举过例。”

“蜂巢。”贝茨重复道。

“完美的六边形巢房紧密排列。蜜蜂筑巢的指令存在于神经中，但昆虫怎么可能掌握建构正六边形的几何知识？事实上它们也没有。它们的神经指令促使它们咀嚼蜂蜡，然后一面沿轴线转圈一面把蜂蜡吐出来，并得到一个圆圈。把一堆蜜蜂放在同一个平面上，一个挨着一个咀嚼蜂蜡，它们吐出的圆圈会紧紧挨在一起——彼此挤压形成六边形，而这种形状正好还更节省空间。”

贝茨抓住他的漏洞：“但蜜蜂的确是照神经指令行事的。由基因决定。”

“你误会了。攀爬者是蜂巢。”

“罗夏是蜜蜂。”詹姆斯喃喃道。

坎宁汉点点头：“罗夏才是蜜蜂。而且我认为罗夏的磁场根本不是反入侵机制。我认为它们是生命维持系统的一部分，攀爬者的新陈代谢有很大一部分都靠它们调控。我们货舱后头的两个生物，它们被迫脱离了自己赖以生存的环境，现在它们暂时屏住了呼吸。但它们不可能永远不呼吸。”

“还有多久？”詹姆斯问。

“我怎么知道？如果真像我想的这样，我们手里这些甚至不是完整的机体。”

“猜猜看。”贝茨道。

他耸耸肩：“几天。大概。”

“若它杀不死我们，就会让我们更强大。”

——特雷弗·古乔[1]

“你们仍不投票。”萨拉斯第说。

我们不会释放犯人。太冒险。广袤荒芜的奥尔特云中没有“人不犯我，我不犯人”的位置。对方做了什么、没做什么，这些都不重要，你需要想象如果对方再强大一点点，它可能会做什么。想象假如我们照它预计的那样晚些出现，它可能会对我们做什么。你望着罗夏，你看到的或许是一个胚胎、一个正在发育的孩子，太过奇异，难以理解，但也不能单凭这个给它定罪。可你想过吗，也许是你用错了眼睛？也许你本该看到一个全能而嗜杀的神，一个谋杀行星的犯人，只不过尚未完成；此刻还稍显脆弱，但很快就会刀枪不入。那样的话你又该怎么办？

这不是晦涩难解的吸血鬼逻辑，这番推理中没有迫使人类举手投降的多维黑匣子。这一次如果找不出萨拉斯第推理的漏洞，我们将没有任何借口为自己辩护，只除了一个事实：他的推理没有漏洞。

[1] Trevor Goodchild，动画片、电影《魔力女战士》（*Aeon Flux*）中的统治者。

糟就糟在这儿。我很清楚，大家宁愿自己无法理解，只能盲从于他。

不过萨拉斯第还提出了另一套方案，可以替代抓捕/释放计划，而且他显然认定这套方案更安全。要接受这一个推理倒的确需要盲从，按照任何心智健全的判断标准，它都无异于自杀。

现在忒修斯开始剖腹产。这些后代实在过于巨大，无法通过船脊尽头的管道。飞船就好像便秘一般，直接把它们拉进了货舱：可怕的庞然大物，身上竖满了炮口和天线，每一个都比我高出两三倍。这是一对赭色的立方体，每一个平面上都塞满各种部件。当然，在投入使用之前，这些部件大都隐藏在防护钢板底下。细长的管道和导管、弹药存储库、一排排鲨鱼牙齿一般的散热片——这些全都要消失在平整光滑、光可鉴人的防辐射涂层底下。只有少数几处孤立的地标会升到表面之上：端口、推进喷气管、瞄准阵列。当然还有炮门。它们各长着半打嘴巴，可以向敌人喷射地狱的烈焰。

不过目前它们还只是巨大的机械胎儿，尚未分娩；在货舱泛光灯的苍白光线中，它们的面与角投下阴影，光与影合成一幅高对比度的拼图。

我转过身去："这准得让培养基的储备下降个一点半点。"

"给飞船外壳增加防辐射涂层比这更要命。"贝茨正看着内置于制造车间隔离壁上的电脑显示屏，监控生产进度。也许这也是一种练习；改变轨道后，所有人都会失去自己的嵌入设备。"我们已经全押上了。没准过几天就得从当地抓块石头用。"

"唔，"我的视线转回货舱，"你觉得有必要造它们吗？"

"我怎么看并不重要。你是个聪明人，席瑞。干吗不能自己把事情想想明白？"

"这对我很重要。也就是说对地球很重要。"

*如果现在是地球做主，你这话或许还不算全无意义。*无论我陷进系统多深，有些潜台词也仍然很容易读懂。

我转向左舷："那么萨拉斯第和船长呢？对他们有什么想法吗？"

"通常你会更隐晦些。"

这话不假。"只不过，你知道，小伸和小缩敲电报的时候，是苏珊第一个发现的，对吧？"

听见那两个名字，贝茨的表情有些扭曲："那又怎么样？"

"唔，有人或许会觉得奇怪，第一个发现的为什么不是忒修斯？因为在模式匹配方面，量子计算机不是应该所向无敌么。"

"萨拉斯第让量子模块下线了。我们还没进入轨道之前，舰载计算机就已经开始使用经典模式。"

"为什么？"

"环境太嘈杂。消相的风险太大。量子计算机这东西挑剔得很。"

"可舰载计算机肯定有护盾保护。忒修斯是有护盾的。"

贝茨点点头。"在可能的范围之内。但完全的防护就等于完全失明，而在这种地方你肯定不想闭上眼睛。"

事实上我正想来个眼不见为净呢。但我能理解她的意思。

我还理解她的另外一层意思，她没有说出口的那层意思：而你竟然没发现。这些情况明明就在感控中心里。你这么个顶尖综合家。

"我猜萨拉斯第知道自己在干什么。"我永远不会忘记他可能正在监听。"而且就我们掌握的情况看，到目前为止他还没有犯错。"

"就我们能够掌握的情况看。"贝茨道。

我回想起一句话："如果我们有能力质疑吸血鬼，那还要吸血鬼来干吗。"

贝茨脸上微露笑意："艾萨克是个好人。不过公关部门的话不可全信。"

"你不信？"我问。但她觉得自己已经说得太多了。我扔出一个鱼钩，用比例完美的怀疑与尊重做饵："萨拉斯第的确判断出了那些攀爬者会出现在什么地方。罗夏那么大的表面积，他给出的方位几乎精确到了米。”

“我猜这确实需要某种超人的逻辑。”她嘴上承认，心里却觉得我他妈蠢得简直叫人难以置信。

“怎么？”我问。

贝茨耸耸肩：“或者也可能是他意识到既然罗夏正在生产手下，我们自然会撞上更多攀爬者，无论降落在哪里。”

感控中心的哔哔声打断了我的沉默。“轨道机动五分钟后开始，”萨拉斯第宣布。“嵌入设备与无线假体九十分钟后下线。完毕。”

贝茨关掉显示器。“我去舰桥待着，给自己制造点掌控全局的幻觉。你呢？”

“我的营帐，我想。”

她点点头，准备起跳，然后又犹豫了一下。

“对了，”她告诉我，“是的。”

“什么？”

“你刚才问我那些炮台有没有必要。我认为我们需要尽可能保护自己。”

“也就是说你认为罗夏可能会——”

“嘿，它可是已经杀过我一次了。”

她指的不是辐射。

我谨慎地点点头：“那肯定非常——”

“跟一切都不一样。你不可能想象得出。”贝茨深吸一口气，再把它呼出来。

“不过也许你并不需要想象。”说完这话，她便往船首方向飘去。

坎宁汉和四合体待在生化 / 医疗舱，两人之间成三十度角，各自以自己的方式戳弄他们的囚犯。苏珊 · 詹姆斯一脸冷漠，恶狠狠地捅着画在桌面上的键盘。键盘两侧各有一个视窗，显示着小伸和小缩的监控画面。

随着詹姆斯手指的动作，桌面上出现了各种饼干模具似的形状：圆圈、三曲臂，还有平行线的四重奏。其中一些仿佛抽象的小心脏一般跳动着。在远处的牢房中，小伸用一只磨损的触手敲敲打打，做出回应。

“有进展吗？”

她一面叹气一面摇头：“我已经放弃了理解它们自己的语言，现在只要能得到某种混杂的语言我就满足了。”她碰碰一个图标。小缩从视窗中消失，一个象形文字的流程图取代了他的位置。半数的图形都在扭曲或者脉动，无尽地重复，仿佛一堆蹦蹦跳跳的涂鸦。另外那些则只是安静地坐着。

“基础图标。”詹姆斯挥手指指画面。“主谓短语化身为活动的名词图标。它们非常讲求对称，所以我让修饰语环绕在中心主语周围。也许对它们来说这样更自然。”

又一圈字形出现在詹姆斯的字形下方——估计应该是小伸的答案。但系统对这个答案显然并不满意。一个独立的窗口中闪烁出各种图标：一个计数器点亮，闪出500瓦，并让这数字保持下去。屏幕上的小伸痛苦地扭动身体。它伸出几只脊柱一样的胳膊，重复地戳着自己的触摸板。

詹姆斯转开眼睛。

新的字形出现了。500瓦恢复到零。小伸外壳上的图形恢复到待机时的样子，表示生命体征的各条曲线也平缓下来。

詹姆斯长舒一口气。我问：“怎么回事？”

“回答错误。”她接入小伸的信号，把它犯错的部分放给我看。一座金字塔、一颗恒星，外加攀爬者和罗夏的简化图形，这四种图案在屏幕上不断绕圈转动。

“太傻了，这只不过是、只不过是热热身。我要求它为窗口里的那些物体命名。”她轻声笑笑，毫无欢愉之意。“功能性语言就是这样，你知道。如果你不能指着某样东西，你就没法谈论它。”

“那么它是怎么说的？”

她指着小伸画出的第一个螺旋：“多面体、星星、罗夏都在。”

“少了攀爬者。”

“第二次就说对了。可它们既然能智胜吸血鬼，这样的错误不是太蠢了吗？”苏珊咽口唾沫。“我猜死到临头的时候，就连攀爬者也免不了要失手。”

我不知道该说什么才好。在我背后，坎宁汉正自言自语；他不断重复着一段两个音节的祷文，声音微不可闻。

“朱卡说——”苏珊话没说完，中途改变了主意。“你还记得我们有时候遇到的那个盲视吧？在罗夏的时候？”

我点点头，暗自琢磨朱卡到底说了什么。

“原来其他感官也可能遭遇类似情况，”她告诉我，“盲触、盲嗅、盲听……”

“也就是说变成聋子。”

她摇摇头。“但其实并非如此，不是吗？就好像盲视不等于真正的失明。你大脑里有某种东西还在感知。它仍然在看、在听，即使你——即使你意识不到。除非有人强迫你去猜一猜，或者遇上什么危险。你只是有种特别强烈的感觉，觉得自己应该往边上挪开些，结果五秒钟之后一辆公交车就从你刚才站的地方飞驰而过。你知道它正往这里开。你只是不知道自己是如何知道的。”

“的确很疯狂。”我表示同意。

“这些攀爬者——它们知道答案，席瑞。它们是智慧生命，这点我们已经知道了。但它们好像并不知道自己知道答案，除非你伤害它们。就好像盲视侵袭了它们的每一种感官。”

我试着想象那种感觉：没有任何感受，对自己周围的环境没有任何主动的意识。我试着想象以这种方式生存，你怎么可能不发疯？“你觉得这可能吗？”

“我不知道。这不过是个——是个比喻，我猜。”她并不相信这句话。或者她自己也不知道。又或者她不想让我知道。

我原本应该能看透她的。她原本应该清澈见底才对。

“起初我以为它们在抵抗，”她说，“可它们有什么理由这样做？”她明亮的眼睛里写满祈求，请求我给她一个答案。

我没有答案。我没有半点头绪。我转身不去看苏珊·詹姆斯，结果却正好同罗伯特·坎宁汉面面相觑：嘟嘟囔囔的坎宁汉，手指敲打着桌上的交互界面。如今他的内眼已经瞎掉，只能看到感控中心在空中或者平面上描画的图像，同其他人的视力再也没有区别。他脸上一如既往的毫无表情；身体的其他部分则好似蛛网中的小虫般不断抽搐。

事实上他正是一只陷入蛛网的小虫。我们所有人都一样。此刻罗夏那庞大的身躯就在短短九公里之外，如果我有胆量往外看，很可能会发现它已经将大本遮蔽。我们拉近到如此疯狂的距离，然后停靠在这个位置。在太空中，罗夏像个活物般不停生长；在罗夏内部，活物从某种魔鬼的机械培养基中长出来，就如海蜇一般。那些空荡荡的致命走廊，我们曾经在里边偷偷摸摸，为大脑中的阴影胆战心惊——如今它们很可能已经挤满了攀爬者。扭曲的甬道、通道和房间，一共好几百公里。装着一支军队。

这就是萨拉斯第所谓比较保险的方案。因为释放囚犯太过危险，所以我们走上了这条路。我们已经深入到罗夏的弓形激波中，太深了，以至不得不关闭体内的强化附件。与罗夏内部相比，这里的磁气圈强度要弱了好几个等级，然而距离这样近，谁知道外星人会不会把我们当作难以抗拒的靶子——或者致命的威胁？谁知道它会不会将隐形的长矛插入忒修斯的心脏？

如果有脉冲能突破飞船的护盾，那么被炸熟的肯定不止忒修斯的神经系统，我们脑子里的线路也一样没法幸免。就算我们的大脑侥幸逃过一劫，到时候五个活人困在死去的飞船里，生存几率也不会比五个困在飞船里的死人大太多。然而萨拉斯第算出的概率显然有所不同。他甚至关闭了自己大脑里的抗欧泵，如今为防止自己短路，他必须时常手动注射抗欧几里得药。

小伸和小缩比我们更接近罗夏。坎宁汉的实验舱被踢出了飞船，此刻正在太空飘浮；它深深陷入罗夏的磁场中，距离它最长的枝条不过几公里。如果攀爬者需要吸取放射性的磁铁才能存活，那现在就是它们的最佳机会：可以尝尝磁场的滋味，但却尝不到自由。实验舱的防辐射涂层是一个动态微调的系统，根据已有的数据，在医学需要与战术风险之间实现最佳平衡。实验舱飘浮在炮台瞄准镜的监视之下。这两台新生的炮台战略性地部署在实验舱两侧，转瞬间就能将其摧毁。它们多半可以摧毁任何接近它的物体。

当然了，它们无法摧毁罗夏。也许根本没有什么能摧毁罗夏。

从韬光养晦到刀枪不入。据我们所知这还不曾发生。忒修斯大概仍然有能力应付那东西，只可惜我们并不确定自己究竟想拿它怎么办。萨拉斯第什么也没告诉我们。事实上我都记不起上一次看见吸血鬼是什么时候。过去几轮值班期间他一直待在自己的营帐里，只通过感控中心同我们说话。

每个人都神经紧张，而过境型虎鲸进入了隐匿模式。

坎宁汉一面自言自语，一面用缺乏练习的手指摆弄陌生的按钮，同时不断诅咒自己的笨拙。激光波穿梭在六公里的电离真空中，将刺激与反应来回传递。因为双手不得闲，那根无处不在的尼古丁棍子只能挂在嘴角。烟灰时不时掉落，歪歪扭扭地飘向通风口。

他抢在我之前开口："全在感控中心里。"我不肯离开，他于是大发慈悲，只是仍然不肯看我。"进入波阵面以后很快就出现了磁斑。体膜开始自我修复，衰弱的速度也放慢了。但罗夏内部才是攀爬者新陈代谢的理想环境。在这里，我想我们最多只能降低死亡的速率。”

“至少不是全无收获。”

坎宁汉哼了一声：“某些组织是恢复了。其他的——它们的神经在瓦解，完全没有道理。真的。就好像信号沿着电缆泄漏一样。”

“因为身体机能恶化的缘故？”我猜测道。

“而且我也没法借助阿伦尼乌斯方程式[1]来达到平衡，低温状态下一切都变成了非线性的。指前因子值一团糟。简直就好像温度多少完全没关系似的，而且——该死——”

在其中一个屏幕上，某种临界值超出了置信限度。他抬头望了眼旋转舱，抬高声音道：“还需要一份活体组织样本，苏珊。只要是中央躯块附近就行。”

“什么——哦。稍等。”她摇摇头，接着敲出一组螺旋形图标，神色同她手下的囚犯一样无精打采。在坎宁汉的一个窗口里，小伸用自己那视力超群的皮肤看见了苏珊输入的信息。它毫无反应似的飘着，然后卷起几只面朝一堵墙的胳膊，为坎宁汉的遥感手术器械让出一条路来。

他从隐蔽处唤来遥感器械。它们就好像两条灵活的小蛇，第一个拿着医用取样器，第二个以武力相威胁，以防遭遇愚蠢的抵抗。其实完全没有必要。无论攀爬者是不是盲视，它们学东西反正很快。小伸袒露出自己的腹部，好似放弃抵抗的受害者，听任对方为所欲为。坎宁汉手上不稳，遥感器械撞到一起，相互纠缠。他骂骂咧咧，从头再来，每个动作都大声诉说着他内心的挫败感。他被截去了他

[1] 以瑞典科学家 Svante Arrhenius（1859—1927）之名命名，阿伦尼乌斯方程式描述的是反应速率常量对温度的依赖关系。

的基因外扩表现型，过去的他仿佛出没于机器中的幽灵，如今却只是一个用手按键的普通人，而且——

——我脑中突然“咔嗒”一声。坎宁汉的拓扑面渐渐变得透明。突然之间我几乎可以想象身为他的感觉。

第二次他成功了。机械的尖端像发动攻击的毒蛇般伸出去，又飞速后退，动作快得几乎难以看清。一波波色彩冲洗过小伸的伤口，仿佛平静水面上被石子激起的波纹。

坎宁汉一定以为自己从我脸上看出了什么。“别把它们当人看，这样会好受些。”他说。而我第一次读懂了他的潜台词，就像碎玻璃一般清亮、锋利：

当然了，你从来不把任何人当人看……

坎宁汉不喜欢被人玩弄。

没人喜欢。不过大多数人并不这样看待我的行为。他们不知道即便闭上嘴巴，身体也会出卖他们的心思。他们说话是因为想要吐露心声；他们不说话时，就以为自己在保守秘密。我密切地关注他们，我的每一个字都是为他们量身打造，不让任何一个系统感到自己受了利用——但不知为什么，这招对罗伯特·坎宁汉行不通。

我想我选错了系统模型。

想象你是个综合家。你研究系统的表面行为，你通过机械投射在表面之上的影子去推断掩藏在表面之下的机械体系。这就是你成功的秘诀：你通过理解容纳系统的边界去认识系统本身。

现在想象你遇上了一个人，他在这些边界上撕开一个洞，制造出一个流血的伤口。

罗伯特·坎宁汉的肉体无法容纳他。肉体不过是个麻袋，他的职责要求他超越肉体；在奥尔特云这边，他的拓扑形态蔓生至整艘飞船。当然，从某种意义上讲我们所有人都是如此。贝茨和她的机器步兵，萨拉斯第和他的脑边缘链接——就连我们大脑中与感控中心相连的嵌入设备也会使我们稍微弥散，让我们略略超出自己身体的限制。但贝茨只控制她的步兵，她从不栖息其中。四合体用一块主板运行多个系统，但每一个都有其独特的拓扑形态，再说他们也从来不会同时出现。至于萨拉斯第——

好吧，萨拉斯第完全是另外一码事，但这是后话了。

坎宁汉不仅操作自己的遥测装置，他逃进它们内部，把它们变成自己的秘密身份，以隐藏那个脆弱的基准人类。他牺牲了新皮层的一半，作为交换，他能看见X光、尝出隐藏在细胞膜中的各种形态；他割裂了一具身体，以便能短暂寄居于别的身体中。他的许多部分藏在攀爬者笼子周围，藏在那些传感装置和操作器里；之前我一直没能想明白这一点，否则我很可能会在生化/医疗副舱的每一件仪器中发现至关重要的线索。和其他人一样，坎宁汉也是一张拓扑形态拼图，只不过其中一半都藏在机器里。我的模型不完整。

我并不认为这是他所希冀的状态。现在回想起来，我能在他的每一个表征上读出刺目的自我厌恶。然而在二十一世纪的后半段，他想象不出自己还有什么别的选择，除非他愿意一辈子当社会的寄生虫。他不过是两害相权取其轻罢了。

现在就连这也被剥夺了。萨拉斯第的命令割掉了他的感觉器官。他再也不能感受到数据，只能一步一步地阐释；他的工具变成了屏幕和图表，而它们只会将感知压缩为单调、空洞的速记法。这是一个因多处截肢而饱受创伤的系统。这个系统被切掉了眼睛、耳朵和舌头，曾经水乳交融的一切，如今它只能跌跌撞撞地摸索。突然之间，所有的藏身之处悉数消失，被罗伯特·坎宁汉抛洒在各处的碎片别无选择，只能回到他体内，让我终于可以把它们看个明白。

这从头到尾都是我的错。我将全副精力都用在构建其他系统的模型上，独独忘记了进行构建工作的那个系统。糟糕的视力只不过是影响图像清晰度的原因之一：错误的小前提同样会让人眼花缭乱。单只想象我是罗伯特 · 坎宁汉还不够。

我还必须想象我是席瑞 · 基顿。

当然，这又提出了另一个问题：如果我对坎宁汉的猜测是正确的，为什么我的把戏对艾萨克 · 斯宾德又能起作用？他分明同自己的替补一样缺乏连续性。

当时我并没有太多地考虑这个问题。斯宾德已经走了，但杀死他的那东西还在，它就悬在我们的船首，仿佛一个肿胀的巨大谜团，随时可能将我们压扁。我有太多的心事。

但现在——现在反正一切已成定局——我想我或许知道答案。

也许我的把戏对艾萨克也一样没用。也许他就像坎宁汉一样，轻而易举地看穿了我的企图。但或许他只是觉得无所谓。或许我能读懂他是因为他允许我这样做。而这就意味着尽管我是这样一个家伙，他竟然还喜欢我——除此之外我实在找不出别的解释。

这么看来，我想他应该算是朋友吧。

“我惟愿以言语唤醒情感。”

——伊恩·安德森，《起立》

夜班。到处一片死寂。

至少忒修斯内部如此。四合体藏在自己的营帐里，过境型虎鲸悄无声息地潜伏在零重力区域。贝茨在舰桥——如今她等于是在摄像机镜头和战术层叠图中间安了家，时时刻刻保持警惕。无论转到哪个方向，她都免不了瞥见我们船首右舷的那个谜。她尽自己所能做点事情，虽然多半是白费功夫。

旋转舱静静地转动，光线自动调暗，以模拟地球上的夜晚；一百年的微调和改造过后，昼夜更替仍然顽强地残留在人类的基因里。我独自坐在厨房中，编辑最新一张——艾萨克是怎么说的来着？——留给后世的明信片；我从那个名叫席瑞·基顿的系统里眯着眼睛往外看，我发现这个系统的轮廓越来越模糊。坎宁汉在世界的另一头工作，头朝下脚朝上。

只不过坎宁汉其实并没有在工作。过去的四分钟里他甚至没动过。我本以为他在为斯宾德背诵犹太人的祈祷文——据感控中心说，今后的一年里他会每天两次为斯宾德祷告，假使我们还能活上这么长时间的话。我倾过上身，目光越过船脊中央的管线，他的表征清清楚楚地展现在我眼前，仿佛他人就在我身旁似的。他不是觉得无聊，也并非心不在焉，他甚至不是陷入了沉思。

罗伯特·坎宁汉吓得呆住了。

我站起身来沿着旋转舱往前踱步。天花板变成墙壁，墙壁再变成地板。我离他越来越近，只听他不断地轻声念叨着什么，一个模糊的单音节，重复了一遍又一遍；我继续靠近，终于听清了——

"操操操操操……"

——而且他仍然没有动弹，尽管我并未刻意放轻脚步。

我就快要走到他身边，他这才沉默下来。

"你知道吗？"他头也不回地说，"你是个睁眼瞎。"

"不知道。"

"你。我。所有人。"他十指交叉，仿佛在祈祷；他把手握得那样紧，指关节全泛出白色。这时候我才注意到：没有烟。

"不过视觉反正也是弥天大谎，"他继续往下说，"我们能看清的原本就只有眼睛瞄准的那一点点高分辨率的角度，其他的一切都只是边缘上的一团模糊，只是……光和运动。运动会吸引眼睛的注意。而你的眼睛总在抖动，这你知道吗，基顿？医学上管这叫眼动。它让图像变得模糊，动作太快，大脑无法整合，于是你的眼睛干脆就——就在两次停顿之间关门歇业。它只能抓住独立的定格画面，由你的大脑把空白处编辑掉，再把所有的画面缝成——缝成连续不断的假象。"

他转身面对我。"你知道最不可思议的是什么？如果某种东西只在空窗期运动，你的大脑就干脆对它视而不见。它就能隐形。"

我扫一眼他的工作区。一个分镜窗口，像平常一样播放着攀爬者牢房的实时画面——但占据中央位置的是组织学，令人望而生畏。主视窗上显示着小伸 & 小缩那自相矛盾的神经结构，剥丝抽茧、标识完备，覆盖其上的各种图解足足十二层。那是一片加注解的茂密森林，由异星的树干与荆棘构成，它看起来倒同罗夏有些相像。

我完全无法分析。

“你在听吗，基顿？你明白我意思吗？”

“你弄清了我为什么会看不见——你意思是说这些东西知道我们的眼睛什么时候下线，而且……”

我没有把话说完。这太荒唐了。

坎宁汉摇摇头。他嘴里逸出好似咯咯笑的声音，叫人心烦意乱。“我意思是说这些东西能从房间的另一头看见你的神经点亮了，然后把这条信息整合成帮助自己隐形的策略，再发送神经指令去实践这策略，最后赶在你的眼睛重新上线之前发送出停止行动的神经指令。这段时间里哺乳动物的神经冲动还没从肩膀走到胳膊肘。这些东西速度很快，基顿，我们以为它们的悄悄话频道已经快得不可思议，其实对于它们来说，那根本算不上什么。它们是他妈的超导体。”

我有意识地压抑住皱眉的冲动：“竟会有这种事？”

“神经冲动总会产生电磁场。所以才会被它们探测到。”

“但罗夏的电磁场那么——我是说，干扰那么强，怎么可能准确地读出某一条视神经的神经活动？”

“那不是干扰。你忘了吗？磁场是它们的组成部分，很可能它们靠的就是这磁场。”

“也就是说在这里它们就办不到了。”

“你没听明白。你们设下的圈套根本不可能逮住它们，除非它们自己希望被逮住。我们抓来的不是样本。我们抓来了间谍。”

小伸和小缩飘在我们面前的分镜窗口中，挥舞的手臂仿佛起伏的脊柱。各种神秘的图形在它们外皮上缓缓流淌。

“说不定那只是——只是本能，”我说，“鲽鱼也能很好地隐藏在背景里，但这也并非它们思考的结果。”

“这本能是从哪儿来的，基顿？它如何进化？眼动是哺乳动物视觉系统的一个偶发性障碍。攀爬者是从哪儿了解到它的？”坎宁汉摇摇头，“那东西，给阿曼达的步兵烤焦的那只攀爬者——是它自己想出了那条策略，现场的即兴发挥。”

这样的即兴发挥简直不是智力两个字可以概括的。但坎宁汉脸上还有些别的什么，某种更深层的苦恼。

“怎么？”我问。

“太蠢了，”他说，“这些东西的所作所为，实在笨得要命。”

“怎么说？”

“它没起作用，不是吗？只要我们同时在场的人数多过一两个，这招就没用了。”

因为人类眼睛的闪烁并非同步进行的，我意识到。目击者数量太多，它的伪装就会剥落。

“——它明明还有很多选择，”坎宁汉继续说道，“它们可以引发安东综合征或者、或者失认症：那样一来哪怕跌进一整群攀爬者中间，我们也不会意识到任何东西、不会记得任何事情。看在上帝的份上，失认症是偶发性的。如果你的感官和反应能力足以让你隐藏在人类的眼动背后，为什么不更进一步？为什么不搞出点真正有用的东西？”

“你觉得是为什么？”我本能地采取了非导向性的提问方式。

“我认为头一只攀爬者——你知道它还未成年吧？也许它只是缺乏经验。也许它比较笨，做出了错误的决定。我认为我们的对手比我们要高明太多，连它们的弱智孩子都能随手对我们进行神经重构。这应该让你怕成什么样我简直没法表达。”

我能从他的拓扑形态里看得出来，我能从他的声音里听得出来，尽管他那张缺少神经的面孔仍然像死人一样镇定。

“我们应该马上杀了它们。”他说。

"唔，就算它们是间谍，它们也不可能了解多少情况。它们一直关在笼子里，只除了——"除了从罗夏回飞船的路上。那一路上它们一直在我们身边……

"这些东西活在电磁场里，拿电磁当饭吃。就算我们把它们打晕过去或者关起来，谁知道它们是不是能透过墙壁侦测我们的技术？"

"你必须告诉萨拉斯第。"我说。

"哦，萨拉斯第早知道了。不然你以为他为什么不肯放了它们？"

"他一句话也没提过——"

"除非他疯了。他派你们下去了一趟又一趟，你忘了吗？你难道以为他会把自己知道的情况告诉你，然后再把你们派去迷宫，送给那些懂得读心术的弥诺陶洛斯[1]？他什么都知道，而且早已经把一切纳入考虑，把各种各样的可能性都想尽了。"坎宁汉的眼睛仿佛两个狂躁的亮点，嵌在毫无表情的面具中闪闪发光。他将视线投向旋转舱中央。"不是吗，朱卡？"他的声音不曾提高半个分贝。

我查了查感控中心里正在使用的频道。"他应该没在听，罗伯特。"

坎宁汉嘴角抽动，如果他脸上的其他部分能够加入进来，那大概会是一个怜悯的微笑。"他犯不着听，基顿。他犯不着暗中监视我们。他就是*知道*。"

通风口的呼吸声。轴承运动的嗡嗡声，微弱得几乎难以察觉。然后萨拉斯第的声音响彻整个旋转舱。

"全员到公共区。罗伯特有话分享。"

坎宁汉坐在我右边，塑料般的脸庞被下方的会议桌点亮。他低

[1] Minotaur，希腊神话中半人半牛的怪物，被囚禁在代达罗斯所造的迷宫中，以人肉为食，最终被英雄忒修斯所杀。

头盯着那光，身体微微摇摆；他的嘴唇机械地活动，似乎在念诵某种无声的咒语。四合体坐在我们对面，坐在我左手边的贝茨一心二用，一半的精力都放在前线的情报上。

萨拉斯第并没有亲临现场。会议桌尽头属于他的位置仍然空着。“告诉他们。”他说。

“我们必须赶紧离——”

“从头说。”

坎宁汉咽口唾沫，重新再来。“那些莫名其妙瓦解的运动神经，那些无用的横向联结——它们都是逻辑闸。攀爬者能够分时共享。在空闲时，它们的感知与运动神经簇便兼职成为联络神经元；也就是说只要没有其他任务，系统的每个部分都可以用于认知。地球从来没有进化出类似的东西。这就意味着它们并不需要多少专职的联络神经也能处理大量信息，即便对个体而言也是如此。”

“末梢神经具有思考能力？”贝茨皱起眉头，“它们能记忆吗？”

“当然。至少我看不出为什么不可以。”坎宁汉从口袋里掏出一支香烟。

“那么说，它们把那只攀爬者撕碎的时候——”

“不是内战。是信息转存。很可能是传递关于我们的消息。”

“这样的交谈方式也太极端了些。”贝茨评论道。

“多半不是它们的第一选择。我认为每只攀爬者都充当着一个分布式网络的节点，至少在罗夏里是这样。但那些磁场多半能精确到一个埃，而我们带着那么多技术和防辐射涂层下去，在它们的导体里炸出洞来——我们让它们的网络发出故障，阻塞了当地的信号，于是它们只能转而使用某个地下网络。”

他没有点烟，只是用拇指和食指把带过滤嘴的一头转来转去。他的舌头在双唇之间晃动，仿佛面具背后的虫子。

藏在自己营帐里的萨拉斯第接过话头。“攀爬者还用罗夏的电磁场进行新陈代谢。某些通路依靠重原子隧穿作用实现质子传递。也许环境中的辐射起催化剂的作用。”

“隧穿？”苏珊问，“量子隧穿那个隧穿？”

坎宁汉点点头：“这也是防辐射涂层老出故障的原因。至少是一部分原因。”

“但这可能吗？我是说，我以为这种效应只会发生在冷冻——”

“别管这个了，”坎宁汉冲口而出，“生化问题可以以后再讨论，如果那时候我们还活着的话。”

“我们该讨论什么，罗伯特？”萨拉斯第的声音娓娓动听。

“首先，最蠢的攀爬者也能穿透你的大脑，看出哪部分视觉皮质亮着。如果你非说这跟读心术仍然有区别，那么区别也不太大。”

“只要我们不再去罗夏——”

“这个村早过了。你们已经去过了罗夏。好几次。你们在那底下干了那么多事，谁知道有多少其实只不过是罗夏让你们干你们才干的？”

“等等，”贝茨提出异议，“在罗夏的时候我们谁也不是提线木偶。我们产生了幻觉，还有失明——甚至发疯，但我们从来没被附体。”

坎宁汉冲她冷哼一声：“你以为自己能够对抗木偶绳？你以为自己能感觉得到它们的存在？我现在就可以用一块颅内磁铁影响你的大脑，让你竖起中指或者扭动脚趾或者狠踹席瑞的屁股，然后还要你以亡母的名义发誓，说你之所以这么做仅仅是因为自己乐意。你会像木偶一样蹦蹦跳跳，同时发誓说这完全出自你的自由意志。而这还只是我，一个稍微有点强迫症的地球人，再加上两块磁铁和一顶核磁共振头盔。”他朝隔离壁背后那一大片不可知的虚无挥挥手，香烟描画出变形的图像，从他面前飘过。“那东西能做些什么，你要不要猜猜看？我们很可能已经向它们交代了忒修斯的所有技术参数、提醒了它们伊卡洛斯阵列的存在，然后再自主地决定把这一切都忘个干干净净。”

“我们也能制造相同效果，”萨拉斯第的声音很冷静，“如你所说。中风引发它们。肿瘤。随机事故。”

“随机？醒醒吧！那是实验！那是活体解剖！它们放你们进去，好把你们切开，了解你们的运行机制，而你们根本不会知道。”

“那又如何？”吸血鬼在我们看不见的地方喝了一声。他的声音里渗进了一种冰冷的饥饿感。桌子周围的拓扑形态全都在颤抖。一惊一乍的人类。

“在你们的视界中央存在一个盲点，”萨拉斯第指出，“你们看不见它。你们看不见自己视觉时间流中的眼动。这只是你们知道的两个把戏。还有许多别的。”

坎宁汉在点头：“我就是这个意思。罗夏可能——”

“我说的不是个案。大脑是生存引擎，不是真相探测器。如果自我欺骗更有利于适应性，大脑就撒谎。不去注意——无关的东西。真相从来无足轻重。只有适应性。如今你们完全不按世界的本来面目体验它。你们体验的是一个用各种假设构建的模型，捷径，谎言。整个种族生来患有失认症。罗夏对你们做的一切，你们样样都对自己做过了。”

没人说话。几秒钟的沉默之后我才意识到刚才发生了什么。

朱卡·萨拉斯第试图鼓舞我们的士气。

他本可以镇压坎宁汉的演说——哪怕一场全面爆发的哗变他多半也能镇压，只需要来到我们中间，露出满口牙齿。只需要看我们一眼。但他不准备用恐惧让我们屈服——我们已经够紧张了。另外他也不准备给我们开班授课、教我们用事实对抗忧惧；任何一个心智健全的人，对罗夏的了解越深，他就会越害怕。我们迷失在广袤的宇宙中，命悬一线，对抗的是一个谜一样的可怕怪兽，它随时可能将我们摧毁，完全不必有任何理由。此时萨拉斯第只想让我们能继续运转，他想让我们平静下来，他想阻止我们全盘崩溃。乖肉肉，好肉肉，不怕不怕。

萨拉斯第正在运用心理学。

我看看桌子周围。贝茨、坎宁汉和四合体都纹丝不动，面无血色。

萨拉斯第的心理学技巧糟糕透顶。

“我们必须逃走，”坎宁汉说，“那东西比我们强太多了。”

“我们比它们表现得更好斗。”詹姆斯道。但她的声音并不自信。

“那些岩石就好像罗夏手里的弹珠球。我们就坐在射击场的正中央。它随时——”

“它还在生长。它还没有完成。”

“我难道该为这个觉得安心？”

“我只是想说我们不知道，”詹姆斯道，“也许我们还有好几年。几个世纪。”

“我们还有十五天。”萨拉斯第宣布说。

“哦该死。”说话的多半是坎宁汉。也许是萨沙。

不知为什么，所有人都看着我。

十五天。天晓得这个数字是怎么算出来的？我们谁也没问。也许这只是萨拉斯第随口编出的瞎话，是他对心理学的又一次失败尝试。也可能他在我们进入轨道之前就得出了这个结论，只是一直瞒着我们，怕哪天还需要把我们送回那个迷宫去——直到这一刻，直到他认定这个可能性已经不复存在。整个任务期间，我有一半时间都是半个瞎子，我不知道。

但无论如何，毕业典礼就在眼前。

棺材沿着墓室后方的隔离壁在地板上排开——尽管“地板”只在上和下仍然成立的那部分时间里才有意义。我们来时睡了好几年，期间完全不曾意识到时间的流逝——尚未死亡的那部分新陈代谢太过迟缓，连梦境也支撑不了。但不知怎的，身体却很知道什么时候该换换口味。抵达目的地后，我们谁也没去冬眠箱里睡过觉，除非命悬一线、别无选择。

不过自从斯宾德死了以后，四合体经常到这里来。

他的身体长眠在我旁边的冬眠箱里。我飘进墓地，下意识地向左转。五口棺材：四口开着盖子，空空如也；第五口已经密封。对面那镜子般的隔离壁将它们的数量增加了一倍，同时让墓地显得更加深广。

但四合体不在这儿。

我往右转。苏珊·詹姆斯飘在隔离壁前，与自己的影子背靠背，她正盯着一幅相反的画面：三口密封的棺材，第四口已经打开——棺盖上乌黑的面板也已熄灭。另外三口棺材的面板上闪烁着相同的马赛克图像，寥寥几颗蓝、绿色星星，全都没有变化。没有一页页的心电图，没有标注着*心脏功能*或*中央神经系统*的波峰、波谷。我们可以在这里一连等上几个钟头，我们可以等上好几天，这些二极管都不会有哪怕最轻微的闪动。等你变成*活死人*以后，重音总是落在第二个字。

我刚进来时四合体的拓扑形态显示的是*蜜雪儿*，但现在说话的却换成了*苏珊*。她没有回头看我。“我从没见过她。”

我顺着她的目光看过去，冬眠箱的名牌上写着：*高松*。另外那个语言学家，另外那个多重人格。

“我见过所有人，”苏珊继续道，“同他们一起受训。但我从没见过我自己的替补。”

他们不鼓励这么干。有什么意义呢？

“如果你想了解——”

她摇摇头：“不过还是谢谢你。”

“或者其他任何人——我很难想象蜜雪儿现在是什么感觉——”

苏珊微微一笑，但那笑容里带着寒意。“蜜雪儿现在不太想跟你说话，席瑞。”

“啊。”我犹豫片刻，给其他人一个发表意见的机会。没人说话。我回身往舱口飘去。“好吧，如果你们有谁改变主意——”

“不必。我们谁也不会改变主意。永远。”

克朗切。

“你撒谎，”他接着往下说，“我看见了。我们都看见了。”

我眨眨眼：“撒谎？不，我只是——”

“你不说。你只是听。你不关心蜜雪儿，不关心任何人。你只想知道我们手头的情报。好写进你的报告里。”

“不完全是这么回事，克朗切。我关心的。我知道蜜雪儿肯定——”

“你知道个屁。走开。”

“让你不快我很抱歉。”我原地转身，一推镜子借力飘开。

“你不可能了解蜜儿，”他咆哮道，“你从没失去过任何人。你从没拥有过任何人。

“你离她远点。”

这两点他都说错了。而且，斯宾德死时，他至少知道蜜雪儿把自己放在心上。

切尔西死时以为我全不在乎。

我们分手已经两年了，或者更久些，期间也有联系，但自从她离开那天起，我们再也没有真正见过面。某一天，她简直像是从奥尔特云里突然冒出头来，往我的嵌入设备发送了一则十万火急的语音信息：天鹅。请立刻回电。事情很重要。

我认识她这么久，这是她第一次关闭图像信号。

我知道事情很重要，我知道情况很糟，哪怕看不到图像我也知道。正因为没有图像我才知道。我还能从她声音的和声里听出情况不止是糟糕这么简单。我能听出致命的危险。

后来我查出她原来是遭了池鱼之殃。现实主义阵营在波士顿的陵寝外种下了一个纤维发育不良的变种病毒，这个经过微调的单点制动病毒具有双重作用：既是一场恐怖袭击，也是对天堂居民那种僵化瘫痪状态的嘲讽。它重写了4号染色体上控制骨化的调节基因，又在17号染色体的三个基因座鼓捣出了一条新陈代谢的岔道。

切尔西开始长出一副新骨架。感染后十五个钟头，她的关节已经钙化；二十个小时内钙化症状发展到韧带与筋腱。此时医生开始在细胞水平进行饥饿疗法，想靠剥夺其代谢物的方式降低病毒的扩散速度。但这也只是为她争取一点时间而已，一点点。二十三个小时，她的横纹肌开始变成石头。

这些情况我当时并不了解，因为我没有回她电话。我不需要知道细节。从她的声音里我已经知道她快死了。很显然，她想同我告别。

我没法跟她说话，我必须先弄明白该如何说再见。

我花了好多个钟头在人类意识圈里翻箱倒柜，寻找先例。这里记录有各种死法，我找到了几百万介绍死亡礼节的个案。最后的告别、最后的誓言，还有为将要失去亲人的人准备的指导手册。缓冲性神经药物。畅销小说里富于延展性与解说性的死亡场景。这些我全部看了一遍，我用了整整一打选择性滤镜，好将热与光区分开。

她第二次打来时新闻已经铺天盖地：急性石化症大爆发，疫情如白热的钢针刺穿了波士顿的心脏。隔离措施卓有成效。天堂安然无恙。预计有轻微伤亡。在通知亲人前死伤者姓名暂不公布。

我仍然不了解那些规范、那些原则：我手上只有实例。最后的遗言与遗嘱，企图跳楼轻生的人与救援者的交涉，从聚爆的核潜艇或者月球上的撞击点寻回的日记。回忆录和灵床上的忏悔，喋喋不休，直到心电图化作一条直线。无望生还的飞船留下的黑匣子，以烈焰与静电噪音作为结尾。然而这一切都没有意义。它们全无用处。它们都不是她。

她又一次打来电话，图像信号仍然空缺，而我仍然没有接听。

但最后一次打来时她没有放过我，她让我看了她的样子。

他们竭力让她舒服些。凝胶软垫紧密地贴合着肢体，支撑着每一根突出的骨刺。他们不会让她感到任何痛苦。

她的颈子已经石化，向下方和侧面弯曲，让她的目光停留在一只扭曲的爪子上，那曾经是她的右手。她的指关节有核桃大小。异位的骨头撑起了手臂与肩膀的皮肤，钙化的肌肉仿佛一张纤维地毯，将肋骨掩埋在下面。

行动就是它自己最可怕的敌人。最轻微的抽搐也难逃石化症的惩罚，任何胆敢活动的关节和平面都会长出新的骨头。柔韧性已经分配给每一条铰链、每一道臼槽，它们各有各的定额，最终免不了要消耗殆尽。身体不断被病毒侵袭，等切尔西开通视频信号时，她几乎已经耗尽了自己全部的自由。

“小鹅，”她的口齿含混不清，“我知道你在。”

她的下巴锁定在半张开的位置，每吐出一个字舌头都更加僵硬。她没有看镜头。她没法看镜头。

“猜我知道你为什不回。我会——试着不生你气。”

一万句最后的道别环绕在我周围，还有一百万就在触手可及之处。我该怎么办？随便挑一个吗？把它们拼成某种合成物？所有这些语言都属于其他人。嫁接到切尔西身上只会把它们变成陈词滥调。变成毫无意义的老生常谈。变成侮辱。

“只想说，别不安。知道你只是——不是你错，我猜。你只是，做不到，不然你会，接电话。”

接了又能说什么？当某人在你眼前以快进的方式死去，你还能对她说些什么？

“试着，人，建立联系，你知道，别放弃。我就是，忍不住……”

这次道别，基本元素准确无误，不过还是综合了几种死亡的细节，以增加戏剧效果。

“求你了？只——跟我，说句话，小鹅……”

我想跟她说话，胜过世上的一切。

“席瑞，我……我只是……”

我把所有的时间都花在了思考怎么说上。

“算了。”她说，然后掐断了信号。

我对着一片死寂低声说了些什么，我甚至不记得内容。

我真的想跟她说话。

我只是找不出任何适用的运算法则。

“你将知晓真相，而真相将让你疯狂。”

——阿道司·赫胥黎

到现在，人类原本指望已经将睡眠永远驱逐了。

这样的浪费简直可耻：每个人生命中都有三分之一的时间无知无觉、身体消耗燃料却不事生产。想象一下，假使我们不需要每十五个钟头陷入无意识状态、假使我们的大脑能从婴儿期便始终保持清醒，直至一百二十年后大幕落下，那样的话我们将成就多少事业？想想看，八十亿灵魂，不必关机，不必休息，直至底座磨损殆尽。

怎么，我们没准能驶向别的恒星呢。

事情没能往这个方向发展。即便我们已经摆脱了夜间静静躲藏的冲动——如今唯一的狩猎者只剩下我们自己复活的那些——可人类的大脑仍需要不时脱离外面的世界。各种经历必须分门别类储存起来，中期记忆升格为长期记忆，把自由基从藏身的树突中驱赶出来。我们仅仅降低了对睡眠的需求，却没能将它彻底消除——残余下来的休息时间再也无法压缩，而且只能勉强容纳所有的梦境与幽灵。它们在我脑中蠕动，就好像退潮时留在坑中的小动物一般。

我醒过来。

我独自飘浮在自己的营帐中央。我几乎可以发誓，刚才有东西拍了我的后背。残余的幻觉，我想是。闹鬼的房子里挥之不去的余波，在通往毁灭的道路上制造最后一次鸡皮疙瘩。

但那感觉又来了。我撞上气囊靠龙骨一侧的曲线，然后再一次撞上去，脑袋和肩胛骨在前，身体的其他部分紧随其后，动作轻柔，却又无法抗拒。

下。

忒修斯在加速。

不。方向错了。忒修斯在翻滚，仿佛海面上被标枪刺中的鲸鱼，将腹部对准星空。

我唤出感控中心，让航行战术概要显示在墙上。飞船的轮廓中爆出一个亮点，慢慢远离大本，在身后蚀刻下一条明亮的细线。在我的注视下，数字逐渐变成了 15G。

“席瑞，请到我房间。”

我跳起来。吸血鬼好像就在我身边似的。

“来了。”

一个信号放大卫星中继，经过漫长的调整后终于与伊卡洛斯反物质流交汇。使命在召唤，然而在那背后，我的心沉下去。

我们没有逃走，尽管这是罗伯特·坎宁汉最大的心愿。忒修斯正在囤积军火。

敞开的舱门仿佛峭壁脸上的山洞，船脊的淡蓝色光线似乎无法进入屋内。萨拉斯第只露出模糊的轮廓，一团黑色，衬在灰暗的背景上；他血红色的眼睛在黯淡的营帐中反射着光线，就像猫。

“来。”为照顾人类的视觉，他增强了波长较短的光线。尽管光线仍然略有红移，但气囊内部总算亮了起来。就好像打着远光灯的罗夏。

我飘进萨拉斯第的起居室。通常他的脸都像纸一样白，今天却涨得通红，活像是晒伤了。他饱餐了一顿，我忍不住想。喝了很多。但这些血都来自他自己。通常他都把血深埋在体内，用来保护关键器官。吸血鬼的效率就有这么高。他们很少需要冲刷自己的外围组织，除非是在乳糖水平过高的时候。

或者在狩猎的时候。

他喉咙上插着一根针管，他给自己注射了3cc清亮的液体，就在我眼皮底下。那是他的抗欧几里得药。如今他对自动注射系统失去信心，只能手动完成；我暗自琢磨，也不知他每隔多长时间需要补一针？墙上固定着一个趁手的支架，他拔出针头，把它放进贴在架子上的小包里。我眼看着他失去了血色——血液重新沉入身体的中心，他的皮肤再次变成尸体一样的蜡白。

“你在这里是官方的观察者。”萨拉斯第说。

我观察了。他的房间比我的还要简朴。完全没有任何私人物品。也没有垫了收缩性薄膜泥的棺材。放眼望去，我只看到两套连身裤、一小袋洗漱用品，还有一根未连接的光纤脐带。光纤大概有我的小指一半厚，飘在空中，仿佛福尔马林液中的蛔虫。那是萨拉斯第与船长的硬链接。我记起来，这甚至不是脑皮层插孔，它插入的部位是骨髓、是脑干。很符合逻辑，那里是所有神经线路的交汇点，是带宽最大的地方。然而每当想到萨拉斯第竟通过爬行动物的大脑与船长相连，难免还是让人不安。

一个分镜窗口在墙上铺开，由于墙面成凹形，所以图像略有些扭曲：牢房中的小伸和小缩。两幅画面底部各有细小的坐标，代表各种难解的生命体征。

画面的扭曲让我分心。我在感控中心里寻找经过校准的信号，结果一无所获。萨拉斯第读懂了我的表情：“闭路信号。”

此时两只攀爬者已经奄奄一息，哪怕第一次遇到它们的人也能看得出来。它们浮在各自牢房的中央，胳膊毫无目的地前后飘荡。一片片薄膜——我猜大概是皮肤——不断从角质外皮上剥落，带给人一种正在腐坏的感觉。

“胳膊总在动，”萨拉斯第道，“罗伯特说有助循环。”

我望着图像点点头。

“遨游恒星间的生物，却要不断挥舞手臂以完成基本新陈代谢，”他摇摇头，“低效。原始。”

我瞥了吸血鬼一眼。他仍然全神贯注地注视着我们的囚犯。

“可憎。”说着他动动手指。

墙上出现了一个新窗口：罗塞塔协议，正在初始化。在几公里之外，微波淹没了牢笼。

我提醒自己：只观察。不干涉。

无论身体多么虚弱，攀爬者仍然不能对疼痛无动于衷。它们了解这个游戏，它们知道游戏规则；两只攀爬者拖着病弱的身体来到各自的面板前，祈求得到宽恕。萨拉斯第只不过重复了之前的一次练习，攀爬者一步接一步地重复，用每一条相同的论证与原则为自己争取几秒钟的喘息之机。

萨拉斯第弹弹舌头，然后说：“重建解决方案的速度快于先前。依你看它们是否适应微波了？”

墙上又出现了一个读数；一个音频警报在附近什么地方啾啾作响。我看一眼萨拉斯第，又看一眼读数：一个结实的青绿色的圆圈，被背景上一个脉动的红色光环照亮。这图形意味着大气异常，那颜色代表氧气。

一时间我有些疑惑——氧气？为什么氧气会触发警报？——然后我想起来：攀爬者是厌氧生物。

萨拉斯第一挥手，警报闭上嘴巴。

我清清嗓子：“你会毒死它——”

“看好。表现始终如一。没有变化。”

我咽口唾沫。只观察。

“这是处决吗？”我问，“是不是某种，比方说安乐死？”

萨拉斯第的目光越过我，他微微一笑：“不。”

我垂下眼睛：“那是什么？”

他指指墙上的图像。我转过身去，本能地服从。

有什么东西刺穿了我的手，就好像将人钉上十字架的铁钉。

我尖叫起来。疼痛的电流窜上我的肩膀，我不假思索地把手扯开，嵌在肉里的利刃撕开了血肉，就像鱼鳍划开池水。鲜血溅入空中、留在空中，仿佛一条水滴形成的彗尾，追随着手掌描绘的疯狂弧线。

身后突如其来的灼热。后背上烧焦的皮肉。我无助地挥舞手臂，又一声尖叫。一片血红的水滴洒向空中。

不知怎的我已经来到通道里，眼睛木然注视着自己的右手。手掌从中央撕裂，伤口一直延伸到掌根，两块肉上各连着两根手指，血淋淋地挂在腕关节上。鲜血从伤口边缘涌出，但却不肯落下。萨拉斯第穿过惊惧与困惑的迷雾向我逼近，他的脸庞时而清晰时而模糊，不过一直显得那样丰润，也不知是因了他的血还是我的血。他的双眼仿佛鲜红的镜子，仿佛时光机。黑暗在它们周围咆哮，时间回到了五十万年前，我不过是非洲大草原上一块普普通通的生肉，再过半秒钟喉咙就会被撕裂。

“你看出问题了吗？”萨拉斯第步步紧逼，一只巨大的蜘蛛蟹盘旋在他肩头。我忍着疼痛拼命睁大眼睛：贝茨的一个步兵，正在瞄准。我胡乱踢了几脚，纯粹靠运气，竟然踢中了梯子，于是我借力磕磕绊绊地沿着通道后退。

吸血鬼跟上来，他脸上突然露出某种表情，换在任何人类脸上那都该是微笑：“意识到痛苦，你因痛苦而分心。你对它灌注全副精力。执着于一个威胁，于是忽略另一个。”

我挥动手臂。深红色的水雾刺痛了我的眼睛。

“觉知大大加强，洞察却大大减少。自动化设备也能做得更好些。”

他崩溃了，我暗想。他疯了。然后：不对，他是过境型的。他从来都是过境型——

“它们也能做得更好。”他柔声说。

——而且他已经藏了好多天。深藏海底。免得被海豹发现。

他还会做些什么？

萨拉斯第抬起双手，他的面孔在我眼中不住晃动。我撞上什么东西，不假思索地踢过去，身体随之往后弹开；眼前是一片旋转的水雾，耳边响起了诧异的人声。金属碰上我的后脑勺，撞得我转了一百八十度。

一个孔，一个洞。藏身之处。我一头扎进去，被撕裂的右手像死鱼一样拍在舱门边缘。我痛得大叫，踉踉跄跄地跌进旋转舱，怪兽紧紧尾随。

惊诧的叫喊，距离已经很近了。“计划不是这样的，朱卡！那该死的计划不是这么说的！”苏珊·詹姆斯的声音，义愤填膺。阿曼达·贝茨也咆哮道：“退下，你他妈立刻退下！”她从甲板上一跃而起准备战斗，她从空中飘过来，全身都是超频的反应能力与碳铂材质的强化附件，然而萨拉斯第只是轻松将她推开，继续前进。他飞快地伸出一只胳膊，就像蛇发动攻击。他的手掐住了我的喉咙。

“你原来是这个意思？”詹姆斯的声音，它仿佛来自某个黑暗的藏身处，与我毫不相干。“这就是你所谓预处理？”

萨拉斯第使劲摇晃我的身体：“你在里头吗，基顿？”

我的鲜血溅了他满脸，就像雨。我的声音含混不清，我在哭喊。

“你在听吗？你能看见吗？”

突然间我看见了。突然间一切都清晰起来。萨拉斯第根本没有讲话。萨拉斯第甚至不复存在。谁都不存在。我独自待在一个巨大的转轮中，被某些血肉做成的东西环绕在中间，某些能自己独立活动的东西。其中一些裹在布片里，从顶端的小孔发出毫无意义的古怪声响，小孔之上还有些别的东西，有一个山脊一样的隆起，还有类似弹子或者黑色纽扣的东西，湿漉漉、亮晶晶，嵌在肉片里。它们闪着光，它们微微颤抖，它们在动，就好像想要逃跑似的。

我不明白那些生肉发出的声响，但我听到了从某处发出的声音。就好像上帝在说话，而且我理解它的意思，我不得不理解。

"走出你的屋子，基顿，"它嘶嘶地说，"停止置换、内推、循环，或者你做惯的别的什么。听好了。见鬼，这辈子就这一次，你要理解。你要明白这关系到你的性命。你在听吗，基顿？"

我没法告诉你它说了什么。我只能告诉你我所听到的。

你为它花了血本，不是吗？它将你提升到比地上的野兽更高的位置，它让你变得特别。你管自己叫智人。拥有智慧的人类。你洋洋得意地提到意识，可你真的知道它是什么吗？你真的知道它有什么用处吗？

也许你认为是它赋予你自由意志。也许你忘记了，梦游时人类同样可以交谈、开车，可以犯罪并清理现场，整个过程中都处于无意识状态。也许从没有人告诉过你，醒着的灵魂也只不过是自欺欺人的奴隶罢了。

做一个有意识的选择，下决心动动食指。晚了！电流已经上路，已经传到了胳膊上。不等你的意识"选择"这样做，你的身体已经行动，比意识自我早了足足半秒钟。你的自我什么也无法决定，是另一种东西让你的身体行动起来，并且几乎是在完事之后才想起要补发一份行政摘要给你眼睛背后的那个侏儒。而这个傲慢的小矮子，这个自命为老大的子程序，它却将关联误解为因果关系：它读到摘要，它看见手动了，于是就以为前者引发了后者。

然而做主的并不是它。做主的并不是你。哪怕自由意志真的存在，它也不会跟你这样的家伙呼吸相同的空气。

那么不说动作，谈谈洞察力吧。智慧。对知识的探索、对原理的构建，科学、技术以及一切专属于人类的追求，这些总该是以意识为基础的。或许这就是知觉的意义——只可惜科学上的突破性进展从来都是自潜意识中破土而出的，它们在梦中展现，就仿佛一夜熟睡之后突然爆发的洞见。研究受阻时最基本的原则：别再考虑那个问题。干点别的。只要你不再意识到它的存在，它就会主动找上门来。

每个钢琴演奏家都知道，要想害自己演出失败，最有效的法子就是用意识指挥手指的动作。每个舞者、每个杂技演员都知道要放松心智的钳制，让身体自由发挥。任何驾驶员在抵达目的地时都不会记得途中如何走走停停、左转右转。你们全都是梦游者，或许此刻你正在攀登创作的高峰，或许此刻你手头是做过千百次的例行公事，这并无区别，你们全都在梦游。

别跟我提什么学习曲线，也不必跟我说什么在无意识的表演之前必须经历好多个月的刻意练习，又或者在灵光闪现之前总少不了许多年的实验与研究。就算你所掌握的知识全都是有意习得的又如何？你以为这就能证明它是唯一的方式吗？启发式软件会从经验中学习，这已经有一百多年历史。机器成了象棋高手，汽车学会了自动驾驶，统计程序在遇到问题时会设计各种试验去解决它们，而你却以为通向学习的唯一道路名叫知觉？你不过是石器时代的游牧民，在草原上勉强度日——你甚至否认农业这东西是有可能的，因为你的祖祖辈辈都靠狩猎和采集过活。

你想知道意识有什么用吗？你想知道它唯一的真正用途是什么吗？孩子学骑自行车时装上的辅助轮，仅此而已。你没法同时看到内克尔立方体的两个面，于是它帮你把注意力集中在其中一个面上，忘掉另外那个。这样分析现实着实不大高明。无论你眼前是什么，只看一面自然比不上同时兼顾几个面来得好。来吧，试试看。散焦。从逻辑上讲这就是下一步。

哦，可惜你做不到。有什么东西挡了你的路。

它还在反击。

进化并不具备先见之明。复杂的构造都有自己的小算盘。大脑——它喜欢作弊。反馈回路进化出来是为了增强心跳的稳定性，可它们无意间却受了节奏与音乐的诱惑。分形图像引发的欣快、为挑选栖息地而总结的算法，最后通通都转化成了艺术。曾经只能靠一点点增强适应性才能赢得的刺激，如今能从毫无意义的内省中得到。美感从不可计数的多巴胺受体中自发产生，系统不再满足于塑造机体，它开始塑造这个塑造的过程。它不断消耗越来越多的计算资源，用无穷的递归与无关的模拟将自己阻塞。就仿佛那些依附于每一组天然基因的寄生虫DNA，它存活下来、不断繁殖，它什么也不生产，只除了自己。元进程像癌症一样绽放，它们醒过来，并管自己叫“我”。

系统变得虚弱、迟缓。如今它要花去更长的时间才能感知——评估输入的数据、反复思索、以知性生命的方式做决定。然而当山洪在你眼前爆发，当狮子从草丛中朝你扑来，高级的自我意识就会变成奢侈的累赘。脑干拼尽全力，它看见危险、劫持身体，它的反应速度比楼上CEO办公室里的胖老头快了上百倍；可是想绕开这胖子行事变得越来越困难——他就是老迈的神经官僚主义。

“我”只会浪费能量与处理能力，“我”的自我中心主义已经发展到了精神病的地步。攀爬者拿这东西毫无用处，攀爬者更悭吝。

它们的生化反应更简单，它们的大脑更小——没有工具，没有它们的母舰，甚至缺少了一部分新陈代谢——但它们仍能把你玩弄于股掌之间。即便你知道它们说了什么内容，它们仍能将自己的语言隐藏于光天化日之下。它们用你自己的认知能力对付你。它们能在恒星间旅行。当智力摆脱了自我意识的纠缠，它就能做到这一切。

你瞧，“我”并非那个不断运转的心智。当阿曼达·贝茨说“我不存在”时，这话显然是无稽之谈；但当底下的进程这样说时，它们只不过是在报告寄生虫死了。它们只不过是在说它们自由了。

“假如人类的大脑简单到我们能够理解的程度，我们就会变得过于简单，以至于无法理解它。”

——埃默森·M·匹尤[1]

萨拉斯第，你个吸血怪物。

我用膝盖抵住自己的额头。我抱住蜷曲的双腿，就好像紧紧抱住了一根树枝，脚下就是万丈深渊。

你个狠毒的混蛋。你个丑陋肮脏的虐待狂。

刺耳的呼吸声响亮而机械，几乎盖住了血液在耳中的咆哮。

你将我撕裂，你吓得我屁滚尿流、害我哭哭啼啼，活像被开膛破肚的婴儿，你把我剥了个精光，狗娘养的，潜伏在黑暗里的鬼祟东西，你把我的工具砸得稀烂，你夺走了能帮我与他人接触的一切，而你根本没有必要这样做。你个猪猡，完全没有必要，可这你早就知道不是吗？你只是想耍弄我。我见过你的同类，猫耍弄老鼠，捉捉放放，让对方尝到点自由的味道，然后再次出击，撕咬，但不致

[1] Emerson M. Pugh，为 George Edgin Pugh 之父。George Edgin Pugh 在其著作《人类价值的生物起源》中引用了父亲的这句话。

命——至少暂时如此——然后你把它们放开。现在它们一瘸一拐，也许折了一条腿，或者肚皮上撕烂了一条口子，但它们还在垂死挣扎，在跑、在爬，拖着自己残破的身体，拼尽全力，直到你再次出击，然后又一次。因为你拿这当乐子，因为它能叫你高兴你这狗娘养的虐待狂。你把我们送到那东西怀里，让它也耍弄我们，也许你们根本就是一伙的，因为它也任我逃了，就像你一样，它让我逃向你的怀抱，然后由你剥下我的一切武装，把我变成无助的野兽，赤身露体，只剩下半边大脑，我没法再轮转、没法再转化，我甚至没法交谈而你——

你这个——

这甚至不是什么私人恩怨，对吧？你甚至并不恨我。你只不过是厌倦了忍耐，周围有这么多鲜肉，你不愿再压抑自己，而其他人都不可或缺，除了我。这才是我真正的工作，对吧？不是综合家，不是管道，甚至不是炮灰或者诱饵。我只是你磨爪子的工具，用后即可抛弃。

我多么痛苦。就连呼吸也痛苦不堪。

我多么孤独。

安全带嵌进我背部的弧线，像微风般将我吹向前方，又再度将我拉住。我回到了自己的营帐里。我右手发痒。我试着弯弯手指，但它们被埋在琥珀中间。左手摸向右手，发现塑料的硬壳一直延伸到胳膊肘那里。

我睁开眼睛。黑暗。毫无意义的数字与红色的 LED 沿着我的上臂闪烁。

我不记得自己是如何回到这里的。我不记得是谁对我修修补补。

破碎。被击碎。这我记得。我想死。我想蜷起身子，直至自己全然委顿。

过了一个世纪之久，我终于强迫自己展开四肢。我稳住身体，任微弱的惯性将自己送出去，撞上营帐那绷紧的绝缘材料。我等待呼吸平稳下来。时间仿佛过了好几个钟头那么久。

我唤出感控中心，又要来旋转舱的信号投射在墙上。柔和的交谈声，反射在墙上的刺目光线：灼伤我的双眼，将它们一层层剥开。我关闭视频信号，在黑暗中凝神静听。

"——只是一个阶段？"有人问。

苏珊·詹姆斯，她恢复了人的身份，我重新认出她来：不再是一袋生肉，不再是一个物体。

"这问题我们已经讨论过了。"坎宁汉。我也认出他来。我认出了他们所有人。无论萨拉斯第对我做了什么，哪怕他将我扯出我的中文屋，丢到无比遥远的地方，不知怎的，我终究还是落回了屋里。

事情不该这样轻易地了结。

"——有很多理由，其中之一就是如果它真有这么大的害处，自然选择早就把它剔除了。"詹姆斯正说着。

"你对进化过程的理解实在天真。所谓适者生存并不存在。更强大者生存，也许。解决之道是否为最佳方案不重要，重要的是它是否胜过其他选项。"

这个声音我也认识。它属于魔鬼。

"好吧，我们可他妈不是胜过其他那些选项嘛。"詹姆斯的声音中有种微妙的叠加效果，仿佛一曲大合唱：整个四合体，在压力面前共同出击。

我感到难以置信。我刚刚遭到毒打、被人肢解，就在他们眼皮底下——而他们竟在讨论生物学？

*也许她不敢谈别的，*我暗想。*也许她担心下一个就会轮到自己。*

也可能她压根不在乎你的死活。

"此话不假，"萨拉斯第告诉她，"你们的智力在某种程度上弥补了自我意识造成的损失。但你们就像无法飞翔的小鸟，困在孤岛上。这算不上成功，只不过是与真正的竞争隔绝开罢了。”

简短的语言模式不见了。扼要的措辞也不见了。过境型虎鲨已经杀死了猎物，发泄了欲望。现在他一点不在乎会不会暴露自己的位置。

“你说你们？”蜜雪儿低声道。“难道不是我们吗？”

“我们很久以前就停止了竞赛，”最后魔鬼说，“你们不肯随我们去，这并不是我们的错。”

“啊，”坎宁汉道，“欢迎回到赛场。你们有没有查看过基顿的情况——”

“没有。”贝茨道。

“满意了？”魔鬼问。

“如果你指的是机器步兵，我对你不再控制它们感到满意。”贝茨道。“如果你指的是——那完全没有必要，朱卡。”

“事实并非如此。”

“你攻击了我们中的一员。如果我们有禁闭室的话，接下来的航程中你会一直待在里头。”

“这里不是军舰，少校。你也不是指挥官。”

我不需要视频信号也知道贝茨对这话有什么想法。但她的沉默中还有些别的什么，促使我重新将旋转舱的摄像头上线。我在刺目的亮光中眯起眼睛，调低亮度，只留下一丝微弱而柔和的色彩。

没错。贝茨。正从楼梯井下到甲板站定。

“拉张椅子过来，”坎宁汉坐在自己位置上招呼道，“来叙叙旧。”

她跟往常有点不一样。

“够了，”贝茨道，“这一套我已经厌烦透了。”

此刻我的工具已经残破不堪，我的洞察力并不比基准人类强多少，但我仍能看出她的变化。折磨囚犯、攻击船员——对于贝茨来说，这些都越界了。其他人对此视而不见，可她却给自己加上了一个盖子，像钢板一样把自己的情感特征盖得严严实实；即使透过黯淡的视窗看过去，她的拓扑形态也像霓虹灯一样夺目。

阿曼达·贝茨已不仅仅是在考虑夺取指挥权。现在这只是时间问题。

宇宙是个封闭的同心圆。

我那狭小的避难所位于它的中央。在这层壳外边是另外一层天地，由一个恶魔统治，由他的奴仆巡视。在那之后还有一层天地，那里的魔鬼更加可怕，更难理解，也许不久之后就会将我们全部吞噬。

除此之外再无其他。地球只是个模糊的假设，与这个小宇宙并不相干。我看不出它在这幅图里能有什么位置。

我藏在这个宇宙的中心，在这里逗留了很长时间。我没有开灯。我没有进食。只在需要拉屎撒尿时我才溜出去，趁船脊里无人摸去制造车间那狭小的厕所。被灼伤的后背上起了一片水泡，玉米芯上的玉米粒一样密实，害我苦不堪言。最轻微的摩擦也会将它们撕裂。

没人来敲我的门，没人在感控中心里呼唤我的名字。即使他们唤我我也不会应声。也许他们知道这一点。也许他们远离我是因为尊重我的隐私和羞耻感。

也许他们只是不在乎。

我时不时偷眼瞅瞅外头，也留意着战术中心的情况。我看见斯库拉和卡律布狄斯爬进增生带，用一张肿胀的大网拽回了自己捕获的反应材料。我亲眼看见我们的信号放大卫星在一片虚无中找到了自己的目的地，看见反物质的量子蓝图流进忒修斯的缓冲器里。质量与规格在制造车间合为一体，充实了我们的储备，为朱卡·萨拉斯第的伟大计划制造工具——当然我并不知道那计划的详情。

也许他会失败。也许罗夏会把我们杀个精光，而且它一定会先耍弄萨拉斯第一番，就像萨拉斯第耍弄我一样。为这个我几乎愿意付出任何代价。又或者贝茨的兵变会赶在那之前发生，并且获得成功。或许她会杀掉魔鬼，控制飞船，带领我们飞向安全地带。

可我记起来：宇宙是封闭的，而且那么狭小。我们真的无处可去。

我聆听着飞船上的所有信号。我听到了掠食者的日常指令，听到了猎物之间的低声交谈。我从来不看，只是听；视频信号会让我的营帐中透出光亮，将我暴露在光天化日之下。于是我只在黑暗中倾听其他人谈话。如今他们已经很少交谈。也许他们已经说了太多，也许除了倒计时再没有什么可做了。有时候一连好几个钟头我只能听到一声咳嗽、一声哼哼。

就算说话他们也从未提起我的名字。哪怕暗示我的存在也只有一次而已。

那次是坎宁汉，他正跟萨沙说起僵尸。我听见他们在厨房吃早点，两人都异乎寻常地健谈。萨沙好久没放出来了，想要弥补失去的时间。坎宁汉为了他自己的理由放任她这样做。也许他的恐惧得到了缓解，也许萨拉斯第已经公布了自己的妙计。又或者坎宁汉只是想分散注意力，免得自己老记挂着近在眼前的敌人。

"你就不觉得烦恼吗？"萨沙道，"你的大脑，它是使你成其为你的东西，结果它只不过是某种寄生虫？"

"别管大脑了，"他告诉她，"打个比方，如果你有种设备，可以监测——唔，比方说宇宙射线吧。如果你把它的传感器从天上转开，反过来对准它自己，那会怎么样？"他不等她说话便自问自答："它会按照自己的设计运转。它会测量宇宙射线，尽管它眼前已经没有宇宙射线了。它会用宇宙射线这个隐喻去分析自己的线路，因为它感觉这样才是正确的方式，因为它觉得这很自然，因为它没法用其他任何方式思考。但它采用了错误的隐喻，于是系统就会误解关于自己的一切。也许这根本不是什么进化上的伟大飞跃。也许这只是设计上的缺陷。”

“可你是生物学家。你比任何人都清楚妈妈是对的。大脑是葡萄糖做的大猪猡。它干的所有事儿都贵得离谱。”

“这话倒也不假。”坎宁汉承认。

“那么知觉肯定该有些用处。因为它实在太贵，如果它光吃饭不干事儿，进化早把它一脚踹开了。”

“也许它已经被踹开了。”坎宁汉顿了顿，或许是在咀嚼，也可能是抽口烟。“你知道吗，黑猩猩比红毛猩猩更聪明，脑化指数更高。但有时候它们认不出镜子里的自己。红毛猩猩却可以。”

“所以你什么意思？动物越聪明，自我意识越弱？黑猩猩正在向无知觉的方向发展？”

“也许事情的确如此，只是被人类打断了这个进化过程。”

“那这种事情为什么没发生在我们身上？”

“没有吗？你为什么会这么想？”

这问题那么蠢，答案那么显而易见，以至于萨沙无法回答。我能想象出她哑口无言的样子。

“你没把问题通盘考虑清楚，”坎宁汉道，“我们说的可不是什么伸直了胳膊蹦蹦跳跳的僵尸，嘴里只会滔滔不绝地念叨数学理论。一台聪明的自动化设备会融入人群中。它会观察自己周围的人，模仿他们的行为，像其他人一般行事。而从头到尾它对自己的所作所为都不会有半点觉察，它甚至不会觉察到自己的存在。”

“它干吗要找这麻烦？这么做的动机何在？”

“只要你懂得把手从明火上挪开，谁管你是因为烧疼了还是因为某种反馈算法告诉你说热通量超过临界点T时把手缩回？自然选择不关心你的动机。如果模仿能让某一方更强大，那么自然就会选择更懂得模仿的那一方。只要持续的时间够长，再没有哪个具备自我意识的生物能从人群中找出你的僵尸来。”又是一阵沉默，我能听到他的咀嚼声。“它甚至有能力参与这场对话。它可以写信回家，模仿真正的人类情感，同时完全意识不到自己的存在。”

“我不知道，罗伯，这听起来实在太——”

“哦，它也许并不完美。它也许会有点过火，或者时不时莫名其妙地叽里呱啦老半天。但真正的人也会这么干，不是吗？”

“这么发展下去，到最后就不会有真正的人了。只剩下假装自己在乎的机器人。”

“有可能。这取决于很多因素，比方说种群动态。不过据我猜想，自动化设备至少缺少一样东西：共情。如果你没有感情，你就无法真正与有感情的东西建立联系，再假装也没用。这么说来有件事倒挺有趣：社会的上层集中了多少反社会人格，唔？在顶上的平流层，冷酷无情和极端的自私自利总是受人追捧，但如果你在地面表现出这类品质，大家就会把你扔进牢里，让你跟现实主义阵营的人做伴。简直就像整个社会正在重塑似的。”

“哦得了吧。社会从来都是——等等，你意思是说全世界的集团精英都没有知觉？”

“不，上帝。差得远。也许他们只是刚刚走上那条路。就好像黑猩猩。”

“好吧，但反社会人格很难融入社会。”

“被确诊的那些也许的确如此，但按照定义，他们不过是这类人中最底层的那部分。其他成员太过聪明，不可能被逮住，而真正的自动化设备甚至会做得更好。再说了，只要你够强，你就没必要像其他人那样说话做事了。其他人会反过来模仿你。”

萨沙吹了声口哨：“哇。完美的表演。”

“也许并不那么完美。听着像不像我们认识的某个人？”

我猜他们指的也可能是另一个完全不同的人。但无论如何，在我偷听小道消息的无数个钟头里，这就是最接近于对席瑞·基顿指名道姓的一次。除此之外再没人说起我，哪怕随口一提也没有。从统计学的角度讲，发生这种情况的可能性是很小的；想想看，我刚在他们所有人面前有过那样的遭遇，总该有人说点什么不是吗？也许萨拉斯第下了封口令，禁止他们讨论这件事。我不知道这到底是为什么。但如今事情已经很明显了，很长一段时间以来，吸血鬼都在指挥、协调他们同我的互动。现在我躲了起来，但他知道我可能会听他们谈话。也许出于某种理由，他不希望对我的监视受到——受到污染……

但他明明只需要把我锁在感控中心外面就行。他没有这样做。也就是说他还不想瞒我。

僵尸。自动化设备。该死的知觉。

听好了。见鬼，就这一次，你要理解。

这是他对我说的话。或者别的什么东西说的话。在我遭到袭击的时候。

你要明白这关系到你的性命。

简直好像他在帮我忙似的。

后来他没再理我。而且显然命令其他人也这样做。

你在听吗，基顿？

而且他没有把我锁在感控中心外面。

好多个世纪的自恋。数千年的手淫。从柏拉图到笛卡尔，再到道金斯和朗达。灵魂、僵尸机与可感性。科氏复杂性理论[1]。作为神性火花的意识。作为电磁场的意识。作为功能簇的意识。

我把它们通通探索了一遍。

[1] Kolmogorov complexity，以苏联数学家 Andrey Nicolaevich Kolmogorov（1903—1987）的名字命名。某物体的科氏复杂性是指描述此物体所需的计算资源。

魏格纳认为它是一份行政摘要。彭罗斯从受困电子的歌声中听到了它的存在。诺瑞钱德斯干脆说它纯属欺诈；卡兹姆管它叫平行宇宙的渗出物。梅岑格甚至不肯承认它的存在。人工智能宣称自己已经弄清了它的来龙去脉，接着又宣布说这事儿没法解释给我们人类听。原来还是高德尔说得对：任何系统都无法完全理解自己。

就连综合家也无法将它简化。承重梁实在无法负荷这样的张力。

我渐渐想明白一件事：他们全都忽略了问题的核心。所有这些理论，所有这些迷幻的梦境，试验与模型，全都想证明意识*是什么*，却没有一个试图解释它有什么*益处*。我们不需要解释，这是显而易见的。意识是使我们成为我们的关键。它让我们可以看到美与丑，它使我们升上崇高的灵性王国。哦，也有几个外人——道金斯、齐欧、几个差不多完全湮没无闻的低劣作家——他们也曾有短暂的疑问：为什么，为什么*不是*软计算机，为什么就到此为止了？为什么不具备知觉的系统就一定低人一等？但他们从来没有抬高嗓门，让众人听到自己的声音。意识是我们的本质，它自然是有价值的，这实在是不证自明的真理，从来无人认真质疑这一点。

然而这些问题没有消失，它们留在了桂冠诗人的心里，留在了地球上每一个十五岁少年的情欲与苦闷中。难道我就只是化学的火花？我是以太中的一块磁石吗？我不仅仅是我的眼睛、我的耳朵、我的舌头；我是所有这些小东西背后的东西，是从里面往外看的那个东西。可从它的眼睛里往外看的究竟是谁？说到底它究竟是什么？我是谁？我是谁？*我是谁？*

这问题真他妈蠢到了家。我不用一秒钟就能回答，假如萨拉斯第没有强迫我先去理解它的话。

“只有在迷失后我们才会开始了解自己。”

——梭罗

耻辱冲刷过我的身体，剩下空洞的躯壳。我不在乎谁会看见我。我不在乎自己落在他们眼中是一副什么模样。我在自己的营帐中飘了好几天，蜷成一个球，呼吸着自己的臭气，其他人则听命于那个折磨我的魔鬼，进行着不知什么准备工作。对于萨拉斯第的所作所为，只有阿曼达·贝茨象征性地表示过抗议。其他人则垂下眼睛、闭紧嘴巴，只管服从他的命令——我不知道这究竟是因为害怕还是漠不关心。

许多事情我都已经不在乎，这只是其中之一。

这期间的某个时刻，我胳膊上的石膏像剥落的蚌壳般裂开了。我暂时调亮光照，好评估它的效果。修复后的手掌略有些痒，在微光中闪闪发亮；一条更长、更深的命运线从掌根一直延伸到了手指之间。然后我回到黑暗中，回到安全的假象里，尽管它是如此无法令人信服。

萨拉斯第想要我相信。不知为什么，他以为暴力与羞辱能达到这一目的——以为当我变得残破不堪、精疲力竭时，我就会成为一具空空如也的躯壳，任他灌进他所希望的东西。这难道不是经典的洗脑技巧吗——撕碎你的猎物，再按照自己想要的规格将碎片拼贴起来？也许他指望我会患上斯德哥尔摩综合征，又或者他的行为是出于别的目的，生肉无法理解的目的。

也许他只不过是疯了。

他将我摧毁。他提出了自己的论据。我追随着他撒下的面包屑，走过感控中心，走过忒修斯。现在离毕业典礼只剩下九天，而我确定了一件事：萨拉斯第错了。他肯定错了。我不明白他怎么可能犯错，但我就是知道。他错了。

是的，这很荒唐，但不知为什么，这竟成了我唯一真正在乎的事。

船脊里没人。只有坎宁汉待在生化/医疗舱里，凝视着数字解剖图，假装忙碌以消磨时间。我飘到他头顶，刚刚重建的右手紧紧抓住楼梯井顶端。随着旋转舱的转动，它拖着我缓缓划出一个不大的圆形。即使站在这里我也能看出他肩膀中流露的紧张：一个困在待机模式中的系统，在漫长的时间里渐渐腐蚀，眼看着永恒的命运不紧不慢地朝自己逼近。

他抬起头：“啊。它还活着。”

我与退却的欲望展开搏斗。看在上帝的份上，只不过是说说话而已。只不过是两个人一起聊天。人类常常这么做，而且他们说话时都不必借助你那些工具。你能行的。你能行。

只管试试看。

于是我强迫双脚一步步走下梯子，重量与忧虑同时增加。我试着透过眼前的迷雾分辨坎宁汉的拓扑形态。也许我看到了一个拓扑面，仅仅几微米深。也许他对任何可以让自己分心的事都很欢迎，尽管他不会承认。

也可能这只是我的想象。

“你怎么样？”等我下到甲板他便开口问道。

我耸耸肩。

“嗯，手看来好多了。”

“倒不是托你的福。”

坎宁汉点燃一支烟：“事实上为你治疗的就是我。”

“你还坐在椅子里，眼睁睁看他把我撕碎来着。”

“我根本就不在现场。”过了一会儿：“不过或许你说得没错。我跟一直坐那儿不动也没两样。听说阿曼达和四合体倒曾经试着为你出头。结果对谁又有什么好处了？”

“也就是说你连试也不会试一下。”

“如果易地而处，你会吗？手无寸铁跟吸血鬼对着干？”

我没说话。坎宁汉一面抽烟，一面看了我好半天。最后他说：“他真的影响到你了，不是吗？”

“你错了。”我说。

“是吗？”

“我从不耍弄别人。”

“唔。”他似乎在思考这一主张。“那么你更喜欢哪个字眼？”

“观察。”

“你确实观察了。有些人甚至可能会管那叫监视。”

“我——我解读旁人的肢体语言。”希望他指的仅仅是这件事。

“你很清楚这只是程度问题。即使身处人群中，人们也指望能享受某种程度的隐私。他们绝想不到有人会从他们眼珠子的每一次颤动里读出自己的心思。”他用手里的烟戳戳空气。“而你。你是个变形者。你对每个人都展现出一张不同的面孔，而且我敢打赌，它们全都不是真的。真正的你是隐形的，如果它确实存在的话……”

我的胸膈底下有什么东西打了个结。“谁又不是这样？谁不想——不想融入大家？谁不想活得顺顺当当？我又没有恶意。看在上帝的份上，我是综合家！我从来不会操控变量。”

“嗯，你瞧，问题就在这儿。你操控的不仅仅是变量而已。”

轻烟在我俩之间盘旋、翻滚。

“不过我想你是没法真正了解这一点的，对吧。”他站起来挥挥手，他身侧几个感控中心的窗口向内坍塌。“其实也不是你的错。总不能因为某人神经的构建方式而责备他。”

“你他妈有完没完。”我咆哮。

他僵死的面孔上毫无表情。

刚才那句话我又是想拦没拦住——而在那之后就好像开了闸门一般：“你就那么相信那堆狗屎。你和你的共情。也许我确实是冒牌货，可绝大多数人都会告诉你说我触及了他们的灵魂。我不需要那鬼东西，你不必对动机有任何感觉，一样可以推断出动机是什么，其实感觉不到反而更好，这能让你——”

“不动感情？”坎宁汉微微一笑。

“也许你所谓的共情只不过是供人自我安慰的谎话，这你想过吗？也许你以为自己知道其他人是什么感觉，但其实那只是你自己的感觉，也许你比我还更糟。又或者我们都在猜。也许唯一的区别只在于我没有自欺欺人。”

“它们跟你想象的一样吗？”他问。

“什么？你什么意思？”

“攀爬者。从一个中央躯块中伸出带许多关节的手臂。我听着倒是差不多。”

他翻阅过斯宾德的记录。

“我——并不完全一样，”我说，“现实中的胳膊更加——柔韧。关节也更多。而且在幻觉里我从来没能把躯干看清楚。这跟刚才的问题有什么关系——”

“不过也很接近了，对吧？相同的大小，大体形态也一样。”

“那又怎么样？”

“你为什么不报告？”

“我报告了。艾萨克说那不过是经颅磁刺激效应。来自罗夏。”

“在罗夏之前你就见过它们，”他继续道，“或者至少见过某种东西，它吓得你搞砸了自己的伪装，在你偷听艾萨克和蜜雪儿说话的时候。”

我的愤怒仿佛漏进真空里的空气般烟消云散。“他们——他们早知道了？”

“只有艾萨克知道，我想。除了记录，它没有告诉任何人。我估计它不想干涉你的不干涉原则——不过我敢打赌，之后你肯定再也没逮住它俩单独相处，对吧？”

我没吭声。

过了一会儿，坎宁汉问：“你以为官方委任的观察者就能免于被观察吗？”

“不，”我轻声道，“我猜这并不现实。”

他点点头：“那之后你还见过那东西吗？我说的不是一般的经颅磁刺激效应。我指的是攀爬者。等你真正见过攀爬者、知道它们长什么样之后，你还产生过关于它们的幻觉吗？”

我想了想：“没有。”

他摇摇头，仿佛确认了某种猜测：“你知道吗，基顿？你可真是个人物。你从不自欺欺人？到现在你仍然不知道自己知道些什么。”

“你什么意思？”

“你推断出了攀爬者的真实模样，多半是根据罗夏的构造推断出来的——形态依功能而定，不是吗？不知怎么的，你在任何人看见攀爬者之前就已经合成了一幅相当准确的画面。或者至少——”他深吸一口气，香烟好似LED般亮起来——“你大脑里的某个部分做到了。一堆无意识单元，为你卖命。但它们没法把自己的成果给你看，对吧？你不能有意识地访问那些层面。于是一部分大脑就想方设法跟另一部分互通消息。在桌子底下传递小纸条。”

“盲视。”我喃喃地说。你有种感觉,感觉到该把手伸向哪儿……

“更像是精神分裂症，只不过通常都是听到声音，而你却是看见图像。你看见了图像，但你仍然不理解。”

我眨眨眼：“但我怎么可能——我是说——”

“要不然你以为是怎么回事？忒修斯闹鬼吗？攀爬者在通过心灵感应跟你交流？你的所作所为——全都会产生影响，基顿。它们告诉你说你不过是个速记员，它们把一层又一层被动的不干涉原则敲进你的脑子里，但无论如何你也免不了要发挥一点点主动性，不是吗？你必须自己解决问题。你唯一做不到的只是承认这一点。”坎宁汉摇摇头。“席瑞·基顿。瞧瞧它们都对你干了什么。”

他碰碰自己的脸，嘴里嘟囔道：

“瞧瞧它们对我们所有人干了些什么。”

我在观象囊里找到了四合体，她调暗了光线，飘在气囊中央。见我进来她为我腾出些位置，利用一侧的安全带将自己锚定。

“苏珊？”我真的再也分辨不出谁是谁了。

“我这就叫她出来。”蜜雪儿道。

“不，没关系。我希望能跟你们所有人谈谈——”

但蜜雪儿已经逃了。那个半明半暗的人影在我眼前发生了变化。“眼下她宁愿自己待着。”

我点头道：“那你呢？”

詹姆斯耸耸肩：“说说话我倒不介意。尽管我有些吃惊，你竟然还在弄你的报告，在发生了……”

“我——不，算不上报告。这不是给地球准备的。”

我四下打量一番。没什么可瞧的。法拉第屏蔽网涂在穹顶内部，形成一张灰色的薄膜，将背后的景色变成了带颗粒的黯淡画面。大本悬在半空，仿佛一块黑乎乎的肿瘤。借着几团模模糊糊的云我还能分辨出一打黯淡的尾迹，红得那样深，几近于黑色。太阳在詹姆斯的肩头眨巴眼睛，我们的太阳，每当我转动头部，这个亮点都会衍射成淡淡的彩虹碎片。差不多就这些了：星光穿不透屏蔽层，增生带上那些更大、更暗的粒子也一样。那些微小、黯淡的铲鲨式机械更是不见踪影。

对某些人或许算是一点点安慰，我猜。

“真够难看的。”我评论道。只需一瞬间忒修斯就能在穹顶上投射出远景画面，第一人称视角，清晰无比。比现实更真实。

“蜜雪儿喜欢，”詹姆斯道，“她喜欢这感觉。另外克朗切喜欢衍射效应，他喜欢……干扰模式。”

我们对着一片空寂看了许久，船脊滤进观象囊的微弱光线拂过詹姆斯的侧脸。

最后我说：“你们算计我。”

她看我一眼：“什么意思？”

“你们一直对我隐瞒，不是吗？你们所有人。直到我被——”她是怎么形容的来着？——“预处理为止。整个计划都是为了让我看不清真相。然后萨拉斯第——他莫名其妙地对我发动了攻击，然后——”

“事前我们并不知情。直到响起警报。”

“警报？”

“他改变空气成分的时候。你肯定听见了，所以才会去找他，不是吗？”

“是他把我叫进他营帐里的。他要我在一旁好好看着。”

她望着我，脸上阴影密布：“你没有想办法阻止他？”

我无法回应她声音里的责备，只能小声说：“我只是——观察。”

“我还以为你想阻止他——”她摇头，“我还以为这就是他攻击你的原因。”

“你意思是说那不是在演戏？你们事先都不知情？”我不信。

但我看得出她没有撒谎。

“我以为你试图保护它们。”她哼了一声，转开眼睛，冷冷地嘲笑自己的误解。“我猜我早该料到。”

没错。她该知道服从命令是一码事，选择立场却对我的中立性百害无一益。

而我也早该习惯了。

我还是继续突进：“他在教导我关于客观性的什么道理。一种、一种演示。意思好像是不具备知觉的生物不可能受到折磨什么的，再说——再说我听到你们的话了，苏珊。你们并不觉得吃惊，只有我一个人蒙在鼓里，而且……”

而且你们隐瞒了这件事。你们所有人。你和你的整个四合体，还有阿曼达。你们策划了好多天，你们想尽办法不让我发现。

我怎么会没发现？我怎么会没发现？

“朱卡命令我们不能同你讨论这件事。”苏珊承认。

“为什么？我跑来这里为的就是这种事——”

“他说你会……抗拒。除非处理得当。”

“处理——苏珊，他袭击了我！你亲眼看见他做了——”

“我们并不知道他会那样做。谁都不知道。”

“可他这么做的理由呢？为了赢得一场争论？”

“他是这么说的。”

“你相信他？”

“大概吧。”过了一会儿她耸耸肩。“谁知道呢？他是吸血鬼。他……晦涩难懂。”

“可他的记录——我是说，过去他还从来没有公开采取暴力手段——”

她摇摇头："为什么要使用暴力？他并不需要说服阿曼达、罗伯特和我。无论如何我们都必须听从他的命令。”

“我也一样。”我提醒她。

“他不是想说服你，席瑞。”

啊。

原来我毕竟只是一个管道。萨拉斯第的观众并不是我；我只是他说明问题的途径，而且——

——而且他正在策划第二回合。如果这里发生的一切与地球无关，那为什么还要以如此极端的方式来阐述自己的观点？因为萨拉斯第认定游戏不会在这里结束。他指望地球会采取某种行动——根据他提供的视角采取行动。

“可这又能有什么用？”我自言自语道。

她只是看着我。

“就算他是正确的，这又能改变什么？这个——”我抬起刚刚修复的右手——“能改变什么？攀爬者是智慧生命，不管它们有没有知觉都是。对这一点我们至今仍然不清楚，但无论有或没有它们反正都是潜在的威胁。那么这能起到什么作用？为什么他要对我做出这等事情？有什么意义？”

苏珊朝大本扬起头，没有回答。

萨沙重新把头转向我，试着回答我的问题。

“这当然有意义，”她说，“因为这意味着我们在发射忒修斯之前就已经攻击了它们。甚至在天火坠落之前。”

“我们攻击了——”

“你还是不明白，对吧？你不明白。”萨沙轻轻哼了一声。“我短短一辈子里听过的最好笑的事儿，毫无疑问。”

她身体前倾，眼睛发亮："想象你是攀爬者，想象你有生以来第一次遭遇人类发出的信号。”

她的目光中几乎带着嗜杀的气息。我忍住后退的冲动。

“对你来说应该再容易不过，基顿。这该是你有生以来最轻松的活儿。你不是用户界面吗？你不是中文屋吗？你从来不必往人家心里瞧，从来不需要与人易地而处，因为你只看他们的表征就能把他们摸个透，不是吗？”

她盯着大本，盯着那个烟雾缭绕的漆黑圆盘。“好吧，这就是你的梦中情人了。整整一个种族，除了表征什么也没有。没有内心可瞧。所有的规则都摆在台面上。所以快去工作吧，席瑞·基顿。让我们为你骄傲。”

萨沙的声音里听不出轻蔑，也不带鄙夷。甚至没有愤怒，声音里没有，眼睛里也没有。

有的只是恳求。以及泪水。

“想象你是攀爬者。”她又一次低声说道。这时候，一粒粒形状完美的小珠子在她面前飘散开。

想象你是攀爬者。

想象你拥有智力，但却从不领悟；你有目标，但却对其毫无觉知。你的线路嗡嗡作响，满满都是生存与物种延续的策略，聪明、灵活，甚至很先进——但却没有其他的线路来监督它。你什么都可以想，却意识不到任何东西。

你想象不出这样一个存在会是什么样，对吧？你甚至觉得存在这个词似乎不该用在它身上，它缺少某种基本的东西，只不过你不大明白那究竟是什么。

试试看。

想象你遇到一个信号。它有复杂的结构，满载信息。它符合智慧传输信号的所有标准。进化和经验让你可以采取多种办法应对这些信号，流程图里有很多分歧点来处理这类信息输入。有时这些信号来自你的同种，它们与你分享有用的信息，你也会依据亲缘选择的规则去守卫它们的生命。有时信号来自竞争者、掠食者或者其他怀有敌意的实体，你必须躲开它们，或者消灭它们；如果是这种情况，那么截获的信息说不定具有相当的战略价值。某些信号的发送者甚至可能既非亲人亦非敌人，它们拥有成为同盟或共生体的潜力，没准能与你互惠互利。无论如何，对所有这样或那样的可能性，你都能做出适宜的回应。

你将信号解码，然后被绊了个跟头：

我过得快活极了。他真是妙不可言。尽管他比穹屋的其他男妓要贵上整整一倍——

要想真正欣赏克西的四重奏——

他们为了我们的自由而恨我们——

我说，仔细听着——

明白了。

对这些术语，你完全找不到任何富有意义的阐释。它们毫无必要地不断递归。它们并未包含可用的情报，然而它们的结构却显示出智力，它们绝不可能出自机缘巧合。

合理的解释只有一个：某种东西给呓语编码，将它装扮成有用的信息；只有浪费过时间与精力后骗局才会被揭穿。这信号的功能就是消耗接收者的资源，在降低其生存能力的同时不会带来丝毫回报。这信号是个病毒。

病毒不会来自亲属、同种或其他盟友。

这信号是攻击手段。

它来自那个方向。

“现在你明白了。”萨沙道。

我摇摇头，努力理解这个难以接受的疯狂结论。“它们对我们甚至没有敌意。”它们甚至不知道什么叫敌意。只是彻底地与我们相异，因此不可避免地将人类的语言视为一种战斗形式。

当语言本身就等同于挑起战争，你该如何告诉对方我们为和平而来？

我明白过来：“所以它们才不肯与我们对话。”

“按照朱卡的理论是这样。但他也可能想左了。”又是詹姆斯，仍在默默地抗拒，仍然不愿意承认事实，即便她的其他人格都已经接受。我能理解这是为什么。因为假如萨拉斯第是正确的，这就意味着攀爬者才是范式：宇宙中的进化仅仅是有组织的自动化设备在无休无止地繁殖，一台毫无生气的巨大图灵机，充满了自我复制的结构，永远不会意识到自身的存在。而我们——我们只是侥幸的化石，只是那些不会飞的小鸟，在孤岛上洋洋自得，全不知毒蛇与掠食者已经被海浪冲上了岸边。苏珊·詹姆斯不能让自己承认这点——因为苏珊·詹姆斯的多重生命全都构建在一个信念之上：交流能解决一切冲突。她不能承认这信念只是个谎言。如果萨拉斯第说对了，我们之间将不会有和解的希望。

我脑中升起一个记忆，挥之不去：一个行动中的人，低垂着头、嘴唇永远扭曲。他的眼睛专注地看着一只脚，然后是另一只。他的腿缓缓移动，僵硬而仔细。他的胳膊紧紧贴着身体。他行动时摇摇晃晃，仿佛是被尸僵束缚的僵尸。

我知道那是什么。本体感受器的多发性神经病，斯宾德死前我曾在感控中心里看过它的个案研究。帕格曾经拿它来同我相比：一个失去了心智的人，只剩下自我觉察。所有无意识的感受与子程序，曾经被视为理所当然，如今被全盘剥夺，于是走向房间对面时每迈出一步都必须集中全部精力。他的身体已经不知道自己的四肢在哪儿，也不知道它们在做些什么。任何动作，哪怕只是保持直立，都要由他自己持续不断地为它们做见证。

我播放的那份资料并没有音频信号，现在当我回想起它时脑中也同样没有声音。但我敢发誓，我能感觉到萨拉斯第就在我身后，在窥探着我的记忆。我敢发誓我能听到他在我脑中说话，就像精神分裂症患者的幻觉：

如果只剩下意识，它至多就只能做到这样而已。

“答案正确，”我喃喃道，“问题错了。”

“什么？”

“小伸，还记得吗？那时你问它窗口中有哪些物体？”

“而它漏了攀爬者，”詹姆斯点点头，“所以呢？”

“它没有漏掉攀爬者。你以为自己问的是它看见了什么、屏幕上存在哪些物体。小伸以为你问的是——”

“它能觉知到什么。”詹姆斯接上后半句。

“他说对了，”我低声道，“上帝啊，我想他说对了。”

“嘿，”詹姆斯说，“你瞧见那东西——”

但我再也没能看见她指的是个什么东西。忒修斯猛地阖上眼睑，放声嚎叫。

毕业典礼提前了九天。

我们没看见发射的情景。无论罗夏打开了什么样的炮口，它都借三重障碍物把自己遮了个严严实实：实验室加压舱挡住了忒修斯的视线，罗夏自己身上冒出的两个大包让两个炮台也看不见它。一枚燃烧的等离子炮弹从那个盲点发射，就好像打出的拳头；它将充气加压舱撕开了一道大口子，这时候第一声警报才姗姗来迟。

警报声将我们驱赶向船尾方向。我们跑过舰桥和墓地、钻过舱门与狭小的空间；在这些地方，肌肤与天空之间只一掌之隔，我们必须赶紧逃开。往里钻。感控中心追随着我们，沿了船脊那凹陷的通道一路向前，无数窗口在支撑物与管道上扭曲、滑行。我对它们毫不在意，只顾一路逃回旋转舱，进入忒修斯的腹部。在这里我们总算能有一丝虚假的安全感。

贝茨从旋转的甲板上一跃而起，战术窗口就像国标舞的舞者般跳动在她周围。我们自己的窗口也停在了公共区的隔离壁上。加压舱在显示画面中逐渐扩大，仿佛廉价的视觉幻术：它在膨胀也在收缩，光滑的表面朝我们滚滚而来，同时又往自身内部塌陷。我花了好几秒才调和了这一矛盾：某种东西从对面踢了加压舱一脚，害它跌跌撞撞地朝我们滚过来，动作缓慢、雷霆万钧；与此同时那东西还撕开了加压舱，让它的大气溢出，让它富有弹性的皮肤凹陷下去，就好像漏气的气球一般。撞击点的画面转到我们眼前：一张松弛的嘴，边缘被烤焦，几丝冰冻的唾液仍然垂在嘴角上。

我们的武器正在射击。它们发射的是非传导性子弹，免得被电磁场作弄、偏离目标——它们的颜色很深、距离又太远，在人类的眼睛看来与隐形炮弹无异，但我能透过正在开火的机器人的战术瞄准器看见它们、目送它们在空中划出两道孪生的黑色弧线。炮口追踪着自己的目标，炮弹的轨迹逐渐交汇，逼近了两枚渐行渐远的星形飞镖；它们正展开翅膀穿越虚空，它们面朝罗夏，就像花儿将脸朝着太阳。

还没逃出一半路程，小伸和小缩就被忒修斯的火力撕碎。

但碎片却继续下落，突然间下方的地面活动起来。我将镜头拉近：攀爬者从罗夏肚子里蜂拥而出，暴露在太空中，仿佛群蛇的狂欢。其中一些相互挽起胳膊，一个接一个，化作脊椎骨连成的链条。它们一头锚固在罗夏上，另一头从罗夏表面升起，一波波荡漾在充满辐射的真空中，仿佛褐藻的叶片，伸长胳膊——抓啊抓啊——

贝茨和她的大炮不是傻子。大炮专挑作为链接环的攀爬者下手，同对付刚才的两个逃犯一般冷酷无情。大炮射得很准，可目标实在太多了，小伸和小缩的碎片从自己同胞身旁飘过，时常被它们一把抓住。我亲眼看见的就有两次之多。

破裂的加压舱就像被撕开的白细胞，在感控中心里投下巨大的阴影。附近什么地方再次响起警报：敌人迫近。坎宁汉从船尾方向冲进旋转舱，撞上一簇管线，他伸手抓住些东西作为支撑。“我的天啊——我们这就要走了，对吧？阿曼达？”

“不。”萨拉斯第的回答铺天盖地。

“究竟——”究竟要糟到什么地步你才肯离开？“阿曼达，如果它朝飞船开火怎么办？”

“它不会。”阿曼达的视线片刻不离自己的窗口。

“你怎么知——”

“它已经耗尽了火力。如果它装备更多弹药，在热力和微观生长异率上就会有更大变化，那样一来早就被我们发现了。”一幅填色的地形图在我们中间旋转，纬度以时间为度量，经度则是质量变化值。数千当量的炸药从那片区域升起，仿佛一片红色的山脉。“喏。刚好低于我们设置的噪音限——”

萨拉斯第截住她的话头：“罗伯特。苏珊。太空行走。”

詹姆斯煞白了脸。坎宁汉嚷道：“什么？”

“实验舱即将受到撞击，”吸血鬼说，“把样品抢救出来。快。”他切断了通话信号，不给任何人争辩的机会。

不过坎宁汉也不准备跟他争。他就像个死刑犯，刚刚发现自己得了缓刑——如果萨拉斯第不是断定我们有机会带着样本逃跑，他还要样本来做什么？生物学家稳住身子，转向通往船首的舱门。“我这就去。”说着他飞快地走了。

我不得不承认，萨拉斯第的心理学技巧有了长足进步。

不过它对詹姆斯却没起作用，或者是蜜雪儿，又或者——我不大清楚主导人格究竟是哪一个。“我做不到，席瑞，它太——我不能出去……”

只观察。不干涉。

破裂的充气加压舱再也支撑不住，它撞向右舷，落在飞船外壳上瘪了下去。我们完全没有感觉到什么异样。在远处——那是指物理距离，就我们的感受来说它还是太近了——留在罗夏表面的爪牙变得稀疏。它们消失在罗夏的嘴巴里，这些嘴巴噘起来、扩大，又奇迹般地封闭。炮台丝毫不为所动，继续向剩下的攀爬者开火。

观察。

四合体站在我身边，拓扑形态频频闪烁，魂飞魄散。

不干涉。

“没关系，”我说，“我过去好了。”

敞开的气闸就仿佛无尽深渊上的一个酒窝。我从这道缺口朝渊薮望去。

忒修斯的这一侧背对着大本，背对着敌人，不过眼前的景象依旧触目惊心：远处，无数恒星构成一幅永无止境的凝固画卷，冷硬无情，当中只有一颗黄色的星星略亮上半分。虽然它仍然显得太过遥远，但我还是从它身上得到了一丝慰藉；然而它突然熄灭——也许是被一块飞石挡了一下，也可能是罗夏手下的飞掠艇——虽然只一瞬间，但慰藉之感仍然消失得无影无踪。

只需一步，我将永远不会停止坠落。

但我没有迈步，也没有坠落。我扣动助推手枪的扳机，喷射器助我轻巧地穿过开口，转过一个弯。忒修斯的外壳向四面八方划出弧线。在船首方向，封闭的观象囊从平面上升起，仿佛青铜色的日出。在更靠近飞船尾部的地方可以看见一堆凌乱的积雪：那是破碎的实验舱的边缘。

而在这一切背后则是大本那无尽的黑色云层，几乎触手可及：

一堵翻腾的巨大墙体，延伸向远方的某条地平线，即使在理论上我也只能勉强想象它的存在。当我将目光对准它时，我看见的只是漆黑一片，还有各种深浅不一的灰色——但当我转开视线，暗淡、阴郁的红色又会出现在我的眼角，挑逗我的注意力。

"罗伯特？"我找到坎宁汉太空服的摄像头信号，将它接入自己的平视显示系统：凝固的崎岖冰原，被他头盔的探照灯点亮。罗夏磁气圈的干扰从这幅高对比度的画面上涌过，一波又一波。"你在吗？"

噼里啪啦。电磁噪音下的呼吸和呢喃。"四点三。四点零、三点八——"

"罗伯特？"

"三点——见鬼。怎么——你出来做什么，基顿？四合体呢？"

"我代她过来。"再次扣动扳机，我飘向那片雪地。忒修斯凸起的船壳从我身侧滚过，伸长手臂就能够到。"来帮帮你。"

"那咱们就抓紧吧，唔？"他正穿过一道参差不齐的裂痕，被他一碰，烧焦的边缘向后缩了回去。冰窟内部，机器的残肢、破碎的面板和支架交缠在一起，仿佛冰川的残骸；它们的轮廓在静电中扭曲，它们的阴影在他头灯的照射下跃动、拉伸，仿佛活物一般。"我就快——"

他头灯下有什么东西动了动，这次不是静电。它就在摄像头的画面边缘，它舒展开身体。

视频信号消失了。

突然间，贝茨和萨拉斯第在我头盔中大喊大叫。我试着刹车。古老的脑干夺取了控制权，命令我那蠢笨无用的双腿踢打真空，等我记起应该使用助推手枪时，实验舱已经耸立在我面前。不远处，罗夏从它背后探出头来，偌大无比、满怀恶意。片状闪电般的黯淡绿光冲刷着它扭曲的表面，数百张血盆大口开开合合，好似冒泡的火山泥一般黏稠，每一张都足以将忒修斯整个吞噬。我几乎错过了自己正前方的那丝动静，那是坍塌的充气加压舱，它正静静地喷出深色的物质。等我留意到坎宁汉时他已经上路了；罗夏皮肤上那不断明灭的鬼火化作背景灯光，让我能隐约看到他的轮廓。

我以为自己看见他在招手，但我错了。那是一只攀爬者，像死缠烂打的情人般紧紧拥抱着他，因为需要使用系在他手腕上的助推手枪，所以让他的手臂前后摆动。拜拜，那只胳膊仿佛在说，还有，去你妈的，基顿。

我望着他，似乎看了一辈子那么久，但他身体的其他部分丝毫没有动弹。

人声、喊叫声，命令我立刻返回飞船。那些声音似乎传不进我心里。这道最基本的数学题叫我傻了眼，我拼命努力，想要理解那再简单不过的减法。

两只攀爬者，小伸和小缩，两只都在我眼皮底下被打成了碎片。

“基顿，收到吗？回来！回答！”

“我——不可能，”我听见自己说，“明明只有两只——”

“立即返回飞船。回答。”

“我——收到……”

罗夏的无数张嘴同时合上，仿佛深呼吸之后把气憋在肚子里。那人造体开始转弯，动作笨重，好似一块企图变航线的大陆。它逐步后退，起初很慢，但不断加速，终于夹着尾巴逃了。多古怪，我暗想。简直好像它比咱们还害怕似的……

可就在这时，罗夏给了我们一个飞吻。我看见这吻从丛林深处冲出来，轻灵而炙热；它划破苍穹，撞上忒修斯的后腰，完完全全、彻彻底底地耍弄了阿曼达·贝茨。在发生撞击的地方，飞船的皮肤飘起来，就好像一张嘴突然张大，然后永远地凝固在无声的尖叫中。

“反战与备战不可能同时进行。”

——爱因斯坦

我不知道那只攀爬者有没有将来之不易的战利品带回家。哪怕我们的炮台没把它轰成碎片，距离也太远了。坎宁汉的助推手枪也许会在中途耗尽燃料，再说谁知道这些东西在真空里能活多久？也许成功的希望从一开始就极其渺茫，也许当那只攀爬者决定留下来放手一搏时，它已经跟死了没什么两样。最终的结果不得而知。不等罗夏消失在云层底下，它早已从我们的视线中消失了。

当然了，攀爬者一直都有三只。小伸、小缩，以及第一只攀爬者的遗骸——它死在那名失控的步兵手里，被微波烧焦，被所有人遗忘。坎宁汉把它冰冻起来，跟它那两位兄弟放在一处，那地方离他的遥感器械很近，十分便利。事后我竭力回忆那些模模糊糊的细节：两个逃犯都是球形吗？又或者其中之一比较扁？它们是不是拼命挥舞胳膊，就像发现自己悬在半空的人类一样惊慌失措？又或者其中之一毫无生气、只是沿弹道随波逐流，直到我们的大炮摧毁了一切证据？

到现在这其实已经没什么要紧。关键在于大家终于达成了一致。

血已经流了，正式宣战。

而且忒修斯腰部以下已然瘫痪。

罗夏最后的飞吻穿透了忒修斯的外壳，击中了船脊底部，只差一点就要打中推进器的冲压采集斗和遥传物质阵列。天幸烧穿外壳已经消耗掉它许多个焦耳的能量，使它没能搞掉我们的制造车间。此刻除了一点暂时的脉冲效应，所有关键系统都基本运转正常。它唯一的成就只是弱化了忒修斯的脊柱：假使我们企图发动引擎、离开现在的轨道，忒修斯就会断成两截。飞船当然可以自我修复，但时间已经不够了。

如果说这一切都是巧合，那也未免太巧了些。

而在猎物瘫痪之后，罗夏便消失了。它得到了自己需要的一切，至少暂时如此。它掌握了信息：间谍们虽然英勇献身，但残肢已经打捞回去，所有的经历与见解都编码、存储其中。如果小伸/小缩的赌博成功，现在它们甚至有了自己的组织样本，而且仔细想来我们其实也没什么资格愤愤不平。现在罗夏回到深空中潜伏，它隐匿了踪迹，或许是在修整。在重新装弹。

但它还会回来。

忒修斯开始为即将到来的决战减重。活动的部件会让飞船更加脆弱，于是我们关闭了旋转舱，象征性地为此做些努力。四合体如今无人指挥、不被需要，存在的理由已被悉数剥夺，于是只能缩回壳里与彼此交流，把其他人全部拒之门外。她飘在观象囊中，双眼紧闭，同包裹着气囊的铅制眼睑有些神似。我看不出主事的是谁，只能胡乱猜测。

“蜜雪儿？”

“席瑞——”苏珊，“请你离开。”

贝茨矮矮地飘在旋转舱的地板上方，无数窗口排列在隔离壁与会议桌上。“我能做点什么？”我问。

她头也不抬："什么也没有。"

于是我在一旁看她工作。贝茨在其中一个窗口中计算飞掠艇的数据——比如质量，比如惯性，整整一打变量，全是些我们无能为力的东西；假如这些铲鲨导弹朝我们冲过来，准能让我们狼狈不堪。如今它们似乎终于注意到了我们的存在，混乱的电子舞蹈起了变化；几十万个巨型大锤突然改变航线，准备编织出某种不祥的动态阵型，目前我们还无法预测最终的结果。

另一个窗口不断重播罗夏消失的画面：一张雷达图，退进旋涡深处，消失在几兆吨气态的无线电静电之下。这仍然可能是某种轨道。从最后一眼看到的轨迹判断，此时的罗夏很可能正绕着大本的核心走，穿过无数层甲烷与一氧化物。换了忒修斯非给压扁不可，但罗夏或许还会潜得更深，没准它甚至能在铁和氢气都压成液体的地方畅行无阻，而且毫发无伤。

我们不知道。我们只知道假定它保持之前的轨迹，又熬过了大本深处的压力，过两小时不到它就会回来——当然了，它肯定会活下来。床底下的幽灵是杀不死的。你至多只能把它挡在被子外头。

而且只一小会儿。

一块指甲大小的彩色嵌入块一闪而过，吸引了我的视线。我将它放大，它仿佛一个旋转的肥皂泡，又像是玻璃上发生蓝移的虹彩，闪烁着美丽的光芒，与周围的一切极不协调。过了好几秒钟我才认出它来：那是大本，只不过加上了某种我从未见过的棱镜色彩强化效果。我轻轻哼了一声。

贝茨抬起头。"哦。真美，不是吗？"

"哪个频谱？"

"都是长波。红色可见光、红外光，然后再往下。用来做热追踪还不错。"

"红色可见光？"其实根本看不见什么红色，基本上都是冷色调的等离子分形，一百种不同色调的翡翠色与宝石蓝。

“四色调色板，”贝茨告诉我，“类似猫眼里的世界。还有吸血鬼。”她勉强聚起一丝热情，指了指那个彩虹泡泡。“每次往外看，萨拉斯第看见的东西都跟这差不多。虽然我怀疑他究竟有没有往外瞧过。”

“这种事你还以为他怎么也会提上一句。”我喃喃道。真是美不胜收，像一个全息的饰品。透过那样的眼睛，也许连罗夏也会变成一件艺术品……

“我估计他们分析视觉影像的方式跟我们不一样。”贝茨又打开一个窗口，桌面上冒出不少平淡无奇的曲线和地图的轮廓。“我听说他们甚至不去天堂。虚拟现实对他们没用——他们能看见像素什么的。”

“如果他说对了呢？”我问。我告诉自己这不过是战术评估，为了正式的记录而寻求正式的观点。然而我的声音显得疑虑重重，惊恐万状。

贝茨停下手里的活计。我以为她终于也受够了，不想再看见我。但她只是抬起头，凝视着远方某个密闭的空间。

“如果他说对了呢？”她一面重复一面思索藏在底下的那个问题：我们该怎么做？

“也许我们可以把自己变回去，靠生物工程技术取消知觉。从长远看这或许可以提高我们的生存几率。”她瞅着我，嘴角的笑意中带着一丝懊丧。“不过我猜这也算不上什么胜利，不是吗？一边是死亡，一边是不知道自己活着，二者有多大区别？”

我终于明白了。

敌方的战术专家需要多长时间才能通过贝茨的部队在战场上的表现分析出她的心智？需要多长时间那显而易见的逻辑才会浮出水面？在任何战斗情境下，这个女人都会吸引最多的火力，这再自然不过了：消灭了大脑就等于杀死身体。可惜阿曼达·贝茨不仅仅是大脑：她还是瓶颈，而她的身体不会受到斩首行动的影响。她的死只会放开绑住部队手脚的绳索。机器步兵的战斗条件反射不必再通过一眼望不到头的工作堆栈、不必再等她盖章批准——那时候机器步兵的杀伤力会提高多少？

斯宾德完全想错了。阿曼达·贝茨的存在不是政治妥协的结果，她的角色根本不是在否认人类的监管已经过时。事实上，她的职责有赖于此。

她才是真正的炮灰，更甚于我。她一直都是。而且我不得不承认，相较于过去那些巴不得靠蘑菇云给自己增光添彩的军事将领，这法子实在很能消除不必要的暴力，它准可以叫战争贩子们倒尽胃口。在阿曼达·贝茨的军队中，挑起战争就等于将自己置于战场中央，并且在自己胸口画上靶心。

难怪她对推动和平解决不遗余力。

“抱歉。”我柔声道。

她耸耸肩。“还没完呢。这才是第一回合。”她长长地吸了一口气。“如果罗夏不忌惮我们，也不会拼了命想把我们吓跑，不是吗？”

我咽口唾沫：“对。”

“所以我们还有机会，”她冲自己点点头，“还有机会。”

魔鬼摆好了自己的棋子，准备最后一战。他已经没有多少棋子可用。他把大兵放在舰桥。没用的语言学家兼外交家则被他送回棺材里，眼不见为净，也免得碍手碍脚。

他把职业嘴炮叫进自己的房间——尽管上次的袭击事件后我再也没有见过他，但他的命令饱含自信，毫不怀疑我会服从。我的确服从了。我遵命前往，结果发现他把自己环绕在无数张面孔中间。

每张脸都在尖叫，无一例外。

没有声音。截去身体的全息图默默地飘在气囊中，一层又一层，每个表情都是扭曲的，但痛苦却各不相同。这些面孔，它们正遭受折磨；半打真实存在的人种，假想的人种数量还要多出一倍，肤色从炭黑到白化病，额头突起或平整，鼻子或扁或挺，下颌有的外突也有的往内斜。萨拉斯第在自己周围唤出了人类的整个族谱，容貌特征包罗万象，表情却出奇的一致，教人不寒而栗。

一片痛苦的汪洋，环绕着我的吸血鬼指挥官缓缓旋转。

"上帝，这到底是什么？"

"统计资料。"萨拉斯第的注意力似乎集中在一个被剥皮的亚洲孩子身上。"两周中罗夏的生长异率。"

"它们是人脸……"

他点点头，目光转向一个没有眼睛的女人。"颅脑直径对应总质量。下颌长度对应一埃时的电磁透明度。一百一十三种面部尺寸，每一种都代表一个变量。主要部件的排列组合呈现为多特征纵横比。"他转身面对我，裸露的双眼闪闪发光，只稍微偏离我的眼睛。"很多脑灰质都被用于分析面部形象，数量之大，准会让你吃惊。真可惜，竟把它浪费在残差图和相依表这样——反直觉的东西上。"

我感到自己咬紧了牙："那这些表情呢？它们又代表什么？"

"软件为使用者定制的输出画面。"

痛苦不堪的群像，从四面八方祈求慈悲。

"我本就是为狩猎而生的。"他柔声提醒道。

片刻之后我说："你以为我不知道吗？"

他耸耸肩，那动作太像人类，叫人不安。"你自己要问的。"

"为什么找我来，朱卡？还想再给我上一课，教我明白什么叫客观性？"

"想同你讨论我们下一步的行动。"

"什么行动？我们连逃跑都做不到。"

"的确。"他摇摇头，露出两排整齐的牙齿，那表情几乎像是悔恨。

"为什么我们等了这么久？"突然之间，我所有的阴郁和挑衅都烟消云散。我的声音像个孩子，受了惊吓，祈求安慰。"为什么我们刚来的时候不立刻开战？趁它还比较弱小——"

"我们需要情报。为了下一次。"

"下一次？我以为罗夏是粒蒲公英种子。我以为——以为它被冲刷到这个地方纯属——"

"偶然。但每株蒲公英都是个克隆体，它们的种子就是军队。"又一个微笑，丝毫没有让人安心的效果——"而胎盘哺乳动物征服澳大利亚或许也并不是第一次就成功的。"

"它会把我们彻底消灭干净。它甚至不需要吐那些小子弹，只需一艘冲压喷射飞行器就能把我们碾成齑粉。只一瞬间。"

"它不想这么做。"

"你怎么知道？"

"它们也需要情报。它们想把我们完好无损地保留下来。这就增加了我们获胜的几率。"

"还不够。我们赢不了。"

这就是给他的暗号了。这时候坏人叔叔就该扬起嘴角，嘲笑我竟如此天真，然后向我吐露他的大计。我们自然是武装到了牙齿的，他会告诉我说。为一个如此神秘而强大的力量跑了这么远，我们事先自然要做好准备保护自己，不是吗？现在我终于可以告诉你了，飞船一半的质量都花在了护盾和武器上……

这就是给他的暗号了。

"没错，"他说，"我们赢不了。"

"所以我们就干坐着。在接下来的——接下来的六十八分钟里，我们就坐着等死？"

萨拉斯第摇摇头："不。"

我想要争辩：“可——”

然后我明白过来：“哦。”

因为显而易见，我们的反物质储备已经加满了。忒修斯没有配备武器。忒修斯自己就是武器。没错，接下来的六十八分钟我们的确只会干坐着，坐着等死。

但死的时候我们也要拉上罗夏垫背。

萨拉斯第没说话，只是看着我。我有些好奇，不知道他都看出了什么。我好奇那双眼睛背后是不是真有一个朱卡·萨拉斯第在看着？而他对罗夏的精辟见解——总是领先我们十步不止——或许它们并非源于更优良的分析设备，而只是应了那句久经时间考验的真理：以毒攻毒。

只是不知道，一台自动化设备会选择站在哪一边？

“你还有别的事情需要操心。”他说。

他朝我靠近；我发誓，那些痛苦的面孔全都注视着他，它们的目光都在追随他。他打量我一会儿，眼睛周围的肌肉起了褶子。又或者那不过是某种无知无觉的算法，对输入的视觉信号进行处理、将纵横比与面部的细微运动相互关联、再将结果传给某个输出子程序，而萨拉斯第本人只像个数据分析程序，对这一切毫无意识。也许与那些跟在他身后默默尖叫的面孔相比，这东西脸上的生命火花也一样稀少。

“苏珊怕你吗？”站在我身前的那东西问。

“苏——为什么她要怕我？”

“她的大脑里包含了四个具有意识的主体，她比你更有知觉四倍。这不会让你成为威胁吗？”

“不，当然不会。”

“那为什么你会把我当成威胁？”

突然之间我什么也不在乎了，我放声大笑；生命只剩下几分钟，还有什么可失去的？“为什么？也许因为你生来就是我的敌人，你这个混蛋。也许因为我了解你，而每次看见我们你的下巴都忍不住抽动。也许因为你他妈差点扯掉了我的手，你侵犯我，而且根本没有任何理由——”

“我能想象出那种感觉，”他静静地说，“请别逼我再来一次。”

我立刻安静下来。

“我知道我们两个种族从来都不算融洽，”他的脸上虽然看不出什么，声音里却透着冷冷的笑意，“但我所做的都是被你所迫。你把一切合理化，基顿。你总在抗拒。你拒绝接受令人不快的真相，而如果无法直接拒绝，你就想方设法贬低它们。一点一滴积累下来的证据对你来说永远不够。你听说了大屠杀的传闻，却对它们不屑一顾。你亲眼看见种族灭绝的证据，却坚持说情况肯定没有那么糟。气候变暖、冰川融化——物种灭绝——你却把责任推给太阳黑子与火山爆发。每个人其实都是这样，但你尤其如此。你和你的中文屋。你把理解不能变成了数学，你甚至不知道真相是什么，却直接拒绝它。”

“过去效果一直挺好。”我有些惊奇：对自己的生命用上过去式，我竟还如此轻松。

“如果你的目的仅仅是传递，没错。可现在你必须说服。你必须相信。”

这话里暗含着好多意思，我根本不敢心存这样的希望。“你是说——”

“不能让真相一滴滴流出来，不能给你机会诉诸你所谓的逻辑，用它们筑起高墙。它们必须彻底坍塌。你必须被淹没。被击碎。当你全身都掩埋在断臂残肢中，你就无法再否认大屠杀的存在。”

他耍弄了我。从头到尾。对我进行预处理，把我的拓扑形态彻底颠覆。

我一直都知道有什么地方不对劲。只不过我一直没能理解那是什么。

“如果你没有把我卷进来，”我说，“我一眼就能看穿这事儿。”

“你甚至可能直接从我身上读出来。”

“所以你才——”我摇摇头，“我还以为那是因为我们是生肉。”

“那也是原因之一。”萨拉斯第承认。他直视我的眼睛，而我则第一次与他对视。我浑身一震，仿佛同类相认。

至今我仍不明白，为什么自己之前竟没看出来。这么多年来我一直记得那些思绪与情感，它们属于另一个人，一个更小些的孩子，我父母把他劈开，好给我腾出空来。原来他一直活着。他的世界无比生动。而且虽然我能唤出那一个意识的记忆，在属于我自己的那部分空间里我却几乎感觉不到任何东西。

也许用梦境来形容并不算离谱——

“想听一则吸血鬼的民间传说吗？”萨拉斯第问。

“吸血鬼还有民间传说？”

他把这当作肯定的表示。“一束激光接到一项任务，要它寻找黑暗。它住的那间屋子没门、没窗，也没有任何光源，所以它觉得事情肯定很容易。可无论它转向哪里眼前都有光明。墙也好家具也罢，它所指的地方全都亮着。于是最后它总结说，世上本没有黑暗，光明无处不在。”

“你这故事到底什么意思？”

“阿曼达没有策划兵变。”

“什么？你知道——”

“她甚至从未动过这念头。愿意的话你大可以问她。”

“不——我——”

“你看重客观性。”

这太明显，我都懒得回答。

他点点头，就好像我接了话似的。“综合家不能有自己的看法。所以如果你产生感觉，你就把它安在别人身上。船员们瞧不起你。阿曼达想要夺取我的指挥权。我们有一半都是你。我想他们管这叫投射。不过嘛，”——他微微偏了偏脑袋——“最近你有些进步。来吧。”

“去哪儿？”

“穿梭机。轮到你干活了。”

“干什么——”

“活下来做见证。”

“机器人——”

“能够带回数据——如果在逃走之前记忆体没给烧毁的话。它无法说服任何人，它无力反击合理化的企图和自欺欺人的谵妄。它没有意义。而吸血鬼——”他略一停顿——“吸血鬼的沟通技巧不大高明。”

我该感到卑劣而自私的欣喜才是。

“你意思是说，”我说，“所有的责任都归我了。我是个该死的速记员，结果责任全落到了我身上。”

“是的。原谅我。”

“原谅你？”

萨拉斯第挥挥手。所有的面孔都消失了，只除了两张。

“我不知道自己在做什么。”

消息溢满感控中心，几秒钟之后贝茨的声音将它念出来：十三艘飞掠艇没有按时从大本背后出现。十六。二十八。

数量还在增加。

萨拉斯第一面与贝茨交换情况，一面自顾自地弹弹舌头。战术中心里塞满了各种颜色的明亮线条，重新修正的轨迹缠绕在一起，复杂得仿佛一件艺术品。这些线条像细丝结成的蚕茧般包裹大本，忒修斯则是不远处一个孤零零的小点。

我原以为会有好多条线朝我们冲过来，像钉住虫子的钢针般将我们刺穿，结果这预测竟然没有实现。不过当然了，那些只是今后二十五小时的轨迹，而且在后半段时间里可靠性毫无保障。漫天都是皮球，就连萨拉斯第和船长也无法准确预测它们的去向。不过这也算是带给大家一丝微弱的希望：这些高速运动的庞然大物并不能随心所欲、一掌将我们拍死。它们显然也必须一步步进入轨道。

在罗夏的纵身一跃之后，我都开始以为物理法则不再适用了。

不过它们的轨迹也够近的。转入下一个轨道之后，至少有三艘飞掠艇会从一百公里之内经过。

萨拉斯第伸手去拿自己的注射器，血升上他的脸。“该走了。你生闷气的时候我们已经改造了卡律布狄斯。”

他把注射器对准脖子，完成注射。我盯着感控中心，那张不断变化的明亮大网将我困在原地，活像照住飞蛾的车灯。

“快点，席瑞。”

他把我推出他的房间。我飘进通道，顺手抓住一根扶手——然后停了下来。

船脊里好不热闹，机器步兵有的在空中巡逻、有的在制造车间和穿梭机的气闸前站岗放哨，还有些像巨大的昆虫般扒在船脊两侧横梯的扶手上。横梯随着船脊不断伸长，动作缓慢、悄无声息。

忒修斯的确有这本事，我记起来。船脊的褶皱如肌肉般能伸能缩，若完全展开，长度可达两百米，让我们可以紧急扩大实验室，或者装下更多货物。

或者装下更多士兵。忒修斯是在扩大战场。

“过来。”吸血鬼转向船尾。

前方的贝茨插进音频信号：“有情况。”

有块紧急触摸板贴在不断扩展的隔离壁上，此时正好滑到萨拉斯第身边。萨拉斯第抓住它，开始敲击指令。贝茨的信号出现在隔离壁上：大本的一个小边角，经电磁增强的一块赤道象限，边长只有区区几千公里。那里有一大团沸腾、骚动的气旋，旋转速度极快，实时图像几乎招架不住。电磁很强，叠加图层显示那些都是带电粒子，被束缚在一个巨大的帕克螺旋中。也就是说那里有一大团物质，而且正在上升。

萨拉斯第弹弹舌头。

"数据传输接口？"贝茨问。

"只要光学的。"萨拉斯第拉住我的胳膊，轻而易举地拽着我朝船尾方向走去。隔离壁上的图像一路与我们结伴同行：很快就有七艘飞掠艇从云中窜出，一个由冲压喷射飞行器形成的不规则圆圈，尖叫着在太空中勾勒出红热的线条。感控中心转瞬间就测算出它们的轨迹：几道明亮的弧线将飞船团团围住，就好像笼子的铁栅栏。

忒修斯猛地一抖。

我们中弹了，我暗想。伴随着嘎吱嘎吱的声音，缓慢伸展的船脊突然开始超频运转；皱巴巴的墙壁猛地蹦弹起来，在我伸出的手指底下快速流动。前方那扇关闭的舱门急速后退——

退开的不止是前方，还有头顶。

墙壁根本没有动，是我们在下坠，耳边突然传来刺耳的警报声。

我的胳膊差点被拽脱了臼：萨拉斯第伸出一只手抓住扶手，另一只手抓紧了我的胳膊，下一秒钟，我俩被牢牢压在制造车间的外墙上。我们悬在空中。此时我准有两百公斤重；地板在我脚下十米远的地方颤抖起来。船脊中回荡着金属扭曲时的尖叫。贝茨的步兵伸出脚爪，把自己粘在墙上。

我伸手去够梯子，可它却退开了：飞船从中部弯折，原本的下开始往墙上爬。我和萨拉斯第就像菊链式结构的钟摆般朝船脊中央荡过去。

"贝茨！詹姆斯！"吸血鬼大声咆哮。他的手在颤抖，眼看就要从我手腕上滑落。我拼命去够梯子，一晃之后好容易把它抓住。

"苏珊·詹姆斯把自己锁在舰桥，并关闭了电脑自动接管功能。"那是个陌生的声音，语气平板、毫无情感特征。"她初始化了一次未经授权的引擎燃烧。我已经开始有计划地关闭反应堆。请注意，主驱动器即将下线，持续时间至少二十七分钟。"

是飞船。那盖过警报的平静声音来自船长。船长本人。面向公众播音。

这可真够不同寻常的。

"舰桥！"萨拉斯第大吼一声。"开通频道！"

那边有人在嚷嚷。说了许多话，但具体内容却听不清楚。

萨拉斯第突然松手，事先毫无预兆。

他倾斜着坠落，在我眼前留下一片模糊。在船尾方向，对面的隔离壁仿佛一把苍蝇拍，正等着把他拍扁。半秒钟之后他的双腿就会粉碎，而如果撞击没有当场杀死他——

可突然间我们又回到了失重状态，而朱卡·萨拉斯第则脸色发紫、四肢僵直、口吐白沫。

"反应堆下线。"船长报告说。萨拉斯第从墙上弹开。

是癫痫发作。

我松开梯子，用力一推。忒修斯在我周围歪歪扭扭地转动。萨拉斯第在半空中抽搐，嘴里断断续续地泄出弹舌音、嘶嘶声和窒息的声音。他的瞳孔化作两点红色，双眼睁得那样开，看上去就好像没有眼睑一般。他脸上的肌肉在抽动，仿佛想要爬去别的地方。

前后都有机器步兵，可它们对我们视而不见。

"贝茨！"我朝船脊前方喊话。"我们需要帮助！"

直角，无处不在。屏蔽板上的接缝。锐利的影子和突起，每个机器步兵身上都有。一个2乘3的嵌入矩阵，边缘一圈黑色，飘浮在感控中心给出的主画面上方：这等于是两个相互交叉的巨大十字，刚才萨拉斯第悬在半空的时候，抬眼就能看见它。

不可能。他刚刚才注射了抗欧药。我亲眼看见的。除非……

除非萨拉斯第的药被人动了手脚。

"贝茨！"她本该与这些步兵链接在一起，一有麻烦它们就该冲上来帮忙。它们应该把我们的指挥官拖去医务室。可它们只是等在一旁，毫无反应、漠不关心。我望着离自己最近的步兵："贝茨，你在吗？"怕她不在，我又试着直接同这个机器人交谈："你能自主行动吗？你接受口头指令吗？"

四面八方的机器人都望着我；船长则把笑声伪装成警报，不住嘲笑我的天真。

医务室。

我使劲推了萨拉斯第一把。他的胳膊荡来荡去，不断砸中我的头和肩膀。他向侧前方翻滚，正好撞在随我们前进的图像中央；他弹开去，然后继续往前飘。我也伸脚一踢，跟了上去——

——眼角的余光里似乎有什么东西——

——我回转身——

——就在感控中心给出的画面正中，罗夏冲出了大本沸腾的表面，活像一只跃出水面的鲸鱼。罗夏在发光，而那不止是电磁强化效果；它带着一身刺目的深红色，怒气冲冲地撞进太空，体型犹如一组山脉般巨大。

操操操。

忒修斯一个猛冲。灯光闪烁、熄灭，又重新点亮。旋转的隔离壁从背后拍了我一掌。

"备份已启用。"船长沉着地说。

"船长！萨拉斯第受伤了！"我踢一脚旁边的梯子借力，虽然撞上一个步兵，好歹还是跟上了吸血鬼。"贝茨没有反应——我该怎么做？”

“导航系统下线。右舷传入设备下线。”

我意识到它其实不是在跟我讲话。也许那根本不是船长，也许它只是纯粹的本能反应：一株对话树，喷射出公告。也许忒修斯已经切除了脑叶。也许说话的只是它的脑干。

又是黑暗。接着是闪烁的光明。

如果船长没了，我们就完蛋了。

我又推了萨拉斯第一把。刺耳的警报声仍在继续。二十米开外就是旋转舱，而生化/医疗舱就在那扇紧闭的舱门背后。我记得之前它是开着的。有人把它关上了，就在刚才的几分钟里。幸运的是忒修斯的舱门都不带锁。

除非四合体在夺取舰桥之前把它堵上了……

“系好安全带，伙计们！咱们离开这鬼地方！”

这他妈到底是谁……？

苏珊·詹姆斯正在来自舰桥的通用频道里大喊大叫。也可能是别人，那声音我不大认得出……

距离旋转舱还有十米。忒修斯又晃了一下，接着降低旋转速度，稳定下来。

“*谁去启动那天杀的反应堆！*我这儿只有姿态控制喷射器！”

“*苏珊？萨沙？*”我来到舱门前。“是谁？”我从萨拉斯第身旁挤过去，伸手想要打开舱门。

没人回答。

至少感控中心里没有传出任何声音。我倒是听到身后嗡的一声响，隔离壁上有个影子动了动。太迟了，我转过身去，刚好看见一个步兵把一条附肢举到萨拉斯第头上，那东西带着弯刀一般的弧度，还有针一样的尖头。

我转过身去，只见它把那东西插进了他的颅骨。

我愣在原地。金属质地的吻部重新拔出，还带出了滑溜溜的深色液体。机器步兵侧面的颚肢开始啃噬萨拉斯第颅骨底部。他瘫痪的尸体不再剧烈抽搐，只是微微颤抖；就像一口袋肌肉与运动神经，被一波波静电淹没。

贝茨。

她的兵变的确在进行中。不，他们的兵变——贝茨和四合体。我一直都知道。我想象到了。我预料到它会发生。

他没信我。

灯光再次熄灭。警报声也沉寂下去。隔离壁上，感控中心投射出的画面收缩成一幅忽明忽暗的涂鸦，随后便消失了。在它消失之前的那个瞬间我仿佛看见了什么，但我的大脑拒绝处理这条信息。我听见自己的呼吸哽在了喉咙里，感到黑暗中有瘦骨嶙峋的怪兽步步逼近。正前方有什么东西一闪，转瞬即逝，仿佛一片虚无中明亮的断音。我瞥见了边角和曲线的轮廓，它们在摇晃，我听见了线路短路时的嗡嗡声。左近有金属相撞，只是看不真切。

在我身后，旋转舱的舱门皱起、打开。我转过身，刺目的化学光线突然射进眼里，也照亮了我身后的几个机器步兵；它们同时放松了锚固在隔离壁上的脚爪，开始自由飘浮。它们的关节发出整齐的咔嗒声，就仿佛立正敬礼的军队。

“基顿！”贝茨飘出舱口，口里喝问道：“你还好吗？”

化学光线来自她的前额。这光把船脊内部变成了高对比度的马赛克图画，满眼都是苍白的表面与锐利的影子。它洒落在杀死萨拉斯第的机器步兵身上；这个机器人往船脊远处弹了几次，突然钉住不动了，让人摸不着头脑。光线照亮了萨拉斯第。尸体正缓缓旋转，红色的小珠子从它的头部渗出来，仿佛水龙头里漏出的水滴。它们扩散成一圈圈不断加宽的螺旋，贝茨的头灯像聚光灯般将它们照亮：暗红色恒星组成的旋臂。

我往后退：“你——”

她把我推到一边：“离舱门远些，除非你准备通过。”她的目光锁定在那排机器步兵身上。“光学瞄准。”

通道里，一排排玻璃般的眼睛在阴影中时隐时现，漠然地回望着我们。

“你杀了萨拉斯第！”

“我没有。”

“可是——”

“你以为是谁关掉它的，基顿？那鬼东西失控了。我好容易才让它自毁。”她的眼睛进入深度聚焦状态，整个船脊中，存活下来的步兵跳起了一支复杂的武装芭蕾；借着贝茨头灯的圆锥形光束，我隐约能看见它们的动作。

“好多了，”贝茨道，“现在它们该老实了。只要咱们别再被什么太强的东西击中。”

“我们究竟是被什么东西击中的？”

“闪电。电磁脉冲。”机器步兵纷纷飘向制造车间和穿梭机，沿途把守住具有战略意义的位置。“眼下罗夏的脉冲厉害得要命，每回哪个飞掠艇从我们中间经过，那脉冲强度都能冲上天去。”

“距离这么远，可能吗？我以为我们正在——推进装置不是正——”

“正把我们送往错误的方向。我们正朝着罗夏去。”

三个步兵挨着我们飘过，几乎触手可及。它们瞄准了敞开的旋转舱舱口。

“她说她在想法子逃跑来着——”我记起来。

“她搞砸了。”

“不可能错得那样离谱。她没那么傻。”我们都受过手动驾驶训练。以防万一。

“我指的不是四合体。”贝茨道。

“可——”

“依我看里头有了个新人。一堆子模块捆绑在一起，然后醒了过来。我也不知道。但无论现在做主的是什么东西，它都惊慌失措了。”

四下里突然一亮。船脊中的光带闪烁几次，终于稳定下来，不过亮度只有平时的一半。

忒修斯咳出些静电，然后说：“感控中心下线。反应堆——”

声音消失了。

贝茨转身准备回去船首方向，我突然记起来，感控中心。

“刚才我看见点东西，”我说，“在感控中心熄灭之前。”

“嗯。”

“那真的是——”

她在舱口停下脚步：“嗯。”

我看见的是攀爬者。好几百只，暴露在太空中，舒展着胳膊朝我们飞来。

至少舒展着一部分胳膊。“它们拿着——”

贝茨点点头：“武器。”她双眼一眨，视线落到某个看不见的远方。“第一波的目标是飞船前段。应该是观象囊和船首的气闸舱。第二波是船尾。”她摇摇头。“唔，换了我会先进攻船尾。”

“它们还有多远？”

“多远？”贝茨微露笑意，“它们已经到了船壳上，席瑞。我们正在交火。”

“我该做什么？我该做什么？”

她的目光落到我身后，眼睛突然睁大。她张开嘴巴。

一只手从背后落到我肩上，把我转过去。

萨拉斯第。毫无生气的眼睛，头骨仿佛被刺穿的西瓜。凝结的血水一粒粒粘在他的头发和皮肤上，就像喝饱血的虱子。

“跟他走。”贝茨说。

萨拉斯第哼了一声，又弹弹舌头。他没说话。

我张口想问：“怎么——”

“快去。这是命令。”贝茨转身背对舱门。“我们掩护你。”

穿梭机。“你也一起来。”

“不。”

“为什么？你自己说的，没有你它们的战斗力会更强！留下来有什么意义？”

“一扇后门也不能留给你，基顿。不然会伤害我们的整个计划。”她给了我一丝悲伤的微笑。“它们已经突破了。快走。”

她往相反的方向走去，新的警报随之响起。远处的船首传来砰的一声，那是紧急隔离壁关闭的声音。

那具不死的尸体发出汩汩的声音，推着我走下船脊。四个步兵从我们身旁滑过，在我们背后站好位置。我扭过头去，正好看见吸血鬼从墙上拉出一块触摸板。但那当然不是萨拉斯第。它是船长——激战后船长剩下的部分——它正为自己调用一个外围接口。光学端口从萨拉斯第脖子后头升起，那曾经是插入光缆的位置；我想起了那个步兵的颚肢，想起它如何啃噬、咀嚼。

身后传来开火与炮弹划破空气的声响。

我们一面走，尸体一面用单手敲击触摸板。我正奇怪它为什么不说话，结果目光恰好落在他大脑后部的伤口上：萨拉斯第的语言中枢肯定已经成了一团烂泥。

“你为什么要杀了他？”我问。身后的旋转舱里又响起了另一种警报声。突如其来的微风把我往回拉了一下，下一秒钟这风便随着远处的咣当声消散了。

尸体把触摸板递到我眼前，我发现它被设置成了键盘与信息显示模式：癫痫无法控制。

我们来到通往穿梭机的气闸前。机器士兵放我们通过，它们的注意力都在别的地方。

你走，船长说。

远处传来一声尖叫。在船脊前段，旋转舱的舱门砰一声关上；我转过头去，只见远处有一对步兵正把舱门焊死。它们的动作似乎比过去任何时候都要迅速。也可能这只是我的想象。

通往右舷穿梭机的锁滑开。卡律布狄斯的内部照明应声开启，将光线撒进了通道中；相形之下，船脊的紧急照明越发显得黯淡。我从门口往里瞅，驾驶舱里几乎没剩下什么空间——只在冷却剂、燃料箱和一大堆减震垫中间塞下了一口空棺材。卡律布狄斯已经重新布置过了，为了高G远航。

当然还为我。

在我身后，萨拉斯第的尸体开始催促。我转身面对它。

“一直都是你吗？”我问。

走。

“告诉我。他可曾表达过自己的意思？他可曾自己做过任何决定？我们执行的是他的命令吗？或者一直都只有你？”

萨拉斯第的双眼依然那么呆滞，毫无生气。他的手指在触摸板上抽动。

你们不喜听命机器。这样更高兴。

我任它为我系好安全带，关上冬眠箱的盖子。我躺在黑暗中，感到穿梭机滑进发射槽，感到自己的身体随之前后左右摇摆。船坞的箍带松开，四下里突然一片寂静，加速的冲力将我一气啐进真空中，持续的冲力压在我胸口，就像一座柔软的大山。穿梭机在颤抖，这一次的推进速度远远超出了设计标准，它正忍受着加速带来的阵痛。

我的嵌入设备重新上线。突然间我又能看见穿梭机外部了。只要我愿意，就能看见自己身后的情形。

我故意不去看，我坚定地把视线转向别处。

此时忒修斯的身影已经越来越小，即便在战术中心上也是如此。它正向下方倾斜，踉踉跄跄地飞向敌人，它瞄准的约会地点肯定经过了计算，抓紧最后的时间调整航向，让自己的载荷尽可能接近对方。罗夏迎面升上来，尖利、扭曲的胳膊舒展开，仿佛准备给对方一个拥抱。然而这幅图画中最引人注目的并非两位演员，而是背景：大本的面孔在我的后视镜里翻滚，像沸腾的飓风般溢满了整个窗口。罗夏把大本的磁气圈整个扯过来，把它当作一件涡流做成的明亮斗篷，紧紧裹在身上，扭曲成一个死结，不断生长、越来越亮、向外鼓起……

类似L型矮星制造的扭曲，我的指挥官曾这样说过。但能制造如此效果的物体必然很大，理应可见，该方向的天空却漆黑一片。国际天文学联合会称它为统计意义上的人造体。

事实上正是如此。我们最早看到的也许是撞击产生的效应，也许是某种巨大的能量源，在沉睡了百万年之后系统重启，发出了短暂而耀目的咆哮。同这一次就很像：太阳耀斑爆发，只不过底下并没有太阳。一门电磁炮，比大自然所许可的威力大了一万倍。

双方都亮出了武器。我不知道先开火的是谁，我甚至不知道抢先开火有没有什么意义：你的对手能从一颗仅比木星略宽些的气态行星榨出一颗恒星才有的能量，对付这样的敌人需要多少吨反物质？又或者罗夏也已经接受了失败的命运，最后双方都选择了神风式突击？

我不知道。爆炸前的几分钟，大本刚好挡住了我的视线。多半正是因为这个我才能活下来。大本矗立在我和那道燃烧的光线之间，就仿佛举起手中的硬币遮住阳光。

忒修斯把一切都传递出来，直到最后一微秒。每一场白刃战、每一次倒计时、每一个灵魂。所有的动作和所有的向量。遥测数据就在我手里。我可以把它分解成各种形态，连续或是互不关联都可以。我可以转换它的拓扑形态，将它轮转、压缩，转写成各种不同的语言，供任何盟友取用。也许萨拉斯第是对的，也许其中有些东西至关重要。

我只是不知道它们究竟是什么意思。

卡律布狄斯

“曾经物种灭绝。如今只有中场休息。”

——黛博拉·马克莱纳，《我们的重建目录》

“你这可怜的家伙，”我们分手时切尔西曾说过这么一句话，“有时候我觉得你似乎永远不会感到寂寞。”当时我有些不解，不知她的声音为什么那样悲伤。

现在我只希望若真能如她所说就好了。

我知道自己的故事并非毫无疏漏。我的死亡长达十几年，我只能把故事敲碎，再将碎片拉长，让它跨越这漫长的时间。你知道，如今每隔一万小时我才活一个钟头。我真希望自己不必苏醒。假如回家的旅途能一直睡过去该有多好，这些带着时滞效应的短暂复活实在令人痛苦不堪。

假如我在睡觉时不会走向死亡该有多好。然而活人体内闪烁着一辈子积累下来的放射性同位素，这些闪闪发光的小碎片会在分子水平使细胞结构发生衰变。通常这算不上什么问题。一旦发现损伤，活体细胞就会立刻将其修复。但死后的细胞却任由这类错误慢慢积累，而回家花费的时间又比来时要长那么多：我躺在冬眠箱中，身体逐渐堵塞、锈蚀。于是舰载系统只好时不时将我重启，让我的肌肉有机会把自己重新缝好。

偶尔它也同我讲话，背诵系统数据给我听，告诉我从老家听到的最新消息。不过大多数时候它都不来睬我，陪伴我的只有自己的思绪以及左脑里机器的滴答声。于是我自言自语，人类的半边大脑把历史与意见口授给合成的那一半：有意识的时期短暂而强烈，中间则隔着在遗忘中腐朽的漫漫岁月。或许这样做原本就毫无意义，或许根本就没有谁在听。

不过没关系。这就是我的工作。

就是这样了：血肉讲述给机器的回忆录。一个讲给自己听的故事，因为再没有旁人对它感兴趣。

这故事谁都能讲，任何有半个脑子的人都可以。

今天我收到了爸爸的一封信。撒网式寄送法，他管这叫。我想这是个玩笑，指的是我没有任何可用的通讯地址。他把信扔进以太中，向每一个方向发送，祈祷它会漂到我手里，无论我在什么地方。

已经快十四年了。在这儿你很容易忘记时间。

海伦死了。天堂——似乎是出了故障。也可能是遭人破坏。或许现实主义阵营终于得手了。不过我对此表示怀疑。爸爸似乎认定始作俑者另有其人，但他并没有提到任何细节。也许他自己也不知道。他谈到老家的局势越来越动荡，为此似乎有些不安。也许我那些关于罗夏的通报泄漏了，也许当我不再传回明信片时有人推断出了那个显而易见的结论。他们不知道故事的结局，而这种悬而未决的感觉准能让人发疯。

但我有种感觉，事情远不止这么简单，还有些别的什么，我父亲不敢大声说出来。或许这只是我自己的想象。他提到出生率在回升——经过二十多年的下降，这原本是值得庆贺的好事，可他字里行间却透着忧虑。假如我的中文屋仍然运转良好，这肯定难不倒我，我能一直把它解析到标点符号。然而萨拉斯第砸烂了我的工具，如今它们只能勉强运转，我同任何基准人类一样瞎得厉害。如今我手里只有忐忑、怀疑以及偷偷袭来的恐惧。我在害怕，担心即便自己最好的把戏已经破败不堪，我仍然读懂了他的意思。

我想他是在警告我别回去。

他还说他爱我。他说他想念海伦，说她对自己的所作所为感到抱歉——那是在我出生之前，由于她的放纵或疏忽影响了我的发育。他喋喋不休。我不知道他在讲些什么。我父亲肯定极有权势，否则不可能授权以这样的形式发送信息，同时又浪费那样多的篇幅谈论感情。

上帝啊，它对我是多么宝贵。每一个字我都珍惜。

我沿着一条看不到尽头的抛物线继续这无用的旅程，靠的全是重力和惯性。卡律布狄斯无法取得反物质流；伊卡洛斯要么是错位要么是被彻底关闭了。我猜我倒是可以用无线电问上一问，但这事儿也不急。我离地球还很远。想把彗星甩在身后也还要好些年。

再说了，我不大确定该不该让别人知道我的位置。

卡律布狄斯压根懒得使用反侦察手段。哪怕有多余的燃料、哪怕敌人还在某个地方虎视眈眈，这也完全没有意义。它们又不是不知道地球在什么地方。

不过我确信攀爬者已经与我的同胞同归于尽。它们干得漂亮。这我很愿意承认。也可能它们只是撞了大运。贝茨的一个步兵偶尔打了个嗝，不小心射杀了一只手无寸铁的攀爬者；几个星期之后，小伸 & 小缩利用那具尸体成功出逃。电子和磁力搅动苏珊大脑里的神经元，一段时间之后，一个全新的人格突然冒出来夺权造反，把忒修斯送进了罗夏怀里。愚蠢又盲目的偶然。也许事情仅此而已。

但我并不这样认为。幸运的巧合未免太多了些。我认为是罗夏亲手造就了自己的运气，它种下了那个新人格，将它藏在我们眼皮底下，藏在苏珊大脑中那许许多多的组织损伤与脑瘤背后——落在我们眼里的只有略微升高的后叶催产素水平。我认为它预见到了一个烟幕弹可能发挥的作用，我认为它牺牲了一小部分自己，并且将它伪装成了一次事故，好促成那个目标的实现。也许盲目，但绝非偶然。先见之明。高超的棋路，而且让人难以察觉。

当然了，我们中的大多数人根本连游戏规则都不知道。事实上我们不过是棋子。萨拉斯第和船长——无论他俩杂交成了怎样的智能——他们才是真正的棋手。现在回想起来，我也能看出他们的棋路，虽然只有几步。我看出忒修斯听见笼子里的两只攀爬者敲敲打打、发送信息；我看见它调高了四合体那边的音量，好让苏珊也能听见，并且把它当作自己的发现。如果我使劲眯细眼睛，我甚至能瞥见最后一次接近罗夏时，忒修斯将我们作为祭品，故意挑动罗夏反击。萨拉斯第总是沉浸在数据中，对于具有战略意义的数据尤其如此。要想评估你的敌人，还有什么比观察它如何战斗更好的方式呢？

这一切他们当然不会告诉我们。这样我们会更快乐些。我们不喜欢听命于机器。倒不是说听命于吸血鬼我们就有多高兴。

现在游戏结束了，焦黑的棋盘上只剩下一粒棋子，而它的脸毕竟还是属于人类。好几代博弈理论家已经为类似的情况准备了一整套规则，假如攀爬者也遵从这些规则，它们就不会再回来——即便它们回来，我怀疑事情也不会有什么不同。

因为到那时候，冲突的基础将不复存在。

醒来的间隙我一直在收听无线电。好几代人以前，人类就已经将广播时代埋葬在窄波与光纤之下，但我们仍然在向太空中播撒电磁波。地球、火星和月球总在三方对谈，上百万个声音彼此重叠。虚空中巡航的每艘飞船都同时朝所有方向喊话。星际间的歌声从未停止——否则萤火虫或许永远都不会发现我们的踪迹。

我发现这些歌渐渐变了，仿佛缩时摄影，一路快进至虚无。如今它基本上只是交通管制和遥测数据。偶尔我也会听到纯粹的声音，突然爆发出来，因压力而紧绷、惊恐万状，只差一点点就要彻底崩溃：某种正在进行中的追捕，一艘飞船冲进深空中，其他飞船紧追不舍，态度漠然。逃亡者似乎从来都跑不出多远，他们的信号很快就会切断。

我记不起上一次听见音乐是什么时候，但有时我会听到点类似的东西，一种不和谐的怪诞声响，充满了我所熟悉的弹舌音和爆破音。我的脑干不喜欢它。它把我的脑干吓破了胆。

我记起地球上有整整一代人放弃了真实的世界，选择计算机模拟的来世。我记起有人说过吸血鬼不去天堂。他们能看见像素。有时我会想象那是一种怎样的感觉，被拉出宁静的坟墓，听任那些头脑简单的生物把自己呼来唤去——而曾几何时，那些家伙唯一的意义只不过是提供蛋白质而已。假如我的残疾被人当成绳索，被人用来阻止我夺回属于自己的位置，我会是什么感觉？

然后我又想象全无所感是怎样的感觉，一个完全理性的掠食者，被生肉环绕，那些生肉还迫不及待地沉沉睡去……

我没法怀念朱卡·萨拉斯第。上帝知道我尽力了，每次上线时我都在尝试。他救了我的命。他——赋予我人性。为此我永远欠他的情，直到生命的最后一刻；同样是为了这个原因，我会永远恨他，直到生命终结。从某种变态的超现实角度看，我同萨拉斯第的共同点比我同任何人类的共同点都要多。

但我就是做不到。他是掠食者而我是猎物，绵羊的天性让它无法为狮子哀悼。尽管他为了我们的罪而死，我还是没法怀念朱卡·萨拉斯第。

不过我倒是可以同情他。我终于有了共情的能力，我能同情萨拉斯第，同情他那些灭绝的同胞。因为我们人类原本没有资格继承地球，吸血鬼才是地球真正的主人。他们肯定也拥有某种程度的知觉，然而比起人类对自身的执念，吸血鬼那种做梦似的半觉知状态实在微不足道。他们正在将它拔除。这只是一个过渡性的阶段。他们已经上路了。

问题在于，人类看到十字交叉的形状不会癫痫发作。这就是进化了，一个愚蠢的连锁突变，整个自然秩序随之分崩离析，智力与自我意识双双陷入泥沼，互拖后腿，整整五十万年。我想我知道地球发生了什么，而且尽管有些人可能会管它叫种族灭绝，但事实并非如此。我们这是自作自受。掠食者生来就是掠食者，你不能为这个责备他们。毕竟是我们把他们带回人世的。为什么他们就不该夺回自己与生俱来的权力？

不是种族灭绝。不过是纠正一个古老的错误。

我试着拿这个来安慰自己。这并不容易。有时候我觉得自己的一生就是一场战斗——重新与人类建立联系，找回我父母杀死自己独子时失去的那些东西。来到奥尔特云后，我终于赢得了这场战斗。多亏了一个吸血鬼、一船怪人以及一群入侵的外星生物，我又重新变回了人类。也许是最后一个人类。等我到家时，我或许会成为宇宙中最后一个具有知觉的生物。

或许我连这也算不上。因为我不知道是不是真有所谓可靠的叙事者。况且坎宁汉说过，僵尸的伪装本领是非常高明的。

所以我也没法告诉你事情的真相究竟如何。

你只能想象自己是席瑞·基顿。

致 谢

《盲视》是我首次突入深空的长篇冒险——深空这领域，我们这么说吧，我所受的正规教育实在有限。从这个意义上讲，这本书与我最早的几部小说差别倒也不大：但虽说我对深海生态的了解也不算多，你们大多数人却懂得更少，而海洋生物学的博士学位至少足以帮我假充内行，完成《裂缝》（*Rifters*）三部曲。反观《盲视》，它描绘的航线却是一种截然不同的零重力，可靠的向导自然格外要紧。所以首先让我感谢英属哥伦比亚大学的杰米·马修斯（Jaymie Matthews）教授：热爱派对的天文学家、至关重要的筛子，他过滤了我扔给他的所有点子。同时也让我感谢唐纳德·西蒙斯（Donald Simmons），航天工程师和我的晚餐伴侣，从来不要求昂贵的餐点，这点特别让人满意。他核对了忒修斯的详细参数（尤其是引擎和旋转舱部分），并据此给出了关于辐射和防辐射涂层的小贴士。这两位十分耐心，过滤掉了我最离谱的愚蠢错误。（当然，我并不是说书里就不剩愚蠢的错误了，只是说剩下的那些不怪他们，都是源于我自己的疏忽。或者也可能单纯是因为故事本身的需要。）

跟以前一样，大卫·哈特威尔（David Hartwell）是我的编辑，也是我在邪恶的出版帝国总部的主要尖兵。我怀疑《盲视》对我俩都很艰难：满篇讨厌的关键理论几乎要掩盖故事本身，更别提还要想办法让读者对剧中人物投注感情——毕竟这群人可不像平常书里的角色那么容易招人喜欢。说到这里，至今我也不清楚自己在多大程度上成功或者失败了，但无论如何，坐在副驾驶座的这位先生曾为从海因莱因到赫伯特之间的所有人暖场，这一次我对此尤其感激不尽。

常与我来往的几位作家同行对本书的头几章提出了批评意见，臊得我哭着跑回家从头写过：迈克尔·卡尔（Michael Carr）、洛瑞·钱纳（Laurie Channer）、科利·多克托罗（Cory Doctorow）、丽贝卡·梅因斯（Rebecca Maines）、大卫·尼可（David Nickle）、约翰·麦克戴德（John McDaid）、斯蒂芬·撒门斯基（Steve Samenski）、罗伯·斯托弗（Rob Stauffer）和已故的帕特·约克（Pat York）。在我们一年一次的海岛度假期间，他们为本书提供了宝贵的洞见与批评。这里还要把大卫·尼可单独提出来特别感谢，因为他在那一整年里都额外供应了更多的洞见，而且通常都是在夜深人静正常人睡觉的时候。同样由于这一原因，我们作家每每写进“致谢”里的套话也不适用于大卫，我指的是“一切错误全怪我自己”那套傻话。这本书里包含的错处至少有一部分多半是大卫的错。

多伦多大学的丹·布鲁克斯（Dan Brooks）和黛博拉·麦克伦南（Deborah MacLennan）两位教授为我营造了上佳的学术环境，我获得了智力的刺激，又不必忍受这类环境通常附带的政治和官僚屁话。从他俩身上我受惠颇多，包括好多升的酒精、针对这里呈现的数个问题的漫长讨论，以及另外一些你们管不着的事儿。同样难以归类的还有安德烈·布劳尔特（André Breault），他为我提供了位于西海岸的避难所，我在那里琢磨出第一稿。艾萨克·斯宾德——真正的艾萨克·斯宾德——照例在各种神经生理学细节上帮了大忙，而苏珊·詹姆斯（她也真实存在，只不过是以一种更为连贯的格式）告诉了我语言学家可能以何种方式处理第一次接触这类情景。

丽萨·比顿（Lisa Beaton）指引我找到相关的论文，借此为她向大制药企业出卖灵魂的行为赎罪。洛瑞·钱纳扮演了通用共振板的角色，他与我讨论各种点子，并且，嗯，主要就是忍受我的种种毛病。反正至少坚持了一段时间。同时也要感谢卡尔·施罗德（Karl Schroeder），我跟他交换了好些点子，大都涉及知觉与智力之间的竞技。《盲视》的一部分可以想成是在回应卡尔，回应他在小说《恒久》（*Permanence*）中提出的论证。几乎在途中的每个步骤上我都不赞成他的推理，所以我至今也搞不明白，怎么我俩最终的结论竟又大体一致。

注解与参考文献

以下是参考文献和评注，目的是想说服你相信我没疯（或者如果不能成功，那至少唬得你不敢开口）。阅读有加分。

关于吸血鬼生理的入门小知识

纯从生理角度来合理化吸血鬼现象的作家，我当然不是头一个。在我出生之前理查德·麦瑟森（Richard Matheson）就已经试过。另外如果小道消息无误，那个叫巴特勒（Butler）的可恶女人马上要出一本新小说，也是关于这一领域的，不等你读到我这行字她的书就会卖得满大街都是了。不过我打赌是我头一个想到了用十字架障碍来解释吸血鬼为什么害怕十字交叉的形状——而一旦这灵感从天而降，剩下的一切就水到渠成了。

对吸血鬼的再发现完全出于意外，当时有一种试验性的基因疗法出了奇怪的岔子，在一个患自闭症的孩子身上快速启动了一些长期沉睡的基因，并在其身体上和神经上激发了一系列（最终致命的）变化。促成这一发现的公司利用得克萨斯监狱系统的囚犯进行了广泛的跟进研究，并在之后公布了自己的调查成果。那次对谈外加视觉辅助都可以在网上找到[1]；如果你是一位好奇的读者，又正好有半小时闲工夫，那么我建议你去看看，其中不但包含吸血鬼生理的细节，还有驯化吸血鬼的研究、资金来源，以及“伦理与政治考量”（不必说还有那倒霉的“为更美好的明天驯服昨日的梦魇”运动）。下文的概要更为简短，仅限于那一古老有机生命的几种生物学特征：

吸血智人（Homo sapiens vampiris）是一个短命的人类亚种，在距今80万到50万年间从我们祖先的血脉中分化出来。比尼安德特人和智人都更纤弱，与智人在身体上的主要差异包括略微拉长的犬齿、下颌骨和长骨，这些都是为了适应越来越接近掠食者的生活方式。由于这一谱系本身存活的时间相对较短，上述改变并未广泛传播，并与同种的异速生长多有重叠；只有当样本量很大时（N>130）这些差异才具有诊断上的意义。

不过呢，尽管吸血智人在大体的身体形态上与现代人类几乎完全一样，在生化、神经和软组织层面却与智人差异巨大。其消化道缩短，并会分泌一系列更适合肉食的特殊的酶。由于吃人会带来很高的朊病毒蛋白感染[2]的风险，吸血鬼的免疫系统表现出对朊病毒蛋白类疾病[3]极高的抵抗力，对蠕虫、异尖线虫等寄生虫也一样。吸血智人的听力与视力都优于智人；吸血鬼的视网膜是四色感光（含有四种视锥细胞，而基准人类仅有三种）；第四种视锥细胞可感知近红外线，常见于从猫到蛇的各类夜间掠食者。与人类的标准相比，吸血鬼相对缺乏间质的白质，因此他们的灰质“连接不足”；这就迫使孤立的皮质柱变得自给自足、超级高效，进一步导致类似于全能型学者综合征的模式匹配与分析能力[4]。

这些适应性改变几乎全都属于级联效应，虽说它们也是由各种直接原因导致，但最终都可以追溯到X染色体上Xq21.3型块的臂内倒位突变[5]。这导致了编码原钙粘蛋白的基因发生功能性改变（原钙粘蛋白是一种在大脑与中枢神经系统的发展中扮演关键角色的蛋白质）。这在神经与行为模式方面引发了剧变，但在身体方面，显著的变化仅限于软组织和那些不可能成为化石的微结构。这一点，再加上即便在种群数量的巅峰时期吸血鬼的总数也极少（他们可是生存在营养金字塔最尖端的），就解释了为什么吸血鬼在化石中几乎无迹可寻。

这一级联效应还造成了显著的有害影响。举个例子，吸血鬼丧失了编码 ε - 原钙粘蛋白 Y 的能力，而其基因仅存在于人科的 Y 染色体上[6]。既然自身无法合成这一必不可少的蛋白质，吸血鬼就只能从食物中摄取，因此人类这一猎物构成了他们食谱的关键部分。但人类的繁殖速度却相对较慢（这一情形非常独特，因为通常说来猎物的繁殖速度都比自己的猎食者高出至少一个数量级），正常情况下这样一种机制毫无可持续性：吸血鬼会捕猎人类直至其灭绝，然后自己也死于关键营养素的缺乏。

为了应对这一失衡，吸血鬼发展出了类似肺鱼的长时间休眠状态[7]（所谓的“活死人”状态），由此得以大幅降低能量需求。为此吸血鬼在体内制造出高水平的内源性 Ala-(D) 亮氨酸脑啡肽（一种哺乳动物的冬眠诱导肽[8]）和多巴胺，后者能在不活动期间强壮心肌[9]。

另一个有害的级联效应是所谓的“十字架障碍”——视觉皮层中通常互不相干的受体阵列被交叉连接[10]，于是每当处理垂直与水平刺激的阵列同时在视域内足够大的弧度上被激发，就会导致类似癫痫大发作的神经反馈性发病。由于自然界中几乎不存在相交的直角，自然选择也就没有筛除这一障碍；然而晚期智人却在稍后发展出了欧几里得式建筑，此时这一特征已经通过遗传漂变在吸血智人中固定下来——突然之间他们再也得不到猎物，整个亚种在有记录的历史诞生后不久就灭绝了。

你们肯定已经注意到一件事：朱卡 · 萨拉斯第和所有重构的吸血鬼一样，思考时会自顾自地发出弹舌音。这被认为是一种古老语言的遗存，一种距今已有 50000 年以上的弹舌音言语模式。基于弹舌音的语言尤其适合捕猎者在稀树草原跟踪猎物（弹舌音模仿草的沙沙声，既能彼此交流又不会惊扰猎物）[11]。与古吸血鬼语最相近的人类语言是哈德扎语[12]。

心智的障眼法

人类的感官极易被侵入；曾有人这样描述我们的视觉系统，说它至多也就是临时拼凑的“百宝箱”[13]。我们的感觉器官获取的是非常碎片化和不完美的信息输入，以至于大脑必须借助可能性法则去解读数据，而非直接进行感知[14]。与其说大脑是看见世界，不如说是根据经验和事实去猜测。这么一来，如果某种刺激信号被判定为“不大可能出现”，那它在意识层面就经常得不到处理，无论输入强度多强都没用。我们有种倾向，对于不符合自己世界观的景象和声音就干脆*无视*它。

萨拉斯第说得没错：罗夏对你们做的一切，你们样样都对自己做过了。

举个例子，那个年轻愚蠢的攀爬者要的隐身把戏——就是那个限制自己只在人类视觉的间隙做动作的攀爬者——这个点子是我在读到一种名叫*无意视盲*的东西时想到的。有个叫雅布斯（Yarbus）的俄国人最先搞明白了人类视觉中的眼跳障碍，那是在二十世纪六十年代[15]。自那时起就有各色研究者做了许多试验：比如设计让物品快速出入被试的视域而不被察觉，又比如与倒霉的被试者交谈，而被试者从头到尾都没发现自己谈话的对象已经半路换了人。总之就是证明了人类的大脑对周围发生的很大一部分事情根本就*注意不到*[16, 17, 18]。去伊利诺伊大学“视觉认知实验室”的网站[19]看看他们演示你就明白我意思了。伙计们，这事儿真的叫人眼界大开。说不定这一秒钟就有科学教教徒[1]走在我们中间，而如果他们行动方式恰当，那我们甚至永远不会看见他们。

书中描写的精神病、症状和幻觉大多是真实存在的，梅岑格[20]、魏格纳[21]和/或撒科斯[22]对它们做过详细描述（又见下文“知觉/智力”部分）。

其他一些（例如格雷综合征）目前还没挤进DSM[23]——咱们实话实说，其中还有几个是我编的——但它们也同样是基于真实存在的试验证据。据说将磁场恰当地作用于大脑能引发各种效果，从宗教狂喜[24]到感觉自己被外星人劫持[25]应有尽有，就看你信谁了。经颅磁刺激能改变情绪、诱发失明[26]，或者瞄准语言中枢（比如令人无法念出动词，同时名词又丝毫不受影响）[27]。它还可以增强（或者损害）记忆与学习能力。而美国政府正在资助对可穿戴经颅磁刺激装置的研究，为的是把它用于——你肯定已经猜到了——军事目的[28]。

有时对大脑进行电流刺激会诱发“异手综合征”——身体不由自主地动作，完全违背被认为是说了算的“人”的意志[29]。另外一些时候这会引发同样不由自主的动作，但被试者却坚称是自己“选择”了这样做，哪怕有压倒性的经验证据表明事实并非如此[30]。把这一切结合起来，再加上事实上身体开始行动是在大脑“决定”要动之前[31]（但却只是看看[32, 33]），这么一来整个自由意志的概念就会显得有那么一点点傻，哪怕是在没受异星造物影响的时候也一样——尽管毋庸置疑，从主观感受的角度看自由意志确实是真实的。

用电磁刺激侵入大脑是目前最时髦的思路，不过它远不是独一份。从肿瘤[34]到铁夯棍[35]，各种粗重的身体扰动都能把正常人变成

[1] 音译为山达基教（Scientology），是由美国科幻小说作家L. 罗恩·哈伯德（L. Ron Hubbard）在1952年创立的信仰系统，广受诟病。汤姆·克鲁斯是其信徒——译注。

变态杀人狂和恋童癖（苏珊·詹姆斯脑子里冒出的新人格就是这么来的）。而若想制造被上界的灵附体和宗教狂喜的感受，只需借助宗教仪式对人情绪的磨磨和蹭蹭就能达成，完全不必使用侵入性的神经工具（甚至不一定需要任何药理学工具）。人们甚至能对别人的身体部件发展出“归我所有”的感觉，也可以被说服相信一只橡胶手是他们自己的真手[36]。视觉压倒身体感知：巧妙地操纵道具假肢就能说服人们相信他们正在做某件事，哪怕事实上他们正做着完全不同的另一件事[37,38]。

这武器库里最新的工具是超声：比电磁较少侵入性，比灵性领袖激发的灵性复兴更精确，也不需要那些烦人的电极或磁力头罩它就能启动大脑活动[39]。在《盲视》里它成了一道方便的后门，用以解释为什么在有法拉第防辐射涂层的情况下罗夏引发的幻觉依然阴魂不散——不过先回到咱们现如今：索尼刚刚更新了对一台机器的年度专利，这机器利用超声波将“感官体验”直接植入大脑[40]。他们管它叫娱乐设备，说它在联网游戏方面有极大的应用前景。呵呵。要我说，如果你能把画面和声音远程植入某人脑袋里，那干吗不顺带植入政治信仰，或者让此人对某种新上市的啤酒产生无法抗拒的渴望？

我们到那一步了吗？

将我们的主人公送到故事发生地的“遥传物质”引擎是基于《自然》[41]、《科学》[42,43]、《物理评论快报》[44]，以及（更近一些时候）所有人和他们的狗的看法[例如45]。至于将反物质规格作为燃料模板进行传送的点子，据我所知只此一家。为了对忒修斯的燃料质量、加速度和飞行时间做出合理的猜想，我比照了加州大学河滨分校的数学物理学家约翰·拜艾兹（John Baez）的相对论火箭[46]。忒修斯将磁场当作防辐射层是基于麻省理工的研究[47]。我把（太阳能驱动的）伊卡洛斯阵列停靠在太阳隔壁，因为制造反物质显然要消耗巨大能量，而这在未来短时间内多半都不会改变[48, 49]。

忒修斯的船员在航程中处于活死人状态，这当然是对科幻界德高望重的休眠设定的又一次迭代（不过我自己觉得引入吸血鬼生理作为运作机制应该是我的创新）。最近有两份研究使得诱发冬眠的前景离成为现实更近了一步。布雷克斯通等人在老鼠身上诱发了冬眠，方法简单得惊人：将老鼠暴露在硫化氢里[50]；这能把老鼠的细胞器搞得一团乱，将新陈代谢削减 90%。匹兹堡大学“沙法复苏研究中心”的研究人员做了更戏剧化（也更有侵入性）的试验，他们宣称复苏了一只临床死亡三小时的狗[51]，采用的技术是用冰冷的生理盐水代替狗的供血[52]。第一种技术多半更接近我的设想，虽说在我完成第一稿时这两条头条都还没爆出来。我也考虑过重新设定墓地的场景，把硫化氢加进去，但考虑到放屁的笑话恐怕会破坏气氛，最后还是放弃了。

游戏棋盘

《盲视》将大本描述为“大朝发射体”。目前这一分类还未被正式承认。大朝由美子报告说发现了此前未经记录的红外线发射体[53, 54]——比褐矮星更黯，但可能更为常见[55,56]——质量是木星质量的三到十三倍。我的故事需要一个相对近些的星体，体积要够大，能承载超级木星级别的磁场；但又要够小、够暗，以至于今后七八十年都很可能不会被侦测到。大朝发射体比较符合我的需求（虽说对于它们是否实际存在显然还有一些质疑[57]）。

当然，对这些庞然大物我们目前真正掌握的信息极少，所以具体细节我只能靠外推。为此我从好些有关气体巨行星[58, 59, 60, 61, 62, 63, 64]

和 / 或褐矮星[65, 66, 67, 68, 69, 70, 71, 72, 73, 74, 75]的研究中偷来了数据，再根据我的需要按比例扩大或缩小。远远看去，罗夏发射的终极武器实在很像最近观察到的一颗褐矮星爆发，它产生了超大量的 X 光射线和射电耀发，而人们本来以为那颗褐矮星太小了，不可能玩出这样的把戏[76]。那次耀发持续了十二小时，比木星迄今释放的任何东西都强上几十亿倍，而且被认为是由扭曲的磁场导致的[77]。

本斯—考菲德大体上是以 2000 Cr105 为蓝本，那是一颗外海王星彗星，太阳系内已知各天体的地心引力无法完全解释其当前的轨道[78]。

攀爬者的解剖与生理

我和许多人一样，受够了前额凸着大包的人形外星人，也受够了电脑合成的大昆虫形外星人——它们看起来倒是很外星，举动却像穿着甲壳质太空服的疯狗。当然了，要是仅仅为了与众不同就瞎编，那也不会比平常那些颅顶矢状面突起的假货强多少；自然选择与生命本身一样普遍，无论生命在哪里进化，最终都会被相同的基本进程所塑造。因此我面临的考验就是要创造一种生物，不但真正配得上“外星人”的名号，同时还要在生物学上显得可信。

攀爬者是我第一次尝试回应这一挑战——考虑到它们与地球大海里的蛇尾海星多么相似，我在“与你见过的任何东西都不一样”这方面大概是搞砸了，至少从大体的形态学角度讲如此。结果蛇尾海星甚至也有一种结构，类似攀爬者那种分散的眼点阵列。另外攀爬者的繁殖——新生儿垒在一起，成熟后依次脱落——则是学了水母的模式。好吧，看来就算没在大洋里，我也还是海洋生物学家……

好在你越是细看攀爬者它们就越显得外星味十足。坎宁汉评论说地球上完全不存在它们那种分时共享的运动 / 感觉通路。他这么说倒也不错，但我可以举出一个先驱，很可能可以进化成这种设置。我们人类自己的“镜像神经元”不只在我们做某个动作时才放电，当我们观察别人做相同的动作时也同样会放电[79]；这一特征在讨论语言和意识的进化时都曾被提及[80, 81, 82]。

在新陈代谢水平攀爬者就更有外星味了。在我们地球，完全依赖厌氧ATP生产的东西从来没有超越单细胞阶段。尽管它比我们自己那种燃烧氧气的通路更高效，但厌氧的新陈代谢对于多细胞体来说实在是慢死人[83]。坎宁汉提议的解决方案简洁至极，缺点则是你每回出来活动都要先睡上好几千年。

量子机械式的新陈代谢进程听上去可能不太可靠，但事实并非如此。波粒二象性可以对室温下生理状况的生化反应产生很大影响[84]；有报告显示重原子碳隧穿可以将此类反应的速度提升多达152个数量级[85]。

另外下面这点又够不够外星呢：没有基因。我用来做类比的蜂巢的例子最初见于达尔文那篇不怎么出名的小论文[86]（见鬼，我想引用那家伙已经好久了）；近期又有一群生物学家——人数不多但数量在不断增加——他们散布一种说法，说基因这个大类，尤其是核酸，一直被当成生命的前提条件，但实际上完全言过其实[87, 88]。生物学上的很大一部分复杂性都不是源自基因编程，而是依靠各构成要素之间纯粹的物理、化学互动[89, 90, 91, 92]。当然，首先你仍然需要有某种东西来设置起始条件，然后这些进程才能出现；这就是磁场发挥作用的地方了。再说罗夏那种环境，不堪一击的核苷酸串本来也没可能存活。

吹毛求疵的好奇宝宝也许会说：“啊，可是没有基因这些家伙怎么进化呢？它们如何适应新环境？作为一个种族，它们如何应对预料之外的情况？”而如果罗伯特·坎宁汉今天在这里，他也许会说：“我敢发誓一半的免疫系统都在主动瞄准另一半。而且也不止是免疫系统。部分神经系统似乎也像黑客一样，唔，总想黑进彼此。我认为它们的进化方式是机体内进化，不论这听上去有多疯狂。整个有机体都在组织层面同自己作战，在细胞水平上发生着某种‘红皇后’效应[1]。就好像布置一个由互动的肿瘤构成的殖民地，你相信肿瘤之间的竞争会非常激烈，因此事情不会失控。这似乎起到了性和变异在人类进化中的那种作用。”而如果你冲这一大堆模棱两可的话翻白眼，他多半只会朝你脸上喷口烟，然后指点你去看一位免疫学家对完全相同的概念所做的解读，而且那人举的例子是（你想不到吧）《黑客帝国 3——矩阵革命》[93]。他也许还会指出你自己大脑的突触连接也是由类似的机体内自然选择塑造的[94]，而催化这一进程的是那些被称作逆转录转座子的寄生 DNA。

其实在这本书较早的一稿里坎宁汉的确说了类似的话，可那一大堆见鬼的理论说明实在太过繁琐，我干脆把它剪掉了事。毕竟罗夏才是这些东西的直接缔造者，就算单个的攀爬者做不到，罗夏也能搞定这一切。而《盲视》想要传递的一条关键信息就是，生命不过是程度问题——有生命的系统与无生命的系统之间的差别从来都难以确定[95, 96, 97]，而在遥远的奥尔特云，在那讨人厌的人造体肚子里，事情就更是如此。

知觉 / 智力

这是我写这本鬼东西想讨论的核心问题。咱们先搬大石头。梅

[1] 《爱丽丝梦游仙境》中，红皇后告诉爱丽丝，在这里你必须不停奔跑才能留在原地。生物学家范 · 瓦伦（Leigh Maiorana Van Valen）据此提出红皇后假说，主要是指在外界物理环境相对稳定的条件下，物种之间的关系也构成驱动进化的选择压。一个物种的任何进化改进都可能对其他相关物种构成竞争压力，所以即使外环境不变，种间关系也可能推动进化。简单说，不进即退，停步等于灭亡。——译注

岑格的《不是任何人》[20] 是我读过的最艰深的书（而且有好几大块我至今没读懂），但同时书里也包含了一些最教我眼界大开的点子，无论在现实中还是小说中都无出其右。在论及意识的性质时，绝大多数作家都厚着脸皮偷梁换柱。平克给自己的书取名《心智如何运作》[98]，然后在第一页就承认“我们不知道心智是如何运作的”。科霍（就是创造了“僵尸特工”这一说法的家伙）写了《寻找意识的远征：一种神经生物学进路》[99]，结果他羞羞答答地绕开了整个问题：为什么神经活动就理所应当要导致任何一种主体性的觉知呢？

梅岑格高高耸立在这群娘娘腔头顶上，他径直抓住了公牛的蛋蛋。他的“世界一零”假说不仅解释了自我的主观感觉，同时也从源头上解释了为什么这样一种虚幻的第一人称叙事者会成为某些认知系统的萌生属性。我一点也不知道他说的对不对——这人远远超出了我能理解的范畴——但至少他处理了那个真正的问题，那个在凌晨三点、最后一根大麻烟也老早就熄灭以后还令我们盯着天花板发呆的问题。丢进《盲视》里的许多症状和疾病我都是在梅岑格的书里第一次见到。这一小节里有任何未标明出处的论断或说法多半也是源于他那本书。

如果不是出自他的书，那可能就是出自魏格纳的《有意识的意志之幻想》[21]。魏格纳的书不像梅岑格的那么野心勃勃，也容易读懂得多，它讲的其实不是意识的性质，更多是讲自由意志的性质——魏格纳把它概述成“我们的心智如何估量它认为自己做了什么”。魏格纳同样列出了许多症状和疾病，而这一切都强化了一种叫人心惊胆战的感觉：我们确实是一种十分脆弱而又很容易被颠覆的机器。另外当然了，奥利弗·撒科斯[22]一直从意识的边缘地带给我们发备忘录，在意识这东西变成研究大热门之前老早就开始了。

说不定把没有尝试过“解释”意识的人拿来列个单子还更容易些。现有的理论包罗万象，从弥散性电场到量子提线木偶戏；

意识被“定位”在额岛皮层、下丘脑以及二者之间的一百个动态核[100, 101, 102, 103, 104, 105, 106, 107, 108, 109, 110]。(至少有一种理论[111]暗示说虽然类人猿和成年人类是有知觉的，人类的幼儿却没有。我承认对这一结论抱有一定的好感；因为如果小孩子不是无知觉的，那他们就只可能是心理变态了。)

然而意识“是”什么只是一个流于表面、不具威胁的问题，在它下方还漂浮着一个更功能性的问题：它有什么用处？《盲视》花了很大篇幅探讨它，我也不准备再重复已经阐述过的观点。这么说吧，至少在常规情况下，意识的所作所为基本止于从更丰富得多的潜意识环境接收备忘录、盖戳，然后再把功劳算在自己头上。事实上无意识心智单打独斗的成效经常都非常好，以至于它竟会在前扣带回皮质雇一个看门人，别的什么也不干，就专门盯着有意识的自我，不让它干涉日常的运作[112, 113, 114]。(如果你大脑的其他部分真的有意识，那它多半会把你当成漫画《呆伯特》里那个头发尖尖、只会捣乱的老板。)

你甚至不需要知觉就能发展出一种“关于心智的理论”。这看上去也许完全反直觉：如果你连自己的利益与企图都无法觉知，你又如何能学会辨别其他个体的利益与企图、认出其他个体是自主的主体？但这里并不存在矛盾，也用不着意识。你根本不需要有任何自省的特质也完全可能追踪到他人的意图[107]。诺瑞钱德斯就直截了当地宣称：“意识纯属欺诈。”[115]

艺术可能稍微算是例外。审美似乎需要某种程度的自我觉知——事实上，说不定最早推动知觉这个球滚起来的就是审美的进化。当音乐美得让你颤抖时，那是你边缘系统里的奖赏回路发动了：你睡了个魅力十足的床伴，你大口猛吃蔗糖，此时奖赏你的也是这个回路[116]。换句话说，这等于是一种黑客活动；你本来应该通过增加自己的适应水平来赢得奖赏，结果你的大脑学会了用作弊的方式骗取奖励[98]。这感觉很棒，它让我们满足，让人生感觉值得。但同时它也让我们转向内在，让我们分心。还记得六十年代实验里的那些老鼠吗？学会压下控制杆来刺激自己快感中枢的那些？它们用上瘾的狂热猛压控制杆，连吃饭都忘了，最后是饿死的。我毫不怀疑它们死得很幸福，但它们毕竟死了。毫无疑问。它们的适应度降到了零。

审美。知觉。灭绝。

这就将我们带到了最后的问题，它远远地潜藏在下方的缺氧区：意识的代价是什么？与无意识的处理相比，自我觉知既缓慢又昂贵[112]。（有一种观点认为我们大脑的基部潜伏着一个独立的、速度更快的实体，危急关头就会接管控制权，这是基于很多学者的研究，其中包括纽约大学的乔·勒杜[117,118]）。我们可以做一个类比，想想学者症患者那种快如闪电的复杂运算；那类能力是非认知性的[119]，而且有证据表明他们这种超级功能并非源自心理进程的大一统整合，而是由于神经系统的相对片断化[4]。就算有知觉和无知觉的进程都同样高效，对内心所受刺激的有意识的觉察，从定义上讲就必定要分散个体对环境中其他威胁与机遇的注意。（我对自己的这一洞见相当自豪，结果发现魏格纳在 1994 年就提出了类似的论点[120]，你们肯定能理解这叫我多么恼火。）较高的智力是要付出代价的，就连果蝇的试验都证实了这点：在争夺食物时，聪明的果蝇输给了蠢的[121]，这可能是因为学习与记忆所需的新陈代谢占据了它们觅食的能量。不，我并没有忘记自己刚刚用了整整一本书来论证智力和知觉不是一个东西。这个试验仍然跟我们讨论的问题相关，因为智力和知觉有一个共同点：从新陈代谢的角度看它们都很昂贵。（区别则在于智力至少在某些情况下是值得这个价钱的，而痴迷于日落能有什么生存价值可言？）

尽管已经有好些人指出了知觉的各种代价与缺点，但却几乎没有人迈出下一步，大声说出那个问题：这鬼东西是不是根本不值这个价？大家都想当然地以为它必定物有所值；否则自然选择肯定早就把它剔除了。这些人多半没错。我希望他们没错。《盲视》是一次思考的试验，一场“我们来试想”和“如果要是”的游戏。仅此而已。

另一方面呢，再早一千年，渡渡鸟和斯特勒的海牛也完全可以用这条论据来证明自己的优越性：如果我们缺乏适应性，为什么我们还没灭绝？为什么？因为自然选择需要时间，而且也有运气的成分。在任意时间点，整条街上最壮硕的男孩并不一定是适应性最好的，也不一定是效率最高的，再说游戏也没有结束。游戏永远不会结束，在热寂的这一侧不存在终点线，因此也不会有胜利者，有的只是尚未输掉的选手。

坎宁汉关于灵长类自我辨识能力的数据：那些也是实实在在的。黑猩猩的脑 / 身比例高于红猩猩[122]，然而红猩猩一贯地能认出镜中的自己，而黑猩猩只有大概一半的时间能做到[123]。与此类似，在非人类物种中，拥有最精巧的语言技能的是各种鸟类和猴子——而并非人们想象的那样，是我们血缘最近的近亲，那些“更有知觉”的猿类[81, 124]。如果你眯细眼睛细看，这类事实或许暗示说没准知觉只是一个阶段，一个红猩猩尚未迈过的阶段，而它们那些更先进的黑猩猩表亲已经开始要迈过去了。（大猩猩认不出镜子里的自己。也许它们已经迈过了知觉，也可能它们从未发展进入知觉阶段。）

当然，人类并不符合这一模式。甚至我都不确定这究竟算不算模式。

我们是离群值：这也是我想表达的要点之一。

但我打赌吸血鬼是会符合这模式的。这是我想表达的另一个要点。

最后，恰好就在《盲视》进行最终审校时，这一令人不快的假说获得了一些非常及时的试验支持：原来在面对复杂的决策时，无意识心智比意识心智更为出色[125]。看来似乎是因为意识心智能处理的变量更少些。引用一位研究员的话说："在进化的某个时间点上，我们开始有意识地做决策，而我们在这方面并不是很在行。"[126]

零散的大氛围（背景细节、糟糕的脑回路、人类的境遇）

幼年的席瑞·基顿并非个例，我们使用大脑半球切除术来治疗某些严重的癫痫病已经有五十多年历史[127]。很奇怪，去掉半边大脑似乎并不会严重影响智商或动作技能（不过大多数接受大脑半球切除术的病人原本智商就较低，这点与基顿不同）[128]。我至今也并不完全确定为什么他们要去除半边大脑；如果仅仅是想阻止两边半球之间形成反馈回路，为什么不直接切开胼胝体？他们拿走半边大脑是为了预防异手症吗——如果真是这样，言下之意难道不是他们蓄意摧毁了一个有知觉的人格？

为了在受损的儿子身上迅速重启母爱，海伦·基顿用了一种母性回应的阿片类药物，这个点子的灵感来自最近对老鼠的依恋缺乏障碍所做的研究[129]。"天火坠落"后出现的那些吸食铁的云是基于普雷恩等人报告的现象[130]。四合体的语言学行话是我从各种资料里搜罗来的[81, 131, 132, 133]。忒修斯船员所使用的多语种言语模式（谢天谢地书里只是描述，从来没有照实引用），灵感来自格拉多尔的思考[134]，他提出科学必须保留在多种语法内通行，因为语言引领思想，而单一一种"普世的"科学语言会局限我们看待世界的方式。

斯宾德和坎宁汉的基因外扩表现型现今已有先例，那就是马修·纳吉尔（Matthew Nagel）[135]。移植的假肢令他俩能够以联觉的方式感知实验室设备输出的数据，这是源于大脑感觉皮层那惊人的可塑性：你可以把听觉皮层变成视觉皮层，只需要将视觉神经植入听觉通道就行（当然这一步必须趁早）[136, 137]。贝茨的碳铂增强附件根植于近期心理肌肉系统的发展[138, 139]。萨沙对二十世纪精神病学的挖苦和诋毁不仅源于我本人（有限的）个人经历，也源于两篇关于所谓多重人格障碍的论文[140, 141]，它们揭开了遮盖在这些病例上的神秘面纱。我对这个概念本身没有任何意见，只是不满它的诊断方法。害死切尔西的那种纤维发育不良是基于卡普兰[142]等人描述的症状。

另外信不信由你，小说结尾处萨拉斯第使用的那些尖叫的人脸，它们代表的是一种再真实不过的数据分析形式：切尔诺夫脸谱图[143]。在传达数据集的关键特征这方面，它们比一般的图表更加高效[144]。

---

1 http://www.rifters.com/blindsight/vampires.htm

2 Pennish, E. 2003. Cannibalism and prion disease may have been rampant in ancient humans. *Science* 300: 227-228.（《古人类中或许曾广泛存在食人的行为与朊病毒蛋白类疾病》）

3 Mead, S. *et al.* 2003. Balancing Selection at the Prion Protein Gene Consistent with Prehistoric Kurulike Epidemics. *Science* 300: 640-643.（《朊病毒蛋白基因的平衡选择与史前库鲁类流行病相符》）

4 Anonymous., 2004. Autism: making the connection. *The Economist,* 372(8387): 66.（《孤独症：关联的观点》）

5 Balter, M. 2002. What made Humans modern? *Science* 295: 1219-1225.（《什么令人类变得现代？》）

6 Blanco-Arias, P., C.A. Sargent, and N.A. Affara1. 2004. A comparative analysis of the pig, mouse, and human PCDHX genes. *Mammalian Genome*, 15(4): 296-306.（《对猪、鼠和人的 PCDHX 基因的比较研究》）

7 Kreider MS, *et al.* 1990. Reduction of thyrotropin-releasing hormone concentrations in central nervous system of African lungfish during estivation. *Gen Comp Endocrinol.* 77(3):435-41.（《非洲肺鱼夏眠期间中枢神经系统内促甲状腺素释放激素的浓度降低》）

8 Cui, Y. *et al.* 1996. State-dependent changes of brain endogenous opioids in mammalian

hibernation. *Brain Research Bulletin* 40(2):129-33.（《哺乳动物冬眠期间大脑内源性阿片类物质的状态相依类变化》）

9 Miller, K. 2004. Mars astronauts ‘will hibernate for 50 million-mile journey in space’. News.telegraph.co.uk, 11/8/04.（《前往火星的宇航员“会在太空中冬眠五千万英里的旅程”》）

10 Calvin, W.H. 1990. The Cerebral Symphony: Seashore Reflections on the Structure of Consciousness. 401pp. Bantam Books, NY.（《大脑的交响乐：对意识结构所做的海边反思》）

11 Pennisi, E. 2004. The first language? *Science* 303: 1319-1320.（《最初的语言？》）

12 Recordings of Hadzane click-based phonemes can be heard at（链接可以听到哈德扎语以弹舌音为基础的音素）http://hctv.humnet.ucla.edu/departments/linguistics/VowelsandConsonants/ind ex.html

13 Ramachandran, V.S. 1990. Interactions between motion, depth, color, and form: the utilitarian theory of perception. In *Vision: Coding and Efficiency*, C. Blakemore (Ed.), Cambridge University Press, Cambridge, pp346-360.（《动作、景深、颜色与形状间的互动：关于感知的功利主义理论》）

14 Purves, D. and R.B. Lotto. 2003. Why We See What We Do: An Empirical Theory of Vision. Sinauer Associates, Sunderland, MA. p.272 .（《我们为什么看见我们所见：一种关于视觉的经验性理论》）

15 Yarbus, A.L. 1967. Eye movements during perception of complex objects. *In* L. A. Riggs, Ed., Eye Movements and Vision, Plenum Press, New York, Chapter VII, 171-196.（《感知复杂物体时的眼睛活动》）

16 Pringle, H.L., *et al*. 2001. The role of attentional breadth in perceptual change detection. *Psychonomic Bulletin & Review* 8: 89-95(7)（《注意力带宽在侦测感知变化中的作用》）

17 Simons, D.J., and Chabris, C.F. 1999. Gorillas in our midst: sustained inattentional blindness for dynamic events. *Perception* 28: 1059-1074.（《我们中间的大猩猩：对动态事件的持续性无意视盲》）

18 Simons, D.J., and Rensink, R.A. 2003. Induced Failures of Visual Awareness. *Journal of Vision* 3(1).（《人为诱导的视觉觉知失灵》）

19 http://viscog.beckman.uiuc.edu/djs_lab/demos.html（网站移至 www.simonslab.com/videos.html——译注）

20 Metzinger, T. 2003. Being No One: The Self-Model Theory of Subjectivity. MIT Press, Cambridge, MA. 713pp.（《不是任何人：主体性的自体模型理论》）

21 Wegner, D.M. 2002. The Illusion of Conscious Will. MIT Press, Cambridge. 405pp.（《有意识的意志之幻想》）

22 Saks, O. 1970. The Man who mistook his wife for a hat and other clinical tales. Simon & Shuster, NY.（《把妻子误当作帽子的人与其他临床故事》）

23 American Psychiatric Association. 2000. Diagnostic and Statistical Manual of Mental

Disorders. (4th Ed., Text Revision). Brandon/Hill.（美国精神医学学会《精神疾病诊断与统计手册》）

24 Ramachandran, V.S., and Blakeslee, S. 1998. Phantoms in the Brain: Probing the Mysteries of the Human Mind. William Morrow, New York.（《大脑中的幽灵：探索人类心智的奥秘》）

25 Persinger, M.A. 2001 The Neuropsychiatry of Paranormal Experiences. *J Neuropsychiatry & Clinical Neuroscience* 13: 515-524.（《超自然体验的神经精神病学》）

26 Kamitani, Y. and Shimojo, S. 1999. Manifestation of scotomas created by transcranial magnetic stimulation of human visual cortex. *Nature Neuroscience* 2: 767-771.（《对人类视觉皮层进行经颅磁刺激所产生的视盲表现》）

27 Hallett, M. 2000. Transcranial magnetic stimulation and the human brain. *Nature* 406: 147-150.（《经颅磁刺激与人类大脑》）

28 Goldberg, C. 2003. Zap! Scientist bombards brains with super-magnets to edifying effect. Boston Globe 14/1/2003, pE1.（《滋！科学家用超级磁体轰炸大脑取得良好效果》）

29 Porter, R., and Lemon, R. 1993. Corticospinal function and voluntary movement. Oxford University Press, NY.（《皮质脊髓功能与自主运动》）

30 Delgado, J.M.R. 1969. Physical control of the mind: toward a psychocivilised society. Harper & Row, NY.（《对心智的身体控制：通向一个精神文明化的社会》）

31 Libet, B. 1993. The neural time factor in conscious and unconscious events. *Experimental and Theoretical Studies of Consciousness* 174: 123-146.（《有意识与无意识事件中的神经时间因素》）

32 P. Haggard, P., and Eimer , M. 1999. On the relation between brain potentials and the awareness of voluntary movements. *Experimental Brain Research* 126: 128-133.（《论大脑潜力与对自主运动之觉知之间的关系》）

33 Velmans, M. 2003. Preconscious free will. *Journal of Consciousness Studies* 10: 42-61.（《前意识的自由意志》）

34 Pinto, C. 2003. Putting the brain on trial. May 5, 2003, Media General News Service.（《审判大脑》）

35 Macmillan, M. 2000. An Odd Kind of Fame: Stories of Phineas Gage. MIT Press, Cambridge, MA.（《一种奇特的名声：菲尼斯·盖奇的故事》）

36 Ehrsson, H.H., C. Spence, and R.E. Passingham 2004. That' s My Hand! Activity in Premotor Cortex Reflects Feeling of Ownership of a Limb. *Science* 305: 875-877.（《那是我的手！运动前区皮质中的活动反映出对肢体的拥有感》）

37 Gottleib, J., and P. Mazzoni. 2004. Action, illusion, and perception. *Science* 303: 317-318.（《行动、幻觉与感知》）

38 Schwartz, A.B., D.W. Moran, and G.A. Reina. 2004. Differential representation of perception and action in the frontal cortex. *Science* 303: 380-383.（《感知的差异化呈现与前额叶皮质中的活动》）

39 Norton, S.J., 2003. Can ultrasound be used to stimulate nerve tissue? *BioMedical Engineering OnLine* 2:6, available at http://www.biomedicalengineering-online.com/content/2/1/6 .(《超声能用于刺激神经组织吗？》)

40 Hogan, J., and Fox, B. 2005. Sony patent takes first step towards real-life Matrix. Excerpted from *New Scientist* 2494:10, available at http://www.newscientist.com/article.ns?id=mg18624944.600（《索尼的专利迈出通向真实的“黑客帝国”的第一步》)

41 Riebe, M. *et al.* 2004. Deterministic quantum teleportation with atoms. *Nature* 429: 734 - 737.（《对原子的确定性量子遥距传送》)

42 Furusawa, A. *et al.* 1998. Unconditional Quantum Teleportation. *Science*, 282(5389): 706-709.(《无条件量子遥距传送》)

43 Carlton M. Caves, C.M. 1998. A Tale of Two Cities. *Science*, 282: 637-638.(《双城记》)

44 Braunstein, S.L., and Kimble, H.J. 1998. Teleportation of continuous quantum variables. *Physical Review Letters* 80: 869-872.（《连续量子变量的遥距传送》)

45 http://www.research.ibm.com/quantuminfo/teleportation/

46 http://math.ucr.edu/home/baez/physics/Relativity/SR/rocket.html（网页移至 https://math.ucr.edu/home/baez/physics/Relativity/SR/Rocket/rocket.html——译注）

47 Atkinson, N. 2004. Magnetic Bubble Could Protect Astronauts on Long Trips. *Universe Today*, http://www.universetoday.com/am/publish/magnetic_bubble_protect.html（《磁气泡可在长途飞行中保护宇航员》)

48 Holzscheiter, M.H., *et al*. 1996. Production and trapping of antimatter for space propulsion applications. American Institute of Aeronautics and Astronautics-1996-2786 ASME, SAE, and ASEE, Joint Propulsion Conference and Exhibit, 32nd, Lake Buena Vista, FL, July 1-3.(《制造与捕获反物质用于航天推进》)

49 www.engr.psu.edu/antimatter/Papers/NASA_anti.pdf

50 Blacstone, E., *et al.* 2005. H 2 S Induces a Suspended Animation–Like State in Mice. *Science* 308: 518.（《硫化氢在老鼠身上诱发类似休眠的状态》)

51 本书写作时相关数据尚未发表。

52 Bails, J. 2005. Pitt scientists resurrect hope of cheating death. Pittsburgh Tribune-Review, June 29. Available online at http://www.pittsburghlive.com/x/tribune-review/trib/regional/s_348517.html (《匹兹堡科学家复活骗过死神的梦想》)

53 Oasa, Y. *et al.* 1999. A deep near-infrared survey of the chamaeleon i dark cloud core. *Astrophysical Journal* 526: 336-343.（《对蝘蜓座 I 暗星云核的深度近红外观测》)

54 Normile, D. 2001. Cosmic misfits elude star-formation theories. *Science* 291: 1680.(《恒星形成理论无法解释的奇怪天体》)

55 Lucas, P.W., and P.F. Roche. 2000. A population of very young brown dwarfs and free-floating planets in Orion. Monthly Notices of the Royal Astronomical Society 314: 858-864.（《猎户座的一群非常年轻的褐矮星与流浪行星》)

56 Najita, J.R., G.P. Tiede, and J.S. Carr. 2000. From stars to superplanets: The low-mass initial mass function in the young cluster IC 348. Astrophysical Journal 541(Oct. 1):977-1003. (《从恒星到超行星：年轻星团 IC348 内的低质量初始质量函数》)
57 Matthews, Jaymie. 2005. 私人交流。
58 Liu, W., and Schultz, D.R. 1999. Jovian x-ray aurora and energetic oxygen ion precipitation. *Astrophysical Journal* 526:538-543. (《木星的 X 射线极光与高能氧离子沉淀》)
59 Chen, P.V. 2001. Magnetic field on Jupiter. *The Physics Factbook*, http://hypertextbook.com/facts/ (《木星上的磁场》)
60 Osorio, M.R.Z. *et al.* 2000. Discovery of Young, Isolated Planetary Mass Objects in the σ Orionis Star Cluster. *Science* 290: 103-106. (《在猎户座 σ 星团发现年轻的孤立行星质量体》)
61 Lemley, B. 2002. Nuclear Planet. *Discover*23(8). (《核行星》)
62 http://www.nuclearplanet.com/
63 Dulk, G.A., *et al.* 1997. Search for Cyclotron-maser Radio Emission from Extrasolar Planets. Abstracts of the 29th Annual Meeting of the Division for Planetary Sciences of the American Astronomical Society, July 28–August 1, 1997, Cambridge, Massachusetts. (《在太阳系外行星中寻找回旋脉塞射电发射》)
64 Marley, M. *et al.* 1997. Model Visible and Near-infrared Spectra of Extrasolar Giant Planets. Abstracts of the 29th Annual Meeting of the Division for Planetary Sciences of the American Astronomical Society, July 28–August 1, 1997, Cambridge, Massachusetts. (《太阳系外巨行星之可见光与近红外光模型》)
65 Boss, A. 2001. Formation of Planetary-Mass Objects by Protostellar Collapse and Fragmentation. *Astrophys*. J. 551: L167. (《由原恒星坍缩与碎裂形成的行星质量体》)
66 Low, C., and D. Lynden-Bell. 1976. The minimum Jeans mass or when fragmentation must stop. *Mon. Not. R. Astron. Soc.* 176: 367. (《金斯质量的最小值，或碎裂何时必须停止》)
67 Jayawardhana, R. 2004. Unraveling Brown Dwarf Origins. *Science* 303: 322323 (《揭开褐矮星的起源》)
68 Fegley, B., and K. Lodders. 1996. Atmospheric Chemistry of the Brown Dwarf Gliese 229B: Thermochemical Equilibrium Predictions. *Astrophys. J.* 472: L37. (《褐矮星格利泽 229 的大气化学》)
69 Lodders, K. 2004. Brown Dwarfs--Faint at Heart, Rich in Chemistry. *Science* 303: 323-324 (《褐矮星——内心轻飘、化学分子丰富》)
70 Adam Burgasser. 2002. June 1 edition of the Astrophysics Journal Letters (《天体物理学杂志通讯》2002 年 6 月第一期)
71 Reid, I.N. 2002 Failed stars or overacheiving planets? *Science* 296: 21542155. (《失败的恒星还是成就突出的行星？》)
72 Gizis, J.E. 2001. Brown dwarfs (enhanced review) Online article supplementing

Science 294: 801.（《褐矮星》）

73 Clarke, S. 2003. Milky Way' s nearest neighbour revealed. *NewScientist.com* News Service, 04/11/03.（《揭露银河最近的邻居》）

74 Basri, G. 2000. Observations of brown dwarfs. *Annu. Rev. Astron. Astrophys* 38:485–519.（《褐矮星观察》）

75 Tamura, M. *et al.* 1998. Isolated and Companion Young Brown Dwarfs in the Taurus and Chamaeleon Molecular Clouds. *Science* 282: 1095-1097.（《在金牛座与蝘蜓座分子云内的孤立与伴生的年轻褐矮星》）

76 Berger, E. 2001. Discovery of radio emission from the brown dwarf LP944-20. *Nature* 410: 338-340.（《发现褐矮星 LP944-20 的射电发射》）

77 Anonymous, 2000. A brown dwarf solar flare. *Science@Nasa*, http://science.nasa.gov/headlines/y2000/ast12jul_1m.htm（《一颗褐矮星的太阳耀斑》）

78 Schilling, G. 2001. Comet' s course hints at mystery planet. *Science* 292: 33.（《彗星轨迹暗示存在未知神秘行星》）

79 Evelyne Kohler, E. *et al.* 2002. Hearing Sounds, Understanding Actions: Action Representation in Mirror Neurons. *Science* 297: 846-848.（《听见声音、理解动作：镜像神经元对动作的呈现》）

80 Rizzolatti, G, and Arbib, M.A. 1998. Language Within Our Grasp. *Trends in Neuroscience* 21(5):188-194.（《我们能捕捉的语言》）

81 Hauser, M.D., N. Chomsky, and W.T. Fitch. 2002. The faculty of language: what is it, who has it, and how did it evolve? *Science* 298: 1569-1579.（《语言功能：它是什么、谁拥有它、它如何进化？》）

82 Miller, G. 2005. Reflecting on Another' s Mind. *Science* 308: 945-947.（《对其他心智的反思》）

83 Pfeiffer, T., S. Schuster, and S. Bonhoeffer. 2001. Cooperation and Competition in the Evolution of ATP-Producing Pathways *Science* 20 292: 504-507.（《ATP 制造通路在进化中的协作与竞争》）

84 McMahon, R.J. 2003. Chemical Reactions Involving Quantum Tunneling. *Science* 299: 833-834.（《涉及量子隧穿的化学反应》）

85 Zuev, P.S. *et al.* 2003. Carbon Tunneling from a Single Quantum State. *Science* 299: 867-870.（《从单一量子态进行的碳隧穿》）

86 Darwin, Charlie "Chuckles" . 1859. The Origin of Species by Means of Natural Selection. Penguin Classics Edition, reprinted 1968. Originally published by John Murray, London.（《依据自然选择的物种起源》）

87 Cho, A. 2004. Life' s Patterns: No Need to Spell It Out? *Science* 303: 782-783.（《生命的模式：无需详说？》）

88 Cohen, J., and Stewart, S. 2005. Where are the dolphins? *Nature* 409: 1119-1122.（《海豚在哪儿？》）

89 Reilly, J.J. 1995. After Darwin. *First Things*, June/July. Article also available online at

http://pages.prodigy.net/aesir/darwin.htm.（《达尔文之后》）
90 Devlin, K. 2004. Cracking the da Vinci Code. *Discover* 25(6): 64-69.（《破解达 · 芬奇密码》）
91 Snir, Y, and Kamien, R.D. 2005. Entropically Driven Helix Formation. *Science* 307: 1067.（《熵驱动的基因螺旋构成》）
92 Wolfram, S. 2002. A New Kind of Science. Wolfram Media. 1192pp.（《一种新科学》）
93 Albert, M.L. 2004. Danger in Wonderland. *Science* 303: 1141.（《仙境里的危险》）
94 Muotri, A.R., *et al.* 2005. Somatic mosaicism in neuronal precursor cells mediated by L1 retrotransposition. *Nature* 435: 903-910.（《由 L1 逆转座促成的神经元前体细胞的体细胞嵌合》）
95 Nelson, D.L., and M.M Cox. 200. Lehninger principles of biochemistry. Worth, NY, NY.（《勒宁格的生物化学原理》）
96 Prigonine, I., and G. Nicholis. 1989. Exploring Complexity. Freeman, NY.（《探索复杂性》）
97 Dawkins, R. 1988. The Blind Watchmaker: Why the Evidence of Evolution Reveals a Universe Without Design. Norton.（《瞎眼的钟表匠：为什么说进化的证据揭露出宇宙未经设计》）
98 Pinker, S. 1997. How the mind works. WW Norton & Co., NY. 660pp.（《心智如何运作》）
99 Koch, C. 2004. The Quest for Consciousness: A Neurobiological Approach Roberts, Englewood, CO. 447pp.（《寻找意识的远征：一种神经生物学进路》）
100 McFadden, J. 2002. Synchronous firing and its influence on the brain' s electromagnetic field: evidence for an electromagnetic field theory of consciousness. J. Consciousness Studies, 9, No. 4, 2002, pp. 23–50（《同步放电及其对大脑电磁场的影响：意识之电磁场理论的证据》）
101 Penrose, R. 1989. The Emporer' s New Mind. Oxford University Press.（《皇帝的新心》）
102 Tononi, G., and G.M. Edelman. 1998. Consciousness and Complexity. *Science* 282: 1846-1851.（《意识与复杂性》）
103 Baars, B.J. 1988. A Cognitive Theory of Consciousness. Cambridge Univ. Press, New York.（《一种关于意识的认知理论》）
104 Hilgetag, C.C. 2004. Learning from switched-off brains. *Sci. Amer.* 14: 8-9.（《向关机的大脑学习》）
105 Roth, G. 2004. The quest to find consciousness. *Sci. Amer.* 14: 32-39.（《寻找意识的远征》）
106 Pauen, M. 2004. Does free will arise freely? *Sci. Amer.* 14: 41-47.（《自由意志是自由发生的吗？》）
107 Zimmer, C. 2003. How the mind reads other minds. *Science* 300:1079-1080.（《心智如何解读其他心智》）

108 Crick, F.H.C., and C. Koch. 2000. The unconscious homunculus. *In* Neural Correlates of Consciousness—Empirical and Conceptual Questions (T. Metzinger, Ed.) MIT Press, Cambridge.（《无意识的迷你小人》）
109 Churchland, P.S. 2002. Self-Representation in Nervous Systems. *Science* 296: 308-310.（《神经系统的自我表征》）
110 Miller, G. 2005. What is the biological basis of consciousness? *Science* 309: 79.（《意识的生物学基础是什么？》）
111 Blakeslee, S. 2003. The christmas tree in your brain. *Toronto Star*, 21/12/03（《你大脑里的圣诞树》）
112 Matsumoto, K., and K. Tanaka. 2004. Conflict and Cognitive Control. *Science* 303: 969-970.（《冲突与认知控制》）
113 Kerns, J.G., *et al.* 2004. Anterior Cingulate Conflict Monitoring and Adjustments in Control. *Science* 303: 1023-1026.（《前扣带回的冲突监管与控制调整》）
114 Petersen, S.E. *et al.* 1998. The effects of practice on the functional anatomy of task performance. *Proceedings of the National Academy of Sciences* 95: 853-860.（《从机能性解剖学的角度谈谈练习对任务表现的影响》）
115 Norretranders, T. 1999. The User Illusion: Cutting Consciousness Down to Size. Penguin Press Science. 467pp.（《使用者幻觉：让意识回归本位》）
116 Altenmüller, E.O. 2004. Music in your head. *Scientific American.* 14: 24-31.（《你脑中的音乐》）
117 Helmuth, L. 2003. Fear and Trembling in the Amygdala. *Science* 300: 568-569.（《杏仁核中的恐惧与颤抖》）
118 Dolan, R.J. 2002. Emotion, cognition, and behavior. *Science* 298: 1191-1194.（《情感、认知和行为》）
119 Treffert, D.A., and G.L. Wallace. 2004. Islands of genius. *Scientific American* 14: 14-23.（《天才岛》）
120 Wegner, D.M. 1994. Ironic processes of mental control. *Psychol. Rev.* 101: 34-52.（《心理控制那令人啼笑皆非的进程》）
121 *Proceedings of the Royal Society of London B* (DOI 10.1098/rspb.2003.2548)（伦敦皇家学会会志 B）
122 Aiello, L., and C. Dean. 1990. An introduction to human evolutionary anatomy. Academic Press, London.（《人类进化解剖学入门》）
123 Gallup, G.G. (Jr.). 1997. On the rise and fall of self-conception in primates. *In* The Self Across Psychology-- self-recognition, self-awareness, and the Self Concept. Annals of the NY Acad. Sci. 818:4-17（《论灵长类中自我概念的升落》）
124 Carstairs-McCarthy, A. 2004. Many perspectives, no consensus—a review of *Language Evolution*, by Christiansen & Kirby (Eds). *Science* 303:1299-1300.（《多视角、零共识：对<语言进化>之评介》）
125 Dijksterhuis, A., *et al.* 2006. *Science* 311:1005-1007.

126 Vince, G 2006. "'Sleeping on it' best for complex decisions." Newscientist.com, http://www.newscientist.com/channel/beinghuman/dn8732.html.（《复杂决策最好"睡一觉再说"》）

127 Devlin, A.M., *et al.* 2003. Clinical outcomes of hemispherectomy for epilepsy in childhood and adolescence *Brain* 126: 556-566.（《对儿童和青少年癫痫病患者进行大脑半球切除术的临床效果》）

128 Pulsifer, M,B., *et al.* 2004. The cognitive outcome of hemispherectomy in 71 children. *Epilepsia*. 45: 243-54.（《71 例儿童大脑半球切除术的认知效果》）

129 Moles, A., Keiffer, B.L., and F.R. D' Amato. 2004. Deficit in attachment behavior in mice lacking the μ-Opioid receptor gene. *Science* 304: 1983-1986.（《缺少 μ 阿片受体基因的老鼠展现出的依恋缺失行为》）

130 Plane, J.M.C., *et al.* 2004. Removal of meteoric iron on polar mesospheric clouds. *Science* 304: 426-428.（《陨铁从极地中间层云里被去除》）

131 Fitch, W.T., and M.D. Hauser. 2004. Computational Constraints on Syntactic Processing in a Nonhuman Primate. *Science* 303:377-380.（《非人灵长类在句法处理中的计算局限》）

132 Premack, D. 2004. Is Language the Key to Human Intelligence? *Science* 303: 318-320（《语言是人类智力的关键吗？》）

133 Holden, C. 2004. The origin of speech. *Science* 303: 1316-1319.（《言语的起源》）

134 Graddol, D. 2004. The future of language. *Science* 303: 1329-1331.（《语言的未来》）

135 BBC News. 2005. Brain chip reads man' s thoughts. March 31. Story online at http://news.bbc.co.uk/go/pr/fr/-/1/hi/health/4396387.stm（《大脑芯片读取人的思想》）

136 Weng, J. *et al.* 2001. Autonomous Mental Development by Robots and Animals. *Science* 291: 599-600.（《机器人和动物的自主心智发育》）

137 Von Melchner, L, *et al.* 2000. Visual behaviour mediated by retinal projections directed to the auditory pathway. *Nature* 404: 871-876.（《由指向听觉通道的视网膜投影促成的视觉行为》）

138 Baughman, R.H. 2003. Muscles made from metal. *Science* 300: 268-269.（《金属做成的肌肉》）

139 Weissmüller, J., *et al.* 2003. Change-induced reversible strain in a metal. *Science* 300: 312-315.（《金属中由变化引发的可逆转张力》）

140 Piper, A., and Merskey, H. 2004. The Persistence of Folly: A Critical Examination of Dissociative Identity Disorder. Part I. The Excesses of an Improbable Concept. *Can. J. Psychiatry* 49: 592-600.（《疯狂的持久化：对解离人格障碍的一种批判性检查，第一部分，对一种可能性不大的概念的过度使用》）

141 Piper, A., and Merskey, H. 2004. The Persistence of Folly: A Critical Examination of Dissociative Identity Disorder. Part II. The Defence and Decline of Multiple Personality or Dissociative Identity Disorder. *Can. J. Psychiatry* 49: 678–683.（《疯狂的持久化：对解离人格障碍的一种批判性检查，第二部分，对多重人格或解离人

格障碍的辩护与衰落》)

142 Kaplan, F.S., *et al.* 1998. The Molecules of Immobility: Searching for the Skeleton Key. Univ. Pennsylvania Orthopaedic J. 11: 59-66. (《固定的分子：寻找骨架中的关键点》)

143 Chernoff, H. 1973. Using faces to represent points in k-dimensional space graphically. *Journal of the Americal Statistical Association* 68:361-368. (《以图表的方式利用脸谱代表 K 维空间的点》)

144 Wilkinson, L. 1982. An experimental evaluation of multivariate graphical point representations. *Human Factors in Computer Systems: Proceedings*. Gaithersberg, MD, 202-209. (《对多变量图表点之呈现所做的试验性评估》)

上校

摩尔上校麻烦缠身。妻子逃进了虚拟现实的“天堂”，儿子参加前往太阳系外追踪外星种族的任务，至今下落不明。他自己受上级委派对蜂房化的人类智能进行危险性评估，其中一个蜂房成功袭击了一处由他监管的设施。现在，世界上最强大的一个蜂房心智找到基顿，他们的提议可能完全改变他的整个世界。

收到情报时，叛乱分子已经在从东面逼近。等上校回到游戏里——处理完情报、找到制高点、把离他最近的网络专家从床上揪出来摁在操控板前——对方已经包围了园区。雨林能帮他们躲开基准人类的目光，但上校借来的眼睛可以一直看到红外线。模糊的热轨迹透过稀疏的树冠滤入上方的摄像头，上校从半个世界之外追踪它们。

厄瓜多尔野生动物大量灭绝毕竟还有一个好处：如今你不大可能把游击队员误看成美洲豹了。

“我数出十三个。”中尉在清点显示屏上的一团团伪色。

在一片伐尽树木的空地中央，巨大的储藏罐和塔楼杂乱地挤在一起，核心处有一间泵站。一条硕大的脐带从泵站中伸出，以一个柔和的弧度插入天空，沿脐带还设置了一对升降平台。泵站往西八公里——再垂直向上二十公里——有一台浮空器连在脐带尽头。它在空中翻滚着，将硫酸盐吐进平流层，那模样活像胀鼓鼓的巨型虱子。

园区周围当然有围栏，老式的菱形铁丝网，顶上还点缀了一层刀片尖刺。算不上屏障，更像是种伤感的提醒，提醒人们曾经有过比较简单的时代。在围栏和森林之间有十米宽的一圈焦土，从围栏到工厂还有八十米距离。有保卫措施防护整个外围。

“我们能接入现场的安保手段吗？”中尉抵达前他已经试过了——没有成功——但她才是专家。

她摇摇头。“那是自给自足的。没有光纤连入，也没有电话可打。除非它已经遭到攻击，否则连信息都不会传输。要启用操作码，唯一的办法就是亲自进去。对付黑客攻击基本上万无一失。”

也就是说他们别无办法，只能透过地球同步卫星往下看着。“武器的覆盖范围总能看到吧？只需要地面的数据。”

“当然，那就只是蓝图而已。”中尉的操控板上绽放出一张简图，简图按比例缩放、重叠在实时图像上。一片片透明的柠檬派从工厂边缘的各个点扇形排开，形成一个毫无间隙的热区。热区一直延伸到围栏以及围栏背后一点点。不过枪械全都指向外侧，只要抵达甜甜圈中央的大洞你就能安全上垒。

热轨迹进入到围栏外的空地里，中尉将调色板坍塌为可见光。

上校道：“唔。”

反叛分子并没有露出真容。他们不走也不跑。他们在——扭，这是他能想到的最贴切的形容了。爬行。以不规律的节奏蠕动。他们让上校联想到害了某种神经性异常的螃蟹，仰面朝天以后拼命想把身体翻正。每个人都拖着一个小小的铺盖卷。

中尉嘀咕道：“什么鬼东西。”

反叛分子从头到脚抹了厚厚一层带棕色的浆。穿工装短裤的泥巴偶像。他们两两相连，活像摔跤的树懒，活像连体双胞胎，一个的肚子与另一个的后背焊在一起。他们又爬又滚来到了围栏脚下。

站点的防护系统没有开火。

不是铺盖卷：垫子，看样子是粗织的天然纤维。反叛分子在围栏前把垫子展开，扔到刀片刺丝上确保自己安全通过。

中尉抬头看上校："他们联网了吗？"

"不可能。那会触发警报的。"

"为什么警报竟然还没触发？*他们明明就在那儿。*"她直皱眉。"也许他们想办法关闭了安保系统。"

反叛分子已经进入到园区的边界内。

"你那防黑客万无一失的安保系统？"上校摇摇头。"不，如果已经搞定了枪，他们就会——*该死*。"

"怎么？"

绝缘泥，用心涂抹，专为重塑热轮廓。不存在可能暴露目标的硬件、合金或者合成物质。互相紧扣的身体、扭曲的形态：在地面水平这样的形态会被判定成什么？安保摄像头远远看过去会看见什么——

"野生动物。他们在假扮*野生动物*。"*美洲豹和游击队，撞了鬼了*……

"什么？"

"这是早期遗留的漏洞，你难道不知——"但她当然不知道了。她太年轻了，不会记得厄瓜多尔曾有一项引以为傲的传统：保护本国那些魅力十足的大型动物。当年绿色和平组织的人领着一群西貒闹事，结果防护当地简易机场的智能碉堡热心过头，把他们全部射杀了。那时她还没出生呢，她又怎么会知道当时就通过了法案，规定这个国家的每一个自动瞄准系统都必须内置相应的安全措施。只不过因为已经没有野生动物可保护，这些安全措施也早已被人遗忘。

现场的安保系统是指望不上了。叛乱分子不会那么蠢，他们会等到越过所有当地的火力方案之后再联并。“无人机还要多久抵达？”

中尉沉入自己脑子里查看一条信号：“十七分钟。”

“我们必须假定到那时他们已经完成了任务。”

“是长官，不过——什么任务？他们准备怎么办，用指甲抠花油漆吗？”

他不知道。他的线人也不知道。叛乱分子自己多半也不知道，直到他们联网之前都不会知道；哪怕你现在就从地面抓走其中一个，直接读遍那人大脑里的体素，你也不会有半点收获。

这就是蜂房心智叫人害怕的地方。它们的计划太庞大，任何单一的个体都容纳不下。

他晃晃脑袋。“枪没法控制，站点的常规操作呢？”

“没问题。各站点本来就必须彼此交谈，否则没法维持注入率的平衡。”

叛乱分子距离废气处理设备只剩一半距离了。靠这样笨拙难看的痉挛竟能如此迅速地推进，真让人震惊。

“连进去。”

简图上从右到左亮起一波星星：开关、阀门，各式各样的交互界面全部上线。上校指着西南象限的一簇小亮点问：“我们能排空这些气罐吗？”

“一般不建议，”她皱起眉头，“不受限制的倾倒会造成灾难性后果。系统不会同意的，除非它认定这是为了预防某种更糟糕的情况。”

“比如？”

“气罐爆炸吧，我猜。”

“安排起来。”

她开始朝远处的把关系统低语，听起来像是恋人间甜美的空话，但她看起来并不开心。“长官，从技术上讲这难道不是——我意思是，使用有毒气体——”

“硫酸盐前体物。气候工程储备品。非作战武器。”技术上讲不是。

“是，长官。”她闷闷不乐地应道。

“反制手段必须在他们链接之前就位，中尉。如果链接完成后我们再有任何动作——不管多小——蜂房都会一眼看穿。一旦那鬼东西上线，我们思考起来就再也比不过它。”

“是，长官。就绪。”

“够快的。”

“你说了必须要快的，长官。”操控板上新出现了一个脉动的暗红色图标，她抬手一指。“是不是现在就——”

“别忙。”上校借轨道空间的卫星间接俯视现场，努力理解眼前的画面。这到底是在搞什么鬼？就算蜂房心智又能用芦苇垫和几公斤的泥——

等等……

他随意挑了个入侵者，把画面放大。这么仔细一看，他发现包裹那具身体的泥几乎带一丝金色的闪光。不大像是矿物质，倒像——

他唤出一份档案，搜索微生物指标，看有没有哪种可供武器化的合成物能吞食杂环化合物。找到了。

“他们的目标是脐带。”

中尉抬起眼睛：“长官？”

“那泥。它不仅是伪装，也是爆炸物，是——”

“生物泥浆。”中尉吹声口哨，注意力回到操控板上，比之前更加专注。

上校努力思考。对方的目标不仅仅是割断脐带让浮空器飘走；光割断脐带用不着蜂房出马，甚至不必突破园区的外围边界。无论他们想做什么，肯定都是显微手术，需要巨量的现场计算——也许跟微气候有关，总之可能会受风、湿度或其余一打混沌的变量影响。

如果不是想直接割断脐带，那么也许是想用某种方式操控它：在这里用生物技术腐蚀出一个直径刚好 X 毫米的洞、在那里贴上一块拉长的单体烛蜡，于是高高飘在平流层的浮空器就恰好朝某个角度偏移多少米——

为了什么呢？跟进行维护的无人机玩碰碰车？遮挡某颗轨道卫星的视线、在关键时刻令远方的地面恐怖行动进入监控盲区？也许他们根本不是冲着脐带来的，也许他们是——

“长官？”速度最快的那个叛乱分子已经来到甜甜圈的中心。“长官，如果想在他们联并前击中目标——”

“先别，中尉。”

他是身处明亮房间的盲人。他是与大师对弈的恒河猴。对手的战术他一无所知。甚至对游戏规则他都毫无头绪。他只知道自己注定失败。

最后一个叛乱分子也扭动身体离开了武器的射程范围。中尉的手指悬在那个图标上，仿佛痒得发疯、急不可耐地想要挠一挠。

联并。

那聚焦远方的瞬间，那上千灵魂的凝视。你能从他们眼睛里看出来，如果你知道该留意什么，如果你离得够近，反应够快。上校既不够近也不够快。他只有一个从上往下俯瞰的视角，透过三万六千米外的一台望远镜观察，看到的画面先经大气层反弹后才铺开在这张桌上。但他能看见接下来发生了什么：彼此扣紧的碎片融合到一起，身体姿态同时改变，进化纵身一跃，从动作笨拙的四足动物变成了智慧的超级武器。

从多中生出了一。

“现在。”

它知道。它当然知道。不必有丝毫怀疑，这个初生的庞大心智肯定已经侦查到某种关键线索，做出了某种能暴露整个陷阱的推理——而且就在它苏醒的那个瞬间。百万思维突然生成，它的目光惊醒了站点的防护系统，系统发出哀鸣，姗姗来迟地发动起来：人类的眼睛看不见这种多心智网络，但在射频中它们却是亮到炫目的织锦。然而蜂房已经来到火力网背后，因此根本不必在意它。不，此刻吸引蜂房注意的是从南边储气罐喷出的那一波硫化氢：寂然无声，渺无踪迹，像毛毯一样沉，对任何孤立的灵魂都意味着确定无疑的死亡。换了基准人类绝不会疑心情况不对，直到淡淡的臭鸡蛋味告诉他他已经死了。

但这个灵魂可不是孤立的。它的身体中有十一个同时转身逃向围栏，每一个都追随一条独一无二的轨迹，还附加一点随机的布朗运动好摆脱追踪算法。剩下的两个立定在甜甜圈的圆心里，从腰带下抽出配枪——

上校皱眉。*这东西探测器怎么会没发现？*

“嘿，那些是枪吗——*怎么看起来像骨头。*”中尉说。

那两个节点举枪射击。

*的确*是骨头。至少是某种类似骨头的东西；如果是金属或塑料，不等来到围栏前就会触发探测装置。不过子弹多半是陶瓷；骨骼的派生物别想打穿这里的管道，哪怕是最薄的都不可能……

只不过那并非蜂房的目标。手枪瞄准的是旧管子、旧面板，任何金属制品，任何可能——

擦出火花的东西……

因为硫化氢不单有毒，你个蠢货。它还可燃。

“老天爷啊。”中尉低声叹道。整个区域都点燃了。

那是反反制手段，临时即兴创作。那是蜂王的祭献：这些身体有一部分难逃一死，但也许大火会燃掉足够多的毒气，剩下的就有机会逃生；也许扩散开的毒气会有足够多被大火吸进去消耗掉，于是在两具身体像火炬般燃烧时，另外十一具身体就能抵达安全地带。

有几秒钟工夫上校以为对方能成功。这样的孤注一掷本身已经极其出色；换了基准人类绝不可能在刹那间想出这样一个计划，更不必说执行起来了。然而微弱的希望也只是比全无希望略强一点点而已，再说就连半神也无力改变物理法则。被祭献的节点熊熊燃烧、变得焦黑，像枯死的树叶般碎裂。另有三具奔向铁丝网的身体跑到半路被毒气赶上，这时毒气还很浓，虽不够燃烧但却依然致命。剩下的抽搐着死在泥里，身上像涂了油，映出闪烁的烛光，子弹的冲击力让他们不断抽动：现在目标已经倒地，子弹也就终于可以痛击落水狗了。

看不见的毒毯向外扩散，去杀死丛林中所剩寥寥的孱弱生命。

中尉咽口唾沫，关于古代战争罪的回忆纷纷涌现，她脸色发白，直犯恶心。“我们确定这样做没有违反——”她没把话说完，既不愿挑战上级军官，又不能信服死抠条文钻空子的行为，同时也无力评估被击败的敌人究竟代表多大的威胁。

但威胁是真实存在的。这些鬼东西危险得要命。要不是偶然获得了一点情报——这种事像量子震颤一样无法预测，也不能指望一再有这样的运气——这个蜂房就会达成目标，既不会被发现也不会遭遇任何抵抗。也可能它已经达成了目标；也许刚刚发生的一切都是计划的组成部分，也许幸运地得到通风报信，这本身就是对方故意策划的，为了就是要让他跟着指挥跳舞。也许今天是他吃了败仗，而他永远不会知道实情。

蜂房就是这样，永远领先你十步。这样可憎的怪物，现如今在某些司法辖区却仍然合法，这令上校恐惧至极，他简直无法描述。

“我们为什么这么做，长官？”

他面露不悦：“做什么，你具体是指？为个体的生存而战？”

但中尉摇了摇头。“为什么我们还总在——打仗？自己跟自己？

我意思是，外星人的事情以后，大家不是应该忘掉彼此之间微不足道的差别吗？在共同的威胁面前把人类联合起来？”

如今普通士兵的队伍里满是这种人。

“它们并没有威胁我们，中尉。它们只是拍了张照片。”至少大家猜测是照片。六万四千个来源不明的物体同时点燃，形成一张白炽的网格精准地环绕地球。在大气层将它们烧成灰烬的同时，尖叫声沿半张电磁频谱传回太空。

“但它们还在那外头。至少是派它们来的不管什么东西。就算已经过了十三年——”

十四。上校感到自己嘴角的肌肉收紧了。可这种事谁会去数呢。

“而且我们又失去了忒修斯——”

他冷冷道：“没有证据表明我们失去了忒修斯。”

“是，长官。”

“谁也没说过那次任务会像周末度假那么轻松。”

“是，长官。”她把注意力转回到操控板上，但他觉得她转头时脸上似乎有点什么。他不知道她是不是认出了他是谁。

不大可能。已经过了那么久。再说他也总是待在幕后。

“好吧——”他朝门口走去。“保险起见，再派些机器人进去。”

“长官？”

他停下脚步，但没有转身。

“我在想——也许这事轮不到我过问长官——不过先前你好像非常担心蜂房启动以后会做什么。你说一旦它联并我们不可能跟得上它。”

“我在等你的问题，中尉。”

“那我们为什么要等？我们本来可以赶在他们链接之前就把他们全部毒死，而如果蜂房真的那么危险——那个，似乎不是好战略。”

他没法反驳。但这并不代表他的做法没有正当的理由。

“蜂房非常危险，中尉。对此永远不要有片刻的怀疑。不过话虽如此……”

他思索片刻，最后也只能选一个接近真相的答案来应付。

“如果杀戮是唯一的选择，我宁愿杀一个而不是十三个。”

有些威胁直击心脏地带，另外一些则不那么——一目了然。

就说视频信号上的这个女人吧：莉埃娜·鲁特罗德，小小的个子，身高大约一米六，从这个极富感染力的女人身上你只能看出一样东西，那就是对这个奇妙的世界所怀抱的满腔热情。至于是谁支付她的一切开支，是谁派她踏上亲善之旅，到处分发彩虹，到处承诺乌托邦就在眼前，那是一点痕迹也看不出来的。

那深藏在俄勒冈沙漠、把她当成布袋木偶来操控的势力，你一点痕迹也看不出来。

“我们爬上了这座小丘，”此刻她正跟“对话中”那位专注的节目主持人这么说着，“每往上走一步我们都能看得更远，所以我们当然不停往上走。现在我们到了顶。科学已经到顶好几个世纪了。”

她的背景基本上没什么出奇的地方：生于加纳，长于英国列岛，系统论和有神论病毒学都在班上名列前茅。

“现在我们眺望平原，发现另一个部族在云上跳舞，比我们还要高。也许那是海市蜃楼，也许是骗局。或者也可能他们只是爬上了更高的山峰，只不过我们被云挡住了视线看不见而已。”

公开的犯罪活动几乎没有。十三岁时被指控持有私人数据库，十二岁时被控干扰家庭监控摄录。年轻人总会积累这类罚款和警告，直到他们学会拥抱全景监狱。

“于是我们就过去看看到底是怎么回事——但是每一步都会带我们往下走。无论我们要去往哪个方向，只要离开自己的峰顶我们就必须放弃原有的制高点。于是很自然，我们又爬了回去。我们被困在一个局域性的最大值上。”

最后她跟并立会签了约，借此合法地从政府眼皮底下销声匿迹。并立会拥有特别豁免权，主要是因为你根本没法搞懂那些人，哪怕你真心想留意他们的动静。

“可万一在平原对面确实有一座更高的山呢？要想过去的话，唯一的办法就是先硬着头皮走下我们自己的小山丘，沿河床艰难跋涉，直到我们终于又开始往山上走为止。只有到这时你才会意识到：嘿，这座山比我们先前的小山丘可高多了，这上头的视野好太多了。”

并立会。名字似乎是源于某种革新的原型，涉及对大脑半球的大规模重新布线。不过如今这名字有点像是腔棘鱼：如今并立会的人还有没有大脑半球这种东西都不好说。

“但是如果你想抵达那里，就必须留下所有曾经令你如此成功的工具。你必须迈出下山的第一步。”

“这玩意儿你信吗？”中尉（另一个中尉——上校在每个港口都有一个这样的人）从屏幕上抬头瞟他一眼，还噘起嘴唇扮个多疑的鬼脸。“基于信仰的科学？”

“那不是科学，”上校说，“他们并不假装那是科学。”

“那更糟。要想制造更好的人脑芯片，你总不能说自己是受了圣灵感召。”

“他们的专利很难驳倒。”

害他担心的就是那些专利。并立会似乎并没有任何军事野心，也没有征服世界的企图——说起来他们对外面的世界好像根本没什么兴趣。他们似乎只是蹲守在散布于沙漠中的修道院里，审思着隐藏在现实之下的另一层现实，并且心满意足。

但是要想把世界搅个天翻地覆，办法可不止一种。如今的全球形势很有些——脆弱。单一的范式更迭就可能令一个个的社会完全崩溃，这又不是没发生过，而并立会更是掌握着半个专利办公室。

只要他们愿意，一夜之间就能让全球经济把自己搞死。甚至根本不犯法。

据大家手头现有的情报判断，鲁特罗德并不真是那个蜂房的一部分。她只是它的门脸；一张友善的面孔，一个魅力十足的发言人，替蜂房疏通关系，平息恐惧。接下来的两周她都会留在外面的世界，到处巡回：跟大家一样是一个孤立的人类个体，同时又知晓并立会最深的秘密。在并立会的世界她同样自在，虽说在那个地方念头竟不会止步于颅骨边缘，念头甚至都不知道自己什么时候离开了一个脑袋，什么时候进入了另一个。

“把她弄进来吗？”中尉问。与此同时，鲁特罗德用一个微笑和一口袋的隐喻让世界放松了警惕。

他必须承认自己有点动心：切断她与兽群的联系，用“全球安全”的大幕包住审讯室。只要能给予适当的激励，谁知道她会分享什么样的洞见？

他摇摇头：“我去找她。”

“真的？”单膝跪地去迎合对方，这显然不符合这位新中尉的期待。

“她搞的是亲善之旅，咱们就给她个散布善意的机会。”

当然了，事实并不像表面上看起来那么慷慨。事实是，除非你知道对手反击的力道有多猛，否则永远别跟对手来硬的。

全球调研，对蜂房心智做威胁性评估：这并非他唯一的任务，只不过是最新的。还有一打别的任务闲置在背景中，只偶尔才需要他检视或更新。比如现实主义阵营对英国列岛的渗透，比如一个新分离出来的浸信会团体在公海上建造武装灰岛。偶尔他还要参与对某些老古董步兵的军法审判，这些步兵本身仍是血肉之躯，但其自动化控制增强附件却违背了交战规则。所有的任务都等在队列里，信号灯亮着，半抛在脑后。等需要他关注时它们会提示他的。

然而有一支蜡烛上校从未忘记，尽管最近十年的大半时间里它都不曾闪烁过。它的设定也跟其余一样，一旦状态改变就会呼唤他。但他还是会查看它，每天都看。现在他回到空荡荡的大公寓准备在这里待两天——妻子去了虚拟天堂后他仍然留着这地方——他又检查了一遍。

没变化。

他让自己的嵌入设备沉睡，等叠加层和状态报告不再对着他的颞叶窃窃私语，他便满心感激地逃进了自己大脑里的那片寂静中。过了好一会儿，他后知后觉地意识到一种*真正的*感觉：爪子落在身后地砖上轻柔的摩擦。他转过头，瞥见一张毛茸茸的黑白小花脸闪过拐角不见了踪影。上校退到厨房。

“和风”愿意让公寓给自己喂食——鉴于他的人类仆人只是间歇可用，他基本上也只能愿意——但他并不太喜欢。最开始他曾经直接拒绝，当时他精神有些错乱：有个搞跨种族试验的半吊子，想跟一个神经元突触数量只及自己十分之一的小灵魂“分享意识”。那家伙多半以为自己这么干肯定能*大彻大悟*或者*超凡入圣*，也可能只是单纯觉得自己*机灵透了*。上校努力想象这样一种被迫的融合是什么感觉：被一把推进思想和感受的大旋涡中，四周的一切都无法理解，一切都像裸眼看太阳那么刺眼；而当那个自恋的神祇玩腻了，切断连接，就又被扔回可怕的黑暗中独自愕然。

上校带和风回家后，他在衣橱里躲了好几个星期，每次看到插口和光纤线他都会哈气、怒吼；有着低矮底座、静静在屋内巡回的家用清扫机他也无法忍受。两年过去，他那毛茸茸的小脑袋终于重新评估了厨房里自动喂食器的成本 / 收益比，但他仍然更像幽灵而非普通的毛球，大部分时间只会被眼角的余光捕捉到。如果他肚子饿了，而且上校又保持纹丝不动，那也有可能把他哄到开阔地带；

但面对身体接触他仍然会退缩。上校听任他这样，还假装没发现起居室沙发的扶手被抓得破破烂烂。他甚至不忍从和风脑袋上那堆扭曲的疤痕组织里取出当初留下的插口，因为如果带和风去看兽医，谁知道会唤醒什么样的创伤和噩梦呢。

现在他把猫粮倒进碗里，又后退了必不可少的两米。(这是进步，就在六个月之前和风还绝不肯踏进上校周围三米之内。) 和风蹑手蹑脚地溜进厨房，鼻翼扇动，视线射向每个角落。

上校希望折磨和风的人会腻烦了哺乳动物，然后继续尝试更富异域风情的界面。头足动物就不错。最好跟太平洋的八爪鱼来个B2B，大家都说那种融合可狰狞多了。

人类的蜂房至少可以宣称自己是基于合意，人类蜂房的成员至少是主动选择了对自己施行那样的暴力侵犯；无数个体人格被彻底摧毁，但从中浮现的却也是自愿的怪兽。要是它能止步于此就好了。要是伤害能停留在蜂房的范围内就好了。

儿子的蜡烛沉睡在上校网络里属于它的小小角落，仿佛炼狱里的指示灯。和风每吃两口都要扫一眼周围，他仍在担忧恐怖的神祇会再度降临。

上校理解他的感受。

他们在河滨市外一家餐厅的露台会面：那种历史遗迹似的小酒馆，从食物的准备到餐桌的服务都由血肉之躯执行，结果从食物的准备到餐桌的服务都遭了殃。不过人们似乎愿意为个人化的东西多花钱。

鲁特罗德博士直奔主题："你不赞成。"

"我不赞成很多东西，" 上校承认，"你得具体点。"

"不赞成我们。我们做的事。" 她瞟了几眼菜单 (真正的菜单——印刷在非智能材料上)。"以及所有的蜂房，我猜。"

“法律禁止它们是有原因的。”至少禁止它们中的大多数。

“的确有原因：因为当人们的生活被他们无法理解的东西掌控，他们就害怕。某一条特定的法律或政策也许非常理性或有益，但这都无济于事。当你需要十个头脑才能理解最基本的原理，那些单脑就开始惴惴不安。”布袋木偶耸耸肩。“关键在于，并立会的各个蜂房并不制定法律、设定政策。它们的眼睛注视大自然，它们的手也不往别处伸。也许这就是为什么法律没有禁止它们。”

“也可能那只是一个漏洞。要是当初预见到舞台上会出现人肉界面这种东西，你可以打赌我们肯定会把科技定义得更具体些。”

“可《界面法案》通过已经整整十年了，而他们仍然没把定义弄明白。又怎么可能弄明白呢？每次脑子里冒出一个无关紧要的念头，大脑都会将自己重新布线；要是立法禁止脑皮质编辑，怎么可能不同时禁止生命本身？”

“不归我操心。”

“好吧。但你还是不赞成。”

“我见过太多的伤害了。你给这事蒙上一张这么快乐的面具，你把团体心智的超越性洞见说了一遍又一遍。只要加入一个更大的整体就能得到那么多的洞见。可谁也不会提起——”

我们剩下的人要为你们的开悟付出什么代价——

“——那之后你们又会怎么样。”

“对天堂的惊鸿一瞥，”鲁特罗德喃喃道，“会将你的人生变成地狱。”

上校眨眨眼。“正是。”神的视野被赋予你，然后又被夺走，你作为基准人类却瞥见过至高的存有，你可悲的人生中充斥着含混而无法理解的模糊记忆，那会是什么感觉？难怪大家会上瘾。难怪有些人只能尖叫着被强行从插口上扯下来。

如此耀眼的白热光芒，在它投下的阴影下挣扎受苦，说起来，终结这样一个生命几乎可以算是慈善行为呢。

"——常见的误解，"鲁特罗德正说着，"蜂房并不是由一千个小人格组成的拼图，它是整合的。吉姆·摩尔并不会变成超人；当蜂房处于启动状态，吉姆·摩尔甚至不存在。当然，除非你的延迟调得特别低。"

"那更糟。"

她摇摇头，略有些不耐烦。"如果这真是坏事，你应该已经有第一手的认识了。你就是一个蜂房心智。你一直都是。"

"如果这就是你对军队指挥链的解读——"

"每个人都是一个蜂房。"

他冷哼一声。

她继续推进："你有两个脑半球，对吧？每一个都完全有能力运行一个专属的独立人格，事实上它有能力运行多重人格。假设我把其中一侧脑半球打倒，比如麻醉它或者用足量的经颅磁刺激彻底搅乱它，另外一侧半球完全可以继续工作，而且你猜怎么样？它确实会跟你不一样。它可能会有不同的政治信仰、不同的性别——见鬼，它说不定还会有幽默感呢。直到另一侧脑半球醒过来，它俩融合，再次变回你。

"所以告诉我，上校，此刻你的两个脑半球在受罪吗？你脑袋里是不是有许多个自我，全都被捆住手脚、堵住嘴巴，心里想着哦伟大的象鼻神啊我被困在这里头了！多希望蜂房能把我放出去玩啊！"

我不知道，他意识到。我怎么可能知道？

"当然不会，"鲁特罗德自问自答，"那只不过是分时共享。完全透明。"

"而联并后精神病也只不过是由一群疯子傻子散播的都市传奇。"

她叹口气。"不，联并后精神病非常真实。这是一个悲剧，它毁了数千人的生活。没错。而它完全是由有缺陷的界面技术导致的。

我们的人不会得。”

上校说：“并不是所有人都这么走运。”

一个眼里注射了美容用叶绿素的男人送上食物。鲁特罗德朝他笑笑，然后一头扎进克隆蟹沙拉里。上校摆弄着自己盘里切好的鳄梨，他几乎不记得自己点了这东西。“你参观过‘解脱心’吗？”

“只在虚拟空间访问过。”

“你知道自己不能信任在虚拟空间里体验到的任何东西。”

“难道你能信任在这张桌子上体验到的任何东西？看见你视野中央那一大块盲点了吗？它正朝你猛按喇叭呢。”

“我指的不是大自然走的捷径。我指的是某种自身具有企图的东西。”

“好吧，”她一边咀嚼一边包着满嘴的食物说话，“那么解脱心的企图怎么了？”

“谁也不知道。八百万人的心智链接在一起，而他们就只是——躺在那儿。当然，你看过从班加罗尔和海得拉巴传回的视频信号，干净舒适的宿舍，有智能床铺可以运动身体、让关节保持柔软灵活。可你见过另外那些节点吗？就好像五百公里长的泥巴跑道，总有人分到尾巴上路况最糟的部分，你见过住在那种地方的节点吗？那些除了一张光秃秃的窄床、一间茅屋和村里井边的无线路由器之外一无所有的人？”

她没回答。

他权当她答了没有。“你该找个时间去拜访他们。其中一部分人还有人会去查看。另外一部分就——没有。我见过满身恶臭褥疮的儿童躺在自己的屎尿里，见过掉了一半牙齿的成年人，就因为他们连线进了那个蜂房。而且他们不在乎。他们没法在乎，因为已经不再有他们了，而蜂房压根不关心构成自己的零件，就好像——”

人形火炬，在厄瓜多尔的雨林里熊熊燃烧。

“——就好像你不会在乎你肺里的某一个细胞。”

鲁特罗德垂下眼睛看看自己的饮料。“那是他们自己渴望的，上校。从轮回中解脱。我不能假装说我会替自己做这样的选择。”她再次抬起眼睛，对上他的目光，保持眼神接触。“但困扰你的并不是这个。”

“此话怎讲？”

“因为无论你多么不赞成他们的生活方式，八百万处于幸福的木僵状态的灵魂并不构成任何军事威胁。”

“你确定？一个能够进行连贯思维的实体，拥有八百万人类大脑的脑物质，这样一个实体能酝酿出什么样的计划，你能摸着哪怕一点边吗？”

“征服世界，”鲁特罗德一本正经，“因为关于正法的信仰就只在乎这个。”

他没笑。“人才会遵循某种信仰。那个蜂房完全是另一种东西。”

“而如果那些人是威胁，”她静静说道，“我们又是什么？”

她的主人们，她指的是。而答案则是：令人惊恐。

“要是追根究底，解脱心其实没那么激进，”她继续说道，“毕竟它是用稀松平常的大脑建造起来的。我的人搞的是脑皮质结构。我们有大脑上的量子纠缠，我们搞出了量子生物无线电，它的原理再过二十年你也不可能在市面上撞见。你甚至不能再把它定义为科技。这才是你我为什么在这里说话的原因，不是吗？因为如果一群联网的基准人类已经教你担心，并立会怎么可能不是威胁呢？”

“他们是吗？”最后他问。

她哼了一声。“听着，你可以为那上头或者这下头去优化大脑，但二者不能兼得。并立会在普朗克的尺度上思考。所有那些跟量子有关的疯话对他们来说都是直觉，就好像棒球的轨迹之于你。但你知道有个什么问题吗？”

这话他早就听过："他们玩不了棒球。"

"他们玩不了棒球。哦他们也能过日子。他们能自己擦屁股自己吃饭。但你把他们塞到一座大城市里，那他们就——唔，说他们会感到不舒服都是很委婉了。"

他不信。

"你以为他们为什么需要我这样的人？你以为他们在沙漠深处定居是为了建造超级大反派的老巢吗？"鲁特罗德翻个白眼。"他们不是威胁，相信我。遇到车多人多的街道，他们连过马路都有困难。"

"我最不担心的就是他们身体的强健程度。那样先进的东西完全可能把我们一脚踩扁，自己甚至不会注意到我们已经被踩扁了。"

"上校，我跟他们一起生活。他们还没把我踩扁呢。"

"你我都知道并立会能让世界动荡成什么样，哪怕他们只出售最少一部分——"

"但他们并没有这么干，不是吗？他们为什么要这么干？你以为他们在乎你那个虚幻世界的所谓经济，在乎操蛋的利润率？"鲁特罗德摇摇头。"你应该感谢你追随的不管什么神，谢天谢地那些专利真在他们手里。换了别人多半真会一脚踢翻蚂蚁窝，搞得你们一团乱，仅仅就为让一个季度的财务数据好看。"

原来在你们眼里我们现在是蚂蚁了。

"无论你承认不承认，你们的世界里有他们其实更好。他们不管闲事，他们不打扰任何人，而当他们确实出来玩一玩，你们这些穴居人表现得就跟强盗差不多。这你应该早知道的，军队方面许可使用我们的加密技术已经十几年了。"

"最近我们可没有。"自从指挥链上头的人开始担心有后门程序就没有了。不过也许上校本人在这个决定里也插了一手。

"你们的损失。就两个月之前科阿韦拉那边才搞出一个拉马努金对称的变种，你们的人肯定馋得要命。我们的算法什么东西也破解不了。”她重新想了想。“至少基准人类的东西破解不了。”

“没用的，鲁特罗德博士。”

她扬起眉毛，活脱脱就是天真无邪的代名词。

他的身体从桌上朝她倾斜。“跟你那些巨人同床共枕，也许你真的感到安全。他们至今还没有在你睡着的时候翻身把你压扁；也许你把这当成某种保证，以为这证明他们往后也永远不会。我可绝不会这样莽撞——”

再也不会。

即便已经过了那么久，这个修饰语仍然让他觉得肚子像被人踢了一脚。

“他们不是敌人，上校。”

他吸口气，惊叹于自己的自制力。“这就是让我害怕的地方。对于敌人你至少能指望理解他想要什么。那东西——”他摇摇头，“你自己也承认了。它的野心太广大，单个人类的颅骨甚至装不下它。”

“眼下，”鲁特罗德说，“它想要帮助你。”

“哈。”

她剥下一片指甲从桌面上推给他。他看着，但没碰。

过了一会儿她说：“这是一片水晶。”

“我知道它是什么。你就不能直接传给我？”

“而你会接收？你会允许一个并立会的走狗直接往你脑袋里倒数据？”

他微微龇牙承认对方的观点。“是什么？”

“是传送的信息。我们几周前解密的。”

“传送的信息。”

“来自奥尔特云。就我们已知的情况判断。”

她撒谎。一定的。

上校摇头。“要是有传送，我们早该——”每一天，快十年了。

检查指示灯。想从微波背景中挤出一个词、一声低语、一声叹息。眼睛永远凝视天空，哪怕现在也如此，哪怕别的人已经清点了损失，别的眼睛已经转向更好的可能性。

没有证据表明我们失去了忒修斯……

“自从发射我们就一直在扫描。如果真有信号我不会不知道。”

鲁特罗德耸耸肩。“他们能做到你们做不到的事。你不就是因为这个才失眠吗？”

“他们连天线阵列都没有。他们能从哪儿搞到遥传数据？”

她露出最微不足道的一丝笑意。

他终于明白过来。“你们——你们早知道……”

鲁特罗德伸出手，把肢解下来的指甲朝他推了几厘米。“拿去。”

“你们早知道我会找到你。你们设计好的。”

“看看它说了什么。”

“你们知道我儿子的事。”他感到呼吸穿过突然咬紧的牙关嘶嘶作响。“你们这些狗娘养的。现在你们要用我自己的儿子来对付我了？”

“我保证你会发现里面的内容值得你——”

他站起身：“如果你的主人以为他们可以挟持他……”

“挟——”鲁特罗德眨眨眼，“当然不会。我跟你说了，他们想帮忙——”

“有个蜂房想帮忙。最早就是一个该死的蜂房做出了……”

“吉姆，他们要把它送给你。”他在那张脸上看到的只有真诚的祈盼。“拿去。随你高兴在哪里、在什么时候打开它。用上一切过滤器、炸弹检测程序，采取一切你认为必要的安全措施。”

他目视它，就好像它长出了獠牙。“你们要把它送给我。不带任何条件。”

“只有一条。”

“当然。”他厌恶地摇摇头。“而条件就是——”

“这是给你的，吉姆。不是给你的主人。不是给任务管控中心。”

“你知道这我没法保证。”

“那就别接受。要是走漏了消息会怎么样，这不必我来告诉你。你至少还愿意跟我们谈。其他人可能不会这样讲道理。再说不论你心里多害怕，我们其实并不能从天上召唤闪电劈死对手。你把这东西传出去，西半球联盟境内的每一座修道院都会被机器人和军队踏平。”

“一开始就不要信任我不是更好？你们怎么知道我不会根据这回的谈话授权一次行动？”

她历数理由。“因为你不是那种人。因为也许我刚才是骗你的，而你不会愿意拿人命和资源冒险，到头来却发现我们竟然真能召唤闪电。而且还因为——”她用真指甲敲敲假指甲。“因为万一这确实来自忒修斯，而你再也不会有下一次机会怎么办？”

“万一。你们拿不准？”

“你拿不准。”鲁特罗德说。那诱惑不停拉扯着他的灵魂，以至于他几乎没留意对方并未回答自己的问题。设备就这样静坐在两人之间，仿佛一条盘曲的毒蛇。

最后他问：“为什么？”

“有时候他们会无意中发现些东西，”她告诉他，“派生品，可以说是。在探索其他事情的过程中。这些东西不一定跟并立会切身相关，但对其他人却可能很有意义。”

“他们为什么要在意其他人？”

“但他们就是在意，吉姆。你以为他们已经完全超越了我们，你以为我们不可能理解他们的动机。对你来说这是牢不可破的信念。但眼前就有一个动机，就在你面前，而你甚至看不见它。”

“什么动机？”他看见的只有捕兽夹，在四面八方张开大嘴。

“凭这你就知道他们毕竟不是神，”她告诉他，“他们有同情心。”

当然了，他们其实没有。纯粹只是操控人心的伎俩，就这么简单。是陶匠在塑造陶土，是用短路点火的方式连进了大脑内核中那些充满渴望的中心。是在拉扯那一路探进平流层的系绳。

现在看来，那些系绳还真是牢不可破。

他打开高速缓冲存储器，立刻听见隔壁房间里和风的爪子发出鬼鬼祟祟的声音。存储器里有层层相套的目录：文档里有的是纯静电，有的是傅立叶变换，有的是对缩减为最小二乘法和样条曲线的噪音所作的信号诠释。瞬间就全部打开，毫无波折：没有锁、没有密码、没有深红色的激光扫描虹膜。（如果真有他也不会吃惊。那些巨人为什么就不能从普朗克长度伸出手去，从某个用量子加密的文档里攫取他的眼纹呢？）只不过也许这些都没有必要。也许一切都嵌入了某种看不见的保险措施，某种无法想象的读心算法，瞬间就能扫描他的意识，要是发现他犯下了背叛蜂房信任的罪就会立刻删除一切。

也许他们就只是比他自己更了解他。

他认出背景微波的微弱回音，它在数据上盖了一个戳，仿佛一个弄花了的指纹，来自时间肇始之初。他在残值中看到某种类似转发器代码的东西。大部分的分析他都只能盲信，如果这确实是从忒修斯发出的，那它要么是在途中经历了严重的干扰，要么是发射器有损伤。剩下来的部分像是某种多频道编织物的残余，其智能既体现在信号本身，也同样体现在它各频段互动的方式上。一张数据全息图。

他终于从织锦中抽出一条丝线：线性文本的乏味数据流。元标签显示它是从某种声学信号中挖掘出来的——最可能是一个声音频道——但信号太过微弱，因此重塑的过程与其说是从静电中过滤的不如说是用原始材料从头建造。最终得到的文本很简单，毫无修饰。很大一部分都是猜测。

它是这样开始的：想象你是席瑞·基顿。

上校双腿发软，再也无法支撑身体的重量。

他曾经每周去一次“天堂”。然后是每月一次。现在他已经一年多没去了。

他只是看不出还有什么意义。

天堂不是蜂房，至少不是他职权范围内的那种蜂房。天堂的人脑也联网，但联的都是潜意识——当前用不到的过剩的中间神经元，租出去进行处理运算，而清醒的那部分灵魂则飘浮在自己想象出的梦的世界。这是终极的生意模型：你出借大脑来运行我们的机器，我们则负责娱乐剩下来的意识部分。

技术上讲海伦·基顿仍然是他妻子。夫妻一方飞升后，要宣布婚姻无效是很容易的，但事实并不会被几张表格左右，而上校也一直没工夫去填写相关的文件。一开始她并没有应答，他来访时她大概正在享受自己创造的某种虚拟消遣，于是便任他待在“边地”干等，直到自己完事。也可能是故意要他等。毕竟他已经一年没来了，他估计自己也没理由抱怨。

最后，一团有着锯齿状边缘的彩虹色云朵降落在他面前，仿佛一扇彩绘玻璃破裂后的片段。云的碎片像密集的鱼群般旋转起舞：某种最近邻聚类算法，从混沌中变幻出阿拉伯风格的错综花饰。上校至今不知道这是不是有意为之的装腔作势，又或者只是随手选用的化身预制模板。

但他一直觉得有点过头了。

旋转的玻璃中传出一个声音：“吉姆……”

声音听起来似乎很遥远，漫不经心，像她显现的形态一样支离破碎。这个世界就连物理法则都是梦境和随心所欲的产物，而她在这里待了十四年：她竟还能说话他大概就该庆幸了。

“我觉得该让你知道。有个信号。”

“有个……信号……”

“来自忒修斯。也许是。”

鱼群放慢速度，就好像空气变成了糖浆。它锁定在定格的画面。上校暗自计数，七秒钟的时间里它都毫无动作。

海伦合并。抽象朝着人性凝结：一万片碎片落到一起，彼此扣合形成三维谜题，组成它的片段从明亮的原色开始，饱和度逐渐降低，直至血肉那沉闷的色调。在上校的想象中，有个幽灵为某个特别的场合穿上了盛装。

“席——席瑞？”现在她有了一张脸。面孔下半部的细节刚刚拼上，正好可以说出那个名字。“他是不是——”

“我不知道。信号——非常微弱。有干扰。”

过了一会儿她说：“要是他活着，该是四十二了。”

“他是四十二。”上校寸步不让。

“你把他派去的。”

这倒也算是实情；他毕竟没有开口阻拦。他没有反对，看清风向后甚至把自己的声音也加入到游说的大合唱里。就算他抗议又能有什么用处？其他所有人都已经上船了，所有人都受制于那联网的暴众，它远远超出了普通穴居人的心智水平。与它相比，专家和官员只不过是一群小耗子罢了。

“我们派了他们所有人，海伦。因为他们是最胜任的。”

“而你有没有忘记他为什么是最胜任的？”

他巴不得能忘了才好。

“你派他去太空追踪幽灵，”她说，“这还是最好的可能。最坏的可能是你把他喂了怪兽。”

而你，他想要这么回答她，不等怪兽现身你就抛弃他来了这地方。

“你派他去对抗任何人都应付不了的庞然大物。”

我不会再被拖进这场辩论里。“我们并不知道那东西有多大。我们什么也不知道。我们必须弄清楚。”

“你们干得真是漂亮。”现在海伦已经完全整合成形，压抑的怨恨全部死而复生，就好像从来不曾平息。

“海伦，我们被勘测了。他妈的整个星球。”这她肯定记得吧。她肯定不至于如此沉醉于自己的幻想世界，竟忘记了真实世界发生过什么。“难道应该不管它就算了？你以为有谁会比我更想念自己的孩子吗，哪怕席瑞不是最合适的人选？这件事比他更重要。它比我们所有人都更重要。”

“噢这不必你来告诉我。因为摩尔上校爱这操蛋的世界，所以他献出了自己的独生儿子。”

他的肩膀耸起来，然后又落下去。

“如果这次的消息是真的——”

“如果——”

他打断她：“席瑞也许还活着，海伦。难道你就不能暂时把恨放在一边、从这里头看到点希望？”

她悬浮在他面前，仿佛复仇的天使，但眼下她持剑的手暂时克制住了。她很美——活生生的她从来没有这样美过——虽说上校很容易想象她的肉身现在该是什么模样，毕竟它已经腌在地下墓穴里那么多年。他企图从那画面中挤出一丝报复的快感，他失败了。

最后她说：“谢谢你告诉我。”

“什么都还不确定——”

“但毕竟有可能。是的，当然。”她身体前倾。“依你看——我意思是，你什么时候才会对它的具体内容知道得更清楚些？那个信号？”

“我不知道。我正在——探索各种可能性。一旦有发现我马上告诉你。”

“谢谢你。”天使一面说着一面已经开始消散——然后又因一个突如其来的念头重新凝结。“你当然是不会允许我跟别人分享这消息的了？”

“海伦，你很清楚——”

“你已经在我的领地设置了安全锁。一旦我想告诉任何人我儿子还活着，墙就会立起来。是不是？”

他叹口气。“这不是我的意思。”

“这是侵犯。就是这个。恃强凌弱。”

“你宁愿我干脆不告诉你吗？”但他其实明白，当海伦切断连接、天堂消散、公寓光秃秃的墙壁重新出现在他周围时，他明白这一切都只是这支双人舞的一部分。舞步一成不变：他竖起路障，她则将满腔愤怒倾泻其上，能量永远向下流入同样空洞的平衡。多半有没有安全锁都不要紧。毕竟她又能告诉谁呢？

在天堂底下，她的朋友全都是她幻想出来的。

“这里是吉姆·摩尔。”

上校站在沙漠边缘。一辆尼桑停在他身边无所事事，仿佛忠诚的宠物。

“在未来可预见的时间里我都会无法联络。我不能告诉你们我准备去哪儿。”

过去二十四小时他可以说是完全赤裸：没穿弹力鞋、没带配枪、没带身份识别牌。也没戴手表：手表是通往人类意识圈的窗口，是秘密的守护者；他把所有日常的智能穿戴设备都留在身后，而手表就是它们的核心、它们的增强器和事件协调员。他甚至关闭了自己的脑皮质嵌入设备，把自己的视觉与外衣一同丢进了垃圾桶。最后剩下的就只有这最后一分钟才完成的语音留言，它会暂时搁置，等别人再也找不到他以后再发送。

“希望等我回来时能提供完整的任务报告。具体时间尚不清楚。”

他站在那里，权衡获益，权衡风险。那些更强大的神祇发出的威胁，上天的漠然可能造成的潜在危害。另一个世界的外星人带来的威胁，这一个世界的外星人带来的威胁。而一个小小的穴居人，刚刚才从树上爬下地，竟以为自己也许能够利用其中一方去对付另一方，这样的妄想又是多么狂妄。

一个儿子的代价。

"相信我的服役记录足以为我赢得一点自由发挥的空间。我请求你们，我不在期间请不要调查我的去向。"

不过他并不相信他们会照做。尼桑是偷来的，行车记录做了改动，车辆失踪的痕迹也全部清除了。他自己的座驾被他放出去自由行动，此刻正在奥林匹克半岛巡游，它会一路留下面包屑，供事后可能前来调查的取证算法消化。

"我——我意识到自己违反了规定。你们知道除非我认定这绝对关键，否则我是永远不会这样做的。"

跟你那些巨人同床共枕，也许你真的感到安全。他们至今还没有在你睡着的时候翻身把你压扁；也许你把这当成某种保证，以为这证明他们往后也永远不会。我可绝不会这样莽撞——

再也不会。

不必拥有蜂房的智能也能明白他是遭了算计，对方的做法又简单又直接。这是穴居人的战术：找到对手的阿喀琉斯之踵，精心策划陷阱，把它悄悄递进对手的腹地。从静电中打造出希望。剩下的就交给懊悔和也许能赎罪的微弱希望。

太容易识破了。只除了一点：一个孤零零的基准人类老头竟会对这样一个神一样的智力集合体具有任何意义；一个无甚出奇的穴居人竟然配得上被对方看见，更别说费心操控了。这念头实在太过自大，根本无可想象。

"我离开期间我的公寓已经设定好运行自主模式。不过如果有人能偶尔去看看我的猫我会很感激。”

在所有的恐惧和猜疑面前，他必须承认：同情心大概是最简洁的解释了。

他按下“发送”，任发射器从指间滑落。等他的靴子把那小小的装置踩进泥里，他的告别演说已经越过了一千公里的距离；等到了合适的时间它就会把自己呈现给指挥链。上校留下一切，只带了身上穿的衣服、两粒广谱抗蛇毒胶囊和足够步行到修道院的单程口粮。如果并立会的思想确实植根于某种宗教哲学，那么但愿它是那种宣讲对失落的灵魂要仁慈、对闯入者要原谅的信仰。

当然了，这是无法保证的。蜂房赐予他的那一点点情报，有太多不同的方式可以解读。也许他只是一场更大的博弈中的卒子；或者一只饥肠辘辘的昆虫，曾经从天国得到些许残羹剩饭，然后就自以为跟上帝套上了交情。所有这些可能的设想、所有这些互相矛盾的假设，其中只有一件事他确信无疑。一个了悟，在这么多年之后，它让上校无比渴望更多，他愿意为此赌上一切：他的儿子曾经走失，现在又找到了。

他的儿子要回家了。

“回家去。”他命令尼桑，然后迈步走进沙漠。

零和

在我最新那本小说里，一个头发花白的老兵满心苦涩地追忆起“军用僵尸项目”最开始的那段日子。他本人就是早期招募的新兵之一，不过并不是最早的。最早的那批新兵，至少其中一些人，是从战场上铲起来的尸体，用跳线连进大脑，暂时重启到有意识的状态，然后人家告诉他们说：嘿，你其实已经死了，不过我们可以把你复活，只要你愿意替我们干几年就成。或者我们也可以把线拔掉，任你变回我们找到你的样子，随你选。合同条款确实有点儿霸道，但考虑到不答应会有什么后果，换你你会拒绝吗？【……】《零和》就是最早的一个新兵的故事。

艾桑特尖叫着冲出去。地狱是一间回声密室，充满了吼声、海水和金属的撞击。可怕的阴影沿隔离壁移动，每个平面上都翻腾着一片片网状绿光。撒西莱特人从月池中升起，仿佛某种从明亮的泻湖里钻出来的生物，一冒头他们就开始射击。拉西达的上半身倒在甲板上，炸开的腹部喷出深色的血雾。奇多还在拖着身体往前爬，想去够晒架上的矛枪，就好像一支老古董鱼叉也能赶跑这些恶魔似的——对方有枪，有气动装置，还有那些小子弹，先深深埋进你的肉里，然后让你见识五百个释放的大气压能对你的内脏干出什么花样。

艾桑特可没有这些东西。他有的只是自己的拳头。

他把拳头用上。他朝离自己最近的撒西莱特人扑过去，那女人正瞄准奇多；这时甲板呻吟着下落、侧倾，艾桑特的身体也剧烈摇晃。海水涌上月池边缘，倾泻在金属护板上。身体下落的途中，艾桑特胡乱朝入侵者挥动手臂。她射偏了。舷窗上绽开一张蜘蛛网；一小股水从蛛网中央喷出，玻璃立即尝试从裂口边缘修复自己。

艾桑特看见的最后一样东西是那个撒西莱特人潜水服上的沙漠之锤标记，就在她把他轰上天之前。

五年

流水。金属碰撞金属。哐当声和汩汩声，压低的谈话，中距离处机器运转制造的回声，幽闭的恐惧感。

艾桑特睁开眼睛。

他仍在湿屋，房间的天花板在他眼中忽而模糊，忽而清晰，金属板、支柱和奇多刻进油漆里的愚蠢涂鸦（所有同义反复都是同义反复）。绿光依然在生物钢板上黯淡地蠕动，但那种致命的能量已经流走了。

他想扭头，结果办不到。就连自己的身体他也只略有些感觉——就好像身体只是实体化的幽灵，只是坚实的肉体最微不足道的回音，在腰部附近便渐渐消逝，迈入不存在的国度。

一个架在人类躯干上的昆虫脑袋耸立在他上方。它用两种声音说话：英语和加纳中南部通行的阿肯语，阿肯语重复英语的内容，两种声音交叠在一起："悠着点，大兵。放松。"

女人的声音，挺活泼。

不是撒西莱特人。但是带了武器。危险。

不是兵，他想这么说，他想这么喊。在非洲西海岸千万别被当成任何种类的战斗人员，否则绝对没好事。可他连轻声低语都做不到。他感觉不到自己的舌头。

艾桑特意识到自己没在呼吸。

那个昆虫女人——现在他看明白了，她穿着潜水服：她的下颌骨是某种电解装置，她的复眼是衍射眼镜——她从他视域之外取过一张战略卷轴，拿到离他的脸半米处展开。她喃喃念出咒语，卷轴应声活过来。它闪出柔和的光，化作两张重叠的键盘：英语在上，阿肯语在下。

“别想着说话，”她用两种语言说，“只看字母。”

他把注意力集中在 N 上：N 亮起来。O.T. 薄膜预测拼写，加快了从眼睛跳动到文字浮现的转换速度：

不是兵养鱼的

“抱歉。”她收起翻译；阿肯语键盘一闪，消失了。“修辞罢了。你叫什么名字？”

克乔 · 艾桑特

她把衍射眼镜推到额头上，又解开下颚，任它落下来垂在自己面孔的一侧。在那些东西底下她是白皮肤。

奇多是不是

“我很抱歉，是的。所有人都死了。”

除我以外的所有人，他心里这么想着，同时想象奇多最后一次嘲笑自己，笑自己迂腐得叫人受不了。

“找到他了。”一个男人的声音，来自隔间另一头。“克乔·艾桑特，塔科拉迪城居民。二十八岁，泽区标准水——等等，战斗经验：加纳空军两年。”

艾桑特的目光狂乱地射向键盘：只是养鱼的不是——

“别担心，伙计。”她安慰似的伸出一只手，他只能猜测它大概落在了自己身体的某处。“这附近人人都见识过战斗，对吧？你们屁股底下是方圆三百公里内唯一可靠的蛋白质储备，想必时不时就得跟人动手才能保住它。

“反正。”她朝另外那个声音转过身去，肩章落入他的视野：西半球联盟。“我们可以把他放进名单里。”

“要做就赶紧。表面接敌，大约两千米，正在接近中。”

她转回艾桑特这边。“是这样的。我们没能及时赶到。我们本来根本不该过来，不过指挥官听说了萨利的计划，然后发挥了一点人道主义的主动性，我猜可以说是。我们刚好来得及把他们吓跑，又朝他们开了一通火，但那时候你们全都已经死了。”

我没有

“啊，克乔，你也死了。都死了。”

你把我救活

“不。”

可是

“我们用跳线启动了你的大脑，仅此而已。如果让电流通过一条腿，就能让腿抽搐，这你知道吗？你知道触电是什么意思吗，克乔？”

“他有分子海洋生态学的博士学位，”她那看不见的同事说，“我猜他是知道的。”

“你几乎感觉不到任何东西，对吧？身体就像幽灵一样？我们没有重启你的其余部分。你现在的感觉只不过是神经的残余感受，因为神经还不知道自己已经死了。你等于是装在盒子里的大脑，克乔。你现在是耗光了能量在空跑。

“不过关键在于：你不必如此。”

“加快速度，凯特。我们只有十分钟，最多。”

她扭头瞅了一眼又转回来。“我们在利维·摩根号上有个装置，能把你补好，再把你冻起来直到我们回家。老家那儿又有个装置，能他妈制造奇迹，让你焕然一新。但这事儿不便宜，克乔。我们每干一次基本都要破产一回。”

没有钱

“不要钱。我们想要你替我们干。五年的服役期，可能更短，全看技术进展如何。那之后你想干吗就干吗，银行里还有好大一笔钱等着你，货真价实的重获新生。这活儿容易得很，相信我。难搞的部分你都只是自己身体里的乘客而已。就连新兵营基本也是自动完成的。真正的加速项目。”

不是西半联

“你也不属于霸主，不再是了。你现在什么也不是，只是正在腐烂的肉连在两根跳线上。我跟你提议的可是救赎的机会呢，伙计。

你可以重生。”

“你他妈赶紧完事，凯特。他们马上就到我们头顶上了。”

“当然如果你没兴趣，我拔掉线就完了。你还是变回我们找到你的样子。”

不求你愿意

“愿意什么，克乔？愿意拔掉线？愿意把你留下？你得说明白。我们这可是在协商合同。”

愿意重生愿意服役五年

为什么会有一丝颤抖的犹豫？为什么会有一个声音耳语：没准死了更好些？也许是因为他确实死了；也许那些叫人窒息的内分泌腺已经没法继续工作，没法再用恐惧、绝望和不惜一切代价也要活下去淹没他的大脑，而这些正是令人类长生不老的灵丹妙药。也许死了就意味着再也不用在乎这些破事。

可他还在乎。也许他是死了，但他的腺体没有，还没有。他没有拒绝。

他不知道有没有人会拒绝。

“哈利路亚赞美主！”凯特一面宣告一面朝舞台下某个看不见的控制器伸出手去。就在一切陷入黑暗前她最后又说：“欢迎来到僵尸部队。”

救命的机器

不过他们并不叫它“僵尸部队”。

“有一件事你们要明白，任何行动都没有理由要派大兵上战场。”

他们叫它零和（ZeroS）。很奇怪，Z代表的倒不是僵尸（Zombie）。

“只要处理得当，甚至一开始就没有理由牵扯到战场。经济工程学和云端控制就是干这个的。”

S甚至也不代表小队（Squad）。

“如果这两样都失败了，才会用到无人机、机器步兵和大兵。”

零和（Zero Sum）。或者照主管军士西拉诺的说法：一语双关，对吧？我思故我在嘛。反正总比加林提议的说法强：海盗僵尸旅。

艾桑特正在听战略入门课，他本来几乎信了教官是真人，可对方听着并不像烦闷得要死，因此肯定是人工智能无疑了。

“你们要是发现自己被派出场，那只可能有一个原因：所有人都把冲突化解完全搞砸了，最后留下满天满地的狗屎给你们解决。”

同时艾桑特也在沿大山的一侧往上跑。沿途风景很美，整整二十公里，满是岩石、松树和覆盖苔藓的致命陷阱。这片山坡上植被茂盛，北非那不断扩大的沙漠里的植物加起来怕也不及这里多。他真希望自己能看见就好了。

“你们的出现本身就意味着任务已经失败；你们的工作就是从废墟里尽量抢救点什么。”

可惜他看不见。基本上他什么也看不见。从起床号到现在艾桑特一直是瞎的。

“算你们走运，经济手段和云端控制和战略人工智能倒是经常失败。”

不是完全失明。他仍能看见光，看见某些总在运动中的外形，就好像透过蜡纸看世界。身为“乘客”，你的眼睛会抖动。当然人的眼睛一直也在抖动，不断从某个暂时的焦点跳到下一个——他们管那叫眼动——但大脑通常会将这些动作剪辑掉，再把清晰的部分粘到一起，变成一种持续的幻觉提供给你。

在这里却不会这样。在这里眼动频率高出天际，任何东西都不会遗失。完全数据获取。对于艾桑特一切都是暴风雪样的模糊一片，不过没关系。有东西在这里头跟他在一起，而它能看得很清楚：毕竟他的胳膊和腿都在动，而克乔·艾桑特并没有动它们。

他其余的感官运转正常。他能感受到爬墙时绳子与手掌摩擦的粗糙触感，嗅到大地与覆盖小径的松针的气息。几公里之前他不小心咬破了自己脸颊内侧，到现在都还能尝到一丝铜的味道。音频链接里的声音他听着也清晰无比。他内在的僵尸同样在吸收所有这一切，只不过骨膜不会眼动，触觉神经不会在血肉底下蹦来蹦去。只有眼睛：凭这你就能知道自己正处在僵尸模式。这个以及你的整个身体都仿佛感染了“异手症”。

艾桑特管它叫他的“邪恶双胞胎”。这名字最早是父亲送给他的，在父亲逮到八岁的克乔一周里第三次梦游之后。有天吃早饭时，艾桑特一时嘴快跟小队的队友提起这事，他们到现在都还在取笑他。

现在他尝试用意志力让自己暂停一刹那，仅仅是为了好玩。邪恶双胞胎继续奔跑、跳跃、爬行，与过去的两小时毫无二致，自治程度叫人心惊。那是一个月前他们灼烧进他大脑新皮层的后压部搭桥，一扇小小的升降式闸门，将心智与自我分隔开。他们蚀刻在他身上的模块远不止这一个，用的工具则从神经织网、纳米管网格到老式的激光手术刀都有。微调中脑以便定制古老的狩猎—追踪本能；在眶额皮质安装阻尼器，以确保行为上的服从（借用麦多克斯的说法：免得等你们想拿回钥匙的时候，你们的另一半硬是不给）。

新伤疤害他头皮发痒。他的脑袋在活动时带着令人不安的惯性，就好像里面坠着一公斤的铅和好些砷化物和碳。发生在他身上的一切他连十分之一也不明白。他迄今无法相信自己竟能起死回生。可是上帝啊，身体如此强壮的感觉是多么美妙。他觉得自己的身体能单枪匹马对付整整一个排。

有时这感觉会一连持续整整五分钟、十分钟，然后他才会想起那些没能赶上这笔买卖的尸体的名字。

邪恶双胞胎突然轻快地跳向一侧，事先毫无征兆。它抬起双臂，刹那间艾桑特又能看见了。

仅仅一毫秒，弥漫的雾气中出现了一小块清澈的空间：一辆洛克希德斗牛梗刚刚爬上他左手边的花岗岩突起，斗牛梗张开腿、枪口旋转准备瞄准。下一瞬间艾桑特又瞎了，后坐力顺着一只胳膊震颤，活像一次小型地震。他的身体甚至不曾打破奔跑的节奏。

“啊。目标获取，”教官评论道，“好好享受风景。”教官抓住机会为他总结基本要点——只有锁定目标时眼睛才会在某个点上聚焦足够长的时间，因此也只有在这时乘客才有机会往外看。说完这个它又开始发表关于视距联网的长篇大论，转换话题时顺畅极了。

艾桑特不大确定其他人听的是什么。提瓦纳是除他以外唯一刚招募的新人，多半在忍受跟他一样的新手入门独白。卡里姆斯现在可能已经进展到战地创伤了。加林走的是工程学的路子。麦多克斯跟艾桑特讲过，考虑到艾桑特的背景，他最后多半是搞生物武器。

要训练一个能上战场的专家需要十九个月。零和七个月就能做到。

艾桑特的双腿停止活动。他能听到沉重的呼吸声从四面八方传来。梅岑格中尉的声音抓挠他两耳之间的空间：“乘客们，你们可以进入驾驶舱了。”

开关埋在视觉皮层，并与想象力相关联。他们管那叫曼陀罗。由每个新兵自行选择，同时对其他人保密；这么一来就不会存在所谓的万能钥匙，免得遇到某个诡计多端的对手，激战正酣时被人一锅端了。植入图形模式时采用双盲试错法进行设定，就连技师们也不知道每个人的钥匙是什么。某种跟你有关的东西，他们说。独一无二，容易设想的。

艾桑特的曼陀罗是几个词构成的序列，以无衬线字体呈现。现在他将它召唤出来——

所有同义反复
都是同义反复

——世界咔哒一声重新聚焦，令人猝不及防。虽说他并没在移动，脚下也不由踉跄了两步。

他的左手开始抽搐，就像收到信号一般。

他们身处半山腰，这里是一片斜坡，一片洒满阳光的草地。有花。昆虫。一切都散发着勃勃的生机。西拉诺朝天高举颤抖的双臂，卡里姆斯扑倒在草地上：他们接受过十几次微调，尤其线粒体数量和腺苷酸活化蛋白激酶促进剂都两倍于正常水平，早已是统计学中右侧尾部的右侧尾部，因此另一半掌舵期间他们几乎不觉得消耗了体力；可一旦切换回来他们仍然感到虚弱不堪、筋疲力尽。阿科斯塔一屁股坐到卡里姆斯身边，朝着阳光咧嘴笑。加林踢了一根腐烂的木头，居然有条蛇扭动身体爬进了草丛里，一圈圈黄色和黑色，外加不断吞吐的信子，千真万确。

提瓦纳站在艾桑特身旁，跟他一般的秃头、一般的满头伤疤。“真美，唔？”她的右眼有点歪，艾桑特忍不住想盯着看，于是只好强迫自己把目光聚焦在她鼻梁上。

“蒙着头套两个钟头，这点美可不够补偿。”撒科斯，任由自己沉溺于无意义的抱怨。“给我们接个视频信号难道能要他们的命？”

“哪怕只是让我们睡过去呢。”卡里姆斯嘟囔道。其实两人都知道事情没那么简单。大脑是一大堆交缠的线，从地下室绕到阁楼又再绕下去，关掉起居室的灯炉子可能就没法工作。就连付费点播也行不通。理论上并没有任何理由说他们不能干脆跳过抖动的眼睛、直接连个视频信号进大脑皮层，但他们脑子里已经塞满了各种植入体，剩下的地产面积不够大，没地方留给非关键功能了。

至少麦多克斯是这么说的。

“我其实压根儿不在乎。”阿科斯塔说。他嘴角微微抽动，微笑变成令旁观者困扰的痉挛。“哪怕下线的时间再长一倍我也能忍，只要每次结束时都有这样一番景致可看。”大自然就是阿科斯塔活着的理由，无论多小的一点点都行。他来自危地马拉，42 年那场超级大火灾，大部分植被都没了。

提瓦纳问：“你又是为了什么？”

过了片刻艾桑特才意识到对方问的是自己。“抱歉？”

“阿科斯塔是自然宝宝，卡里姆斯以为等技术解密她能发大财。”这事儿艾桑特还是头一次听说。“你又是为什么报名的？”

他不大知道该怎么回答。从他个人的经历判断，不是你报名参加零和，是零和找到你。这问题古怪又私密。它勾起了他不愿多想的东西。它勾起了他已经想太多的东西。

“唔——”

谢天谢地，麦多克斯选了这一刻从基地与他们无线电通话：“好，所有人。症状核对。西拉诺。”

下士看看自己的前臂。“挺好。没平时那么一惊一乍。”

“卡里姆斯。”

“我有那个，呃，呃……”她犯起结巴挣扎了半天，最后懊恼地啐了一口：“操。”

“我就照常给你登记失语症，”麦多克斯说，“加林。”

“每五到十分钟视野闪动。”

“有进步。”

“运动时情况好些。血流比较顺畅，可能是。”

“有意思，”麦多克斯说，“提瓦——”

“我看见你了上帝我看见你了！”

撒科斯在地上打滚。他的眼睛在眼窝里往上翻，他的手指抓起泥土。“我看见了！”他高喊一声，然后开始胡言乱语。他的头大幅甩动，唾液往外飞。提瓦纳和西拉诺朝他靠近，可无线电里上帝的声音像鞭子一样抽下来：“退后！所有人立刻退后！”而所有人都服从了，因为上帝用的是大卫·梅岑格中尉的声音说话，而你是绝对不想惹他发火的。很快上帝的气息从天国垂下，那是一架医疗直升机的螺旋桨。螺旋桨抽打空气时安静到无法想象，虽说大家都已经看见它了，他们全看见它了，已经没必要再使用隐身模式。说起来其实从来也没必要隐身，因为直升机一直都在，刚好就在他们目力所及的范围外，以防万一。撒科斯已经不再胡言乱语。他的面孔扭曲，脊柱像拉开的弓。直升机落地，即便只隔了十米，螺旋桨的呜呜声也微不可闻。它吐出医护人员、一台担架和几个机器人。机器人展开了收在腹部的带关节的昆虫腿，它们的表面是光亮的黑色，躯干活像复活节彩蛋。零和的人退后，医护人员围上去挡住了他们的视线。

又是梅岑格：“好了，肉袋子们。所有人回后座。返回基地。”

西拉诺转身走了，眼睛已经在眼窝中抖动起来。提瓦纳和卡里姆斯也在片刻之后完成过渡。加林在离开前拍了拍艾桑特的后背——“得走了，伙计。难免的，你知道？”——说完他就消失在自己的脑袋里。

直升机带着撒科斯升空。

“列兵艾桑特！立刻！”

他独自站在空地里召唤自己的曼陀罗，然后陷入失明的黑暗。他的身体向后转。他的腿动了。某个东西开始操纵他往山下跑。人工智能教官永远对语境保持敏感，开始教授在战场上失去战友应该如何应对。

这样最好，他知道。这种时候当乘客是最安全的。所有的这些故障，这些——副作用：在僵尸模式它们从来都不会出现。

这完全符合逻辑。毕竟人家下注赌的也只是他们的僵尸而已。

一站又一站

偶尔他还是会在半夜惊醒，再次被自己依然存在这一认知震惊，以至意识恢复清醒——就好像他以为的死亡其实只是与死神擦肩，直到好几天、好几周后他才真正明白自己确实没死，于是不禁膝盖发软，大口喘气。他会惊觉自己正在召唤曼陀罗，这是对早已过去的威胁做出的战斗/逃跑反应。他盯着天花板，强迫自己用平静覆盖惊惶，从其他新兵的呼吸中寻求安慰。尽量不去想奇多和拉西达。尽量什么也不想。

有时他发现自己来到公共区，屋里只有他自己，此外就是那永远悬浮在拐角的机器人。机器人时刻关注着他：万一最近植入的上百个模块里有哪一个造成了延迟发生的剧烈反应，它就会拉响警报，注射药物。他透过这个加拿大军事基地里那些残废的终端去看世界（终端可以上网冲浪但却不能发送信息）。他从金属线和光纤线中滑过，通过地球同步阵列一路弹回加纳，看卫星摄像头拍下海岸角大学城那令人头晕目眩的埃舍尔式生态建筑。有时他寄生在漫步于马克拉城市东边的机器人身上，再次为基因工程改造过的蜗牛而惊叹——有些蜗牛竟有离心机那么大——就是它们在他六岁时点燃了他对生物学的激情。他流连于熟悉的街巷，在这里中国人打印的玉米团饭和鱼味道总比别人的好，虽说他们的菜谱肯定也是跟当地人抄来的。他还步入阿岱族的人流中，感受街头鼓手制造的壮美混沌。

但他从未去找寻朋友和家人。他也不知道是为什么，是因为自己还没准备好，还是因为他已经把他们抛在了身后。他只知道有些东西才刚刚睡去，最好不要吵醒它们。

零和。新生命。同时也是一种游戏，通常都是武装冲突的借口。

也意味着“存在之无”，如果你偏好拉丁语的话。

他们高高俯视一小块被逐渐淹没的土地，这里很早以前就因加尔维斯顿湾水位上涨被人类抛弃了：大教堂大小的存储罐，表面布满铁锈和破坏的痕迹，十二层楼高的过滤塔，大堆足可供人行走的扭曲管道。

加林悄悄走到他身边。“看着活像螃蟹强奸了章鱼。”

“你手下这些小伙子好像有点紧张。”治安官说。（艾桑特握紧拳头以控制左手的颤抖。）“他们踩着什么东西了？”

梅岑格没理会对方的问题。“他们提要求了没有？”

“老一套。停止配给制，否则就把它炸上天。”治安官直摇头。他想擦擦额头的汗水，结果老朽的炮兵机械外骨骼卡了一下，然后又过度补偿，他差点一拳揍上自己的脸。“自从爱德华兹含水层干涸，这鬼地方就全崩了。”

“他们对缺水的回应就是炸掉脱盐设施？”

治安官冷哼一声。“你老家那块儿的人从来都是讲道理的，中尉？”

来的路上他们查看了工厂的技术参数，连一个铆钉都没放过。至少他们的僵尸查看了。僵尸没有发出丝毫声响，只是用借来的眼睛飞快扫过视频信号和背景简报，这期间艾桑特是瞎的，但哪怕能看见他多半也看不懂。艾桑特只知道——梅岑格给回到游客班的他们分享了一部分缩减过的简报信息——整个设施是很早以前从卡塔尔购入的，那时候油漆依然会剥落，金属依然会生锈，从地里挖出的黏稠化石能让你暴富，足以买下整个地球。还有就是那个时代已经成为过去，而这处设施也已经破败不堪。艾桑特暗想，这不就是整个得州独立运动的缩影嘛。

“他们的计划倒是周详，”治安官承认，“搞了他妈一大堆电阻，把它们连在移动吊车上，堆在所有要紧的地方。要是我们派全地形车进去，电磁脉冲轻松就能把它们搞定。”他扭头往后瞅了一眼——如果使劲眯细眼睛，你就能看到热气从一堆沥青上升起，而那堆沥青的形状几乎好像是一台停在原地的奇努克运输机。“用动力外骨骼怕是有危险，除非是增强过的。”

“我们不用动力外骨骼。”

“就目前知道的情况看，有部分人在冷凝机旁挖了掩体，其他人紧靠着热交换机。我们倒想用微波把他们轰出来，可要是用微波里头的管子也得爆。那还不如我们自己把这地方炸掉完事。”

“火力。”

“应有尽有。西格·绍尔手枪、赫克勒—科赫步枪、美苏西。我觉得有个人好像还有把蝎式冲锋手枪。全是靠动能的家伙，没有你们能烤焦的那种货。”

“带腿的东西有吗？”

“他们弄了台猎狼犬进去。46-G。”

“我是问你们。”梅岑格说。

治安官牙疼似的咧咧嘴。“最近的也在三小时之外。还瘸了条腿。”看见梅岑格脸上的表情他又道：“博第动力的店几年前撤走了。那之后零部件就一直不好搞。”

“当地的治安部队呢？总不会就你一个——”

“里头有一半本来就是执法人员，不然你以为他们怎么搞到猎狼犬的？”治安官压低了嗓门，虽说周围并没有别的爱国者能听到他说话。“小子，要是还有别的路可走你以为我们会请你们来？我意思是耶稣基督老天爷，咱这儿要维持治安本来就够难了。要是消息走漏，被人知道这该死的内部纠纷我们也要找外人帮忙……”

“不必担心，我们不戴名牌。”梅岑格转向西拉诺。“交给你了，军士长。”

梅岑格消失在隐身模式的奇努克运输机里，西拉诺对队伍说：“大家说再见。三十秒后进入自动驾驶。”

艾桑特暗暗叹气。那些可怜的混蛋半点胜算也没有。他甚至没法责怪他们：他们只不过是被绝望、饥饿和别无出路驱使罢了。就像他上辈子结束时谋杀他的那些撒西莱特人，说到底对方只有一桩罪过：出生在一片已经无法喂饱他们的荒原，并因此被诅咒。

西拉诺抬起一只手：“目标位。”

艾桑特召唤出自己的曼陀罗。世界变成灰色。他抬起抽搐的手去摸枪柄，手落下时已经又平静又稳定。

肯定会很血腥。

他暗自高兴自己不必亲临现场目睹这一切。

英雄们

不过事后他当然还是看了。一回到基地他们所有人都看了。他们还在学习，世界就是他们的教室。

“过去新生代的时候，大家就只在乎反射。”说话的是奥利弗·麦多克斯少尉——鲜少露面的艾玛·罗西特少校的巫师学徒，隶属于神圣的神经工程学教团。少尉的口气兴奋极了，活像九岁小孩在自己的生日派对上演说。“快速射击、猛冲、卧倒、匍匐、观察——听到有人喊接敌时你的身体学会不假思索完成的那一切。我们的整个项目最初只是想加速这些宏指令。他们从来不明白，心灵不仅能下意识做出反应，还能思考。它能分析。好多年前我就跟他们说过，可直到现在他们才真正明白过来。”

艾桑特从没见过他们。他们从不写信，也从不打电话，亲自来访就更不会了。他猜他们应该会签很多支票。

“不过在这里，我们手头就是一个完美的例子：僵尸心智的战略天才。”

他们的脑内平视显示系统记录下一切，麦多克斯的尸检则把这一切串成一张金曲合集，里面用到了遥距红外线和脉冲电活动，再加一点点超指数算法填补空白。现在他设置好游戏板——墙、地板、工厂的内脏，一切都像施了魔法一样变得透明——然后将里面的人初始化。

“那么，你们面对的是十八个全副武装的敌对分子，全都隐蔽在恰当的咽喉点。”各个要冲都有小矮人亮起红色。“你们实际上还面对一个干扰场，所以除非彼此在直接可见的视距范围内，否则无法分享遥传数据。此外还有一台电磁脉冲增强的机器人，它会攻击任何活动物体，哪怕你只是吱吱一声；而且它在整个频谱上都聋了，所以即便我们有后门的密码它也听不见。”猎狼犬的图标尤其闪亮：多半是从博第动力的推广文案里直接抠下来的。“然后你们面前还有个见鬼的疯子，他拿着死人开关，他的心跳一停整个地方就要炸上天——或者哪怕他只是嫌你们离他太近也一样可能引爆。这一点你们进去的时候甚至都不知道。

“可是尽管如此——”

麦多克斯开始计时。迷宫里的图标用快动作跳起舞来。

“加林第一个上，而且彻底搞砸了。他的子弹只刚刚擦过目标——多半连血都没流——不仅如此，他还忘了装消声器。干得漂亮，加林。你压制目标失败，现在整栋大楼都知道你在哪儿了。”

艾桑特还记得那一声枪响如何在楼里回荡。他记得自己的心沉下去。

“现在那位老哥的兄弟们转过弯过来了，然后——加林再次脱靶！这回是擦着人家的肩膀。这时候那伙人里真正的高手来了，那台猎狼犬一直在朝加林开枪的位置逼近，狗娘养的可是全副武装，准备大开杀戒，然后……”

46-G 转过弯。它没有瞄准加林；它击中了叛乱者。

老哥和他的兄弟倒在一小堆红色的像素灰尘中。

“这他们可没料到！”麦多克斯喜形于色，“被他们自己的机器人给杀伤了！你们觉得这是怎么回事？”

艾桑特皱起眉头。

“两个坏蛋解决了，加林已经爬上梯子，走上了这条窄道，这时候机器人才瞄准了他；但提瓦纳在很远之外的另一头，建筑对面，他们俩有半秒钟左右彼此直接可见”——一条明亮的直线在两人的图标之间闪烁——“然后提瓦纳就从上头退回了地面，开始挨个朝逆流组件附近的老哥开枪。结果她的枪法也跟加林一样烂，而且也一样马虎大意，忘了装消声器。”

到处是枪声，人人都在开枪。艾桑特记得自己什么也看不见，而且吓得直想尿裤子，他不知道什么样的蠢猪才会犯这样愚蠢的错误，直到他自己手里的朗·瑟提也抬起枪口，直到他感受到后坐力、听到射击的声音——就好像在他自己背上贴了张 130 分贝的靶子。当时他问自己，为什么会有人破坏了所有人的消声器，那人又是怎么做到的。

麦多克斯依然沉浸在剧本里。“坏人听到动静，开始改变位置。这时艾桑特和西拉诺也传染了狗屎枪法，而博第动力仍然到处射杀它自己这方的人。这一切活动打开了一个缺口，卡里姆斯轻松溜进去——当时她恰巧就在最合适的位置上，有人想猜猜这几率是多少吗？——正好可以瞄准拿着死人开关的家伙。她完美地一枪爆头。那可怜的混蛋全身瘫痪，但心跳却依然稳定有力。这里我们看到卡里姆斯在检查他的情况，禁用那个已经毫无用处的末日制造机。

“你们看，这一切只花了不到五分钟。我是说从进到出是十八分钟，但五分钟之后你们基本就只是打扫战场了。而就在谢幕的字幕开始滚动之前，卡里姆斯信步走到猎狼犬跟前，镇定自若得跟什么似的，还抚摸了那鬼东西。直接就让它睡过去了。加尔维斯顿警察局拿回了自己的机器人，一丝划痕都没有。五分钟。他妈的魔法。”

“那么，呃，”加林四下看看，“我们是怎么做到的？”

“给他们看看，卡丽。”

卡里姆斯抬手亮出一个袖扣。“看来好像是我从死人开关那家伙身上拿走的。”

“狗哨，R和K。”麦多克斯咧嘴笑。“50千赫，驾驶员和乘客都听不见。除非有办法让机器人分清敌我，否则你是不会让它进入狂犬模式的，对吧？你戴着这别针，小猎狗压根不会看你第二眼。丢了这别针它一秒钟就撕烂你的喉咙。

“你们的另一半本来可以选择安安静静一枪致命，但那样一来剩下的武装只会继续藏在加固的掩体里不动窝。但掩护他们的东西之一就是博第动力最牛的战斗机器。于是你们的另一半没有选择安静的一枪致命，他们选择了大动静和惊慌。他们开枪射了狗哨，把狗引来让它攻击自己的主人。另一侧相应地改变了位置。你们赶着机器人走，而机器人则把叛乱分子径直赶进了你们的交叉火网。这是混沌中的精准，更让人叫绝的是你们根本没办法通讯，只碰巧视线直接可见时才有光学同步。这绝对是人能想象出的最混乱、漏洞最多的网络，要不是我亲眼看见，我会说根本不可能。但你们这些僵尸不知用什么法子一直在更新彼此的情况报告。每个僵尸都知道它需要做什么才能获得最优解，而且还假定其他所有僵尸也都会这么干，然后团队的战术就这么——可以说是这么浮现了。谁也没出头指挥。谁他妈都没说过半个字。”

画面倒回头去重新播放，现在艾桑特也看出来了。那里头有种美感；节点的动作，他们之间间或闪烁的激光网络，噪音平顺地合并成信号。这不止是舞蹈，不止是团队合作。它更像是——像是呈分散状的同一个有机体。就像一只手的指骨，共同行动。

“对了，如果有人问起我们可不这么说，”麦多克斯补充道，“我们会说假设加尔维斯顿水处理厂被毁，可预见的每种场景都会在后得州独立运动的整个政治版图上造成一个引爆点。我们会指出有95% 的可能会出现广泛蔓延的暴动与社会不安定状态，就在西半球联盟的大门口——而零和很好地阻止了这一命运，一点动静也没闹出来。第一次实地部署，成绩不坏。”

提瓦纳举手 ：“谁会问呢，到底？”

好问题。艾桑特加入零和已经十三个月，他还从没见有外人踏足这处加拿大军事基地的地面。这倒并不特别奇怪，考虑到——至少他几周前查过的公开记录是这么说的——这里的加拿大军事基地二十多年前就已经关闭了。

麦多克斯微露笑意 ：“任何在传统指挥链里头有既得利益的人。”

我们现在在哪儿

艾桑特在医务室醒来，他站在卡洛斯 · 阿科斯塔的床脚。在他右边有一扇半掩的房门，将昏暗的光线漏进门背后的黑暗 ：磨损的油地毡，一个角从门口往外渐渐隐没，小小的红色“出口”标识在楼梯井上方的空气中闪亮。他左手边是一堵玻璃墙，能看进神经手术室。带关节的遥控手术刀从天花板垂落，活像螳螂的腿，尽头还长着脆弱到极点的手指。激光。针和纳米管。原子力操控机，极尽精微，能哄得单个的原子分开。零和的人都曾躺在这些手术刀底下，谁也数不清究竟多少次。手术大多由软件执行，偶尔也有人类医生从某个保密的地点远程操作。这些老派的切割手切开艾桑特的身体无数次，自己却从未亲身来过这里。

阿科斯塔闭目仰躺着，几乎显得很平静，就连脸上的痉挛也平息了。他待在医务室已经三天，三天前他在希腊的伊拉克利翁遭遇一大片智能飞镖弹，失去了右臂。没什么大不了。有进口的蝾螈DNA和混合了类固醇的氨基葡萄糖静脉点滴帮忙，右臂很快就能长回来。三周之内他就跟新的一样好了——虽说进了零和谁也别想好到哪儿去——而且不用等全好，只要一周半他就能回自己的床上。不过这期间的平衡有些微妙：他的新陈代谢的确已经提升到喷射气流似的旺盛水平，但那全都用在了组织生长上，剩下的能量几乎不够他去趟厕所的。

克乔·艾桑特不知道自己为什么要在凌晨三点站在这里。

麦多克斯说偶尔梦游不必太担心，尤其如果你原先就有这毛病。已经好几个月没人有什么大问题发作，在加尔维斯顿之前很久就不再有了；最近的调整似乎也都是精细的微调。罗西特早就唤回了那些“以防万一”机器人——过去除非是执行任务，他们自己做主走的每一步这些机器人都紧跟不舍。如今甚至允许他们离开基地，在他们表现好的时候。

不过你还是得做好心理准备，时不时还是会有残留的副作用。艾桑特低头瞟了眼自己那只泄露实情的手，他用另一只手轻轻握住它，把它抓稳，直到神经平静下来。他的视线回到朋友身上。

阿科斯塔的眼睛睁开了。

它们看的不是他。艾桑特觉得它们什么也没看，因为它们没有在任何东西上停留足够长的时间。它们在阿科斯塔的脸上跳动、抽搐，后前后前上下上。

“卡洛，”艾桑特柔声道，“你怎么样，伙计？”

身体的剩余部分甚至没有一丝抽动。阿科斯塔的呼吸也没有变化。他没说话。

僵尸不爱说话。它们顶聪明，但是并不用语言沟通。就像那些大脑被切分的病人，他们能理解词句，但却讲不出来。这是某种有关言语和意识的整合的东西。书写更容易些。僵尸的大脑不大喜欢约定俗成的语法和句法，但它们已经发展出一种视觉混杂语，麦多克斯声称比英语效率更高，好像每次简报会都用它。

麦多克斯还声称他们正在设计一种分时共享的安排，把布罗卡氏区的监护权分给额顶叶和后压部皮质一边一半。也许很快有一天，你们就货真价实能自己跟自己说话了，麦多克斯是这么说的。

不过这一天还没到。

一台战略平板电脑放在床头柜上，混杂的符号形成矩阵，闪出黯淡的光芒。艾桑特将它放在阿科斯塔的右手下。

“卡洛？”

没反应。

“我就是想着——看看你怎么样。你保重。”

他蹑手蹑脚走到门边，颤抖的手指握住门把。步入走廊的黑暗中，凭触觉和记忆导航回到自己床上。

那双眼睛。

说起来他早就见过一百万次了。但过去队友的眼睛总是在直立的身体里失焦、舞动，在那些活动自如、强大自主的东西里。今晚不一样，同样的动静嵌在那样的静止中——那双眼睛在挣扎，仿佛被困在了肌肉和骨骼中，仿佛在向上眺望某个即将把它们活埋的浅浅的坟墓——惊恐。它看起来就是这种感觉。惊恐。

我们是死人

专家塔拉·卡里姆斯失踪了。罗西特今早才把消息透露给麦多克斯。在这场对话期间，麦多克斯奇迹般地从永远一脸傻笑的男人变身成面无表情少尉。他拒绝跟大兵们谈这件事。西拉诺在罗西特回停机坪的路上把她拦下来，但费尽口舌也只让对方承认说卡里姆斯已经被“重新分派”。

梅岑格叫他们别再问了。他说这是命令。

但是正如提瓦纳所说——那是在当天晚上，艾桑特看见她背靠一板车的机械部件坐在卸货区里——你可以在网上进行各种查询，半个问号都不必用。

“尸体同仁。”

“尸体同仁。”

自从他俩发现了彼此的共同点，私底下就这样跟对方打招呼。(提瓦纳死于现实主义阵营对哈瓦那的一次袭击。她说那是她这辈子最逊的假期。）死而复生的零和就只有他俩，至少目前还只有他俩。其他人因此对他们有些敬畏的意思。

同时也跟他们保持着一点距离。

“最后见到她的是加林，在记忆洞那边。”提瓦纳戴着接入公共网络的智能眼镜。如果上头的人铁了心要看看她在干吗，这套东西自然是挡不住的，但至少她的行动不会直接默认记录在案。“正搭讪一个红发女人，那人外套上有汉森地热的商标。”

两晚之前，梅岑格放所有人自由活动，奖赏他们扑灭了现实主义阵营对 G8G 星系的攻击。他们下山去了班夫，享受肉身空间的休闲娱乐。“所以呢？”

眼镜的光线在提瓦纳脸颊上绘出不断明灭的小小极光。“所以班夫警察局有个机器人，它发现了一具符合这一描述的女尸，就在那地方以南两条街的一个公共性交房。同一天晚上。”

“哎。”艾桑特到她身边蹲下，提瓦纳将眼镜推上额头，她那只歪斜的眼睛朝着他抖动不停。

“没错。”她吸口气，把它吐出来。“DNA 显示她叫妮奇 · 斯德克曼。”

“那她是怎么——”

"他们没说。只是呼吁目击证人站出来。"

"有人看见什么吗？"

"她俩一起离开。闪进一条巷子。再往后就没有监控记录了，真是奇怪。"

艾桑特喃喃道："你真觉得奇怪？"

"不。我猜并不。"

两人沉默半晌。

最后她问："你怎么想？"

"说不定斯德克曼不喜欢太粗暴，结果事情失控了。你知道卡丽这人，她——有时候她就是不能接受人家拒绝。"

"拒绝什么？我们全都用了抗力比多剂。她根本就不该会——"

"她绝不会为了这种事杀人——"

"也许不是她杀的。"提瓦纳说。

他眨巴眼睛："你觉得她动了开关？"

"也许不是她的错。也许是增强组件不知怎么的自己启动了，就好像，好像——条件反射。卡丽看见某种迫在眉睫的威胁，或者她的另一半做了这样的解读。抓起钥匙，解决了麻烦。"

"照设计是不该这样运作的。"

"照设计也不该油炸了撒科斯的中枢神经系统。"

"得了，索菲。那是老黄历了。那些问题肯定已经解决了，不然他们也不会部署我们。"

"当真。"她那只有问题的眼睛意味深长地看看他那只有问题的手。

"遗留故障不算。"手术时碰伤的神经、一毫安走失的电流渗进了梭状回。每个人都有至少一种这类故障。"麦多克斯说——"

"哦当然，麦多克斯总说他会帮我们打理干净的。下周，下个月。等最近的微调稳定下来就动手，或者等不需要我们去堪察加操蛋的灌木丛灭火的时候。在那之前呢，反正进入僵尸模式后故障根本不会显现，所以他干吗要在意？”

“如果他们认为植入体有缺陷，是不会派我们继续执行任务的。”

“啊，”提瓦纳摊开双手，“你说是任务，我说是实地测试。我意思是，当然了，同志情谊是很棒——我们是最前沿，我们进了零和！可是看看咱们，乔。西拉诺是里约的叛军。卡里姆斯被指控违抗军令。你我是像压死在马路上的动物一样被他们从地上铲起来的。咱们这些人里没有一个是什么荣誉毕业的优等生。”

“要的不就是这个效果吗？任何人都能成为超级战士？”或者至少是任何人的身体。

“我们是实验室的小白鼠，乔。他们不愿意把公测版用在他们的西点军校毕业生身上，怕把那些家伙给炸熟了，所以就先拿我们来抓虫。如果项目已经准备好推广我们就不会在这儿了。也就是说——”她重重叹口气，“是增强部件的问题。至少我希望是增强部件。”

“你希望？”

“你宁愿相信卡丽就那么发了狂，莫名其妙地杀了个平民？”

他努力无视自己后脑勺的刺痛，多半是某种心身反应。“如果她随便杀人罗西特也不会说重新分派了，”他承认，“她会说军法审判。”

“她永远不会说军法审判。只要是涉及我们。”

“当真？”

“想想看。你见过有政客来确保纳税人的钱没被滥用吗？你在走廊里见过除了梅岑格、麦多克斯和罗西特以外的委任军官吗？”

“也就是说我们没在账本上。”这也不是今天才知道。

“我们离账本十万八千里，就跟山洞里的壁画差不多。我们甚至不知道后勤人员跟我们战斗人员的比例是多少。支持性的基础设施百分之九十都在异地，这儿全是机器人和遥控手术刀。我们甚至不知道是谁在切开我们的脑袋。”她在逐渐加深的夜色中凑近些，用完好的那只眼睛看定他。“这是巫术，乔。也许项目起初很小，就是膝跳反射那类东西，可现在？你和我，我们他妈是货真价实的僵尸。我们是被绳子牵着跳舞的复活的尸体，而如果你以为冥界的大众能接受这种事，那你对他们可比我有信心多了。我不认为国会知道我们存在，我不认为议会知道我们存在，而且我敢跟你打赌，特种作战司令部对我们的了解仅限于预算里的一行字：心理研究。我不认为他们想要知道。而如果这东西藏在这么深的暗处，他们真会任由司法程序这么微不足道的东西把它拖到灯光底下吗？”

艾桑特摇摇头。“肯定还是有问责。某种内部程序。”

“有啊。你消失，然后他们告诉大家你被重新分派了。”

他思索片刻。“那我们该怎么做？”

“首先我们在食堂闹事，然后我们朝渥太华进军，要求尸体与活人权利平等。”她翻个白眼。“我们什么也不做。也许你忘了：我们死了。从法律的角度讲我们已经不存在，而除非你跟他们谈的条件比我的强得多，那么想要改变现状我俩都只有一个办法：低头做事别惹麻烦，熬到荣誉退伍那天。我不喜欢当死人。我很希望有一天能正式活过来。在那之前……”

她从头上摘下眼镜，关掉电源。

“我们他妈的步步留心。”

跳弹

克乔·艾桑特军士每走一步都他妈留着心，无论遇上的是什么对手：空气脑派和现实主义阵营，资金充裕、靠利润和意识形态打鸡血的私人军队，被饥渴与绝望驱动、衣衫褴褛的临时武装，叛变的达尔文主义银行，另外还有难免要遭遇的宗教极端分子——暗黑十年结束已经快四分之一个世纪，而那些人还在以他们的“隐形朋友"之名致人伤残、害人性命。他的步子一直很稳，直到服役期的第二十一个月，他在洪都拉斯海岸外杀死了三个手无寸铁的孩子。

零和从大西洋深处升起，突袭一座灰岛——全球有数不清的灰岛骑乘在主要的洋流上。有些灰岛是拥有数千居民的难民营，另一些是骗子和逃税者的庇护所——这类人总想避开比较固定的司法管辖权的束缚。还有些灰岛是军用，包裹在色素体和干扰雷达的纳米管里，比机场还大，却能逃过人和机器的眼睛。

"赏金猎人"是渔业农场，家族生意，登记地在巴西。面积不过两公顷，低矮的上部结构修建在甜甜圈形状的船体上，甜甜圈中央有许多养鱼的围网。眼下占据它的是"荣耀天道"的信徒，这些人全副武装，忠于那位自称天道化身的教主。荣耀天道靠没有固定地址的供给线活得欣欣向荣——而梅岑格在过来的路上提醒他们，阻止战斗总是比赢得战斗更好；如果荣耀天道没法喂饱自己的军队，或许他们就不会把军队部署出去。

这几乎是一次慈善行动。

艾桑特偷听战斗的声响，吸入由汽油、带咸味的空气和腐败的鱼混合出的臭气。他任由邪恶双胞胎的世界观冲刷过自己的眼睛，对他来说那只不过是模糊的光线和无法理解的读数，一闪而过，生命周期仅以毫秒计算。当然获取目标时除外。在那些频闪似的短暂刹那，邪恶双胞胎锁定目标，人的面孔定格然后又再次模糊：两个身穿连体工装、挥舞着赫克勒—科赫步枪的南亚男人。一台受损的老古董"战戮"，踩着两条半腿踉踉跄跄，它的曼德枪光束剧烈摇晃，根本不可能击中任何目标。穿救生衣的儿童，两个男孩一个女孩；艾桑特估计他们的岁数在七到十岁间。每一次他的双手都感觉到武器的后坐力，下一个瞬间邪恶双胞胎已经转向下一个杀戮目标。

处于乘客模式时情感是很迟钝的。事发的刹那他没有任何感觉，过后才开始震惊。惊恐刚刚从地平线上探出半个身子，这时恰好飞来一片跳弹，一巴掌把他拍回了驾驶座。

子弹并没有射穿护甲——很少有东西能穿透紧紧包裹他皮肤的鳞角蜗牛盔甲——不过矢量发生了交互作用。动量从一个小而快的物体传向一个大而慢的物体。艾桑特的大脑在颅腔里向前猛冲，血肉撞上骨骼再反弹回去。在那一大团饱受压力的灰质深处，某条关键回路短路了。

那一刻当然有疼痛，感觉像是凝固汽油弹沿着头部一侧绽放，几秒钟后就被内分泌泵浇灭。那一刻他的脑内平视系统里还有火：一大片闪亮的静电与警告僵尸模式失败的血红图标。但那一刻也有一个小小的奇迹：

克乔·艾桑特又能看见了：高悬在冷硬蓝天上的太阳。远方平直的地平线。

被破坏的机器上升起一道道油腻的烟。

尸体。

他右侧几厘米外的空气噼啪一声响。他本能地扑倒在因鲜血和银色鱼鳞而分外湿滑的甲板上，一个网箱就在他面前，表面挤满了鼓胀粘腻的尸体，突如其来的恶臭害他干呕。（银鲑大西洋杂交种，他不由自主地留意到各种细节。说不定还带了新的肖维尔基因。）在他的另一侧，一架旋转炮塔滋滋地冒出火花，装甲上被轰出一个洞。

一道阴影从艾桑特前臂上掠过。提瓦纳向空中跃出，衍射眼镜高高架在前额上，眼球在眼窝里疯了一样跳动。她越过中央的围场，像蜻蜓一样轻轻巧巧地单脚落地，另一只脚朝抽筋的炮塔踢过去。它冒了最后一次火花，然后就栽进围栏里。提瓦纳沿最近的舱梯往下跑，消失了踪影。

艾桑特站起来，环顾四周寻找威胁，但到处都只看见被干掉的敌人：防护灰岛外围的自动炮塔已经化作冒烟的残桩，人类的尸体倒在地上。一个男人被轰掉了一只胳膊，一个女人拼命伸手去够鱼叉，可就是差了那么一点点。还有一个焦脆的小身影，几乎被熔进了甲板：胳膊腿是焦黑的棍子，烤焦的头骨上一口白牙仿佛在咧嘴笑，全靠一摊半融化的亮橙色衣料和聚氯乙烯维系，整个人还没有散架。艾桑特把这一切都看在眼里。不是那种偶尔穿透迷雾瞥见的定格画面：零和的所作所为，第一次用三百六十度沉浸式全景展现出来。

我们在杀孩子……

就连成年人的尸体看起来也不像作战人员。难民，大概是，被逼无奈，只能凭武力去夺取用其他方法无法得到的东西。也许他们只不过想去个安全的地方。只不过希望孩子们能填饱肚子。

在他脚下，炮塔倒下的地方汇聚了一大片毫无生气的死鲑鱼，织成一张散发恶臭的地毯。它们再也不会填饱任何人的肚子，只除了盲鳗和蛆虫。

我变成了撒西莱特人，艾桑特麻木地思忖着。他唤出脑内平视显示界面，不理会闪烁在视界边缘的那些无法解读的光晕，径直选择了GPS。这里不是洪都拉斯外海。他们在墨西哥湾。

只有疯子才会把渔业农场开在这里。墨西哥湾的大部分水域都缺氧，最糟的部分简直能直接点燃。赏金猎人肯定是陷进环状涡流里，从尤卡坦海峡漂上来的。一进入死区这些鱼就会全部窒息。

但灰岛并不会完全听凭洋流摆布。它们配有基本的推进系统，用于停靠、启动、切换水流和改变航线。赏金猎人会如此深入墨西哥湾，只可能是灾难性的设备故障，或者灾难性的无知。

至少第一种假设很容易检验。艾桑特跌跌撞撞地走向离自己最近的舱梯——

——而提瓦纳和阿科斯塔正好从下方的甲板往外冲。阿科斯塔抓住他的右臂，提瓦纳抓住左臂，两人都没有减速。艾桑特的双脚拖在地上弹起。猛烈的加速重新唤醒了他一侧太阳穴的疼痛。

他喊道："引擎……"

新的痛感，另外一侧，尖锐、不断重复：一条古旧的配重腰带系在阿科斯塔躯干上前后摆荡，尼龙料子，上面串着各式铅球。感觉就像被微型落锤反复击打。艾桑特有一部分心思好奇阿科斯塔是从哪里找出这么个玩意儿，另一部分则注视着加林跑进自己的视野之内，一侧肩头还扛着个血淋淋的小身体。加林途经一台散架的炮塔，伸出空闲的手抓起一片碎片继续往前跑。

每个人都在朝灰岛边缘冲刺。

提瓦纳已经把呼吸器含在嘴里，衍射眼镜也已经戴好。她朝前方的甲板射光了一匣子弹，正好就在水与船相接的边缘：子弹击碎了塑料和被海水冲刷发白的纤维玻璃，弄松了一根抛锚系绳用的旧铁桩。她经过时弯腰把它抓过来抱向胸口，另一只手片刻也没有放松艾桑特。他们所有人都翻过栏杆，在那之前的一刹那，他听到一声轻柔的"啪"，一根骨头从关节窝脱出。

他们头朝下坠入水中，被一百公斤临时拼凑的压舱物往下猛拽。艾桑特呛了水，赶紧把呼吸器塞进嘴里。他从出气口咳出海水，又狠狠吸了一口新鲜冒泡的氢氧混合气体，将整个肺叶热辣辣地充满。压力在他鼓膜背后越积越高。他咽唾沫、再咽唾沫，好容易才以几毫巴的差距保住鼓膜没被直接撕裂。他能动作的空间很小，刚够他往脸上抓一把，把衍射眼镜拉到眼睛上。海洋咔哒一声聚焦，像酸性液体一样澄澈，像绿色的玻璃杯一样空空如也。

绿色变成白色。

在那个闪瞎人眼睛的瞬间他看到：四道纤细的气泡，朝着突然变得白热的水面升起；四个深色的身影，从光亮处向黑暗坠落。一道霹雳翻滚着深深潜入水中，速度逐渐放慢，对它的感知半是听觉半是触觉。它似乎是凭空出现的，却又像是来自四面八方。

头顶的海洋在燃烧。某种看不见的力量从上往下割开他们留下的尾迹，将那些小气泡撕成打着旋的银色纸屑。波峰执拗地追赶在他们身后。海洋鼓胀、回缩。它像一只拳头捏紧了艾桑特，把他像橡胶一样拉长；提瓦纳和阿科斯塔被回波冲得七零八落。

艾桑特胡乱挥动手臂，好容易稳定住身体，恰在这时，头顶上那些参差的形态第一次变得清晰起来：设了饵雷的灰岛的大块碎片，缓慢而庄严地翻滚着沉下深海。一块连甲板带楼梯的边角碎片被单丝纤维缠绕，从艾桑特身旁几米之外经过。一千只无神的鱼眼从网里瞪着他，直至整个残骸隐没在黑暗中。

艾桑特扫视大海，寻找第五道气泡，寻找那最后一个深色的人影，好让“出来的人”和“回来的人”达到平衡。他上方没有人。在他下方有个昏暗的人影，肯定是加林无疑，他正与瘫软在自己怀里的小东西分享呼吸器。在稍远处隐约可见一丝比周围更深的黑影立在深渊之前：状似鲨鱼的影子，在缓慢落下的残片中坚守岗位，等着带流浪在外的孩子们回家。

他们离海岸太近了，说不定会有人看见。保密行动是保不了密了。低调和没人过问也别想了。梅岑格会气死的。

不过话说回来，他们可是在墨西哥湾。

就算有人看见，多半也只会以为它又烧起来了。

她微笑的灵魂

“用你自己的话讲，军士。慢慢来。”

我们杀了孩子。我们杀了孩子，我们还失去了西拉诺，而且我不知道这是为什么。而且我也不知道你是不是知道。

不过当然了，这样回答就意味着你信了艾玛·罗西特少校字面上的意思。“那孩子有没有……？”艾桑特登上潜艇时，梅岑格已经给加林带回的奖品插了管。而加林当然根本不明白自己的身体在做什么。梅岑格也不鼓励讨论。

这倒没关系。反正大家也没心情。

“抱歉。她没熬过来。”少校在脸上堆出一个同情的微笑。“我们希望的是你能提供更多细节方面的情况。”

“你们手头肯定有记录。”

“那些只是数字，军士。像素。你是唯一一个有能力提供更多信息的人——虽说事出偶然。”

“我连甲板底下都没下去。”

罗西特似乎放松了一点点。“不管怎么说，你们中间有人在游戏期间遭到启动逆转，这还是第一次，这种事我们当然不能让它一再重复。麦多克斯已经在想办法强化切换键。与此同时，你的视角也许能帮助我们确保它不再发生。”

“我的视角，长官，就是那些人的武力根本不值得用上我们这群人的技能。”

“我们更感兴趣的是你个人对启动逆转的体验。比方说，是不是有一种定向混乱的感觉？脑内平视系统里有什么可见的物体吗？”

艾桑特站在原地，双手背在身后——好的那只手抓紧坏的那只——他什么也没说。

“那好，”罗西特的微笑变得严厉，“那我们就来谈谈你的视角。你认为本来派普通的武装力量去就够了？如果我们派去的是比方说西半联的海军，我们可能遭受多大损失，对此你有没有半点概念？”

“他们看起来像是难民，长官。他们并不构成——”

“百分之百，军士。我们会失去派出的每一个人。”

艾桑特不说话。

“换了没有经过增强的普通士兵，就连赶在灰岛爆炸前逃离都做不到。而就算他们做到了，压力波也是致命的，全靠你们极大加快了下潜速度才能躲过。你认为普通士兵能做出那种判断？预见到事情的发生、计算出数据、临时制定战术让自己抵达杀伤区以下，而且花的时间比普通人喊话传令的时间还短？”

“我们杀了孩子。”这话不比呼吸声响亮多少。

“附带伤害的确很不幸，但却是不可避免的——”

“我们把孩子当成攻击目标。”

“啊。”

罗西特摆弄起自己的战略平板：敲、敲、敲、拉。

“三个小孩，”最后她说，“他们有武器吗？”

“我相信没有，长官。”

“他们赤身裸体？”

“长官？”

“你能确定他们身上没有隐藏的武器？哪怕只是能引爆一千公斤 CL-20 高爆炸药的遥控触发器？”

“他们——长官，他们最多也才不过七八岁。”

“娃娃兵这种事难道还用我来跟你讲吗，军士。那是现实存在的事实，已经很多个世纪了，尤其是在你自己那种——你明白我意思。我单纯是好奇，不过孩子要小到什么程度你才不把他们视为潜在威胁？”

“我不知道，长官。”

“不，你知道。你当时是知道的。所以你才会把他们定为攻击目标。”

“那不是我。”

“当然。那是你的——邪恶双胞胎。你是这么称呼它的，对吧？”罗西特身体前倾。“仔细听我说，艾桑特军士，因为我认为你对我们在这里做的事情抱有某种严重的误解。你的双胞胎并不邪恶，它也并不做无谓的杀戮。它就是你：你的一部分，而那部分比现在站在我面前发牢骚的娘娘腔要大得多。”

艾桑特咬住牙关闭紧嘴巴。

“这种让你烦恼极了的直觉，这种什么是对什么是错的感觉，你以为它是从哪儿来的，军士？”

“经验，长官。”

“它是计算的结果。一系列的计算，过于复杂，有意识的工作空间容不下它。所以下意识就送给你一份——执行摘要，你可以这样叫它。你的邪恶双胞胎很清楚你的道德愤慨，它就是这愤慨的来源。它拥有的信息比你多。它能更有效地处理这些信息。也许你该相信它知道自己在干吗。”

他不信。他也不信她。

但是突然之间，他惊讶地发现自己理解了她。

*她不仅仅是在阐明观点。她的话不仅仅是花言巧语。*这一洞见出现在他心底，完全成形，仿佛一片明澈的碎片出乎意料地落在眼前。*她以为那应该很容易。她真的不明白那是怎么回事。*

她说话时手指在平板上移动，他看着她的手指，注意到她的舌头神经质地在嘴角闪现。她抬头瞥他一眼，两人目光相接，她转开了眼睛。

她在害怕。

怒目回首

艾桑特站在山上的草地中央醒来。空中繁星密布，不见一丝云彩。他的疲惫之感被汗水或朝露浸润。天上没有月亮。针叶树黑黝黝地矗立在每一个方向上。在东边，一线黎明前的橙色从枝叶间渗下来。

他读过文章，据说过去这本是黎明大合唱的时间，过去鸣禽会在这时候发声，唱出参差不齐的交响乐来开启新的一天。他从没听到过。此刻也一样听不到。森林中静寂无声，只除了他自己的呼吸——还有一根小树枝在某人脚下折断的声响。

他转过身。一个灰色的身影从黑暗中脱离。

“尸体同仁。”提瓦纳说。

“尸体同仁。”他回答道。

“你跑出来了，我就想着跟来看看。免得你万一擅离职守。”

“我觉得是邪恶双胞胎又在搞事。”

“也许你只是在梦游。人有时候是会梦游的。”她耸耸肩。“反正多半都是同一个回路。”

“梦游的人不会杀人。”

“事实上这种事确实发生过。”

他清清嗓子。“大家，那个……”

“除了我没人知道你在这儿上头。”

“邪恶双胞胎关闭监控了吗？”

“我关了。”

“谢谢。”

“乐意效劳。”

艾桑特环顾四周。“还记得第一次看见这地方的时候。我觉得它——像是魔法。”

“我倒觉得更像是讽刺。”看见艾桑特的表情她补充道：“你知道，满世界都是一地狗屎，没几处地方还保留着原生态，而这里之所以存在只是因为西半球联盟需要一个避人耳目的地方，好教我们怎么把各种狗屎炸上天。”

“你可真能破坏气氛。”艾桑特道。

星星逐渐消失，不过金星还在坚守。

“你最近很怪，”她说出自己的观察，“自从赏金猎人那档子事以后。”

“那事就很怪。”

“我也这么听说。”耸肩。“我猜你得亲历才知道。”

他挤出微笑。“那么说你不记得……”

“腿跑下去。腿又跑上来。我的僵尸一直没有瞄准任何东西，所以我不知道她看见了什么。”

“梅岑格知道。罗西特知道。”身旁正好有块岩石，他把屁股靠在上头。“你不觉得困扰吗？你不知道你自己的眼睛在看什么，可他们却知道？”

“说不上。事情就是这样运作的。”

“我们都不知道自己在外头做了什么。麦多克斯上一次给我们看行动的视频剪辑是什么时候？”他感到自己下颌的肌肉收紧。“我们犯下了战争罪也说不定。”

“我们根本不存在。至少在任何关键时刻都不存在。”她坐到他身边。“再说了，我们的僵尸也许没有意识，但它们不蠢；它们知道我们有义务抵制违法的命令。”

“也许它们知道。可想想麦多克斯的服从线路，也许就算知道它们也无能为力。”

附近某个地方，一只鸟清了清歌喉。

提瓦纳吸口气。“假设你说的对——我不是说你真对，但假设他们派我们出去打死了满灰岛无害的难民。先别管赏金猎人带的炸药足够炸飞一个定居点，也别管它杀了西拉诺——见鬼，差点把我们全杀了；但如果梅岑格决定要敲碎一个无辜的人的脑袋，你仍然不会去责备他用的那把榔头。”

“即便如此，有人的脑袋还是被敲碎了。”

空地对面，另一只鸟回答了第一只。黎明的二重唱。

“肯定有原因的。”她说话的口气活像试穿衣服，试试看大小是否合适。

他还记得另一次生命，记得在另一片大陆上的原因：报复。杀鸡儆猴。难以控制冲动。有时候仅仅是为了——找乐子。“比如？”

“我不知道，行了吧？咱们拿的这份薪水远不够资格操心大局。但这并不意味着每次给你下命令都得附带两百亿字节的背景情况说明，否则你就要把指挥链丢到一边去。如果你想让我们相信我们是被一群杀婴儿的法西斯捏在手里，光靠你也许在灰岛上瞥见的那么几眼东西可远远不够。”

“这个不够的话，那么，我想想，人类的整个历史够吗？”

金星终于也走了。初升的太阳在空地上绘出金色的线条。

“这就是我们答应的买卖。没错，确实很狗屎。比这更狗屎的只有一样，那就是当个死人。可你真会做与那时不同的选择吗？即便是现在？回去喂鱼？”

他真心不知道。

“我们本来应该已经死了，乔。如今的每时每刻都是天赐的礼物。”

他用惊奇的目光打量她。“我一直不知道你是怎么做到的。”

“做什么？”

“同时代入悲观厌世的叔本华和乐天不知愁的波丽安娜，而且你的脑袋居然不会炸。”

她握住他的手稍微捏了捏，然后站起身。“我们能扛过去的，只要咱们自己别乱来。大踏步一路走到他妈的荣誉退伍。”她转身面朝太阳，日出照耀在她脸上。“在那之前，如果你还不知道的话，你背后还有我。”

“你根本不存在，”他提醒她，“至少在关键时刻不存在。”

“你背后还有我。”她说。

瞧那家伙

他们外包了西拉诺的位置，带进来的新人谁都没见过。技术上讲他也算他们中的一员，虽说那些标明他零和身份的疤痕才刚刚开始愈合。但他身上有些东西不对劲。可能是他行动的方式，可能是他的肩章。不是专家也不是下士也不是军士。

罗西特说："大家来认识一下吉姆·摩尔中尉。"

零和终于有了一名委任的尉官。他比房间里的其他人都要年轻许多。

他直奔主题。"这是纳尼斯维克矿。"卫星摄像头朝着世界的天花板放大图像。"位于巴芬岛，北极圈以北七百五十公里，雪泥带的心脏。"一片贫瘠割裂的红赭色大地。鼓丘和小山丘和分叉的河床。

"世纪之交的时候矿藏采尽。"山谷里的棕色公路，沿河水冲刷过的谷底蜿蜒起伏。一个建筑群。大地上张开的大嘴。"如今一般人很少过去，一方面因为位置偏远，一方面也因为加拿大政府从印度运了八千公吨高放射性核废料，在那里做深时存放。听说是北部经济多元化倡议的一部分。"现在换成战略示意图：处理与输入量；铁轨画出螺旋，进入加拿大地盾区；存储地道像地下建筑群的街道般交错。"绿党38年失势以后项目就废弃了。这东西够毒害很多座城市。很可能就是因为它，现在有人到那儿折腾。"

加林举手："有人，长官？"

"目前我们只是发现一些迹象，说明存在未经许可的活动，另外还有一支北方联合特遣队的小队进去以后再没出来。我们的首要任务是弄清行动者的身份，那之后视情况而定，我们可能需要亲自处理，或者也可能召唤轰炸机。在抵达之前这些都无从知道。"

就算抵达以后我们也不会知道，艾桑特暗想——这一刻他突然明白过来，摩尔身上到底什么地方让他觉得那么古怪。

"行动细节等上路以后通报给你们的另一半。"

问题不在于他身上有什么，而在于没有什么：眼角没有抽搐，手没有颤抖。他说话的腔调平顺而完美，他的眼睛带着稳定的平静与人对视。

摩尔中尉没有故障。

“目前我们预计整个行动的窗口在七小时以内——”艾桑特看向提瓦纳。提瓦纳回视他。

零和的公测版已经完成测试。

地下的人

洛克希德直升机把他们丢到一处几近坍塌的码头脚下。废弃的商店和待售的房车，许久以前就被人抛下，如今在雨夹雪中挤成一团。这里曾经是海港，然后成为西半球联盟的加油站——那时甚至还没有“西半球联盟”这个词。那时北极的气候也还没有变得好像世界末日，人们还不必干脆把一切都塞到水底了事。在纳尼斯维克被挖空了宝藏又重新填满之前，这里作为矿场的附属、作为公司的小镇存活了一段很短的时间。

脑内平视系统显示时间是 1505：想赶在太阳落山前抵达目标的话，只剩不到一小时了。摩尔领着他们经陆路穿越饱经风雨的岩石、淤积冲刷的土地和像火星那样长满晶亮痤疮的地面。他们来到距离仓库入口五百米处，摩尔命令所有人退到后座。

艾桑特的双腿在新的管理层指挥下加快了速度。他的视线模糊了——不过在这地方，在大风和让人什么也看不清的雨夹雪里，跟先前其实也没多大差别。

某种声音从他耳边飘过：也许是远处野兽的咆哮，他难以确定。更近些的地方，ε-40 开火的声音，这他不会听错。不是邪恶双胞胎的枪。艾桑特的眼睛依然被迷雾遮蔽着，毫无偷看的可能。

十步过后大风止息。再过五步，针一样急急落在脸上的冰冷雨滴放慢速度，变成淅沥沥的细雨。艾桑特听到有硕大的门闩被拉开，沉甸甸的金属轻声尖叫。他们穿过大门，落入他眼中的明亮天光黯淡了一半。搭扣与靴子的声音在石墙间发出微弱的回响。

下坡。一个向左的缓弯。砂砾，一块块裂开的沥青。他跨过一些看不见的障碍物。

然后停步。

整个小队肯定都僵立在原地，他连呼吸声都听不到。超快速眼动看到的画面仿佛从迷雾中闪烁而过的电报纸带，而且这时候速度似乎更快了。也可能只是他的想象。在地下空间的某个远方，水嗒嗒嗒地滴落在某个静止的平面上。

安静的行动，零和散开。艾桑特只是乘客，但他也在解读脚步声。他感到自己的双腿将自己带到一旁，单膝跪地。胳膊肘上的衬垫无法提供高细粒度的触觉反馈，但抵住他身体的平面粗糙而平坦，就像包裹在砂纸里的桌子。

空气中有股动物的麝香味。从中距离的某个地方传来呜的一声。某种体格硕大的东西睡眼惺忪地动了动。也许是有人没关门，然后有东西进来了……

他能想到的唯一可能就是北极灰熊：可怕的杂交种，出生在不堪重负的生态系统彼此碰撞挤压的边界地带。他还从没亲眼见过实体。

一声咕噜。一声低沉的咆哮。

速度不断提升的声音。

枪声。咆哮声，那么近，震耳欲聋，金属与金属彼此撞击。闪烁的战略光晕猛然黯淡了许多：网络流量刚刚降低了一个节点。

现在整个网络完全崩塌：就像下棋时跟对手兑子，零和牺牲了自己的局域网，以此为代价阻塞敌人的网络。摩尔的曼德枪在艾桑特右侧发射。瞬间的炙热，光束扫过艾桑特的胳膊。摩尔射偏了，摩尔没打中。邪恶双胞胎离开掩体，跳跃、锁定目标。在那水晶般清澈的一毫秒里，艾桑特看见粗糙的象牙色和棕色皮毛像墙一样矗立在身前，触手可及，每个毛囊都完美聚焦。

迷雾再次合拢。邪恶双胞胎扣动扳机。

嚎叫。巨大的爪子抓挠石头。恶臭令人难以忍受，但邪恶双胞胎已经原地转身，奔着下一个猎物去了。咔嗒：熊的血盆大口长在门一样宽的脸孔上的定格画面；咔嗒：棕色的小手抬起来面对猛冲上来的敌人；咔嗒：满脸雀斑、头发金中带红的小男孩。然后艾桑特又瞎了，但他感觉到邪恶双胞胎扣动扳机：砰砰砰——

搞什么鬼小孩子搞什么鬼搞什么鬼

——然后邪恶双胞胎再次改变路线，又是一声咔嗒：一个小小的背影一件皮外套黑色的头发在枪口的闪光中飞舞。

又来了。不。不。

娃娃兵。自杀式炸弹袭击者。许多个世纪了。

可是并没有人开枪还击。

他熟知小队成员可能使用的每一种武器，连最细微的砰砰和咔嗒他都熟稔于心：曼德枪的嘶嘶声，短促响亮的埃普西隆，阿科斯塔最心爱的奥林匹克。现在他听见它们发出的声音，而且除了它们再没有别的。无论它们在朝什么开火，对方都没有还击。

无论我们在朝什么开火。你们这些瞎眼的谋杀犯。你们在射杀八岁大的孩子。

又一次。

更多枪声。仍然没人说话，只有一声动物临终的咆哮，紧接着被液体的汩汩声和血肉重重撞击石头的声音取代。

这是北极的核废料堆栈。小孩子在这儿做什么？

我在做什么？

我是个什么？

突然间他看到了那行字：所有同义反复都是同义反复，然后邪恶双胞胎就回到了楼下，地下室的门锁上了，克乔·艾桑特狂乱地把缰绳抓进手里，他拿回自己的人生，并且睁开了眼睛——

正好看见那长雀斑的小男孩，穿着破烂的皮毛外套，坐在莱利·加林肩膀上，用一块锯齿状的玻璃碎片割开了加林的喉咙。正好看见他从尸体上跃起，抓过加林的枪，轻松扔给山洞对面的亚洲女孩；就着山洞里黯淡的光线他看见那女孩只在腰间裹了一张遮羞布，她正从空中朝满身是血的吉姆·摩尔跳过去。正好看见那女孩将手伸到背后，看也不看就在半空中抓住了男孩抛来的枪。

那不止是一场共舞，不止是团队协作。就像同一只手上的指骨，共同行动。

北极灰熊瘫倒在一辆破铲车上，尽管生命正从腰侧的伤口流走，这堆黄褐色的庞然大物仍在用巨大的爪子耙着空气。一个南亚小男孩，左手从手腕处被轰没了（也许是我干的），正在这巨怪附近闪躲腾挪。他在——利用它，把它挥舞的爪子和牙齿当成禁区，任何人敢靠近到三米之内都免不了要被撕烂。不知怎么的，那些尖牙和利爪似乎从来碰不到他身上。不过它们碰到了阿科斯塔。卡洛斯·阿科斯塔，阳光与蓝天碧野的爱好者，躺在地上，从腹部被折断，双眼盯着虚空。

加林终于落地，鲜血从他的喉咙喷涌而出。

他们只是孩子。衣不蔽体。没有武器。

那女孩在粗凿的墙面和钙化的机器间弹跳，用加林的枪瞄准了目标。她的光脚似乎根本没有触地。

他们是孩子他们只是——

提瓦纳一把掀开他，枪口喷出的光束嘶嘶地从他身旁经过。空气微微颤动着冒出蒸汽。艾桑特的脑袋撞上机器和管道和带棱纹的金属，又从钢铁上弹起落到石头上。提瓦纳落到他身上，眼球疯狂抽搐，画出小小的弧线。

然后停住不动了。

看见那双眼睛静止和聚焦的那一刻，艾桑特完全惊慌失措——她认不出我她锁定了她锁定了——然而有种光从背后射出，于是艾桑特看出她的眼睛并非锁定目标。它们只是在看。

"……索菲库？"

无论发生什么，你背后还有我。

然而索菲库已经走了，就连刚才她是否真的在这里也无从知道。

断电

摩尔把他交给梅岑格。梅岑格看着他一言未发，但那眼神什么都说了。他扳动开关把艾桑特扔进了乘客模式。他并没有命令艾桑特留在乘客模式里，没有必要。

艾桑特感觉到战略平板的玻璃表面出现在邪恶双胞胎手指下。那只手有时像死了一样一动不动好几秒钟，然后突然以非人的速度不断点击、滑动；接着再次停顿。明亮的模糊不断从艾桑特眼前流过，只偶尔一声咳嗽或低语打破洛克希德引擎沉闷的咆哮。

邪恶双胞胎在接受盘问。艾桑特心里也有一部分好奇它会怎么说他，但他没法让自己真正对此发生兴趣。

他没法相信他们全都死了。

没有控制

"艾桑特军士，"罗西特少校摇摇头，"我们本来对你寄予厚望。"

阿科斯塔。加林。提瓦纳。

"没话要说？"

要说的话那么多，可最后说出口的却是同一个陈腐的谎言："他们只是……孩子……”

“或许我们可以把这句话刻在你战友的墓碑上。”

“可到底是谁——”

“我们不知道。我们本来也怀疑是现实主义阵营，只不过这种技术完全违背了他们所信仰的一切。也完全超出了他们的能力。”

“他们几乎连衣服都没有。那就好像一个动物的窝……”

“更像是蜂房，军士。”

同一只手上的指骨……

“跟你们不一样，”她仿佛看透了他的心思，“认真想想，零和的网络其实相当的——低效。多个脑袋里的多个心智，根据相同的信息独立行动，并得出相同的结论。毫无必要的重复劳作。”

“而这些……”

“多个脑袋，一个心智。”

“我们干扰了通讯频带，就算他们彼此联网也——”

“我们不认为他们是那样运作的。最好的猜测是——生物无线电，可以说是。就像量子纠缠的胼胝体。”她冷哼一声。“当然了，眼下就算他们说那些其实是小精灵我也只好照单全收。”

赏金猎人，艾桑特想起来。他们从偷来的一具小小尸体上已经了解了那么多。

他低声问：“为什么用孩子？”

“噢克乔。”听她失口叫了自己的名字，艾桑特不禁眨眨眼，不过罗西特自己似乎并没有察觉。“他们最不想用的就是孩子呢。你以为他们为什么被藏在大海中间，或者北极圈地底的矿井里？那东西不是植入体。那是基因，他们生来如此。他们必须被保护、被隐藏起来，直到他们能长大和……成熟。”

“保护？把他们遗弃在核废料堆放点也叫保护？”

“遗弃，是的。完全无助，正如你所见。”见他不接口她就继续说下去：“那里倒真是完美的地点。没有邻居。大量的废热能为你保暖、为温室供热，还能遮蔽你的热轨迹。没有运输线会被多管闲事的卫星探测到，也没有电磁场能泄露你的踪迹。据我们掌握的情况看，甚至没有任何成年人在那里生活，他们就只是——靠着那片地过日子，可以说是。他们甚至没有自己的武器，至少没有使用。用的是熊，谁能想得到。用你们的枪对付你们。或许他们是极简主义者，喜欢临场发挥。”她用眼动在平板上输入了些什么。“或许他们只是想让我们猜不透。”

“小孩子。”他还在说这个词，好像停不下来。

“目前而已。等他们长到青春期你再看吧。”罗西特叹口气。“当然，我们轰炸了现场，入口也给熔了。如果我们还有人困在底下，他们是别想逃出来了。不过话说回来，我们这会儿说的也不是我们的人，对吧？我们说的是一个单一的分布性有机体，拥有天晓得多少倍于普通人类大脑的计算物质。要是它没能预测和反制我们的所有行动，那我才要吃惊呢。可无论如何，我们总归是尽力而为。”

有一会儿工夫两人都没说话。

“另外我很遗憾，军士，”最后她说，“我很遗憾事情发展到这一步。我们一直以来都是这样做的。我们喂给你们编好的故事，免得你们陷入危险，免得万一你们被抓、被人戳了杏仁核害得我们陷入危险。但这样偷梁换柱是为了保护你们。我们不知道我们面对的是什么。我们不知道外头有多少蜂房，不知道它们各自发展到了妊娠的哪一阶段，不知道有多少可能已经——成熟。我们只知道仅仅几个没有武器的孩子就能随心所欲屠杀我们最精英的战斗力量，而我们实在远远没有做好准备让世界知道这一切。

“但是你知道了，军士。你从游戏退出——这很可能毁了我们的整个任务——而且现在你知道了远远超出你权限的事。告诉我，如果你我易地而处，你会怎么做？”

艾桑特闭上眼睛。我们本来应该已经死了，如今的每时每刻都是天赐的礼物。他再睁眼时罗西特望着他，一如既往地不动声色。

“我应该死在那儿。两年前我就该死在塔科拉迪外头。”

少校哼了一声。“别那么夸张，军士。我们不准备处决你。”

“我——什么？”

“我们甚至不准备军法审判你。”

“见鬼，干吗不？”见她扬起眉毛，他继续道：“长官，你自己说的：未经授权的退出。在战斗进行中。”

“我们并不完全确定那是你的决定。”

“感觉像是我的决定。”

“只不过感觉永远都是如此，不是吗？”罗西特坐在椅子里往后一推。“你的邪恶双胞胎不是我们创造的，军士。甚至不是我们把它放上控制台。我们只是把挡路的你弄走，好让它可以不受干扰地做它一直在做的事。

“只不过现在，它似乎——想要你回去。”

他花了点时间才听懂这话。“什么？”

“额顶叶日志显示你的僵尸采取了一点——主动。决定不干了。”

“在战斗中？除非它想自杀！”

“这不正是你想要的吗？”

他转开视线。

“不是？不喜欢这个假设？好吧，另外一个假设：它投降了。毕竟摩尔把你弄出来了，当时那种情形，凭数据判断他应该是不大可能做到的。也许退出就像是白旗，而蜂房可怜你，允许你离开，以便你能够——我不知道，也许是把话传开：别搞我们。

“或者也可能它认定蜂房配得上获胜，并且投了敌。也许它是在——出于良心拒绝战斗。也许它认定它一开始就没答应入伍。”

艾桑特觉得自己一点也不喜欢少校的笑声。

他说："你们肯定问过它了。"

"用了十几种不同的问法。僵尸嘛，分析能力也许很棒，自省可糟透了。它们可以准确描述它们做了什么，却不一定能告诉你为什么。"

"你们什么时候又关心起动机来了？"他的口气已经接近抗命的边缘；他心里太空了，没力气管它。"你们就——就命令它继续掌握控制权。它必须服从你们，对吧？那个眶额皮质什么的。服从模块。"

"完全正确。只不过退出的不是你的双胞胎。它就是你，在它释放曼陀罗的时候。"

"那就命令它不要再给我看曼陀罗。"

"非常乐意。也许你愿意告诉我们你的曼陀罗长什么样？"

轮到艾桑特哈哈笑。他笑得很难听。

"我猜你也不肯。说起来也没关系。到现在这一步，我们也没法再信任你——而这同样不完全是你的错。有意识进程和无意识进程彼此关联的程度太深了，一开始就把它们彻底分开或许时机的确不够成熟。"她的脸稍稍扭曲，好像表示同情似的。"我猜对你而言也不是什么有趣的体验，被困在自己的头骨里无所事事。"

"麦多克斯说没有别的办法能绕得过去。"

"在当时的确如此，在他说那话的时候。"现在她低垂双眼，用眼动操作那永不离手的平板。"本来我们也没准备好实地检测新模块，但先是卡里姆斯，现在又是你——我看不出我们还有什么别的选择，只能提前两个月执行了。"

他从未感到内心这样的死气沉沉。即便在他死了的时候也没有。

"你们还要往我们身上扎针？"当然，说*我们*他指的是*我*。排除法。

有那么片刻，少校几乎好像有了人情味。

"是的，克乔。最后一次改动。依我看这一次你是不会介意的——因为等你下回醒来，你就自由了。你的服役期就结束了。”

“当真？”

“当真。”

艾桑特低头往下看。皱眉。

“怎么了，军士？”

“没什么。”他说。他带着隐约的惊奇注视自己稳定的左手：它丝毫也没有颤抖。

拉撒路的复活

蕾娜塔·贝尔曼尖叫着恢复意识。她眼睛盯着天花板，身体被什么东西压着不能动弹——冰箱，对。工业化的大家伙。炸弹爆炸时她正好在厨房。冰箱肯定是倒了。

她觉得它压断了她的腿。

战斗似乎已经结束。小型武器发射的声音消失了，也不再有大炮飞向目标的呼啸。空气中仍然充满了尖叫，但那不过是海鸥，跑来劫后的现场饱餐一顿。幸亏她在室内，那些会飞的小耗子凶狠得要命，要是她在室外，现在肯定已经给啄了眼睛——

——黑暗——

见鬼！我在哪儿？哦对了。在美洲大陆底部流血不止，因为……

她不知道发生了什么。也许是对吞并火地岛的报复。也可能是“生命卫队”干的，向那些将世界践踏进烂泥和狗屎里然后又拔腿开溜的人复仇。这里毕竟是个中转区：人这种垃圾在这里汇聚，直到压力再次累积，于是又一发肉弹像大粪一样被拉出去，穿越德雷克海峡，来到奶与蜜与正在融化的冰山之地。美洲大陆的括约肌。

她奇怪自己什么时候变得如此愤世嫉俗。这可不像是人道主义者。

她咳嗽。尝到血的味道。

屋外的碎石上响起脚步声，敏捷、自信，不是那种刚刚经历了世界末日的人，那种人肯定还处在爆炸后的休克状态，步子也肯定是跌跌撞撞的。她赶紧去摸自己的枪：廉价的微波枪，只勉强能把水烧开。但她只是个五十公斤重的女人，而对方的体重多半是她的两倍，自以为可以为所欲为的心理更是十倍于她，现在她要给他立规矩，这把枪能让力量对比稍微均衡些。总比没有强。

或者跟没有也没区别，因为它仍在枪套里，因为它不知怎的滑到了她左边一米以外的桌腿下。她尽力伸手去够，再次尖叫；她觉得自己好像刚刚把自己撕成了两半。这时厨房门砰一声被推开而她——

——昏过去——

——醒来时手枪奇迹般地到了她手里，她的手指疯狂地按压发射钮，她满耳都是电动捕蚊器一样的嗞嗞声，而且——

——她的身体残破不堪，她在咳血，她太虚弱了，没法再继续射击，尽管那个穿着西半球联盟制服的人并没有拿走她的枪。

他高高在上地俯视她。他的声音是从井底发出的回声。他似乎不是在对她说话："食堂背后——"

——英语——

"致命伤，大概还剩十五分钟好活，而她还在打——"

再次醒来时疼痛消失了，她的视线模糊一片。那人从白人变成了黑人。也可能是换了另外一个人。视网膜上飘着那么多小黑点，实在难以判断。

"蕾娜塔·贝尔曼。"他的声音很古怪——就好像没怎么用过。就好像他在第一次试用。

他身上还有些别的东西。她眯细眼睛，强迫视线聚焦。他制服的线条一点点变得清晰。没有徽章。她将视线移到他脸上。

"妈呀。"她好容易挤出这么一句。她的声音不比呼吸声更响亮。

她听起来活像鬼魂。

“你眼睛什么毛病？”

“蕾娜塔·贝尔曼，”那人又说了一遍，“我有笔交易要跟你谈谈。”